Richard Osman

『두 번 죽은 남자』에 쏟아진 찬사

"멋진 이야기로 돌아온 목요일 살인 클럽. 『두 번 죽은 남자』는 이 시리즈의 1권과 마찬가지로 예리한 필력, 놀라운 반전, 따뜻한 스토리가 돋보인다. 유머와 슬픔, 정다운 농담이 곳곳에 자리해 읽는 기쁨을 더한다."

—「월스트리트 저널(Wall Street Journal)」

"목요일 살인 클럽의 노탐정들은 이번에도 사건 해결을 위해 주저 없이 나섰다."

—「피플(People)」

"재치와 우정, 대담한 모험, 온갖 액션으로 가득한 2권이 나왔다. 교외 지역 실버타운에 살고 있는 특이한 영국 노인 네 명이 힘을 합해 사건을 해결해간다. 갱단과 맞서 싸우고 살인 사건을 조사하면서도 느긋한 티타임은 빼놓지 않는다."

—「크리스천 사이언스 모니터(The Christian Science Monitor)」

"단 두 권의 소설로 리처드 오스먼은 명망 있는 범죄 소설가 반열에 올랐다. 『두 번 죽은 남자』는 재미난 작품이다."

—「뉴욕 타임스(The New York Times)」

"놀라울 정도로 재미있는 데뷔작 『목요일 살인 클럽』을 쓴 오스먼이 더욱 멋진 2권을 들고 찾아왔다. 매력적인 인물들이 이야기를 뜻밖의 방향으로 이끌어가는, 영리하고 재미난 미스터리 소설이다."

—「커커스 리뷰(Kirkus Reviews)」

"『두 번 죽은 남자』를 특별하게 만드는 요소가 무엇인지 하나만 짚어 말할 수는 없을 것 같다. 리처드 오스먼은 『목요일 살인 클럽』의 등장인물들로 놀라운 마법을 부려 굉장한 2권을 써냈다. 인물들이 폭소가 터져 나올 만큼 재미있으면서도 대단히 현실적이고 3차원적이다. 1권도 좋았지만 2권이 훨씬 훌륭하다. 이 시리즈는 한 사람의 인생을 통틀어서, 그리고 마지막 순간까지도 우정이 얼마나 대단한 힘을 발휘하는지를 흥미로운 스토리를 통해 보여준다. 꼭 읽어보기 바란다."

—「북페이지(Bookpage)」

"나이가 들었다고 해서 뒷방 늙은이로 살고 싶어 하지 않는 노인들의 기백을 보여준다. 산전수전 공중전까지 겪은 노인들이라 어떤 일이 터져도 태평한 것이 상당히 매력적이다. 등장인물들이 활기 넘치는 대화를 주고받는 가운데 이야기가 빠르게 진행된다. 개성 강하고 사랑스러운 목요일 살인 클럽 노인들의 활약을 읽다 보면 오스먼이 어서 다음 권을 써주기를 목 빠지게 기다릴 수밖에 없다."

―「북리스트(Booklist)」

"『목요일 살인 클럽』을 재미있게 읽었다면 『두 번 죽은 남자』를 꼭 읽을 것. 1권보다 더 잘 쓴 2권이니까."

―「굿 하우스키핑(Good Housekeeping)」

"영혼을 달래주는 연고 같은 소설"

―「데일리 익스프레스(Daily Express)」

"거침없이 전개되는 이 소설을 읽다 보면 만족감이 절로 차오른다."

―「타임스(The Times)」

"오스먼은 뛰어난 관찰력으로 만들어낸 실감 나는 등장인물들을 통해, 현대 사회를 살아가는 우리의 별나고 우스운 면들을 재치 있게 풀어나간다. 이런 인물들이 펼쳐가는 이야기를 읽다 보면 순수한 기쁨을 느끼게 된다."

―「선데이 익스프레스(Sunday Express)」

"오랜 친구를 다시 만난 기분이다. 영리하고 위트 넘치고 감동적인 스릴러다."

―리사 가드너, 『그녀가 사라지기 전에(Before She Disappeared)』의 저자

"즐겁게 읽었다. 오스먼이 타고난 유머 감각을 등장인물과 대화에 잘 녹여냈다."

―케이트 앳킨슨, 『너른 하늘(Big Sky)』의 저자

"오스먼은 우리에게 꼭 읽어야 하는, 유머와 온기로 가득한 소설을 또 한 권 안겨주었다. 정말 마음에 든다."

―할런 코벤, 『윈(Win)』의 저자

"오스먼이 더 훌륭한 작품을 들고 다시 찾아왔다! 감동적이고 재미있으며 서스펜스가 넘친다. 처음부터 끝까지 몰입해서 읽게 만드는 소설이다."

―제프리 디버, 『마지막 반전(The Final Twist)』의 저자

두 번 죽은 남자

The Man Who Died Twice

목요일 살인 클럽 2

두 번 죽은 남자

리처드 오스먼 지음 | 공보경 옮김

살림

루비와 써니에게,
내가 너희들의 아빠여서 자랑스럽고 행운이야.

제1부
오랜만에 찾아온
친구

제2부
눈으로 보고도
믿기지 않을 때가 있지

제3부
당일치기 여행은
언제나 즐거워

이 일을 얼마나 오래 할 수 있을지 가늠이 되지 않는다.

한 발 또 한 발 내딛는 실비아 핀치의 스웨이드 구두가 가을 물웅덩이에 시커멓게 젖어 들어간다.

죽음은 늘 고운 안개처럼 그녀를 감싸고 있다. 머리카락과 옷에도 스며들어 있으니, 그녀의 곁을 지나는 사람은 누구나 느낄 수 있지 않을까?

죽음의 기운을 떨쳐버리고 싶은 마음은 있는 걸까? 그렇기도 하고 아니기도 하다.

정말 좋은 일이, 그녀에게 삶의 희망을 주었던 일이 마지막으로 일어났던 게 언제였을까?

문에 비밀번호를 입력하자 구름 사이로 햇살이 내리비춘다.

실비아는 문을 열고 들어간다.

제1부

오랜만에 찾아온 친구

1장

죽은 이에게서 온 편지

그다음 목요일······.

"러스킨 코트에 사는 여자랑 얘기를 나눴는데 다이어트 중이라는 거예요." 조이스는 잔에 남은 와인을 마저 마신다. "그 여자는 여든두 살이라고요!"

론이 의견을 내놓는다. "보행 보조기를 갖고 다니면 뚱뚱해 보일 수밖에 없어요. 보행 보조기 다리가 워낙 가늘어야죠."

"여든두 살에 무슨 다이어트예요? 소시지 롤을 먹는다고 어디가 잘못되나요? 죽기라도 해요? 우리 나이에 죽는 게 무슨 대수라고."

목요일 살인 클럽 모임이 이제 막 끝났다. 이번 주에 회원들은 석궁으로 침입자를 죽인 헤이스팅스 신문 판매점 주인 남자에 관한 미해결 사건을 자세히 살펴보는 시간을 가졌다. 신문 판매점 주인이 체포된 후 언론이 그 사건을 떠들썩하게 다뤘는데, 시간이 흐르면서 누구든 석궁을 써서라도 자기 가게를 지킬 수 있어야 한다는 여론이 힘을 받았다. 결국 신문 판매점 주인은 고개를 꼿꼿이 들고 당당하게 풀려났다.

한 달쯤 후에 경찰은 침입자가 신문 판매점 주인의 10대 딸과 사귀는 사이였으며 신문 판매점 주인이 여러 건의 중상해죄를 범한 전과가 있음을 밝혀냈다. 하지만 사람들의 관심은 이미 멀어진 후였다. 1975년에 발생한 사건이고 당시에는 CCTV도 없었다. 다들 조용히 묻고 넘어가는 분위기라 사건은 그렇게 일단락됐다.

"인간에게 개가 좋은 친구가 될 수 있을까요?" 조이스가 묻는다. "개를 키우든지 아니면 인스타그램을 하든지 하려고요."

이브라힘이 한마디 한다. "개는 좀 아닌 것 같은데요."

론도 말한다. "아, 이브라힘 당신은 늘 아니라고 하잖아요."

이브라힘도 인정한다. "대체로 그런 편이기는 하죠."

조이스가 말한다. "큰 개를 키우겠다는 건 아니에요. 큰 개의 털을 청소할 만큼 성능 좋은 진공청소기도 없고요."

조이스와 론, 이브라힘, 엘리자베스는 쿠퍼스 체이스 실버타운 한가운데에 위치한 레스토랑에서 점심 식사를 하고 있다. 테이블 위에는 레드 와인과 화이트 와인이 한 병씩 놓여 있다. 시각은 오전 11시 45분.

론이 말한다. "작은 개는 키우지 말아요, 조이스. 작은 개는 작은 남자랑 비슷해서 시도 때도 없이 존재감을 드러내려고 하거든. 지나가는 차만 봐도 요란하게 짖어대요."

조이스는 고개를 끄덕인다. "그럼 중간 크기의 개로 할까요? 엘리자베스?"

"으음, 좋은 생각이에요." 엘리자베스는 대답을 하긴 했지만 제대로 듣고 있진 않았다. 방금 전에 받은 편지 때문에 대화에 집중할 수가 없다.

그래도 대화의 주된 흐름은 잡고 있다. 무슨 일이 일어날지 몰라 늘 촉각을 곤두세우고 살아온 덕분이다. 엘리자베스는 오랜 세월 온갖 정보를 수집하며 살아왔다. 베를린의 어느 술집에서는 대화 한 토막을 듣고, 트리폴리 항구에서는 상륙 허가를 받아 항구로 내려온 러시아인 선

원의 가벼운 입을 통해 정보를 수집했다. 지금은 나른한 켄트 카운티의 실버타운에서 목요일의 점심 식사를 즐기고 있다. 조이스는 개를 키우고 싶어 하고, 지금 그들은 개의 몸집에 관한 얘기를 하는 중이며, 이브라힘은 개를 키우는 것에 대해 회의적인 입장이라는 것 정도는 파악하고 있다. 하지만 오늘 엘리자베스의 정신은 대체로 딴 데 가 있었다.

아까 엘리자베스의 집 문 밑으로 편지 하나가 쓱 들어왔다.

엘리자베스에게,

나를 기억할까 모르겠네? 기억 못 할 수도 있겠지만, 내 입으로 말하기 전에 기억해주면 좋겠어.

인생이 또다시 마법을 부렸지 뭐야. 이번 주에 여기로 이사 왔는데 알고 보니 당신이 여기 살고 있더라고. 우리가 이웃이 된 거야! 당신은 또 쓸데없는 노인네 하나가 이사 왔다고 생각했겠지만 말이야.

우리가 헤어지고 세월이 꽤 흘렀지. 오래간만에 여기서 다시 친분을 쌓아가는 것도 멋진 일일 거야.

러스킨 코트 14호에서 같이 한잔 어때? 소소하게 집들이 겸해서? 내일 오후 3시쯤 괜찮아? 답장 안 해도 돼. 와인 한 병 놓고 기다릴게.

다시 보게 돼서 정말 기뻐. 밀린 얘기가 참 많아. 그날 다리 밑에 물이 참 깊었잖아.

나를 기억해주면 좋겠어. 내일 만나.

당신의 오랜 친구
마커스 카마이클

그 후 엘리자베스는 편지 내용을 줄곧 곱씹고 있다.

마커스 카마이클을 마지막으로 본 건 1981년 11월 말, 무척 어둡고 추운 밤이었다. 램버스 다리 근처, 썰물 때의 템스강변. 얼어붙게 추운 공기 속에서 엘리자베스의 숨결이 하얗게 퍼져나갔다. 엘리자베스는 전문가들로 구성된 팀원들을 이끄는 팀장이었다. 그들은 흰색 대형 밴을 타고 그곳에 도착했다. 외부에 'G. 프록터 — 창문 및 홈통 청소 관리'라고 적힌 허름한 밴이지만 내부에는 온갖 버튼과 화면이 가득했다. 젊은 남자 순경이 강가에서 구경꾼들의 접근을 통제하고 있었고, 앨버트 제방의 보도도 출입이 차단됐다.

엘리자베스를 필두로 한 팀원들은 이끼가 끼어 미끈거리는 돌계단을 밟고 강가로 내려갔다. 다리 아래 돌기둥에 기대어 있던 시신이 썰물 때 모습을 드러냈다. 엘리자베스의 지휘로 여느 때와 다름없이 조사가 진행됐다. 팀원 중 하나가 시신이 입고 있는 옷을 살펴본 뒤 묵직한 외투의 주머니를 뒤졌다. 하이게이트 출신인 젊은 여성 팀원은 현장 사진을 찍었고 법의관은 죽음을 기록했다. 이 시신은 템스강 상류에서 물에 뛰어들었거나 누군가에게 떠밀려 물에 빠진 것으로 추정된다는 내용이었다. 결과는 검시관이 결정할 것이다. 누군가 보고서를 타이핑해 작성하면 엘리자베스는 보고서 하단에 이름 첫 글자를 적어 넣으면 그만이었다. 깔끔하고 간단하게 마무리될 일이었다.

시신을 군용 들것에 싣고 미끈거리는 계단을 다시 밟아 올라오는 일은 시간이 좀 걸렸다. 지원 요청을 받은 젊은 남자 순경은 신나서 내려오다가 계단에서 넘어져 발목이 골절됐다. 그들이 순경에게 필요로 하는 도움은 거기까지인 터라 그들이 바란 대로 됐다. 그들은 당장 구급차를 부르기는 힘들다고 상황을 설명했고 순경은 순순히 받아들였다.

몇 달 뒤 후유증 없이 회복된 순경은 대단한 실적을 올린 것도 아닌데 승진을 했다.

흰색 대형 밴이 제방 가까이 서자 팀원들은 밴에 시신을 실었다. '모든 상황을 고려해 내린 결정'이었다.

엘리자베스와 법의관은 시신을 실은 밴을 타고 햄프셔의 시체 안치소로 향했고 나머지 팀원들은 흩어졌다. 엘리자베스는 넙데데하고 불그스름한 얼굴, 원래 짙은 색이지만 희끗희끗해진 콧수염을 가진 그 법의관과 그날 처음 일을 같이 해봤는데 꽤 흥미로운 남자였다. 나중에라도 기억에 떠올릴 만했다. 법의관은 안락사와 크리켓 경기에 대한 논쟁을 하다가 꾸벅 졸기도 했다.

이브라힘은 와인 잔을 들어 올리며 주장을 펼친다.

"난 개 키우는 것 자체를 반대합니다, 조이스. 작은 개든 중간 개든 큰 개든, 굳이 우리 나이에 개를 기를 필요가 있을까요."

론이 말한다. "아, 드디어 본심이 나오시네."

"중간 크기의 개라면, 테리어라고 줄여서 부르는 잭 러셀 테리어 개가 있는데 수명이 14년 정도 됩니다."

론이 묻는다. "누가 그래요?"

"'켄넬 클럽(세계 최고 권위의 애견 협회)이요. 나중에 그 클럽 사람들과 얘기를 나눠보든가요, 론. 그럴 의향 있습니까?"

"아뇨, 됐네요."

"조이스, 올해 나이가 일흔일곱이죠?"

조이스는 고개를 끄덕인다. "내년이면 일흔여덟이에요."

"그러니 하는 말입니다. 일흔일곱이니 남은 수명을 생각해야죠."

"아, 그럼요! 이런 게 참 재미있더라고요. 부두에서 타로 점을 봤는데, 나더러 돈이 들어올 운이라고 점쟁이가 말했어요."

"지금 내가 하려는 말은, 당신의 남은 수명이 중간 크기 개의 남은 수명보다 길 가능성에 대해 따져보자는 겁니다."

"이렇게 말솜씨가 좋은데 왜 여태 결혼을 안 하고 살았는지 참 알다가도 모를 일이에요." 론은 이브라힘에게 이렇게 말하고는 테이블 위의 쿨러에서 화이트 와인 병을 집어 든다. "더 드실 분?"

조이스가 대답한다. "저요. 또 따르려면 번거로우니 가득 채워요."

이브라힘이 하던 얘기를 계속한다. "일흔일곱 살 여성이 앞으로 15년을 더 살 확률은 51퍼센트죠."

"재미있네요. 어쨌든 점괘와 달리 돈은 별로 안 들어왔어요."

"지금부터 개를 키운다면 당신이 그 개보다 오래 살까요? 그게 문제입니다."

론이 말한다. "나 같으면 오기로라도 개보다 오래 살겠네요. 우리가 이 방의 각 모서리에 앉아서 누가 제일 먼저 죽나 지켜볼 수도 있겠죠. 아마 나는 아닐 겁니다. 1978년도 브리티시 리랜드 사와 벌인 노사 교섭과 비슷한 상황이네요. 먼저 화장실에 가는 쪽이 지는 거죠." 론은 와인을 몇 모금 더 마시고 덧붙인다. "나로 말할 것 같으면 먼저 화장실에 간 적이 한 번도 없습니다. 방광을 꼭 조이면서 참았어요."

이브라힘이 말한다. "당신은 개보다 먼저 죽을 수도, 아닐 수도 있습니다. 확률은 51퍼센트니까요. 동전 던지기와 비슷해요. 그런 부담을 짊어질 필요가 있을까 싶네요. 주인은 개보다 먼저 죽으면 안 됩니다."

"이집트 속담이에요, 아니면 정신과 의사들이 흔히 하는 말이에요? 혹시 지금 막 지어낸 건가요?"

이브라힘은 조이스 쪽으로 잔을 기울인다. 지혜의 말씀을 좀 더 펼쳐

놓겠다는 뜻이다.

"부모는 자식에게 부모보다 오래 살라고 가르치니 자식보다 먼저 죽어도 됩니다. 하지만 개에게는 그럴 수가 없어요. 개에게는 당신과 함께 살자고만 가르치니까요."

"깊이 생각해볼 문제네요, 이브라힘. 고마워요. 그래도 좀 삭막하긴 하네요. 안 그래요, 엘리자베스?"

엘리자베스는 듣고 있지만 마음은 빠르게 달려가는 대형 밴의 뒤 칸에 가 있다. 시체, 그리고 콧수염을 기른 법의관과 함께. 엘리자베스가 처음 겪은 일은 아니었지만 기억에 남을 만한 일이기는 했다. 마커스 카마이클을 아는 사람이면 누구나 그럴 것이다.

엘리자베스가 말한다.

"꽉삭 늙은 개를 데려다 기르면 이브라힘의 논리를 이길 수 있어요."

수년이 흐른 지금 카마이클이 다시 나타났다. 뭘 원하는 걸까? 편안한 담소? 모닥불 앞에 앉아 오순도순 추억이라도 곱씹자고? 대체 뭐지?

새로 온 서빙 직원이 그들 자리로 청구서를 가져왔다. 퍼피라는 이름의 여직원인데 손목에 데이지 문신을 새겼다. 퍼피는 이 레스토랑에서 일한 지 2주일 정도 됐고 지금까지 평은 그리 좋지 않다.

론이 말한다.

"이건 12번 테이블 청구서인데요, 퍼피."

퍼피는 고개를 끄덕인다.

"어머, 그러네요. 제가…… 바보같이……. 여긴 몇 번 테이블이죠?"

"15번이요. 여기 양초에 15라고 숫자가 커다랗게 적혀 있어요."

"죄송합니다. 주문하신 음식을 기억했다가 가져오고 테이블 번호까지 외우는 게 잘 안 되네요. 언젠가는 잘하게 될 거예요."

퍼피는 주방 쪽으로 돌아간다.

이브라힘이 평한다. "사람은 좋아 보이는데 이 일에는 잘 안 맞는 것 같네요."

조이스가 말한다. "손톱이 아주 예쁘던데요. 아주 깔끔해요. 관리가 잘 돼 있지 않아요, 엘리자베스?"

엘리자베스는 고개를 끄덕인다. "그러게요." 손톱이 깔끔하고 일을 잘 못한다는 점 말고도 퍼피에 대해 알게 된 것들이 있지만 지금 엘리자베스는 다른 생각으로 머릿속이 번잡하다. 퍼피 문제는 나중에 다시 생각해 봐도 될 것 같다.

엘리자베스는 편지 내용을 다시 떠올린다.

'나를 기억할까 모르겠네? 그날 다리 밑에 물이 참 깊었잖아…….'

마커스 카마이클을 기억하냐고? 웃기는 질문이다. 엘리자베스는 마커스 카마이클의 시신이 썰물 때 템스강 다리에 기대어 앉은 모습으로 나타난 걸 봤다. 그리고 한밤중에 요원들이 마커스의 시신을 들것에 신고 이끼로 미끈거리는 돌계단을 밟으며 올라가는 일을 도왔다. 그날 창문 청소 서비스 업체인 척하는 흰색 대형 밴 안에서 엘리자베스는 마커스의 시신을 가까이 두고 앉아 있었다. 예를 갖춰 마커스의 젊은 아내에게 남편의 죽음을 알리고 장례식 때도 무덤 옆을 지켰다.

그러니 엘리자베스는 마커스 카마이클을 아주 잘 기억하고 있다. 이제 친구들과 함께하는 시간으로 돌아가야 한다. 한 번에 하나씩 하자.

엘리자베스는 화이트 와인으로 손을 뻗으며 말한다.

"이브라힘, 숫자가 전부는 아니에요. 론, 당신은 개보다 훨씬 먼저 죽을걸요. 대체로 남성은 여성보다 수명이 훨씬 짧잖아요. 지난번에 주치의가 당신 혈당에 대해 한 말도 있고요. 조이스, 당신은 이미 결정을 내렸어요. 구조된 유기견을 데려다 기를 생각이잖아요. 커다란 눈을 가진 그 개가 지금쯤 당신을 목이 빠져라 기다리고 있겠죠. 데려다 길러야지 어쩌겠어요. 우리한테도 즐거운 일이고. 이제 개 얘기는 그만들 해요."

그렇게 정리가 됐다.

조이스가 묻는다.

"인스타그램은요?"

"그게 뭔지 모르겠지만 하고 싶은 대로 해요."

엘리자베스는 결론을 내려주고 와인을 마저 마신다.

죽은 남자가 보낸 초대장이라. 아무래도 받아들여야 할 것 같다.

2장

새로운 마약 여왕

크리스 허드슨 경감은 운전대를 손가락으로 톡톡 치며 말한다.

"요전 날 밤에 우리가 〈앤티크 로드쇼〉(골동품 감정 프로그램)를 보고 있는데 어떤 여자가 주전자를 갖고 나온 거야. 자네 어머니가 내 쪽으로 몸을 기울이면서 하는 말이……."

도나 드 프레이타스 순경은 대시보드에 머리를 쿵쿵 박는다.

"경감님, 제발요. 제발 부탁할게요. 10분이라도 우리 엄마 얘기 좀 그만하세요."

도나는 형사과로 자리를 옮길 수 있도록 매끈하게 길을 닦아줄 멘토 정도로 크리스 허드슨을 생각했다. 하지만 서로를 거의 막 대하는 요즘은 어떻게 될지 알 수 없는 상황이 되고 말았다. 처음 만난 순간부터 우정을 꽃피우기는 했지만 말이다.

얼마 전 도나는 상관인 크리스를 엄마 패트리스에게 소개해줬다. 둘이 잘 어울릴 것 같아서였다. 요즘은 그 둘이 지나칠 정도로 잘 어울려서 문제였다.

크리스 허드슨과 함께하는 잠복근무는 예전이 더 재미있었다. 같이 감자 칩도 먹고, 퀴즈도 풀고, 페어헤이븐에서 이제 막 근무를 시작한 신입 경사가 방범창에 대해 조언을 구하던 동네 가게 주인에게 실수로 본인 성기 사진을 보낸 일에 대해 얘기하기도 했다.

그렇게 같이 웃고 먹으며 세상을 바로잡아 나갔다.

하지만 지금은? 늦가을 저녁 무렵 크리스의 포드 포커스에 앉아 코니 존슨의 임대 차고를 지켜보고 있는 지금은? 크리스는 올리브와 길쭉하게 자른 당근, 후무스(병아리콩 으깬 것과 오일, 마늘을 섞어 만든 중동 음식)가 담긴 타파웨어 그릇을 손에 들었다. 도나의 엄마가 산 타파웨어 그릇, 도나의 엄마가 만든 후무스, 도나의 엄마가 자른 당근. 상점에서 도나가 킷캣 초콜릿을 사자고 하자 크리스는 도나를 쳐다보며 '영양가 없는 음식'을 왜 먹느냐며 타박했다.

코니 존슨은 그들이 익히 알고 있는 이 지역 마약상이다. 요즘은 마약 도매상에 가까운 일을 하고 있다. 수년간 이 지역 마약 거래를 쥐락펴락한 세인트 레오나즈의 안토니오 형제가 일 년 전쯤 실종되더니 코니 존슨이 그 자리를 꿰차고 들어왔다. 코니가 평범한 마약 도매상인지 살인까지 저질렀는지는 알 수 없지만, 그들은 코니를 감시하기 위해 포드 포커스에 앉아 페어헤이븐의 어느 임대 차고를 쌍안경으로 지켜보는 중이다.

이제 크리스는 살도 좀 빠지고 머리도 깔끔하게 잘랐으며 나이에 어울리는 운동화를 신었다. 그동안 도나는 그렇게 하라고 누누이 잔소리를 했었다. 크리스가 자기 관리를 하게 만들려고 책에서 본 온갖 방법을 이용해 용기를 주고 설득하고 회유했었다. 하지만 결국 크리스가 변화를 결심한 동기는 도나의 엄마와 섹스를 하기 위해서였다. 이러니 소원을 빌 때는 신중해야 한다.

도나는 뒷좌석에 늘어져 앉아 불룩하게 뺨을 부풀린다. 킷캣을 먹고 싶어 죽겠다.

"좋아, 좋아. 됐어. 내 작은 눈이 'ㅇ'으로 시작하는 무언가를 보기 시작했어."

크리스의 말에 도나는 차창 밖을 내다본다. 저 아래 줄지어 늘어선 임대 차고들이 보인다. 그중 하나가 페어헤이븐의 새로운 마약 왕 코니 존스의 차고다. 마약 여왕이라고 해야 하려나? 임대 차고들이 늘어선 곳 너머에 바다가 있다. 잉크처럼 새까만 영국 해협의 부드러운 파도에 달빛이 쏟아져 내린다. 바다 저 멀리 수평선에 빛이 하나 보인다.

"'요트'요?"

"아니."

크리스는 고개를 젓는다.

도나는 고개를 뺄어 다시 줄지어 선 차고들을 바라본다. 후드티를 입고 BMX 자전거를 탄 소년이 코니의 차고로 다가가 문을 두드린다. 금속으로 된 문짝을 쾅쾅 두드리는 소리가 언덕 위까지 들려온다.

"자전거를 탄 '아이'요?"

"아니."

차고 문이 열린다. 도나는 소년이 차고 안으로 들어가는 모습을 지켜본다. 매일 일어나는 일이다. 차고를 드나들면서 현금과 마리화나 따위를 받아 나오는 배달부들. 끝이 없다. 당장 급습하면 꽤 많은 양의 마약과 지루한 얼굴로 탁자 앞에 앉아 있는 남자, 자전거를 탄 아이를 확보하게 될 것이다. 하지만 크리스의 팀은 서두르지 않는다. 저곳을 드나드는 사람들의 사진을 찍고 뒤를 밟으면서 코니 존슨의 사업 내용을 전체적으로 파악하기 위해서다. 한 방에 무너뜨리려면 증거를 충분히 모아야 한다. 그러다 운이 따르면 아침부터 습격해 들어가 줄줄이 잡아들일 수 있다. 운이 좀 더 따라준다면 공압식 철거봉으로 무장한 전략

지원 팀을 동원해 문 몇 개를 때려 부수게 할 수도 있겠지. 전략지원 팀원들 중 한 명 정도는 아직 싱글이지 않을까.

"노란 재킷 입은 '여자'요?"

도나는 위쪽 길을 따라 주차장 쪽으로 가고 있는 여자를 눈여겨본다.

"아니."

코니 존슨은 꽤 큰 사냥감이다. 도나와 크리스는 그 여자를 잡으려고 지금 이렇게 잠복을 하고 있다. 코니가 두 경쟁자를 죽여 없앴을까?

자전거로 배달하는 아이들 중에 익숙한 얼굴이 눈에 띌 때도 있다. 페어헤이븐에서 마약 거래로 잔뼈가 굵은 놈들도 보인다. 경찰은 그들의 이름을 죄다 적어두었다. 코니가 안토니오 형제를 죽였다면 혼자 했을 리 없다. 그 여자는 멍청이가 아니니까. 조만간 코니는 지켜보는 눈이 있음을 알아챌 것이다. 그때부터는 일이 복잡해지고 추적도 어려워지겠지. 그러니 가능할 때 증거를 차곡차곡 모아야 한다.

누군가 손가락 관절로 옆 차창을 두드리자 도나는 화들짝 놀란다. 고개를 돌려 보니 아까 높은 길로 걸어가던 노란 재킷 입은 여자다. 여자는 생글생글 웃으며 커피 두 잔을 들고 서 있다. 금발에 붉은 립스틱이 눈에 확 들어온다. 도나는 차창을 내린다.

여자는 허리를 굽히고 웃으며 말한다.

"우리가 아직 인사도 못 나눴네요. 도나와 크리스 맞죠? 차고 커피숍에서 커피 좀 사 왔어요."

여자가 커피를 건네자 도나와 크리스는 서로를 쳐다보며 눈치를 보다가 커피를 받아든다.

"저는 코니 존슨이에요. 이미 아시겠지만요." 여자는 재킷 주머니를 손으로 톡톡 치며 묻는다. "소시지 롤빵도 좀 샀는데 드릴까요?"

"아뇨, 괜찮습니다." 크리스는 거절한다.

"예, 주세요." 도나는 냉큼 말한다.

코니는 도나에게 종이봉투에 담긴 소시지 롤빵 하나를 건넨다.

"쓰레기통 뒤에 숨어서 사진을 찍고 있는 여경한테 줄 음식은 못 샀네요."

"그분은 채식주의자예요. 브라이턴시 출신이고요."

"어쨌든 내 소개를 하고 싶었어요. 언제든 편할 때 와서 저를 체포하세요."

그러자 크리스가 말한다. "그러죠."

코니가 도나에게 묻는다. "아이섀도 뭐 써요?"

"팻 맥그라스요. 골드 스탠더드."

"멋지네요. 어쨌든 오늘 일은 끝났으니 그만 집으로 돌아가세요. 지난 2주일 동안 여러분은 내가 보여주고 싶지 않은 모습은 어차피 하나도 못 보셨을 테니까요."

크리스는 커피를 한 모금 마시며 묻는다. "이거 정말 차고 커피숍에서 샀습니까? 맛이 기가 막히네요."

"새 기계를 들여놨거든요." 코니는 안주머니에 손을 넣더니 봉투를 꺼내 도나에게 내민다. "받아요. 당신 사진도 있고, 당신과 함께 일하는 다른 경찰들 사진도 있어요. 어차피 양측이 하는 게임이잖아요. 누가 여러분을 찍는 줄은 몰랐죠? 경찰 몇 명의 집까지 따라가서 찍은 사진도 있어요. 얼마 전에 당신이 데이트하는 모습도 찍었어요, 도나. 참고로, 당신은 더 나은 데이트 상대를 만날 수 있을 거예요."

"그러게요."

"그럼 이만. 직접 만나 인사를 나눠서 기뻤어요. 그동안 참 만나고 싶었거든요." 코니는 그들에게 손 키스를 불어 날린다. "이제 서로 모른 척하지 말기예요."

허리를 편 코니는 포드 포커스에서 멀어져 간다. 그들 뒤로 레인지로버 한 대가 다가온다. 레인지로버 조수석 문이 열리더니 코니를 태우고 떠난다.

"흠."

"흐음. 이제 어쩌죠?"

크리스는 어깨를 으쓱할 뿐이다.

"대단한 계획이었네요, 경감님. 아까 뭘 보라고 하신 거예요? 'ㅇ'으로 시작하는 거라면서요."

크리스는 시동을 걸고 안전벨트를 맨다.

"자네 엄마의 '예쁜 얼굴'이었어. 눈을 감을 때마다 눈앞에 아른거리거든."

"아, 크리스. 진짜 전근 요청을 하든지 해야겠어요."

"좋은 생각이야. 갈 때 가더라도 코니 존슨은 잡아넣고 가야지, 안 그래?"

3장

지루한 일상

뭐든 좋으니 신나는 일이 다시 일어나면 좋겠다.

불이 나는 건 어떨까. 아무도 다치지 않을 정도로만? 불이 살짝 일고 소방차가 출동하는 정도면 될 것 같은데. 우리가 다 같이 차가 담긴 보온병을 손에 들고 지켜볼 수 있도록. 그런 일이 생기면 론은 소방관들에게 목청 높여 이런저런 조언을 할 거다. 아니면 스캔들이 터지는 것도 재미있겠다. 내 스캔들이면 좋겠지만 그건 너무 큰 욕심이겠지. 스캔들이 되려면 나이 차도 상당히 커야 될 텐데. 아니면 누군가 갑자기 고관절 치환 수술을 받는 건 어떨까. 아니면 게이 커플이 탄생하거나. 쿠퍼스 체이스에는 아직 게이 커플이 없다. 만약 게이 커플이 탄생하면 다들 즐거워하지 않을까. 누군가의 손주가 감옥에 간다거나, 우리에게 영향을 미치지 않는 홍수 사태가 발생한다거나. 여러분은 내 말뜻을 알 것이다.

얼마 전 이 실버타운에서 사람이 줄줄이 죽어나간 걸 생각하면, 정원 한가운데서 빈둥거리거나 범죄 드라마 〈태거트〉나 보고 있는 건 참 지루한 일이다. 비록 내가 〈태거트〉를 즐겨 보긴 하지만.

간호사로 일할 때는 늘 환자들이 죽는 모습을 봤다. 왼쪽, 오른쪽, 중앙에서 불쑥불쑥 죽어나갔다. 오해하지는 말길. 난 사람을 죽인 적이 없다. 그게 무척 쉬운 일이긴 했지만. 의사보다 간호사에게 더 쉬운 일이었다. 당시 병원에서는 의사들이 제대로 일을 하고 있는지 자주 확인했지만 요즘은 의사, 간호사를 가리지 않고 확인한다. 그래도 마음만 먹으면 얼마든지 할 수 있는 일이다.

이브라힘은 내가 개를 기르는 걸 탐탁지 않게 여기지만 막상 눈앞에 개가 보이면 생각이 달라질 거다. 자기도 모르게 개를 찾아대겠지. 개를 산책시키고 싶다면서 제일 먼저 줄을 서게 될 거다. 30년 전에 이브라힘에게 미리 손을 써뒀어야 했는데.

서식스주 경계선 너머에 동물 구조 센터가 있다. 그곳에 온갖 종류의 동물들이 산다. 흔하게는 고양이와 개가 있고 심지어 당나귀와 토끼, 기니피그까지 있다. 기니피그를 구조할 일이 있을 줄 몰랐는데 있다고 한다. 하긴 누구나 살면서 구조받을 일이 있겠지. 기니피그라고 다를까. 페루에서는 기니피그를 먹는다던데, 여러분도 아는지? 전에 〈마스터셰프〉에 나온 내용이다. 그 프로그램에서는 언급만 했지 실제로 출연자들이 기니피그를 먹지는 않았다.

구조된 개들 대다수는 루마니아에서 왔다. 센터 측은 루마니아에서 구조한 개들을 여기로 데려온다. 어떻게 국경 너머로 데려오는지 모르겠는데 한번 물어봐야겠다. 비행기에 개들을 잔뜩 태워서 데려올 것 같지는 않다. 대형 밴에 싣고 오나? 좋은 방법을 찾아냈겠지. 론이 그러는데 루마니아에서 온 개들은 외국식 억양으로 짖어댈 거라고 했다. 역시 론이다.

동물 구조 센터 웹사이트를 들여다보긴 했지만, 직접 가서 봐야겠다. 일단은 앨런이라는 수컷 개에게 눈이 갔다. 프로필에 '테리어 종으로 추정됨'이라고 적혀 있다. 그걸 보자마자 '너나 나나 비슷하구나'라는 생각이 들었다. 앨런은 여섯 살이다. 개가 지금 이름에 익숙하니 이름을 바꿔 부르지 말라고 하는데, 아무리 번거로워도 개를 앨런이라고 부르고 싶진 않다.

이브라힘을 설득해서 다음 주에 동물 구조 센터까지 차로 데려다 달라고 해야겠다. 요즘 이브라힘은 운전에 아주 미쳐 있다. 내일은 페어헤이븐까지 운전해서 다녀올 예정이란다. 사람들이 살해당하기 시작한 후로 이브라힘은 자기만의 껍데기에서 벗어났다. 요즘은 머레이 워커(모터스포츠 해설가)라도 된 것처럼 차를 몰고 사방팔방 쏘다닌다.

점심시간에 엘리자베스는 왜 그렇게 멍하니 생각에 잠겨 있었을까. 얘기도 건성으로 듣는 것 같던데. 스티븐에게 무슨 일이 생겼나? 엘리자베스의 남편 스티븐 말이다. 어쩌면 페니를 잃은 슬픔을 아직 극복 못 한 건지도 모르겠다. 어느 쪽이든 분명 걱정이 있어 보였다. 점심 식사를 마치고는 결심이라도 한 듯 어딘가로 향했다. 십중팔구 누군가에게 안 좋은 일이 생겼을 때의 반응인데. 그 일이 나한테 닥칠 일이 아니길 바랄 뿐이다.

요즘 나는 뜨개질도 한다. 의외라고? 나도 알고 있다.

니트 앤 내터라는 뜨개질 클럽에서 디어드러라는 여자를 만났다. 디어드러의 남편은 프랑스 사람인데 얼마 전 세상을 떠났다. 사다리에서 떨어져 죽었다고 했는지 암에 걸렸다고 했는지는 잘 기억이 안 난다. 디어드러는 뜨개질로 우정 팔찌를 만들어서 자선 단체에 기부하고 있다면서 나한테도 해보라며 도안을 줬다. 누구한테 줄 것인지에 따라 다양한 색깔로 팔찌를 만들 수 있다. 사람들이 팔찌를 고르고 값을 치르면 그 돈은 전부 자선 단체로 들어간다. 난 내가 만든 팔찌에 스팽글을 달았다. 도안에는 스팽글이 없지만 서랍 안에 묵혀둔 스팽글이 좀 있어서 활용해봤다.

엘리자베스를 위해 빨간색과 흰색, 파란색 실을 써서 팔찌를 만들었다. 처음 만든 팔찌라 살짝 어설펐지만 팔찌를 받은 엘리자베스는 무척 좋아했다. 어떤 자선 단체에 돈을 기부하고 싶으냐고 물었더니 '치매와 함께 살기'라는 단체에 기부하고 싶다고 했다. 스티븐 때문인 것 같은데 스티븐의 상태에 대해서는 그 이상 깊게 대화를 나누지 못했다. 엘리자베스가 스티븐을 오랫동안 곁에 둘 수 있을 것 같지 않다. 치매는 한번 시작되면 되돌릴 수 없으니까. 가여운 엘리자베스. 스티븐에 대해서도 마음이 아프기는 마찬가지다.

보그단에게도 우정 팔찌를 만들어줬다. 노란색과 파란색 실을 써서 만들었는데 폴란드 국기 색깔인 줄 잘못 알았다. 보그단에게 물어보니 폴란드 국기는 빨간색과 하얀색이란다. 폴란드 출신이니 정확하겠지. 그는 내가 스웨덴 국기와 헷갈린 것 같다는데, 아마 그럴 것이다. 제리가 있었으면 바로잡아줬을 텐데. 여느 좋은 남편들처럼 제리도 국기에는 훤했다.

요전 날 보니 보그단이 내가 준 팔찌를 착용하고 있었다. 언덕배기의 건축 현장에 일을 하러 가는 길인 것 같았는데 나를 보더니 손을 흔들었다. 의미를 알 수 없는 문신이 새겨진 손목에 내가 준 팔찌가 끼워져 있었다. 바보처럼 미소가 멈춰지질 않았다. 햇빛에 반짝거리는 스팽글처럼 내 마음도 반짝거렸다.

엘리자베스는 내가 만들어준 팔찌를 차지 않았다. 탓할 수는 없다. 요즘은 내 솜씨가 좋아지긴 했지만 엘리자베스에게 준 팔찌는 처음 만든 것이라 모양이 별로였다. 어쨌든 엘리자베스와 나는 군이 우정 팔찌를 끼지 않아도 친구니까 됐다.

어젯밤 꿈에는 신혼 때 제리와 함께 살던 집에 가 있었다. 제리와 나는 문을 열고 어느 방으로 들어갔다. 처음 보는 그 방에는 우리가 생각했던 온갖 계획들이 채워져 있었다.

제리가 살아 있으면 나이가 몇일까. 내게 제리는 그저 제리일 뿐이다. 내가 그저 조이스이듯이. 다시는 만날 수 없지만, 우리는 꿈에서 서로를 만지고 웃으며 이런저런 계획을 세웠다. 여기에는 화분 식물을 놓고 저기에는 커피 테이블을 두자, 이러면서. 사랑이 가득한 방이었다.

잠에서 깨자 제리가 세상에 없다는 게 실감이 나 다시금 가슴이 무너져 내렸다. 울고 또 울었다. 이 집에서 아침부터 울음소리가 들린다면 새소리라고 생각해주길.

4장

안가

아름다운 가을날이다. 찬 기운이 감도는 걸 보니 가을이 얼마 남지 않은 것 같다. 곧 겨울이 오려나 보다.

오후 3시. 엘리자베스는 마커스 카마이클에게 줄 꽃다발을 들고 걸어가고 있다. 마커스 카마이클은 죽은 사람이다. 물에 빠져 익사한 사람이 어느 날 갑자기 러스킨 코트 14호에 살고 있다며 연락을 해왔다. 햄프셔의 교회 묘지에 매장되는 걸 분명히 봤는데. 그런 사람이 지금 이삿짐을 풀면서 새 와이파이를 설치하느라 낑낑대고 있단 말이지.

엘리자베스는 쿠퍼스 체이스 실버타운 한가운데에 위치한 전용 치료소 윌로우스 앞을 지나간다. 페니가 윌로우스에 있을 때 매일 찾아갔던 곳이다. 윌로우스에서 오랜 친구 페니 옆에 앉아 얘기를 나누곤 했다. 페니가 들을 수 있는지는 알 수 없었지만 페니 곁에서 음모를 꾸미고 이런저런 소문을 들려주기도 했다.

이제 페니는 없다.

날이 점점 짧아지고 있다. 해가 언덕배기의 나무들 뒤로 넘어갈 무렵 엘리자베스는 러스킨 코트에 도착해 14호 초인종을 누른다. 밑져야 본전이지. 잠시 후 문이 열린다.

실버타운의 모든 건물에는 승강기가 설치돼 있지만 엘리자베스는 가급적 계단을 이용한다. 계단을 이용하는 게 고관절과 무릎 유연성에 좋다. 게다가 문이 열렸을 때 승강기에 탄 사람을 죽이는 건 너무나도 쉬운 일이다. 도망갈 곳도 숨을 곳도 없으니까. '핑' 소리와 함께 내 모습이 노출되고 마니까. 죽임을 당할까 봐 걱정되지는 않는다. 여기서 그런 일이 일어날 것 같진 않다. 그저 언제나 모범 사례를 명심하고 사는 게 중요해서다. 엘리자베스는 승강기 안에서 사람을 죽여 본 적은 없었다. 에센시에서 승강기의 수직 통로에 떨어져 죽는 사람을 보기는 했지만, 그건 완전히 다른 상황이었다.

계단을 다 올라간 엘리자베스는 왼쪽으로 방향을 튼다. 꽃다발을 왼손에 옮겨 쥐고 14호 문을 두드린다. 누가 문을 열고 나올까? 여기서는 어떤 이야기가 펼쳐질까? 걱정해야 하는 상황일까?

문이 열리고 익숙한 얼굴이 나온다.

마커스 카마이클은 아니다. 그게 가능할 리 없지. 하지만 마커스 카마이클이라는 이름을 아는 사람이다. 그리고 그 이름에 그녀가 관심을 보이리라는 사실도 아는 사람.

생각해보니 걱정해야 할 상황인 것 같다.

황갈색 피부를 가진 잘생긴 남자. 희끗희끗한 엷은 갈색 머리카락 몇 가닥이 악착같이 두피에 붙어 있다. 역시 나이가 들어도 대머리가 되지는 않았구나.

어떤 게임을 하자는 거지?

"마커스 카마이클이라고?"

"뭐, 그렇게 됐어. 다시 보게 돼서 반가워, 엘리자베스. 나 주려고 가져온 꽃이지?"

"아니. 그냥 장식으로 가지고 다니는 거야."

엘리자베스는 집 안으로 들어가며 그에게 꽃다발을 내민다.

"그래, 뭐. 일단 물에는 넣어둘게. 들어와서 편히 앉아."

그는 주방으로 들어간다.

엘리자베스는 집 안을 찬찬히 둘러본다. 그림 한 점, 장식 하나 없다. 꾸며놓은 흔적 따위 보이지 않는다. 누군가 '이사 온' 느낌이 안 난다는 얘기다. 쓰레기 수거통에 처박혀 있어야 할 상태로 보이는 안락의자 두 개, 바닥에 쌓아놓은 책 몇 권, 독서용 램프가 고작이다.

"집을 참 정성스레 꾸며놨네."

엘리자베스는 주방 쪽에 대고 빈정거린다.

"내 취향은 아니야." 그는 주전자에 꽃을 담아 들고 거실로 돌아온다. "익숙해져야지 뭐. 여기 오래 머물지 않길 바라지만. 와인 줄까?"

그는 창턱에 주전자를 올려놓는다.

"그래."

엘리자베스는 안락의자에 가 앉는다. 무슨 일일까? 그는 왜 여기 왔을까? 오랜 세월이 지난 지금 대체 뭘 바라고? 뭐가 됐든 골치 아프게 됐다. 가구가 거의 갖춰져 있지 않은 거실, 드리워진 블라인드, 자물쇠로 잠근 침실. 러스킨 코트 14호는 영락없는 안가(정보 기관 등에서 비밀 유지를 위해 사용하는 일반 집)의 모습이다.

무엇을 피해 숨은 걸까?

남자는 레드 와인 두 잔을 들고 돌아온다.

"당신 취향은 말벡이었지?"

엘리자베스가 잔을 받아 들자 남자는 맞은편 안락의자에 앉는다.

"우리가 알아 온 스물 몇 해 동안 내가 마신 와인을 지금도 알고 있는 게 대단한 기억력이라고 생각하나 봐?"

"내 나이가 일흔이 다 됐어. 이 나이에는 뭐든 기억하는 것만으로도 대단한 거야. 건배나 해!"

그가 잔을 들자 엘리자베스도 잔을 들어 올린다.

"오랜만이야, 건배."

"정말 오랜만이지. 그래도 마커스 카마이클은 기억하고 있었네?"

"재미있는 시도였어."

마커스 카마이클은 엘리자베스가 만들어낸 허구의 인물이었다. 원래 그런 일은 엘리자베스의 전문 분야였다. 마커스 카마이클은 세상에 존재한 적 없는 인물로, 러시아인들에게 가짜 비밀을 넘기기 위한 목적으로 만들어졌다. 가짜 서류와 연출된 사진으로 만들어진 자, 존재한 적도 없는 비밀을 적에게 넘기려는 시도를 한 허구의 요원이었다. 구미가 당긴 러시아인들이 새 정보원한테서 더 많은 정보를 얻어내려 한 순간, 그들은 마커스 카마이클을 죽였다. 그리고 런던의 어느 의과대학 부속 병원에서 신원미상의 시신을 가져와 햄프셔 교회 묘지에 매장하고, 타이핑 담당 요원에게 남편 잃은 슬픔에 어쩔 줄 몰라 하는 아내를 연기하게 했다. 타이핑 담당 요원은 눈이 빠지게 울며 열연을 했고 그렇게 그들은 시신과 함께 거짓을 묻었다. 마커스 카마이클은 세상에서 살아본 적도 없는, 죽은 남자였다.

"고마워. 당신이 재미있어할 것 같더라고. 신수가 훤하네. 아주 좋아 보여. 그…… 그 친구 이름이 뭐더라……. 스티븐은 어때? 지금 남편 맞지?"

"쓸데없는 소리 그만하고." 엘리자베스는 한숨을 쉰다. "왜 여기 왔는지나 말해."

남자는 고개를 끄덕인다.

"그래, 엘리자베스. 시간도 많은데 속 시원하게 털어놓지 뭐. 그런데 남편 이름이 스티븐 맞지?"

엘리자베스는 집에 있는 스티븐을 떠올린다. 텔레비전을 켜놓고 나왔으니 스티븐은 그 앞에서 꾸벅꾸벅 졸고 있을 것이다. 집으로 돌아가 그의 팔에 안겨 옆에 나란히 앉아 있고 싶다. 이 텅 빈 집에서 이 위험한 남자와 함께 있고 싶지 않다. 전에 이 남자가 사람을 죽이는 걸 본 적이 있었다. 오늘은 그런 모험을 하고 싶지 않다. 스티븐과 그의 키스, 조이스와 개 얘기나 하고 싶다.

엘리자베스는 와인을 찔끔 마시며 묻는다.

"나한테서 원하는 게 있으니 찾아왔겠지? 늘 그랬잖아."

남자는 안락의자에 등을 기댄다.

"그래 맞아. 크게 힘든 일은 아니야. 당신이 재미있어할 만한 일이기도 해. 예전에 즐겁게 했던 일들 기억하지, 엘리자베스?"

"여기서도 충분히 재미있게 지내고 있어. 더 이상은 사양할게."

"그래, 얘기 들었어. 사람들이 죽어나갔다며. 파일 다 읽었어."

"파일?"

엘리자베스는 가슴이 철렁한다.

"어. 당신이 지난 두 달 동안 여기저기 부탁을 하면서 런던을 꽤 흔들어놨잖아. 재무 기록에 법의학 보고서에. 이곳에 은퇴한 병리학자도 있나 봐, 무덤에서 뼈까지 파낸 걸 보면? 눈에 안 띌 줄 알았어?"

엘리자베스는 근시안적으로 처신했음을 깨달았다. 목요일 살인 클럽 회원들과 함께 토니 커런과 이안 벤섬 사건을 조사하면서, 그리고 언덕 위의 무덤에서 찾아낸 뼈에 관한 조사를 하면서 여기저기 지인들에게 도움을 청했다. 누군가 어딘가에서 그런 움직임을 지켜보고 있을 가능성을 생각했어야 했는데, 남에게 부탁을 하면 언젠가 신세를 갚아줘야 하는 법이다. 이 남자는 어떤 대가를 바라고 온 걸까?

"뭘 해주길 바라는 거야?"

"사람 좀 돌봐 줘."

"누굴?"

"나."

"왜 당신을 돌봐줘야 하는데?"

남자는 고개를 끄덕거리며 와인을 한 모금 마시고는 앞으로 몸을 기울인다.

"아무래도 내가 성가신 일에 휘말린 것 같아, 엘리자베스."

"세월이 흘러도 변하지 않는 게 있어, 그렇지? 얘기나 들어볼게."

그때 자물쇠에 열쇠를 꽂아 돌리는 소리가 나더니 현관문이 열린다. 남자가 말한다.

"이번에는 시간 딱 맞춰 왔네. 이쪽은 내가 이야기를 풀어놓을 때 도움을 줄 사람이야. 내 담당 요원."

레스토랑에 새로 온 웨이트리스 퍼피가 거실로 들어와 그들에게 목례를 하며 말한다. "안녕하십니까."

엘리자베스가 말한다. "이렇게 된 거군요, 퍼피. 웨이트리스보다는 첩보원 일이 더 적성에 맞길 바랄게요."

퍼피는 얼굴을 붉힌다. "솔직히 잘 모르겠어요. 하다 보면 난관을 타개하고 안전도 확보할 수 있게 될 거라 믿습니다."

엘리자베스가 경험해 온 바로, 안가는 오랫동안 안전할 수가 없는 곳이다. 퍼피는 꽃이 담긴 주전자를 옆으로 치우고 창턱에 걸터앉으며 말한다.

"예쁜 꽃이네요."

엘리자베스가 퍼피에게 묻는다. "무엇으로부터 안전을 확보한다는 거죠?"

남자가 말한다. "처음부터 얘기할게."

"그래, 더글러스." 엘리자베스는 와인 잔을 내려놓는다. "당신은 남편으로서는 형편없었지만 이야기를 잘 풀어내는 재주는 있었어."

5장

사용하지 않으면

방금 전 이브라힘은 론과 점심을 함께 먹었다. 후무스를 먹어보라고 몇 번이나 권했지만 론은 요지부동이었다. 론은 누가 막지 않으면 매일 햄과 계란, 감자 칩만 먹어댈 거다. 일흔다섯이지만 여전히 체력이 좋으니 누가 론에게 잘못이라고 말할까? 이브라힘은 운전석 문을 당겨 닫고 안전벨트를 채운다.

론은 다음 주에 손자 켄드릭이 와서 집에 머물기로 했다며 좋아 죽으려고 한다. 이브라힘도 덩달아 신이 났다.

이브라힘은 멋진 아버지이자 멋진 할아버지가 될 수도 있었다. 하지만 살면서 놓친 수많은 것들과 마찬가지로 그는 자손을 보지 못했다. 지금 이브라힘은 시동을 걸며 생각한다. 참 멍청하게 살았지, 인생 최대의 실수였어. 삶을 제대로 누리지 못하고 무사안일만 추구하며 숨어 살다시피 했으니.

그래서 어떤 좋은 꼴을 봤을까? 지나치게 조심하느라 내리지 못한 결정들? 너무 소심해서 손을 뻗어 잡지 못한 사랑들? 그는 지금껏 놓치고 만 수많은 기회들을 떠올려본다.

'곱씹고 또 곱씹기'는 이브라힘의 특기다. 하지만 이제라도 과감하게 살아보기로 결심했다. 조금이라도 더 현재를 즐겨봐야지. 론의 혼란스러운 자유, 조이스의 기쁨 가득한 낙천주의, 엘리자베스의 과감한 법의학적 판단력에서 교훈을 얻어 보자.

'개를 사지 말아요, 조이스'라고 이브라힘은 조언했다. 생각해보니 조이스는 개를 데려오는 게 맞을 것 같다. 돌아가면 조이스에게 그렇게 말해줘야겠다. 조이스가 그에게 개를 산책시키게 해줄까? 물론 그럴 것이다. 개를 데리고 산책을 하는 건 훌륭한 유산소 운동이다. 다들 개를 사야 한다. 남자는 겁에 질려 영국으로 도망칠 게 아니라, 사랑하는 여자와 결혼해야 마땅하고 말이다. 이브라힘은 그 결정에 대해 평생을 두고 생각을 거듭해왔다. 친구들과는 한 번도 그 얘기를 나눈 적이 없었다. 언젠가는 하게 되려나?

쿠퍼스 체이스 정문을 나가 왼쪽으로 방향을 튼다. 당연한 얘기지만 몇 번이나 확인을 하고 나서야 방향 전환을 한 것이다.

그의 앞에 세상이 펼쳐져 있다. 아무리 두려워도 가끔은 이렇게 쿠퍼스 체이스를 나가 돌아다녀 줘야 한다. 그래서 지금 그는 이렇게 온갖 소음과 차량들, 사람들 사이에 나와 있는 것이다.

일주일에 한 번씩 론의 다이하츠를 빌려 타고 페어헤이븐에 다녀오기로 결심도 한다. 마을 표지판 앞을 지나가는데 기분이 좋아진다. 혼자만의 시간을 즐기자. 쇼핑도 하고, 스타벅스에 앉아 커피를 마시면서 신문도 읽어야겠다. 여기 머무는 동안 주변 풍경을 둘러보면서 귀를 열어두어야지. 요즘 사람들은 무슨 얘기를 하며 살까? 불행한 표정을 짓고 있을까?

주차할 곳을 찾지 못할까 봐 걱정했는데 막상 와서 보니 수월하게 자리를 찾을 수 있다. 주차료 결제 방법을 알아내지 못할까 봐 걱정했지만 그것도 쉽게 해낸다.

대체 어떤 정신과 의사가 인생살이를 두려워하느냐고? 정신과 의사라면 거의 다 그럴 것이다. 애초에 그래서 정신과 의사가 됐을 테니까. 때로는 세상에 몸을 내던져도 큰 해는 없지 않을까. 쿠퍼스 체이스 안에서만 살다 보면 머리가 굳어버리는 느낌이다. 늘 같은 사람들과 같은 대화를 나누고 같은 불평불만을 토로하며 시간을 보내니까. 살인 사건을 조사할 때는 그래도 좀 살맛이 났었다.

그는 셀프 계산과 비대면 결제도 금방 해낸다. 둘 다 사람과의 상호작용을 최소화한 방식이다. 처음 보는 사람에게 굳이 인사를 건넬 필요노 없다. 이 좋은 걸 그동안 모르고 살았다니!

안락의자에 앉아 한 시간 동안 책을 읽어도 아무도 눈치 주지 않는 사랑스러운 독립 서점도 하나 발견했다. 당연히 읽던 책을 사 가지고 갈 것이다. 『당신(You)』이라는 책인데 '조'라는 이름의 사이코패스에 관한 내용을 담고 있다. 이브라힘은 조에게 크게 공감한다. 그는 다른 책도 세 권 더 구매한다. 다음 주에 다시 왔을 때 이 서점이 여전히 이 자리에 있길 바라기 때문이다. 계산대 뒤에 '당신의 동네 서점 ─ 사용하지 않으면 잃게 됩니다'라는 글이 적혀 있다.

'사용하지 않으면 잃게 됩니다.' 참으로 적절한 말이다. 오늘 그가 여기 온 이유이기도 하다. 시끌벅적한 소음과 쌩쌩 달리는 차들, 10대 청소년들의 고함 소리, 건축 일 하는 사람들의 걸쭉한 욕지거리가 사방에 가득하다. 기분 좋다. 무서움도 덜하다. 뇌가 살아 있는 느낌이랄까. 사용하지 않으면 잃게 된다.

손목시계를 들여다본다. 세 시간이 훌쩍 지나 어느새 집으로 돌아가야 할 때가 됐다. 머릿속에 모험이 가득하다. 조이스에게 개를 기르라고 말해주면서 오늘 경험한 비대면 결제에 대해 들려줄 작정이다. 비대면 결제에 대해 이미 알고 있을 수도 있지만, 관련 기술에 대해서는 자세히 알아보지 않았을 것이다. 그는 그 기술에 대해 조금 전 알아두었다. 삶을 제대로 살기 시작하니 시간이 쏜살같이 흘러간다.

페어헤이븐 경찰서 근처에 론의 다이하츠를 주차해두었다. 아무래도 그곳이 주차하기에 제일 안전한 장소인 것 같았다. 언젠가 경찰서에 들러 크리스와 도나의 얼굴을 보고 갈 수도 있을 것이다. 근무 중인 경찰들을 그냥 만나러 들어가도 될까? 그들은 그를 반겨주겠지만 방화 범죄 수사를 지연시키면서까지 한담을 나누면 안 될 것 같기도 하다. 하지만 그런 걱정을 하는 건 낡은 이브라힘이다. 새로운 이브라힘이라면 과감하게 운에 맡기고 시도해봐야지. 누굴 만나고 싶다고? 그럼 딱 들어가서 만나면 된다. 론처럼. 물론 론은 화장실에 들어가 문도 열어놓고 볼일을 보는 사람이다. 그러니 과감하게 행동을 하더라도 한계가 있다는 건 명심해야겠지.

경찰서 근처 모퉁이에 자전거를 탄 10대 청소년 셋이 보인다. 두건을 내려쓴 그들 옆을 지나가는데 대마초 냄새가 훅 풍긴다. 쿠퍼스 체이스 주민들 중에는 대마초를 피우는 이들이 많다. 녹내장 치료에 효험이 있다며 피워대는데, 통계적으로 녹내장에 걸린 사람이 그렇게 많을 수가 있나? 젊은 시절 이브라힘은 부자 친구들에게 이끌려 아편을 피워본 적이 있었다. 워낙 소심한 성격이라 그 후 또 아편을 피우지는 않았다. 아편 피우기도 앞으로 해 봐야 할 일 목록에 올려둬야 할까? 아편은 어디서 사야 되려나. 크리스와 도나라면 알 것이다. 경찰들과 아는 사이라 여러모로 유용하다.

지금 저 10대 청소년들이야말로 이브라힘이 두려워해야 하는 부류다. 알지만 굳이 무서워할 필요가 있을까. 길모퉁이에서 자전거를 타고 어슬렁대는 젊은 애들이야 늘 있지 않은가. 페어헤이븐이나 런던이나 카이로나 마찬가지다.

저 앞에 다이하츠가 보인다. 집으로 돌아가는 길에 세차장에 들러야지. 차를 빌려준 론에게 고마움을 표시하기 위해서이기도 하지만 이브라힘도 워낙 세차를 좋아한다. 휴대폰을 꺼내 든다. 오늘 처음 알게 된 정보를 활용해볼 것이다. 휴대폰 앱으로 주차료를 결제할 수가 있다. 앱은 애플리케이션의 준말이다. 이렇게 쓸모가 많으니 다들 휴대폰에 코를 박고 있는 것도 이해해야 하지 않을까? 인간의 모든 지식과 성취가 주머니 속 휴대폰에 다 들어 있으니, 시도 때도 없이 휴대폰을 들여다보는 것도 괜찮은…….

이브라힘은 자전거가 다가오는 소리도 듣지 못했다. 그저 그의 옆으로 쌩하니 지나가면서 휴대폰을 낚아챈 손을 보았을 뿐이다. 휴대폰을 빼앗기면서 몸이 휘청해 그는 땅바닥에 나뒹굴고 만다.

옆으로 쓰러져 구르다가 도로 경계석에 부딪친다. 팔과 옆구리에 즉각 통증이 느껴진다. 재킷 소매도 찢어졌다. 찢어진 소매를 수선할 수 있을까? 좋아하는 재킷인데. 수선이 가능하면 좋겠다. 안감이 뼈처럼 하얗게 드러나 보기에 좋지가 않다. 달려오는 발소리, 10대들의 웃음소리가 들린다. 다가온 발소리가 그를 두 번 걷어찬다. 한 번은 등에 또 한 번은 후두부에. 그는 도로 경계석에 머리를 한 번 더 부딪친다.

"라이언, 가자!"

이건 무척 좋지 않은 상황이다. 심각한 일이 일어나고 말았다. 움직이고 싶은데 몸이 움직여지질 않는다. 배수로의 물기가 그의 울 바지에 스며든다. 입 안에 피 맛이 돈다.

달려오는 발소리가 더 들려온다. 하지만 그는 몸을 보호할 수가 없다. 차가운 도로 경계석이 얼굴에 닿아 있다. 발소리가 그의 앞에서 멈추지만 이번에는 걷어차이지 않는다. 누군가 어깨를 잡는다.

"이봐요. 맙소사! 크리스틴, 구급차 불러."

그렇다. 누구에게나 모험의 끝은 늘 구급차다. 얼마나 다쳤을까? 뼈가 부러졌을까? 골절도 그의 나이에는 안 좋은 일이다. 혹시 더 심하게 다쳤을까? 후두부를 걷어차였는데. 앞으로 무슨 일이 일어나든 한 가지는 확실하다. 그가 실수를 했다는 것. 안전한 곳에 머물렀어야 했다. 앞으로 다시는 페어헤이븐에 놀러 오는 일은 없을 것이다. 서점의 안락의자에 앉아 책을 보는 일도 없겠지. 새로 산 책들은 어디 있을까? 길바닥에서 물에 젖고 있으려나? 누군가 몸을 흔들어댄다.

"이봐요. 눈 좀 떠 봐요. 정신 차려요!"

눈을 뜨고 있다고 생각했는데 어느새 눈이 스르르 감기고 만다.

6장

국제 돈세탁 조직

엘리자베스는 말벡 와인을 두 잔째 마시며 전남편 더글러스 미들미스가 들려주는 국제 돈세탁 얘기에 귀를 기울인다. 일흔이 다 된 남자가 어째서 돌봄을 필요로 하는지에 관한 내용이기도 하다.

"우리가 그놈을 한동안 지켜봤거든. 마틴 로맥스라는 놈인데 오래된 저택에 사는 돈 많은 놈이야. 자금 출처를 증명하는 서류도 완벽하게 갖추고 있어서 재무 쪽 애들도 그놈한테 손을 못 대. 그래도 미심쩍은 냄새가 슬슬 풍겨. 그게 어떤 건지 알지?"

"알지."

"그놈 집에는 늘 온갖 놈들이 드나들어. 러시아인, 세르비아인, 터키 마피아까지. 한가로운 햄블던 마을 외곽에 있는 외딴 저택에 그런 놈들이 들락거린단 말이야. 그 마을에는 크리켓 클럽도 있어."

"유감이네."

"레인지로버, 벤틀리 같은 차들이 시골길을 오르내려. 헬리콥터를 탄 아랍 놈을 비롯해서 온갖 잡놈들이 드나드는 거야. 한번은 아일랜드 공화국군 사령관이 경비행기에서 낙하산을 갖고 뛰어내려서 마틴의 집 정원으로 내려오더라니까."

"무슨 사업을 하는데? 비공식적으로?"

퍼피가 대신 대답한다. "보험업이요."

"보험업이요?"

더글러스가 앞으로 몸을 기울이며 설명한다.

"마틴은 주요 범죄 조직을 위한 은행 역할을 해. 가령, 터키 놈들은 아프가니스탄 놈들한테서 헤로인 1억 파운드어치를 구매하면서 대금을 한꺼번에 지불하진 않거든."

퍼피가 부연 설명을 한다. "냉장고를 구매할 경우 물건이 배달돼 올 때까지 잔금을 다 주지 않는 것과 마찬가지예요."

"고마워요, 퍼피. 설명 안 해줬으면 못 알아들을 뻔했네요."

더글러스가 말한다. "믿을만한 중개인에게 계약금 1,000만 파운드를 먼저 건네는 거야. 일종의 성의 표시로."

"마틴 로맥스가 그 중개인이라고?"

"놈들이 마틴을 신뢰하거든. 당신도 직접 만나보면 믿음이 갈걸. 특이하고 사악하지만 일 처리는 확실해. 사악한 인간이 믿을 만하기가 쉽지 않거든. 알잖아."

엘리자베스는 고개를 끄덕인다. "그 남자 집에 현금이 가득하다 이거지?"

"현금일 때도 있고 진귀한 물건일 때도 있어. 값을 매길 수 없을 정도로 비싼 그림이나 금, 다이아몬드 같은 거."

퍼피가 부연 설명을 한다. "우즈베키스탄 마약상이 『캔터베리 이야기』(영국 시인 G.초서의 최후의 작품이자 최고 걸작) 초판본을 그 집에 가져갔던 적도 있어요."

더글러스가 말한다. "우리 친구 마틴의 귀중품 보관실에 값나가는 물건들은 다 있지. 거래가 잘 이루어지면 마틴은 계약금을 돌려줘. 다음 거래 때 또 쓰라고. 일이 잘못되면 계약금은 손실 보상금으로 지급되는 식이야."

"귀중품 보관실 안이 아주 대단하겠네?"

"아무 때나 들어가서 봐도 현금 5억 파운드는 있을걸. 아니면 금이나 보석, 도난당한 렘브란트 작품들, 수백만 파운드는 나갈 중국 옥이 있겠지. 윈체스터시에서 겨우 몇 킬로미터 떨어진 곳에 그런 보물들이 있다니까."

"당신은 그런 걸 어떻게 다 알았어?"

퍼피가 설명한다. "저희가 그 집에 몇 번 들어갔어요. 몰래 들어가서 벽에 마이크를 심고 전등 스위치에 카메라를 설치했죠."

더글러스가 말한다. "당신도 아는 기술이야."

"귀중품 보관실에도?"

퍼피는 고개를 젓는다. "그 안에는 아직 들어가질 못했어요."

"거기 말고도 집 안 곳곳에 보물이 있어. 전에 몰래 들어가서 보니까 당구대 위에 반에이크의 그림이 있더라고."

"몰래 들어갔다고?"

"물론 도움을 받았지. 퍼피와 해군특전대 출신 친구가 도와줬어."

엘리자베스는 창턱에 걸터앉아 두 다리를 달랑거리고 있는 젊은 여자에게 묻는다.

"당신도 남의 집에 침입했나요, 퍼피?"

"검은 옷을 입고 명령받은 일을 수행했죠."

퍼피는 자세를 바꿔 편하게 앉는다.

"보안기관에서 경력을 잘 쌓아가고 있군요. 그러니까 두 사람을 비롯해 이해관계가 있는 사람 몇몇이 보물로 가득한 그 집에 몰래 들어갔다 이거네?"

"맞아. 잠깐 둘러보러 들어간 거야. 여기저기 사진도 찍고 아무도 모르게 빠져나왔어. 당신이랑 함께 백 번쯤 했던 일이야."

"그래. 침실을 자물쇠로 잠가놓고 안락의자 두 개만 거실에 달랑 들여놓고 살면서 전 부인에게 당신을 돌봐달라고 부탁하는 것과 그 일이 대체 무슨 상관인데?"

"그 일 때문에 나한테 문제가 생겼거든. 자세히 들어볼래?"

"싹 다 털어놔, 더글러스."

엘리자베스는 그를 똑바로 바라본다. 그는 여전히 눈빛이 반짝거린다. 그 눈빛 때문에 지혜와 매력을 갖춘 인물처럼 보였다. 엘리자베스도 그 눈빛에 넘어가 열 살 연하인 그와 결혼했고 몇 달 만에 후회했다. 알고 보니 그 반짝이는 눈빛은 위험하니 바위 지대에 접근하지 말라고 경고하는 등대의 불빛과 다름없었다.

창턱에 앉은 퍼피가 엘리자베스에게 묻는다.

"자세한 상황을 말씀드리기 전에 질문 하나만 해도 될까요?"

"그러세요."

"여기 사는 노인분들이 요원님에 대해 얼마나 알고 있죠? 파일에 적힌 걸 보면 상당히 많이 아는 것 같던데요."

"한두 가지 정도 알고 있어요. 친한 친구들이니까."

"친한 친구들이라는 건 조이스 메도우크로프트 씨, 론 리치 씨, 이브라힘 아리프 씨 말씀이시죠?"

"그래요. 대단한 파일을 갖고 있네요, 퍼피. 파일에 자기 이름이 적혀 있다는 얘기를 해주면 조이스가 엄청 좋아할 거예요."

"이건 물어보라는 요청을 받아서 드리는 질문입니다. 지난 4개월 동안 공무상 비밀 엄수법을 위반하신 적 있나요?"

엘리자베스는 웃음을 터뜨린다.

"아이고, 물론이죠. 몇 번이나 위반했어요."

"알겠습니다. 적어둘게요. 친구분들이 더글러스 요원이나 저에 대해 모르게 하셔야 됩니다. 약속해주실 수 있나요?"

"힘들어요. 이 집에서 나가자마자 다 말할 거라서."

"허용할 수 없습니다."

"선택의 여지가 없을 텐데요, 퍼피."

"제가 명령대로 해야 한다는 걸 누구보다 잘 아시잖아요, 요원님."

"퍼피. 첫째, 요원님이라고 하지 말고 그냥 엘리자베스라고 불러요. 둘째, 이 일을 하면서 명령이 제때 떨어지는 꼴을 본 적이 없어요. 이제 와서 새삼스럽게 바뀌겠어요? 끝까지 들어보고 이 일을 수락할지 말지 결정할게요. 그리고 내가 친구들에게 말하더라도 걱정 안 해도 돼요."

더글러스는 킬킬 웃는다. "친구들이 당신에 대해 다 알고 있나 봐?"

"필요한 만큼은 알고 있어."

"당신이 데임(기사 작위를 받은 여성에게 붙이는 칭호) 엘리자베스라는 것도 알아?"

"그것까진 몰라."

"다 아는 건 아니네."

"그렇지."

"작위를 마지막으로 사용한 게 언제였어, 엘리자베스?"

"코소보에서 급하게 오토바이를 빌려야 했을 때. 당신은 작위를 마지막으로 사용한 게 언제였어, 더글러스 경?"

"해밀턴 공연 티켓을 구할 때."

엘리자베스의 휴대폰이 울린다. 드문 일이다. 화면을 보니 조이스다. 조이스가 전화를 하다니. 이건 더 드문 일인데.

"잠깐 전화 좀 받을게."

7장

노상 강도 사건

코니 존슨의 자신감은 알아줘야 한다. 일 처리가 꽤 멋있었다. 어쨌든 잠복근무는 시간 낭비였던 것으로 드러났다. 코니를 체포하려면 훨씬 더 영리한 방법을 찾아내야 한다. 그게 어떤 방법이든 당분간은 크리스 허드슨 경감의 머리에 떠오를 것 같지는 않다. 안 그래도 속이 쓰린데, 지금 그는 모욕적이게도 실내용 자전거의 페달이나 밟고 있다.

체육관에 있는 운동 기기들 중 실내용 자전거가 그에게 제일 잘 맞는다. 일단 타고 앉으면 페달을 밟으면서 휴대폰을 들여다봐도 된다. 자기만의 속도로(느긋하게) 달리다가 러닝셔츠를 입은 근육남이나 라이크라 스판 운동복을 입은 근육녀가 지나갈 때는 멋지게 보여야 하니 좀 더 속도를 내준다. 페어헤이븐 경찰서의 동료들 중 상당수가 이 체육관에 다닌다. 체육관에서 그들을 자주 보는데 여기서는 크리스의 계급을 별로 쳐주는 것 같지 않다. 요전 날 순경 하나가 그의 등을 툭 치면서 "열심히 하세요, 친구. 할 수 있습니다"라고 말하는 게 아닌가. 친구라고? 다음에 24시간 운영하는 임대 차고의 사흘 치 CCTV 영상을 죽치고 앉아 들여다봐야 할 일이 생기면 그 젊은 순경 녀석을 불러다가 시켜야겠다. 누구더러 친구래.

지금 그의 눈앞에서 테리 핼릿 경위가 웃통을 벗고 턱걸이를 하고 있다. 제기랄.

크리스는 헐렁한 티셔츠에 축 늘어진 반바지 차림으로 실내용 자전거 페달이나 밟고 있는데. 반바지 때문인가? 그래 바로 그거다. 그가 이렇게 페달을 밟는 건 패트리스를 위해서다. 거의 2년 만에 처음으로 벗은 몸을 정기적으로 보여줄 여자가 생겼다. 물론 그녀와 함께할 때마다 그는 불빛을 최대한 어둡게 하고 있다. 지금까지는 잘되어가고 있다. 크리스도 행복하고 패트리스도 행복한 것 같다. 만약 패트리스가 행복하지 않다면 어떻게든 표현하지 않았을까? 그와 더 이상 같이 자지도 않겠지. 어쨌든 몸에 좋은 음식을 먹고 살도 좀 빼고 스펀지처럼 말랑말랑한 피부 아래 근육을 좀 채워 넣는다고 해서 해로울 일은 없을 것이다.

아직까지 크리스와 패트리스는 연애 초기다. 성욕이 솟구치고 예술적 감흥이 마구 이는 시기인 것이다. 이대로 6개월쯤 지나면 그들은 사랑에 빠지게 될 것이다. 그때쯤이면 체중을 원상회복해도 되겠지만 지금은 관리를 해줘야 할 때다

실내용 자전거는 온갖 다이얼과 버튼이 붙어 있는 예술 작품이다. 마찰력을 높이고 언덕길을 달리는 느낌을 주면서 심박동수와 이동 거리, 소요 시간, 소모 칼로리를 측정해 보여준다. 크리스는 화면의 스위치 대부분을 꺼놓았다. 심박동수 모니터는 보기만 해도 소름 돋는다. 화면에 뜬 숫자가 맞을 리도 없다. 소모 칼로리 숫자가 제일 엉터리다. 10킬로미터나 페달을 밟았는데 겨우 100칼로리 태웠다고? 10킬로미터인데? 100칼로리면 트윅스 초콜릿 반 개 정도의 열량 아닌가? 더는 생각하고 싶지도 않다.

그는 골동품 감정 프로그램이 방영 중인 텔레비전 화면만 쳐다보면

서 45초 간격으로 체육관의 시계를 흘끔거리고 있다. 정해진 시간이어서 다 되기를.

텔레비전에 출연한 늙수그레한 남자는 술병에 담긴 배의 가치가 60파운드밖에 안 된다고 나오자 애써 실망을 감추는 표정이다. 그때 크리스의 휴대폰이 울린다. 평소에는 가급적 체육관에서 휴대폰을 받지 않는데 화면에 도나의 이름이 떠 있으니 안 받을 수가 없다. 코니 존슨과 관련된 일인가? 제발 그래야 할 텐데.

크리스는 안 그래도 느려 터진 페달 속도를 더 늦추며 전화를 받는다.

"도나, 내가 지금 자전거를 타는 중이라서. 랜스 암스트롱(사이클 황제로 불리는 미국의 전 프로 사이클 선수)도 저리 가랄 정도로……."

"경감님, 병원으로 와주실 수 있어요?"

도나가 그를 '경감님'이라고 부르다니 심상치 않은 상황인 모양이다.

"그래. 무슨 일인데?"

"노상강도 사건이에요. 심각해요."

"음, 노상강도 사건인데 왜 나까지 오래?"

"피해자가 이브라힘 씨예요."

크리스는 전화를 끊기도 전에 달리기 시작한다.

8장

부상당한 남자

이브라힘이 말하는 동안 조이스는 이브라힘의 왼손을 꼭 잡아준다. 오른손은 엘리자베스가 잡고 있다. 저쪽 벽에 기대어 선 론은 병상에 누운 친구와 최대한 거리를 두었지만 눈에는 눈물이 고여 있다. 조이스는 론의 그런 모습을 처음 보는 터라 론이 본인 편한 곳에 서 있게 두기로 한다.

이브라힘의 코에는 튜브가 연결됐고 몸통에는 붕대를 잔뜩 감았다. 목에는 보조기를 찼고 팔에는 링거를 꽂았다. 얼굴에 핏기가 하나도 없는 것이 사람이 아주 망가진 듯하다. 조이스가 보기에 겁에 질린 표정이라 그런지 확 늙어 보인다.

그래도 의식은 있다. 등받이에 기댄 채 일어나 앉아 얘기를 하는 중이다. 천천히 나지막하게. 고통스러워하는 기색이 역력하지만 그래도 말은 하고 있다.

조이스는 이브라힘이 하는 얘기를 잘 듣기 위해 앞으로 몸을 기울인다.

"휴대폰으로 주차료를 결제할 수가 있어요. 참 편리하더라고요."

조이스는 다시 이브라힘의 손을 꼭 잡고 묻는다. "그래서 어떻게 됐어요?"

엘리자베스는 조이스가 들어본 중 제일 상냥한 목소리로 그를 부른다. "이브라힘? 미안한데 지금 주차에 대한 얘기를 할 때가 아니에요. 누가 이런 짓을 했는지 말해줘요."

이브라힘은 애써 고개를 끄덕이고는 통증 때문에 얕게 숨을 들이마신다. 그는 엘리자베스에게 잡힌 오른손을 빼내서 손가락 하나를 들어 보이려다가 힘에 부쳐 포기한다.

"알겠습니다. 하지만 앱 결제는 정말 대단히 영리한 방식이에요. 그러니까……."

병실 문이 열리고 크리스와 도나가 뛰다시피 들어와 곧장 병상 앞으로 다가온다.

도나가 소리친다.

"이브라힘!"

조이스는 도나가 와서 이브라힘의 손을 잡게 해준다. 다들 번갈아 가며 그렇게 했다. 크리스는 침대 맞은편 쪽으로 와서 침대 머리판을 손으로 톡톡 치더니 이브라힘을 내려다보며 애써 미소 짓는다.

"소식 듣고 걱정했습니다."

이브라힘은 크리스에게 엄지 두 개를 힘없이 세워 보인다.

도나가 말한다. "우리가 범인을 잡을 거예요. 아시죠?"

엘리자베스가 맞장구친다. "당연히 두 분이 잡아야죠."

그러자 크리스가 씁쓸하게 말한다. "미안하게 됐습니다, 엘리자베스. 우리가 이 방에 들어온 지 9초밖에 안 됐지만 사건을 벌써 해결하고도 남았어야 하는데 말입니다."

조이스가 말린다. "병원에서 괜히 싸우지들 말아요."

"말은 할 수 있어요, 이브라힘?" 도나의 물음에 이브라힘은 고개를 끄덕인다. "범인들은 저희가 꼭 잡을게요. 그놈들을 카메라 꺼진 방에 집어넣고 이런 짓 한 걸 후회하게 만들어줄 거예요."

그러자 엘리자베스가 말한다. "그래야죠. 경찰로서 당연히 그리 해야죠."

론이 별안간 크리스에게 삿대질을 하며 따진다. "경찰서에서 겨우 90미터 떨어진 곳에서 벌어진 일이랍니다. 경찰이 재활용 쓰레기를 쓰레기통에 잘못 버린 사람이나 잡겠다고 쓸데없는 짓 하는 동안에 벌어진 일이에요."

조이스가 말린다. "그만해요, 론."

크리스가 구시렁거린다. "저는 체육관에 있었습니다."

론이 투덜거린다. "그러니까 하는 말이잖아요."

엘리자베스가 상황을 정리한다. "쓸데없는 소리 말아요, 론. 크리스와 도나가 알아서 해결할 테니 조용히 지켜보면 돼요."

크리스는 엘리자베스에게 고개를 끄덕이고는 침대에 걸터앉아 이브라힘을 바라본다.

"기억나는 게 있으면, 뭐라도 좋으니 말해주세요. 수사에 도움이 될 겁니다. 기억이 흐릿하겠지만 작은 단서라도 괜찮으니까 잘 떠올려보세요."

조이스도 응원한다. "어서 해봐요."

이브라힘을 고개를 끄덕이고는 천천히 입을 연다. 통증이 너무 심해서 중간중간에 자꾸 멈칫하게 된다.

"기억나는 게 별로 없어요, 크리스. 알다시피 평소에는 내가 세세하게 잘 기억하는 편인데."

"그렇죠. 괜찮으니까 뭐든 말해주세요."

"세 명이었어요. 둘은 백인이고 하나는 아시아인인데……, 방글라데

시 쪽 같았어요."

"좋아요, 이브라힘. 또 있습니까?"

"셋 다 자전거를 탔어요. 자전거 브랜드가 카레라 불칸이랑 노르코 스톰 4가 있었고 세 번째는 확실치 않지만 부두 반투였던 것 같아요."

"그렇군요……."

"셋 다 후드를 내려 쓰고 있었어요. 하나는 흰색 끈이 달린 진홍색 나이키 티를 입었고 나머지 둘은 검은색 아디다스 후드 티 차림이었어요. 운동화는 흰색 리복이랑 흰색 아디다스를 신은 걸 봤는데 세 번째 운동화는 기억이 안 나네요."

이브라힘은 미안해하며 크리스를 쳐다본다.

"그래요, 알겠습니다."

"백인 소년들 중 하나는 베이지색 끈에 파란색 시계 판이 있는 손목시계를 찼습니다. 다른 하나는 왼손에 별 세 개로 된 문신이 있었어요. 방글라데시 소년은 얼굴 오른쪽 측면에 여드름 자국이 보였고요. 백인 소년들 중 하나는 얼굴에 면도 발진이 있었습니다만 그 점에 주목할 필요는 없을 것 같습니다. 면도 발진 같은 건 하루 정도면 가라앉으니까요. 한 명은 청바지가 찢어져 있었는데 허벅지 부분의 구멍을 통해 문신 아랫부분이 들여다보였어요. 축구 클럽의 문장이던데. 브라이튼 앤 호브 알비온 축구 클럽 같아요. 그리고 '원히'라는 글자가 같이 보였는데 아마 '영원히'라는 단어의 뒷부분이겠죠. 확신은 못 하겠습니다. 내가 기억하는 건 이게 전부예요. 멍한 상태에서 본 거라."

조이스는 미소를 짓는다. 역시 대단한 이브라힘이다.

크리스가 말한다.

"예상보다 구체적으로 기억하고 계시네요. 근처 CCTV를 확인해서 그놈들을 찾고 자전거도 확인해보겠습니다. 꼭 잡아드릴게요."

"고맙습니다. 그리고 나를 공격한 놈들 중 한 명의 이름을 들었는데, 그게 도움이 될까요?"

"이름을 들었다고요?"

"내가 쓰러져 있는데 그놈들이 소리를 치더군요. '라이언, 가자!'라고요."

도나가 묻는다. "'라이언, 가자'라고요?"

론이 재촉한다. "그놈이 범인입니다. 바로 그놈이에요. 멍하게 있지 말고 얼른 가서 그 라이언이란 놈을 체포해요."

크리스가 말한다. "페어헤이븐에 사는 라이언이라는 이름을 가진 전과자를 죄다 잡아들이면 감방이 모자랄 겁니다."

그때 간호사가 들어온다. 조이스는 간호사의 표정을 보더니 바로 일어나 말한다. "간호사 선생님이 일을 하셔야 하니 이제 다들 돌아가요."

차례로 이브라힘을 한 번씩 부드럽게 안아주고 입을 맞춘 뒤 줄지어 병실을 나서는데 론은 우물쭈물하며 병실 안에 남아 있다.

조이스가 말한다. "어서 가요, 론. 집에 가야죠."

론은 발을 이리저리 끈다. "음, 나는 여기 있을 겁니다."

"안 간다고요?"

"그게…… 병원에서 여기 간이침대를 놓아주겠다고, 머물러도 된다고 하네요." 론은 어깨를 으쓱한다. 겸연쩍어하는 표정이다. "말동무나 해주려고요. 아이패드를 가져왔으니 같이 영화나 보든가."

그러자 이브라힘이 말한다. "내가 보고 싶은 한국 영화가 있습니다만."

"그거 빼고요."

조이스는 론에게 다가가 안아준다. 론은 당황해하는 눈치다.

"우리 친구를 잘 돌봐줘요."

조이스는 이렇게 말하고는 병실을 나간다. 등 뒤로 문이 닫히고 저 앞에 크리스, 도나와 얘기 중인 엘리자베스의 모습이 보인다.

"놈들이 휴대폰을 빼앗아 가서 따로 휴대폰을 조사할 수는 없을 것 같고요. 얘기를 들어보니 증인도 없어 보입니다. 놈들은 그 부근에 CCTV가 없다는 걸 알고 있었을 겁니다. 이브라힘 씨에게 범인들의 인상착의를 들었으니 잡아들일 수 있을 것 같기는 합니다만, 잡아다가 신문을 해도 우릴 비웃기나 할 거예요."

도나가 덧붙인다. "경찰서를 나가서 다른 사람에게 또 그런 짓을 하겠죠."

엘리자베스가 묻는다. "그래서 그냥 돌아다니게 둔다고요? 이브라힘에게 저런 짓을 했는데도?"

크리스는 이쪽 얘기를 듣고 있는 사람이 없는지 주변을 둘러본 후 말한다. "체포도 안 하고 돌아다니게 두지는 않을 겁니다."

그러자 조이스가 말한다. "아, 다행이네요."

"잡아들이기는 할 겁니다. 그건 약속드려요. 경찰서에 잡아두고 시간을 죽이게 만들 수는 있어요. 하지만 그 이상 저나 도나나 해드릴 수 있는 일은 없습니다."

엘리자베스는 그를 똑바로 쳐다본다.

"'저와 도나가'라고 말하는 게 맞아요, 크리스. 어법에 맞게 말해야 한다고 몇 번이나 얘기하지 않았나요?"

크리스는 못 들은 척 넘기고는 하던 얘기를 계속한다.

"여러분이 할 수 있는 일이 있다는 걸 알고 계시죠, 엘리자베스? 조이스, 론과 함께 할 수 있는 일이요."

"말씀해보세요. 듣고 있어요."

크리스는 도나를 쓱 돌아본다. "이브라힘이 말한 인상착의에 부합하는 놈이 누구겠어, 도나? 이름, 옷차림, 문신까지 말이야."

"라이언 베어드 같은데요, 경감님."

크리스는 고개를 끄덕이고는 엘리자베스를 돌아본다. "제가 듣기에도 라이언 베어드가 한 짓 같습니다."

"라이언 베어드."

엘리자베스는 의문이 담기지 않은 목소리다. 그녀는 그 이름이 빠져나가지 못하도록 머릿속 금고에 단단히 새겨 넣는다.

"이를 갈고 나가서 놈을 체포하고 신문해도 '답변을 거부합니다' 소리나 내리 듣다가 풀어주게 될 겁니다. 놈은 이번에도 잘 빠져나갔다 생각하며 히죽대겠죠."

엘리자베스는 생각이 다르다. "이번에는 빠져나갈 수 없을 거예요. 이브라힘을 다치게 하고 아무렇지 않게 빠져나갈 수 있는 사람은 없어요."

"그렇게 말씀하시길 바랐습니다. 네 분이 저희에게 얼마나 큰 의미가 있는지 아시죠?"

"알죠. 두 분도 우리에게 큰 의미가 있어요."

"저희도 그래요. 이제 가서 라이언 베어드를 체포하죠. 하느님께서 놈의 영혼에 자비를 베푸시길."

그때 병원의 이송 담당 직원이 이브라힘의 병실로 간이침대를 밀고 들어간다. 그 모습을 바라보던 조이스가 결연히 말한다.

"하느님도 이번에는 그자를 도울 수 없을 거예요."

9장

사라진 다이아몬드

엘리자베스는 쉬이 집중을 못 한다. 어제저녁 병상에 누운 이브라힘을 보고 돌아온 후로 쭉 그렇다. 이브라힘은 예전 페니가 그랬듯 튜브를 주렁주렁 달고 있었다. 친구를 또 잃고 싶지 않다.

이런 때일수록 정신을 바짝 차려야 했다. 지금 엘리자베스는 쿠퍼스 체이스 실버타운을 굽어보는 숲 사이로 더글러스 미들미스와 함께 걸어가고 있다. 더글러스는 엘리자베스의 전남편이며 그녀가 새로 떠맡게 된 일거리다. 요청한 적도 없는데 그녀에게 뚝 떨어졌다. 예전부터 더글러스 주변에서는 사람들이 죽어나갔다. 그것도 숱하게 많이.

왜 더글러스와 결혼을 했었냐고? 결혼을 해야겠다는 생각을 했을 때쯤 그가 청혼을 했다. 그는 위험한 인물이지만 다정했다. 물론 다정한 척 연기를 했을 뿐이지만. 엘리자베스도 사람을 몇 명 죽이긴 했다. 라이언 베어드가 지금 앞에 있다면 그동안 죽인 인간들 목록에 추가할 수도 있을 것이다.

헤드폰을 착용한 퍼피가 엘리자베스와 더글러스 뒤에서 기분 좋게 따라오고 있다. 그렇게 하기로 타협했다. 퍼피는 눈앞에 더글러스를 계속 두고 있어야 하고, 더글러스는 엘리자베스와 자유롭게 얘기를 나눠야 하니 퍼피가 헤드폰을 착용하고 따라오는 것으로 타협한 것이다.

더글러스가 설명한다.

"늘 해오던 일이었어. 사진을 찍고 목표 지점에 몰래 침입했다가 빠져나오는 일이지. 우린 로맥스의 집에 삼십 분도 채 머물지 못했어. 좀처럼 집 밖에 안 나가는 놈이라 서둘러야 했거든."

엘리자베스는 잠시 걸음을 멈추고 주변 풍경을 감상한다. 저 아래 쿠퍼스 체이스가 내려다보인다. 실버타운 건물들, 호수, 완만하게 펼쳐진 들판. 저 위쪽에는 수백 년 동안 이곳을 집 삼아 살았던 수녀들이 매장된 묘지가 있다. 뒤에서 따라오던 퍼피도 덩달아 걸음을 멈추고 풍경을 바라본다.

"그래서 일을 하다가 잘못됐다고?"

"일을 망친 줄도 몰랐어. 그런데 이틀 뒤에 어떤 경로를 통해 메시지가 온 거야. 마틴 로맥스가 우리 쪽에 연락을 해왔어."

"지금도 연락이 돼?" 엘리자베스는 다시 걷기 시작하면서 덧붙인다. "일단 계속 얘기해 봐."

"아주 욕을 퍼부었다고 하더라고. 사유지에 침입을 했으니 당신네 조직은 인권을 침해한 거다, 사람을 노골적으로 무시한 거다, 이러면서 잡아 죽일 듯이 난리를 친 거야. 늘 있는 얘기지."

"MI5(영국의 국내 정보 수집을 담당하는 보안국) 요원이 한 일인 걸 그자가 어떻게 알고?"

"그거야 뭐, 다양한 방법이 있을 테니까. 단순 강도라면 도둑질하러 들어가서 물건들을 그냥 두고 나오지는 않잖아. 상대가 뭘 찾는지 마틴이 알고 있다면 얘기가 달라지지만. 어떤 도둑이 침입했다가 아무것도 안 들고나오겠어? 요즘 같은 시대에 그럴 놈은 우리밖에 없다 이거지."

언덕 저 위쪽 건설 현장에서 소음이 들려온다. 쿠퍼스 체이스 개발지의 마지막 부분 공사가 진행 중이다. 더글러스는 몸통 일부가 움푹 들어간, 늙은 오크나무 앞에서 걸음을 멈추고 나무를 손으로 쓰다듬는다.

"비밀 우편함으로 쓰기에 제격이지?"

그 나무를 쳐다본 엘리자베스도 같은 생각을 한다. 그녀는 세계 곳곳에 저런 비밀 우편함을 두고 있었다. 야트막한 담장의 느슨한 벽돌 뒤, 공원 벤치 아래쪽의 갈고리, 오래된 가게 깊숙한 곳에 위치해 있어 아무도 찾지 않는 책들. MI5 요원이 물건을 숨겨두면 다른 요원이 의심받지 않고 가져갈 수 있는 완벽한 장소였다. 폴란드의 바르샤바나 레바논의 베이루트 같으면 이 나무도 꽤 괜찮은 우편함이 됐을 것이다.

더글러스가 묻는다.

"우리가 동베를린에서 썼던 나무 기억나? 공원에 있던 나무 있잖아."

"서베를린이었어. 어쨌든 기억나."

엘리자베스는 더글러스보다 나이가 열 살 많지만 기억력이 더 좋다. 그런 면에서는 그녀가 승자다.

그쯤에서 그들은 나무 감상을 멈춘다. 더글러스는 하던 설명을 이어간다.

"마틴은 욕을 하면서 수요일까지 우릴 줄기차게 괴롭혔어. 우리가 자기 집에 침입한 게 분명하다고, 당신네도 알지 않느냐고 따지더라고. 그러다 폭탄을 떨어뜨렸어."

"폭탄?"

"폭탄."

"그 폭탄 때문에 당신이 여기 와 있는 거지?"

그는 고개를 끄덕인다.

"마틴은 타르 통에 불을 붙여서 내던지고 재장전해서 또 퍼붓는 식이야. '내 다이아몬드는 어디 있냐?'고 발악을 해."

"다이아몬드?"

"내가 한 말 따라 하지 좀 마, 엘리자베스. 참 안 좋은 습관이야. 간통도 그렇고."

엘리자베스는 걸음을 늦추지 않고 바로 묻는다.

"다이아몬드는 무슨 얘기야, 더글러스?"

"그 집에 2,000만 파운드어치의 다이아몬드가 있었어. 원석으로. 뉴욕에 사는 사업가가 콜롬비아 카르텔과 거래하면서 계약금으로 낸 거래."

"당신이 그 집에 침입하고 난 후에 다이아몬드가 없어졌다는 거야?"

"흔적도 없이 사라졌대. 그걸 우리 탓을 하면서 최고 한도로 보상을 청구하겠다고 악을 써대는 거야. 내가 뭐 별수 있나. 규정에 따라 소환돼서 조사를 받았지. 나뿐만 아니라 해군특전대 출신 랜스까지. 랜스는 믿을만한 친구라서 MI5에서도 좋아하거든. 당시 퍼피는 놈들이 나타나면 알려줘야 해서 집 밖에서 망을 보고 있었어. 그 집에 다이아몬드 따위는 없었어. 그러니 가져갈 것도 없었지. 그 새끼가 엄포를 놓는 거야."

"MI5에서 당신 얘기를 믿어?"

"못 믿을 이유도 없잖아. 마틴이 무슨 수작을 부리는지 뻔하니까. 우릴 가지고 놀겠다는 거지. 그래야 MI5가 '침입 건은 미안하다, 우린 해야 할 일을 한 것뿐이다, 다이아몬드는 본 적도 없으니 그 얘기는 하지 마라, 서로 좋게 지내자'라고 회유를 할 테니까."

"그런데 마틴이 말을 안 들어 먹었다고?"

"맞아. 자기는 절대 엄포를 놓은 게 아니래. 다이아몬드를 돌려받지 못하면 콜롬비아 카르텔이 다리를 분질러 놓을 거라네. 이걸 어떻게 해결하면 좋아?"

"당신은 어떻게 대응했는데?"

"우리가 할 수 있는 게 없어. MI5는 나랑 나머지 팀을 이틀 동안 잡아놓고 신문을 했어. 우리가 사실대로 말하는지 확인을 한 거야. 그리고 마틴에게 얘기했지. '이봐, 친구. 그 집에 다이아몬드가 애초에 있었는지 모르겠지만 다른 사람이 가져간 모양이야.' 서로 말이 왔다 갔다 하다가 마틴이 또 폭탄을 떨어뜨렸어."

"맙소사, 더글러스. 폭탄을 두 개나 떨어뜨렸다는 거잖아."

"마틴은 '사진을 보내겠다'라고 했고, 그의 집 측면에서 찍힌 CCTV 사진을 보냈어. 복면을 내린 내 얼굴이 떡하니 찍혀 있더라고."

"당신 복면을 내렸어?"

"날이 덥고 근질거려서. 요즘 발라클라바(머리, 목, 어깨를 덮는 털실로 짠 모자)를 합성 섬유로 만들잖아. 왜 울로 안 만드는지 모르겠어. 어쨌든 내 얼굴이 CCTV에 드러났고 마틴은 조사를 한 거지. 내가 누구인지 알아내고는 사진 밑에 '2주 내에 내 다이아몬드를 도로 가져다 놓으라고 더글러스 미들스미스에게 전해. 2주 내에 다이아몬드를 도로 갖다 놓지 않으면 미국 마피아와 콜롬비아 카르텔에 더글러스 미들스미스가 다이아몬드를 가져갔다고 알리겠어'라고 적어 보낸 거야."

"그게 언제였어?"

더글러스는 주변을 둘러보고 고개를 끄덕거리더니 엘리자베스를 바라본다.

"2주일 전."

엘리자베스는 입술을 오므린다. 이제 그들은 숲을 벗어나 수녀들이 묻힌 묘지로 이어지는 길가에 섰다. 엘리자베스는 저 앞에 있는 벤치를 가리킨다.

"가서 앉을까?"

엘리자베스와 더글러스는 벤치로 가 앉는다.

"그래서 지금 뉴욕 마피아와 콜롬비아 마약 카르텔에게 쫓기는 신세가 된 거야?"

"안 좋은 일은 겹쳐서 일어난다잖아."

"MI5가 당신더러 여기 숨어 있으랬어?"

"솔직히 말하면 내 아이디어였어. 당신에 관한 자료를 읽었거든. 당신이 최근에 벌인 일들, 이곳 쿠퍼스 체이스에 대한 내용을 읽고 나니까 여기야말로 몸을 숨기기에 완벽한 장소라는 생각이 들더라고."

"당신이 뭘 숨기느냐에 따라 다르겠지." 엘리자베스는 묘지를 올려다보며 덧붙였다. "숨기에 완벽한 곳은 맞지만."

"날 돌봐줄 거지? 여기서 부대를 가동시키면 되잖아? 낯선 자가 나타나면 알려달라고 해. 이유는 말하지 말고. 이 문제가 해결될 때까지만 머물다가 떠날 거야."

"더글러스, 굳이 나한테 솔직하게 대답할 이유는 없겠지만 그래도 물을게. 당신이 다이아몬드를 훔쳤어?"

"그래, 훔쳤어. 다이아몬드가 눈앞에 있으니 안 훔치고 배길 수가 있나."

엘리자베스는 고개를 끄덕인다.

"내가 다이아몬드를 앤트워프시로 가져가 현금화할 때까지 여기서 날 안전하게 지켜주면 돼. 완전 범죄가 될 줄 알았지 뭐야. 망할 복면만 벗지 않았어도 지금쯤 버뮤다 제도에 가 있을 텐데."

"그래. 다이아몬드는 어디 있어, 더글러스?"

"내 목숨만 지켜줘, 자기야. 그럼 말해줄 테니까. 아, 우리 친구 헤르미온느 그레인저가 오셨네."

벤치로 다가온 퍼피는 이제 벗어도 되냐는 듯 헤드폰을 손으로 가리킨다. 엘리자베스는 고개를 끄덕이며 묻는다.

"산책 즐거웠어요?"

"무척요. 대학 때도 하이킹을 하곤 했어요."

"뭘 듣고 있었어요? 그라임 음악?"

"꿀벌에 대한 팟캐스트요. 꿀벌이 멸종하면 인류는 끝장이라고 하네요."

"나도 앞으로는 좀 더 조심해서 살아야겠네요. 퍼피, 내가 더글러스의 설득에 넘어갔어요. 당신이 제안한 일을 수락할게요. 도움을 줄 수 있을 것 같아요."

"아, 잘됐네요. 다행이에요."

"두 가지 조건이 있어요. 첫째, 이 일은 사방을 경계하면서 진행해야 하니 세 친구들의 도움을 받아 하는 게 훨씬 수월해요."

"그건 불가능합니다."

"아, 나이를 먹어보면 알겠지만 실제로 불가능한 일은 몇 가지 없어요. 이건 불가능한 일도 아니고요."

더글러스가 묻는다. "두 번째 조건은 뭐야?"

"두 번째 조건이 무척 중요해요. 다이아몬드보다 중요하고, 더글러스보다도 중요하죠. 이 일을 수락하는 대신 MI5에 부탁할 게 있어요. 단순한 부탁이지만 나한테는 의미가 커요."

퍼피가 말한다. "말씀해보세요."

"페어헤이븐에 사는 라이언 베어드라는 이름의 10대 소년에 대한 정보를 전부 넘겨줘요."

더글러스가 묻는다. "라이언 베어드?"

"아, 더글러스, 내가 한 말 따라 하지 좀 마. 참 안 좋은 습관이야. 간통도 그렇고."

벤치에서 일어선 엘리자베스는 퍼피가 부축해줄 수 있도록 한쪽 팔을 구부정하게 내민다.

"들어줄 수 있죠?"

"가능할 것 같습니다. 어디에 쓰시려는 건지 여쭤봐도 될까요?"

"아니, 그건 말 못 해요."

"그 정보로 라이언 베어드를 곤란하게 만들지는 않겠다고 약속해주실 수 있어요?"

"아, '약속'이라는 건 참 거창한 단어예요, 그렇죠? 이제 기분 좋게 집으로 돌아갑시다. 당신이 점심 교대 근무 시간에 늦지 말아야죠."

10장

인스타그램

나도 인스타그램에 가입했다.

조애나가 인스타그램에 가입하면 여러 사람들의 온갖 사진을 볼 수 있다며 해보라고 했다. 나이젤라(영국 유명 셰프이자 요리 프로그램 진행자)와 피오나 브루스(《앤티크 로드쇼》의 진행자) 같은 유명 인사들의 사진도 볼 수 있다고 했다.

그래서 오늘 아침에 가입했다. 가입을 하려니까 '사용자 이름'을 적으라고 하길래 내 이름을 입력했는데 @JoyceMeadowcroft는 이미 사용 중인 이름이라고 했다. 운 좋게 바로 될 줄 알았는데 아니었다. @JoyceMeadowcroft2로 시도해봤지만 역시 퇴짜를 맞았다.

별명으로 해볼까 싶었는데 사실 사람들은 대부분 나를 그냥 조이스라고 부른다. 문득 간호사 시절 불렸던 별명이 생각났다. 나를 늘 '멋진 조이'라고 부르던 컨설턴트가 있었다. 서로 마주칠 때마다 그 남자는 '아, 멋진 조이 씨. 아름다운 미소로 행복을 퍼뜨리는 분'이라며 인사를 하곤 했다. 듣기 좋은 말이지만, 환자의 도뇨관을 갈고 있을 때 들으면 딱히 기분이 좋지는 않았다.

돌이켜 생각해보면 그 남자는 나랑 자고 싶어서 수작을 부린 것 같다. 그때 내가 눈치를 챘으면 받아줄 수도 있었겠지만 우리 인연은 거기까지 닿지 않았다.

그런 의미에서 @GreatJoy를 넣어봤는데 되지 않았다. 내가 태어난 년도를 넣어 @GreatJoy44로도 해봤지만 운이 따르지 않았다. 조애나가 태어난 연도를 추가해봤더니 드디어 됐다! 그렇게 @GreatJoy69로 등록이 완료됐다. 앞으로 얼마나 재미있을지 기대가 된다. 텔레비전 프로그램 〈털보 라이더〉와 〈내셔널 트러스트〉의 계정을 팔로우했다.

기분이 꽤 좋다. 오늘이 일요일이라 더 그런 것 같다. 일요일이면 원래 기분이 우울해지곤 한다. 일요일에는 시간도 천천히 흐르는 것 같다. 대부분 가족과 함께 시간을 보내는 날이니까. 레스토랑은 얌전히 못 앉아 있는 조카들, 실망스러운 사위들로 북적거린다. 일요일 낮에는 텔레비전 프로그램도 볼 게 별로 없다. 〈바겐 헌트〉는 재방송만 줄기차게 나오고, 〈홈 언더 더 해머〉는 방영하지도 않는다. 조애나는 온라인 재방송으로 보고 싶은 프로그램을 보라고 한다. 그 말이 맞지만 굳이 그렇게까지 해야 하나 싶어서 더 외롭게 느껴진다. 그냥 조애나가 여기 와서 나랑 같이 점심을 먹어주면 좋겠다. 조애나가 종종 찾아오기는 한다. 살인 사건들이 일어난 동안에는 꽤 자주 왔다. 그러니 조애나를 누가 비난할 수 있을까? 나도 뭐라 할 수는 없다.

더 이상 살인 사건이 일어나지 않으니 개에게 관심이 간 것 같기도 하다. 조애나는 개 알레르기가 있다. 어렸을 때는 안 그랬는데. 조애나도 그렇고 사람들은 런던 같은 대도시에 와 살면서 온갖 알레르기에 시달리는 모양이다.

오늘 론, 엘리자베스와 함께 택시를 타고 페어헤이븐에 가서 이브라힘을 보고 오기로 했다. 그 생각을 하니 기운이 좀 난다. 난 병원이 좋다. 나한테 병원은 공항처럼 마음에 위안을 주는 곳이다.

이브라힘에게 갖다 줄 「선데이 타임스」를 한 부 샀다. 전에 이브라힘의 집에서 그 신문을 본 적이 있어서다. 그런데 손에 들어보니 꽤 묵직했다. 이대로 가져가기는 힘들 것 같아서 이브라힘이 별로 관심이 없을 만한 부분은 빼기로 했다. 뺄 수 있는 게 패션 섹션과 에스토니아 관련 특별 리포트 정도라서 빼도 별로 무게 차이가 나지 않았다. 그 외에 꽃 몇 송이와 큼직한 데어리 밀크 초콜릿을 샀고 광고 문구에 혹해 레드불도 한 캔 샀다.

다른 사람들은 멍이 들고 붕대를 감은 이브라힘을 보고 놀란 모양인데 내가 보기엔 그 정도라 다행이었다. 이브라힘이 말하는 걸 듣고는 확실히 마음을 놓았다. 마음이 놓이자 지루해졌다. 여러분도 알다시피 이브라힘이 입을 열면 좀 지겹게 말을 많이 한다. 물론 걱정으로 피가 마르는 것보다는 지루한 게 낫기는 하다.

전에 더 끔찍한 상처도 봤다는 정도만 얘기해두겠다. 이브라힘보다 훨씬 더 심각했다. 더 자세히 말하지는 않겠다.

금요일에 병문안을 가면서 론과 엘리자베스에게 걱정할 필요 없다고, 병원에서 이브라힘을 잘 돌봐주고 있고 일찍 발견됐으니 괜찮을 거라고 말해주었다. 그래도 최악의 경우를 생각하면 두렵기도 하다. 어떤 상처는 쉬이 회복되지 않는다. 론과 엘리자베스는 바보가 아니니, 내가 안심시키려고 한 말임을 눈치챘을 것이다. 그렇다고 그런 말이 아무짝에도 쓸모없지는 않다. 어떤 상황에서든 누구 하나는 침착을 유지해야 한다. 이번에는 내가 그 역할을 할 차례다.

집에 돌아오니 울음이 났다. 엘리자베스와 론도 마찬가지였을 것이다. 함께 있을 때는 서로 의지하며 잘 버텨냈는데.

이브라힘은 당장 드러난 상처가 심각하진 않지만 앞으로 후유증으로 고생해야 할 수도 있다. 그는 지혜로운 사람이지만 연약하기도 하다. 연약하기 때문에 지혜로워야 했을까? 모든 위험 요소에 잘 노출되는 편이라서? 방금 꼭 정신과 의사처럼 말했다! 하지만 나는 정신과 의사가 되기에는 말이 너무 많은 편이다. 상담 시간에 내가 너무 말을 많이 해서 환자가 할 말을 다 못 할 수도 있다.

정신과 의사인지 심리 상담사인지 헷갈린다. 이브라힘이 자기 직업이 뭐라고 했더라? 오늘 가면 물어봐야지. 이브라힘을 만나는 게 기대된다. 퇴원하고 집에 돌아왔을 때 좋은 친구들이 함께해주면 좋을 것이다. 꼭 그렇게 되게 해줘야지.

그를 위해 하나 더 해주고 싶은 일이 있다. 내 친구 이브라힘의 휴대폰을 훔치고, 머리를 발로 걷어차고, 길바닥에 죽으라고 버려두고 간놈. 그놈은 태어난 걸 후회하게 될 거다.

정신과 의사라면 복수를 권장하지는 않겠지. 대체로 정신과 의사들은 불교도처럼 상대를 용서하라고 하지 않나? 페이스북에서도 용서에 관한 인용구를 봤다. 하지만 이번 사건에 관해서는 내가 정신과 의사와 의견 일치를 보지 못할 것 같다.

라이언 베어드가 불우한 성장기를 보냈을 수도 있다고? 그놈의 아버지나 어머니, 혹은 부모가 다 가출했을 수도 있겠지. 그래서 마약에 손을 댔거나 괴롭힘을 당했거나 따돌림을 당했을 수도 있다. 어쩌면 이모든 게 전부 해당할 수도 있다. 그런 의미에서 라이언 베어드가 동정의 여지를 기대할지도 모르겠다. 하지만 나도 그렇고 론과 엘리자베스도 라이언을 절대 안타깝게 여기지 않을 것이다. 지금까지는 그런 짓을 하고도 운 좋게 잘 빠져나갔겠지만 이번에는 어림없다.

밀크 초콜릿을 딱 한 입만 먹고 싶다. 물론 초콜릿을 건네면 이브라힘은 나한테도 좀 먹으라고 권할 것이다. 그래도 당장 초콜릿이 눈앞에 있으니 참기가 힘들다. 초콜릿 대신 포도를 샀으면 이렇게 유혹에 흔들리지 않을 텐데.

일단 이 초콜릿을 좀 먹어야겠다. 그래야 하지 않을까? 일단 먹고 택시가 도착하기 전에 얼른 가게에 가서 새 초콜릿을 사는 거다. 그럼 모두가 행복하지 않을까?

@GreatJoy69 계정에 벌써 쪽지 몇 개가 와 있다. 이렇게 빠르다니! 이따 집에 가서 들여다봐야겠다. 신난다!

11장

정원 개방 행사

「선데이 텔레그래프」지에서 나온 여성 기자가 꽤나 상냥하게 군다. 마틴 로맥스는 그게 다 직업상의 친절일 거라고 생각한다. 기자는 정원을 구경하면서 추명국의 아름다움에 감탄하고 상자 모양으로 만들어 놓은 장식용 생울타리도 쓰다듬는다.

"그동안 아름답게 꾸민 사유 정원을 많이 봐왔지만 여기가 단연 최고예요. 정말 아름답네요. 이런 곳이 어떻게 지금까지 알려지지 않았을까요?"

마틴 로맥스는 고개를 끄덕이며 기자와 함께 걸어간다. 기자는 기분이 무척 좋은 목소리다. 여기가 아름다운 정원인 건 마틴도 알고 있다. 들인 돈이 얼마인데. 그런데 최고라고? 그것도 단연 최고? 에이, 그렇게까지야. 물론 입에 발린 말을 하는 게 이 기자가 하는 일이기는 할 것이다.

"대칭 효과를 아주 잘 사용했네요. 균형을 이루면서 펼쳐진 모양새잖아요? 아주 뛰어나요. 대칭과 관련된 유명 시인 윌리엄 블레이크의 시가 있는데 아세요, 로맥스 씨?"

마틴 로맥스는 고개를 젓는다. 전에 시인을 하나 죽인 적이 있기는 하다. 시와 엮인 일이라면 그 정도뿐이다.

"밤의 숲속에서 환하게 타오르는 호랑이여. 어떤 불멸의 존재가 이런 대칭을 만들었을까. 그대여."

마틴 로맥스는 고개를 끄덕거리면서 '아름답군요' 따위의 말을 해야 되는지 고민한다. 이대로 가만히 있으면 기자는 그를 사이코패스로 여길 것이다. 『사이코패스 테스트』라는 책을 읽어봤는데 지금 같은 상황에 대한 내용이 있었다.

"아름답군요."

「선데이 텔레그래프」지의 '영국 최고의 정원' 부록란에 실리는 건 그의 오랜 바람이었다. 저 멀리서 사진사가 울타리 아래 쭈그리고 앉아 구름 한 점 없는 하늘을 향해 각도를 맞추고 사진을 찍는 모습이 보인다. 훌륭한 사진이 나올 것 같다. 저 울타리 밑에 묻어둔 상자에는 비상금 50만 달러가 숨겨져 있다. 자고로 돈은 한군데에 놔두면 안 된다.

"이번 주 정원 개방 행사에 처음 참여하시는 거죠?"

기자의 물음에 그는 고개를 끄덕인다. 그도 그 행사를 꽤나 기대하고 있다. 그동안 애써 가꾼 멋진 정원을 사람들에게 자랑할 기회니까. 사람들이 정원을 구경하는 동안 그는 위층 창문을 통해 내려다볼 생각이다. 구경한답시고 함부로 손을 대는 인간들이 있으면 죽여 버릴 것이다. 그러지만 않으면 누구든 환영이다.

"기사에 로맥스 씨를 '경영인'이라고 쓰려고요. 괜찮으시죠? 로맥스 씨에 관한 자료는 다 읽어봤어요. 민영 보험 서비스를 운영하신다면서요? 그런데 그렇게 길게 써놓으면 사람들이 혼란스러워해요. '경영인'이 딱 좋죠. 여성의 경우 '엄마 겸 사업가'라고 하면 되고요. '모 기업의 상속자'라고 쓸 때도 있긴 하지만요. '경영인'이라고 쓰는 거 괜찮으시죠?"

마틴 로맥스는 고개를 끄덕인다. 이따가 오후에 우크라이나인이 이 집에 오기로 되어 있다. 우크라이나인은 퇴역한 사우디 대공 미사일을 1,200만 달러에 구매하면서, 계약금 조로 경주마 한 마리를 납치해 가져다주기로 합의했다.

"국화도 무척 예뻐요. 우아하네요."

기자가 주절거린다.

납치한 경주마로 계약금을 지불하는 건 그다지 이상적인 방법은 아니지만 쌍방이 불만 없으면 그는 받아들일 생각이다. 방목장에 여유가 있으니 말 한 마리 정도는 더 넣어둬도 된다. 전에도 우크라이나인들과 거래를 했는데 폭력적이긴 하지만 믿을 만했다. 그건 그렇고, 이 동네 스카우트 단을 불러다가 정원 개방 행사 기간 중 하루 동안 다과 판매대를 운영하게 할 생각이다. 관람객들한테 물 같은 걸 나눠주게 해야지. 가만히 보니 사람들이 정원 구경을 하면서 물을 자꾸 찾는다. 그러니 물을 주면 좋아할 것이다.

기자가 사진사를 불러 말한다.

"던, 이 뿌리덮개 사진도 몇 장 찍어줄래요? 크레타섬에서 수입한 거래요."

플라스틱 물병은 들이지 말아야지. 사람들이 불평을 해댈 테니까. 행사를 망칠 만한 건수는 만들지 말아야 한다. 생각해보니, 사람들이 마구간 근처에 가지 못하게 해야겠다. 아예 집 가까이로 못 오게 해야지. 시신들을 숨겨둔 오물통 쪽으로도 접근 못 하게 해야겠다. 굳이 그쪽으로 가까이 갈 사람이 있을지 모르겠지만. 땅을 파는 것도 허용할 수 없다. 어딘가에 수류탄이 묻혀 있기 때문이다. 정확히 어디 묻어뒀는지 기억나지 않으니 어쩔 수 없다. 그래도 대략 안전한 곳에 묻어두었고 그 위치를 어딘가에 적어놓기는 했다. 베네치아식 정자 밑에 묻어뒀었나? 누구네 수류탄인지, 왜 그 수류탄을 거기 묻어두는 것에 동의했는지도 기억이 안 난다. 늙어서 그런가.

"신상 정보를 자세히 알려주실 필요는 없지만 사람들은 소소한 내용을 알고 싶어 하거든요. 아내분에 대해 언급해도 될까요? 자녀들이나?"

마틴 로맥스는 고개를 젓는다.

"나에 관해서만 언급하는 걸로 합시다."

"알겠습니다. 어쨌든 정원에 관한 기사니까요."

마틴은 고개를 끄덕인다. 우크라이나인을 만나고 나서 다른 일도 처리해야 한다. 가택 침입 건이다. 지금까지 그 사건을 꽤 잘 다뤄왔다. MI5의 비위를 상하게 만들어서 좋을 게 없다. 적보다는 친구로 두는 편이 나으니까. 그래도 2,000만 파운드가 누구네 집 개 이름도 아니고 아무렇지 않게 넘길 수는 없다. 이 일로 누군가 목숨을 내놓아야 한다면 그게 나일 필요는 없다.

"화장실을 좀 써도 될까요? 여기까지 먼 길을 왔고, 다시 먼 길을 돌아가야 해서요."

"쓰세요. 장비 창고에 화장실이 있습니다. 저기 보이죠? 분수대 뒤에. 휴지는 없을 테니 아무거나 손에 잡히는 대로 써요."

"아, 예. 그럴게요. 혹시 괜찮으시면 집 안 화장실을 쓰면 안 될까요?"

마틴은 고개를 젓는다.

"장비 창고가 더 가까워요."

사업 때문이 아니면 아무도 집 안에 들이지 않을 거다. 아무도. 화장실을 쓰겠다는 핑계로 집에 들어가서 무슨 짓을 할지 누가 알겠는가. MI5는 이 집에 멋대로 침입해도 된다고 생각한 걸까? 어디 두고 보자. 마틴 로맥스는 친구들이 많다. 사우디 왕자들도 있고 애꾸눈 로트와일러 개를 기르는 애꾸눈 카자흐스탄인도 있다. 카자흐스탄인과 그의 로트와일러는 사람 하나쯤 망설임 없이 찢어죽일 수 있다. 그러니 초대받지 않은 자는 이 집에 발 들여놓을 생각도 하지 말아야 한다.

마틴 로맥스는 정원을 한 번 더 둘러본다. 이렇게 아름다운 곳에서 살 수 있다니 정말 운이 좋지 않은가. 정원을 생각하면 세상이 경이롭게 보일 지경이다. 하지만 머릿속 한쪽 구석에는 대공 미사일에 대한 걱정도 들어 있다. 정원 개방 행사 때 비스킷을 구워서 내놓아야 할까? 브라우니도?

오래된 화장실의 물 내리는 소리가 들리더니, 저 멀리서 다가오는 헬리콥터의 진동음이 들리기 시작한다.

화이트 초콜릿과 라즈베리 브라우니는 어떨까? 사람들은 분명 맛있게 먹을 것이다.

12장

작전 개시

"간단히 말해 이렇게 된 거예요. 극적일 것도 없어요. 입 벌리고 나를 멍하니 쳐다볼 일도 아니고요."

설명을 마친 엘리자베스는 낮은 의자의 등받이에 기대어 앉는다. 잠시 동안 들리는 소리라고는 이브라힘의 심장 모니터 소리뿐이다.

이브라힘이 병상에서 일어나 앉으며 묻는다. "다이아몬드라고요?"

"네."

이번에는 론이 묻는다. "2,000만 파운드어치의 다이아몬드요?"

엘리자베스가 설명하는 내내 서 있던 론은 이제 방 안을 서성이고 있다. 조이스가 집에서 새 속옷을 가져다줘서 론은 어쩔 수 없이 장애인 화장실에 들어가 갈아입었다. 지금 입고 있는 속옷으로 하루는 더 버틸 수 있다고 생각했지만 가져다준 성의가 있으니 안 갈아입을 수도 없었다.

"맞아요." 엘리자베스는 눈을 위로 굴린다. "질문 더 있어요?"

이브라힘과 조이스, 론은 서로를 쳐다보며 눈을 끔벅거린다.

이브라힘이 묻는다. "전남편이라고요?"

"전남편 맞아요. 미안하지만 같은 말을 계속하려니 좀 지루하네요. 새로운 질문 없나요?"

론이 묻는다. "우리가 직접 그 남자를 만나게 됩니까?"

"안타깝게도 만나게 될 거예요."

론과 이브라힘은 놀라워하며 고개를 절레절레 흔든다. 엘리자베스는 조이스를 돌아본다.

"조이스, 말이 없네요. 다이아몬드나 전남편에 대해 물어볼 거 없어요? 마피아에 대해서나 콜롬비아 카르텔은요?"

조이스는 앉은 자리에서 몸을 앞으로 약간 기울인다.

"할 말이 많기는 해요. 더글러스 씨를 만나게 돼서 흥분되기도 하고요. 잘생긴 남자일 것 같아요. 잘생긴 거 맞죠?"

"잘생기기는 했어요. 그런 부류가 어떤지 알잖아요."

"아, 알죠. 알다마다요."

"그래도 스티븐만큼 잘생기지는 않았어요."

"그렇죠. 스티븐만큼 잘생긴 남자가 어디 있겠어요. 어쨌든 얘기를 듣고 나니까 피피의 손톱 상태가 이해가 되네요."

"그렇죠. 손톱이 지나치게 깔끔했죠."

그때 간호사가 이브라힘의 수액을 갈아주러 병실로 들어온다. 친구들은 모두 입을 다물고 간호사에게 묵례로 감사를 표한다. 간호사가 나가자 이브라힘이 말한다.

"난 전통적인 미남 스타일인데."

론이 반박한다. "지금은 그렇지도 않아요."

조이스가 묻는다. "그러니까 우리더러 그 더글러스라는 남자를 보살펴주라는 거죠? 경호원처럼."

"경호원 노릇을 하라는 건 아니에요, 조이스."

론이 말한다. "그 사람을 우리가 지켜주는 건 맞잖습니까."

"원한다면 경호원이라고 생각해도 좋아요, 론."

론은 고개를 끄덕인다. "그게 맞죠."

"자, 얘기는 다 했어요. 바빠서 힘들면 안 해도 돼요."

론이 냉큼 말한다. "난 할 겁니다. 우리한테 보수는 떨어지는 거죠?"

"어느 정도는요. 더글러스와 퍼피가 라이언 베어드에 관한 정보를 넘겨주기로 했어요."

론이 묻는다. "라이언 베어드?"

조이스가 대신 대답한다. "이브라힘의 휴대폰을 훔쳐 간 녀석이요."

이브라힘이 나지막하게 내뱉는다. "아."

론이 그놈의 이름을 곱씹는다. "라이언 베어드, 라이언 베어드."

이브라힘이 웅얼거린다. "그 녀석에게 성까지 붙이니까……, 기분이 좋지 않네요. 이름에 성을 붙여 부르니까, 이런 일이 나한테 생기지 않은 척 굴 수도 없고……. 미안합니다. 어떻게 해야 할지 모르겠어요."

엘리자베스가 위로한다. "알아요. 이해해요. 우리가 알아서 처리할게요."

론이 말한다. "복수를 해야죠. 두들겨 패서 어디 가둬놓든가. 엘리자베스가 생각해둔 방법이 있을 겁니다."

이브라힘은 반대한다. "복수를 꼭 해야 하나 싶어요."

조이스가 나지막하게 말한다. "그럴 줄 알았어요."

론의 생각은 다르다. "당연히 복수를 해야죠."

엘리자베스가 말한다. "나도 같은 생각이에요. 그럼 이 문제는 결정됐네요. 이제부터 그놈의 이름은 부르지 않기로 하죠."

방 안에 정적이 감돈다. 이브라힘은 뒤로 머리를 기대고 살짝 미간을 찌푸리다가 엘리자베스에게 묻는다.

"더글러스 씨가 다이아몬드를 어디다 감춰뒀을까요?"

"글쎄요. 찾아보는 것도 재미있을 것 같아요."

론이 말한다. "찾아서 팔아치웁시다."

조이스도 맞장구를 친다. "그래요! 2,000만 파운드를 우리 넷이 나눠 가져요!"

이브라힘이 묻는다. "마틴 로맥스에 대해 어디까지 알고 있어요?"

"아직 아는 게 별로 없어요. 더글러스를 보호하려면 아무래도 좀 더 알아내야겠죠."

"론이랑 내가 오늘 저녁에 아이패드로 조사를 해볼게요."

조이스가 묻는다. "오늘 밤에도 여기 머물 거예요, 론?"

"하룻밤만 더 있죠 뭐. 간호사들한테 잘 보이면 맛있는 차도 만들어줍디다."

"팬티를 더 가져다줄게요."

"안 그래도 됩니다."

13장

취조

도나 드 프레이타스 순경은 크리스 허드슨 경감과 함께 B 취조실에 앉아 있다. 맞은편에는 라이언 베어드가 앉았다. 놈은 태연한 척하지만 표정에서 속내가 다 드러난다. 놈의 옆에는 페어헤이븐 경찰서에 입고 올 것이 아니라 세탁소에 맡겨야 할 상태로 보이는 구지레한 정장 차림의 변호사가 앉아 있다. 저 정장을 입으면서 무슨 생각을 했을까? 손가락에는 심지어 결혼반지까지 끼었다. 이게 어떻게 가능하지? 남자로 태어났다는 이유만으로 이렇게 쉽게 사는 건가. 도나는 커플이 되려고 애써도 여전히 싱글인데. 이런 남자도 짝이 있다니.

크리스가 묻는다.

"금요일에 어디 있었어, 라이언? 오후 5시에서 5시 15분 사이에?"

"기억 안 나요."

변호사가 수첩에 무어라 끄적거린다. 뭐라도 적는 척하는 거겠지. 뭐라고 썼는지는 알 수 없다.

도나가 묻는다. "차 맛은 어때?"

"그쪽 차 맛은 어떤데요?"

"나쁘지 않아."

"나도 그럭저럭요."

여드름쟁이 어린놈의 새끼가 허세는. 딱 봐도 애다. 길 잃은 소년.

크리스가 묻는다. "너 자전거 가지고 있지, 라이언? 노르코 스톰 4 맞지?"

라이언 베어드는 어깨를 으쓱한다.

"내가 말한 게 틀려서 어깨를 으쓱한 거냐, 아니면 네가 그 자전거를 갖고 있는지 아닌지도 몰라서 어깨를 으쓱한 거냐?"

"안 갖고 있어요. 답변 거부할게요."

도나가 옆에서 거든다. "둘 중 하나만 해, 라이언. 질문에 대답을 해놓고 무슨 답변 거부야."

"답변 거부할게요."

"이제 좀 낫네. 별로 안 어렵지?"

크리스가 말한다. "어떤 할아버지가 애플비가에서 강도를 당했어, 라이언. 휴대폰을 탈취당하고 바닥에 쓰러진 상태에서 머리를 걷어차였어."

"답변 거부요."

"아직 질문 안 했다."

"답변 거부요."

"다시 한번 말하는데 질문 안 했다고."

도나가 나선다. "그 할아버지 나이가 여든이셔. 잘못하면 돌아가실 수도 있었어. 궁금하면 말해줄까? 다행히 그분은 사실 거야."

라이언 베어드는 아무 말도 하지 않는다.

크리스가 말한다. "방금 질문을 했잖아. 궁금하냐고."

"아뇨."

"솔직하게 대답하는구나. 너와 네 두 친구가 시어도어가에서 CCTV

카메라에 찍혔어. 강도 사건이 일어난 곳에서 2분 거리지. 시각은 오후 5시 17분. 넌 네 것인지 아닌지 알 수 없는 노르코 스톰 4 자전거를 타고 시어도어가에 있더구나." 크리스는 라이언에게 사진 한 장을 쓰윽 내밀며 변호사에게 말한다. "라이언 베어드에게 P19 사진을 보여주겠습니다."

도나가 묻는다. "이거 너 맞지, 라이언?"

"답변 거부할게요."

라이언의 변호사가 나선다. "범죄 현장 근처에 있는 게 불법은 아니잖습니까?"

말끝에 잠시 정적이 흐른다. 크리스는 펜으로 수첩을 몇 번 톡톡 두드리며 생각하다가 벌떡 일어선다.

"그래요, 그럼 됐습니다." 도나가 보기에 변호사는 놀란 눈빛이다. "오후 4시 57분, 신문 종료합니다."

크리스는 걸어가 문을 열고는 라이언과 그의 변호사에게 나가라고 손짓한다. 라이언이 먼저 나간 후 변호사는 망설이며 말한다.

"복도에서 기다리고 있어, 라이언. 금방 나갈게."

라이언은 느릿느릿 걸어간다. 라이언에게 소리가 들리지 않을 정도로 거리가 멀어지자 변호사는 목소리를 낮춰 크리스에게 묻는다.

"증거가 그게 다예요? CCTV 영상 말고 더 있어야 되는 거 아닙니까?"

"그렇기는 하죠."

변호사는 고개를 갸웃한다.

"뭐 하는 겁니까? 함정이에요? 라이언을 다시 불러 다른 영상을 보여주거나 증인을 대면하게 하실 거면 저한테 지금 알려주셔야 합니다."

"그렇죠. 우린 라이언에게 다른 영상을 보여주지 않을 겁니다."

"라이언의 집을 수색하지도 않고요?"

"안 합니다."

"다른 두 소년들에 대한 조사도 안 하실 겁니까?"

변호사 옆에 선 도나의 눈에 때에 절은 그의 셔츠 칼라가 들어온다. 크리스가 엄마랑 데이트를 시작한 후로 외모에 신경을 쓰고 있어서 도나는 다행이라 여기고 있다. 혼자 알아서 옷을 차려입는 남자들도 있고 그렇지 못한 남자들도 있다. 크리스는 그 중간쯤이었는데 조만간 알아서 잘 차려입게 될 것 같다.

크리스가 묻는다. "요지가 뭡니까?"

"요지요?"

"그래요, 요지. 유죄 선고가 떨어지게 할 만큼 증거가 충분치 않다는 건 눈치챘을 겁니다. 우리도 알아요. 라이언이 무슨 생각을 하는지는 하느님만이 아시겠지만, 저 쓰레기 같은 놈은 자기가 한 짓을 아마 잘 알 겁니다."

"뭐라고요?"

도나가 나섰다. "우린 라이언을 다시 소환하지 않을 거예요. 그 걱정은 안 해도 됩니다."

크리스가 추가로 설명한다. "이번 같은 신문을 또 할 일은 없을 거란 얘깁니다. 가서 저 녀석에게 기쁜 소식이나 전해요."

"내가 뭔가를 놓치고 있는 것 같은데요." 변호사는 크리스와 도나를 번갈아 쳐다본다. "확실히 그런 느낌이 들어요. 쟤를 이대로 풀어준다고요? 이유가 뭐죠?"

도나는 그의 눈을 똑바로 쳐다보며 대답한다. "답변 거부할게요."

도나는 문밖으로 나가고 크리스는 변호사를 쳐다보며 어깨를 한 번 으쓱한다. 도나가 다시 문 안쪽으로 고개를 들이밀며 말한다.

"그리고 비난하려는 건 아닌데, 정장을 입고 다니려면 한 달에 한 번은 빨아 입어요. 그렇게만 해도 스타일이 확 달라 보일 텐데."

14장

퍼피의 꿈

"어쩌다 보니 이 일을 하게 됐어요."

퍼피는 입가에 묻은 코코넛 마카롱 부스러기를 털어내며 엘리자베스에게 말한다.

"아, 그럴 때가 있죠."

"워릭대학교에서 영어랑 언론학을 전공했거든요. 어느 날 외무부 소속 여자가 학교에 강연을 왔는데 강연이 끝나고 술자리가 있다고 해서 다 같이 몰려갔어요. 그 여자가 외무부 초봉이 2만 4,000파운드라고 해서 지원했어요."

조이스가 차를 더 가지고 들어오며 말한다. "첩보 영화 같은 비밀스러운 시작은 아니었네요."

"그렇죠. 외무부에서 면접을 봤어요. 면접 장소가 런던이라서 학생용 기차 할인 카드로 가야 했어요. 러시아와 중국에 관한 자료도 읽고, 면접 볼 때 나눌 얘기도 예상해서 온갖 준비를 해갔는데 막상 면접에서는 소소하게 담소를 나누는 수준이었어요."

엘리자베스가 말한다. "원래 그래요."

"좋아하는 작가가 누구냐고 물어서 보리스 파스테르나크라고 대답했어요. 진짜 좋아하는 작가는 메리언 키스지만요. 어쨌든 그쪽에서는 마음에 들어 하면서 2차 면접을 보러 오라고 하더라고요. 런던에 두 번 올 수 있는 형편이 못 된다고 했더니 '걱정 말아요, 우리가 교통비도 주고 여기서 머물 곳도 마련해줄게요'라는 거예요. 저는 '그만 집으로 가고 싶은데요. 여기서 자고 갈 필요까지는 없을 것 같아요'라고 대답했죠. 그들은 '우리가 하라는 대로 해요'라고 했어요. 2차 면접 때 그들은 자기네 정체를 밝히고는 저를 데리고 나가서 술을 잔뜩 사 줬어요. 그리고 메이페어의 호텔 방에 머물게 했죠. 다음 날 아침에 노트북을 챙겨 집으로 보내주면서 졸업하고 보자고 했어요."

조이스는 차를 따르며 말한다.

"내 딸 조애나가 대학을 졸업했을 때가 생각나네요. 조애나는 런던 정치경제대학을 나왔어요. 졸업 후에 무슨 일을 하려는 건지 알 수가 없어서, 내가 좀 심하게 걱정을 했어요. 조애나는 디제이가 될 거라고 하더라고요. 그래서 내가 지금 일하는 병원에서 라디오 방송을 진행하는 데릭 와이팅이란 사람을 알고 있다, 그 사람한테 얘기를 해서 디제이가 어떤 일인지 경험하게 해주겠다고 했어요. 그랬더니 조애나는 그런 의미의 디제이가 아니라는 거예요. 다른 의미의 디제이가 있다는 건지……. 아무튼 조애나는 세계 여행도 할 계획이라고 했어요. 그리고 이틀 후에 나한테 전화를 걸어서는 골드만 삭스 사에서 면접을 보기로 했다고, 면접 때 입을 깔끔한 옷이 필요하니 돈을 좀 보내달라고 했어요. 일이 그렇게 풀리기도 하더라고요."

퍼피가 말한다. "따님이 개성이 있네요."

"그럴 때가 있는 거죠. 참고로 데릭 와이팅은 크루즈 선박에서 떨어져 죽었어요. 인생은 어떻게 흘러갈지 아무도 몰라요."

엘리자베스가 묻는다. "일은 재미있나요, 퍼피?"

퍼피는 차를 한 모금 마시며 생각해본다. "딱히요. 이렇게 말해도 괜찮을까요?"

"그럼요. 다들 그래요."

"어쩌다 하게 된 일이라서요. 직업이 필요했고 재미있을 것 같아서 시작했어요. 전에는 돈을 벌어본 적도 없었고요. 그런데 막상 해보니까 기질에 맞는지 모르겠어요. 비밀 지키는 일을 좋아하세요, 엘리자베스?"

"무척요."

"저는 잘 모르겠어요. 이 사람한테는 A라고 말하고 저 사람한테는 B라고 말하는 거 자체를 안 좋아해요."

조이스가 맞장구를 친다.

"나도 그런데. 누가 안 어울리게 머리를 자르면 말을 안 해줄 수가 없어요."

엘리자베스가 말한다. "하지만 이건 일이잖아요."

"아, 알아요. 그런 식으로 일하겠다고 업무 계약서에 서명도 했으니까요. 문제는 일이 저랑 안 맞는다는 거예요. 일을 진행하는 방식도 정말 마음에 안 들어요. 이 회의에는 참석하고 저 회의에는 참석하지 마라 하는 것도 짜증 나요."

조이스가 묻는다. "그럼 무슨 일을 하고 싶어요?"

"그게……." 퍼피는 말을 하려다가 만다.

"어서 얘기해 봐요. 아무한테도 말 안 할게요."

"저는 시를 써요."

엘리자베스가 말한다. "시 얘기를 할 시간은 없어요. 지금까지도 그랬고 앞으로도 그렇고요. 그럼 라이언 베어드에 대한 얘기로 넘어가도 될까요?"

"아, 예." 퍼피는 의자 옆으로 팔을 뻗어 가방에서 서류철을 꺼내 엘리자베스에게 건넨다. "이름과 주소, 이메일, 휴대폰 번호, 최근 통화 기록, 의료보험 기록, 국민보건서비스 기록, 인터넷 검색 기록, 가까운 사람들의 휴대폰 번호예요. 시간이 촉박해서 여기까지밖에 정보를 못 모았어요."

"이제 시작이니 이 정도면 됐어요. 고마워요, 퍼피."

"저한테 고마워하지 마세요. 더글러스 요원에게 고마워하시면 돼요. 제 일이었으면 이런 정보는 못 받으셨을 거예요. 이런 말 해서 죄송하지만 합법적인 일이 아니잖아요."

"아, 요즘 합법적인 일이 어디 있다고. 때로는 규칙을 어기면서 살아야 해요."

"어쨌든 그렇다고요. 전 규칙 어기는 걸 좋아하지 않아요. 짜릿하지도 않고요. 규칙을 어기면 짜릿하시죠?"

"그럼요."

"저는 아니에요. 초조하기만 해요. 그런데 제가 하는 일이 온통 규칙을 어기는 일이잖아요."

조이스가 끼어든다. "딱 내 적성인데."

그러자 엘리자베스가 말한다. "아, 조이스. 당연하죠. 당신은 완벽한 첩보원감이에요."

"난 퍼피가 시를 써야 한다고 생각해요."

퍼피가 말한다. "고맙습니다. 저희 엄마도 그렇게 말씀하셨어요. 엄마 말은 늘 옳았고요."

엘리자베스가 충고한다. "오해하지 말아요. 나도 당신이 시를 써야 한다고 생각은 해요. 하지만 지금은 그런 얘길 듣고 싶지 않아요. 나중에

시는 꼭 써요. 일단은 이 일부터 해야죠. 더글러스를 보호해야 한다고요."

조이스가 말한다. "더글러스 씨를 얼른 만나고 싶네요. 내가 그분과 사랑에 빠질까 봐 걱정돼요, 엘리자베스?"

"조이스, 만나 보면 굉장히 잘생겼다고 생각할 거예요. 하지만 당신이라면 곧 그 남자가 어떤 사람인지 간파할걸요."

"두고 보자고요. 퍼피, 손목에 데이지 문신은 왜 새겼어요? 이름이 퍼피(Puppy, 양귀비)니까 양귀비 문신이 있을 줄 알았는데."

퍼피는 미소를 지으며 손목의 자그마한 문신을 손으로 문지른다.

"데이지는 제 할머니 이름이에요. 전에 할머니한테 문신을 하고 싶다고 했더니 할머니가 내 눈에 흙이 들어가기 전에는 절대 안 된다고 반대하셨어요. 저는 일단 저질렀죠. 문신을 새기고 나서 할머니 집에 갔을 때 보여드렸어요. '데이지 할머니, 데이지꽃을 만나보세요'라고 했죠. 이미 저질렀으니 할머니도 별말을 안 하시더라고요."

조이스가 감탄한다. "똑똑하네."

"2주일 후에 다시 할머니 집에 들렀는데 할머니가 소매를 걷어 올리면서 말씀하셨어요. '퍼피, 양귀비꽃을 만나보렴.' 할머니의 팔뚝 전체에 커다란 양귀비 문신이 새겨져 있었어요. 할머니는 제가 바보짓을 하면 할머니도 똑같이 할 거라고 하셨어요."

엘리자베스는 웃음을 터뜨리고 조이스는 손뼉을 친다.

엘리자베스가 말한다.

"그분이라면 우리랑 죽이 잘 맞으시겠어요. 퍼피, 이번 건이 당신이 MI5에서 하는 마지막 임무일 수도 있겠네요. 재미있는 사건으로 기억되도록 우리가 최선을 다할게요."

조이스도 거든다. "물론이에요. 마카롱 하나 더 먹을래요, 퍼피? 아까 맛있게 먹던데."

퍼피는 손을 들어 거절한다.

엘리자베스가 말한다. "이 실버타운에는 아무나 못 들어와요. 여기서 더글러스는 안전할 거예요. 물론 당신도요."

"오늘 저녁에 우리가 마카롱을 먹고 있는 동안 놈들이 쳐들어오지 않는다면 그렇겠죠."

"어차피 아무것도 안 하고 멍하니 앉아 있는 김에 더글러스가 다이아몬드를 어떻게 했는지나 들어보고 싶네요."

"더글러스 요원은 다이아몬드를 훔치지 않았다고 했어요. 우리가 해야 할 일은 다이아몬드의 행방을 찾는 게 아니라 더글러스를 보호하는 거예요."

"퍼피, 당신이 초조해하는 것도, 직업적으로 갈등하는 것도, 예술가처럼 구는 것도 내 알 바 아니지만, 지루하게 구는 건 도저히 못 참겠어요. 원래 지루한 사람 같지도 않은데 말이에요. 우리 거래할까요?"

"지루하게 굴지 않기로요?"

"지나친 요구일까요?"

"두 분 다 제가 시를 써야 한다고 생각하시죠?"

조이스가 거든다. "아, 그럼요. 내가 좋아하는 시가 뭔지 알아요?"

퍼피와 엘리자베스는 서로를 쳐다보며 눈을 껌벅인다. 알 리가 없다.

퍼피는 엘리자베스를 쳐다보며 묻는다. "지루하게 굴지 않기 위해 질문을 좀 해도 될까요?"

"얼마든지요."

"MI5 일은 어쩌다 하게 되셨어요? 꿈을 좇아간 건가요? 지루한 답변은 하지 말아주세요. 저는 관광객이 아니에요."

엘리자베스는 고개를 끄덕인다.

"아는 교수가 있었어요. 에든버러에서 프랑스어와 이탈리아어를 공부할 때였어요. 그 교수 주변에는 늘 뭔가를 경계하는 친구들이 있었는데, 교수가 어느 날 저를 불러서 MI5 일을 해보지 않겠냐며 넌지시 말하더라고요. 나랑은 안 맞는 일이라고 거절했는데 몇 번이나 계속 권하는 거예요."

"어쩌다가 MI5에 들어가셨어요?"

"그 교수가 나랑 자고 싶어서 안달이 나 있었거든요. 당시에 그런 사람들이 꽤 있었어요. 그래서 이 교수도 나랑 자고 싶어 하는구나 했죠. 교수는 내가 MI5 입사 면접을 보길 바랐어요. 둘 중 하나는 해야 이 사람이 직성이 풀리겠구나 싶더라고요. 남자들이 제안을 거절당하면 어떤지 알잖아요. 그 교수랑 자든지 MI5에 면접을 보든지 해야 했고, 나는 차악을 선택했어요. MI5가 당신을 마음에 들어 하면 어지간해서는 놓아주지 않아요. 당신도 알게 될 거예요."

"교수랑 자지 않으려고 MI5에 들어가게 됐다고요?"

엘리자베스는 고개를 끄덕인다.

"다른 결정을 내렸으면 어땠을까요?"

"당신이 비밀 엄수를 힘들어하는 거 알아요, 퍼피. 그래도 라이언 베어드 건에 관해서는 큰 도움이 돼줬어요. 지금까지 아무한테도 한 적 없는 얘기를 하나 해줄게요. 내 가족은 물론 남편들, 심지어 조이스도 모르는 얘기예요. 사실 나는 늘 해양 생물학자가 되고 싶었어요."

퍼피는 조용히 고개를 끄덕인다.

조이스가 묻는다. "해양 생물학자요? 그게 뭐 하는 건데요? 돌고래 같은 걸 다루는 일인가요?"

엘리자베스는 고개를 끄덕인다.

조이스는 손을 뻗어 친구의 팔을 가만히 잡아준다.

"당신이라면 멋진 해양 생물학자가 됐을 거예요."

엘리자베스는 다시 고개를 끄덕인다.

"고마워요, 조이스. 내 생각에도 그래요."

15장

낯선 방문객

더글러스 미들미스는 침대에 드러누워 나치에 관한 책을 읽고 있다. 물론 나치에 반대하는 내용이 담긴 책이다. 그때 이상한 소리가 들려온다. 집 현관문이 열리는 소리가 아주 천천히 조그맣게 들린다. 퍼피일 리 없다. 퍼피는 한 시간쯤 전에 이미 집에 들어와 있었다. 퍼피는 어딜 다녀왔을까? 엘리자베스에게 붙잡혀 있다가 온 거겠지? 다정하게 대해주면서 신입을 조지는 게 엘리자베스의 방식이긴 하다.

조지는 얘기가 나와서 말인데 문이 저렇게 조용히 열리는 건 더글러스에게 안 좋은 일일 가능성이 높다. 이 집 열쇠를 가진 건 더글러스와 퍼피 뿐이다. 열쇠 없이 문을 조용히 여는 건 전문가의 솜씨다. 대체 누굴까? 강도일까 암살자일까?

곧 알게 되겠지.

총이 바로 옆에 있으면 좋았을걸. 옛날 같으면 총을 가까이 두고 있었을 것이다. 자카르타에 있을 때 일본대사관 문화 담당관과 격하게 사랑을 나누다가 사고로 그녀의 팔에 총을 쏜 적이 있었다. 그 여자는 기술이 어마어마했다. 어쨌든 당시 영국 국립 미술관이 도쿄 미술관에 렘브란트의 그림 한 점을 대여해주는 것으로 그 사건을 무마했다. 그리고 그날 이후로 그는 베개 밑에 총을 두지 않고 침대 밑에 테이프로 붙여 보관하고 있다.

더글러스는 독서용 안경을 벗고 잠옷을 추스린 후 침대에서 빠져나간다. 퍼피한테 총이 있다. 퍼피는 총을 즐겨 사용하는 타입은 아닌 것 같지만 훈련은 받았을 것이다. 퍼피도 현관문이 열리는 소리를 들었을까? 못 들었을 수도 있다. 더글러스는 수년 동안 위험 요소들을 경계하며 살아왔지만 퍼피는 아니다. 어쩌면 위험한 상황에 처해본 적이 한 번도 없을 수도 있다. 퍼피 같은 타입은 많이 봐왔다. MI5에 적응하지 못해 결국 일을 그만두고 나가서 자기도 모르는 새에 애 엄마가 되어 살겠지. 요즘은 그런 말을 함부로 하면 안 된다고들 한다. 세상이 미쳐 돌아가는 건지.

이부자리를 곧게 펴서 정돈하고 있는데 그의 방 자물쇠가 달각거리는 소리가 들린다. 역시 강도가 아니라 암살자였나? 예상은 했다. 마틴 로맥스가 보낸 자일까? 아니면 미국 마피아? 콜롬비아 카르텔? 웃기는 생각인데, 어차피 총에 맞을 거면 영국인이 쏜 총에 맞고 싶다. 물론 고를 수 있는 처지는 아니지만.

이제 곧 자물쇠를 따고 들어올 것 같다. 그러려면 소리가 날 수밖에 없겠지. 퍼피도 잠에서 깰 테고. 침입자가 이 방으로 들어오기 전에 퍼피가 잠시라도 막아주면 좋을 텐데.

아무도 눕지 않았던 것처럼, 침대 주인이 밤공기를 쐬러 밖에 나가 있는 것처럼 침대를 정리한다. 그리고 살그머니 옷장으로 걸어가 문을 열고 안으로 들어간다. 여기 숨어 있으면 10초 내지 15초 정도는 벌 수 있을 것이다. 그 정도면 충분하지 않을까. 옷장 문을 닫고 어둠 속에 조용히 서서 기다린다.

이 일을 하다 보면 언제 마지막이 닥쳐올지를 늘 생각하게 된다. 노르

웨이의 빙하에서나 이란-이라크 국경선의 자동차 트렁크 세일 중에, 아니면 킨샤사의 미군 기지에서 미사일 공격으로 죽을 수도 있었다. 이제 실버타운에 있는 이 집의 너저분한 옷장에서 잠옷 차림으로 끝을 맞아야 하는 건가? 알고 싶다. 두렵지만 여전히 궁금하다. 인생에서 일어나는 제일 큰일 중 하나가 바로 죽음이니까. 자물쇠 열리는 소리가 들린다. 퍼피도 들었겠지?

옷장 문의 가느다란 틈새로 한 남자가 보인다. 남자는 총을 들어 침대를 겨누며 걸어 들어온다. 집 앞 거리의 가로등이 커튼 사이로 옅은 빛을 뿌리고 있다.

남자는 침대가 비어 있는 걸 확인하고는 제자리에서 한 바퀴 돌아본다. 숨이 쉬어지지 않는다. 남자가 옷장을 바라본 순간, 앞으로 다시는 숨을 쉬지 못할 것 같다는 느낌이 든다. 누구든 이 방에서 몸을 숨긴다면 숨을 곳은 옷장뿐이다. MI5가 설치한 자물쇠를 소리 없이 순식간에 따고 방으로 침투할 수 있는 자라면 그 정도는 곧 파악하겠지.

남자는 총을 들어 올린 채 옷장 쪽으로 두 걸음 옮긴다. 백인이다. 나이는 40대? 빛이 어두워 잘 분간이 가지 않는다. 저 남자는 이름이 뭘까. 그 정도 정보는 알아도 될 것 같다. 전에 만난 적이 있을까? 미래에 인연이 닿을 애인처럼, 거리에서 스치고 지나갔을 수도 있지 않나?

퍼피는 여전히 오지 않고 있다. 아무 소리도 못 들었나? 그게 아니면? 아, 그래. 그럴 수도 있겠다. 어쩌면 퍼피는 오늘 저녁에 엘리자베스와 함께 있었던 게 아닐 수도 있다. 미리 얘기가 있었던 건가? 명령이 떨어졌는지도 모른다. '우리는 이 문제를 더 이상 끌고 갈 수 없다. 너만 눈 감고 있으면 아무도 모를 거다. 우리 쪽 사람을 보내겠다. 더글러스는 친척도 없고 아버지의 죽음에 의문을 제기할 자식도 없으니 깔끔하게 해결 가능하다'라는 식으로 퍼피에게 설명했을 수도 있다. 퍼피는 신입이라 명령에 따를 수밖에 없겠지. 지금 퍼피는 자기 방에서 몸을 숙이고 대기 중일 수도 있다. 더글러스의 시신이 발견되면 엘리자베스가 사건 경위를 밝혀내 줄까? 문득 어이없는 생각이 떠오른다. 어쩌면 아무도 그의 시신을 찾지 못할 수도 있다는 생각. 특공대가 대기하고 있다가 현장을 말끔하게 정리할 수도 있다. 군검시관이 어딘가에서 그의 시신을 기다리고 있겠지. 필요한 서류도 이미 준비돼 있을 테고. 자살로 처리할 수도 있다. 엘리자베스는 증거에 접근조차 못 할 테니 진실을 알아내지 못하겠지. 엘리자베스는 무척 좋아 보였다. 그도 인정할 수밖에 없었다. 다시 한번 반할 것 같았다. 그가 보낸 또 다른 편지를 엘리자베스가 찾아낼까? 물론 찾아내겠지.

남자는 옷장의 문짝 아래로 발을 넣어 문을 당겨 연다. 그 안에 서 있는 더글러스를 보더니 싱긋 웃는다.

영국인처럼 생겼다. 총을 보니 영국 정보부 것이 아니다. 하지만 종종 프리랜서를 고용하기도 하니까. 더글러스는 옷장 안을 두 손으로 가리키며 말한다.

"한번 숨어봤습니다."

남자는 고개를 끄덕인다. 마지막 순간이니 그간 품어온 인생의 의문이 돌연 명확히 이해되지 않을까 기대해본다. 새로운 여정에 나서게 되었으니 깨달음을 얻어야 마땅하지 않나. 하지만 깨달음 따위는 없다. 총을 든 남자, 그리고 목 뒤에 붙어 간질거리는 파자마 상의의 상표가 있을 뿐이다. 이런 식으로 가게 되다니.

"다이아몬드는 어디 있지?"

남자가 묻는다. 영국식 억양이다. 영국인임을 확인한 더글러스는 마음이 편안해진다.

"대답하기가 좀 그렇네요. 죽이든 말든 알아서 하세요. 그럼 다른 누군가가 다이아몬드를 차지할 테니까."

"안 죽여."

더글러스는 미소 띤 얼굴로 미심쩍은 듯 남자에게 한쪽 눈썹을 치켜뜬다. 총을 든 남자는 한발 양보한다는 듯 고개를 끄덕인다.

더글러스가 말한다.

"우습지만, 마지막 의문을 풀고 싶습니다. 누가 보냈습니까?"

남자는 고개를 절레절레 흔들더니 방아쇠에 손가락을 올린다.

16장

복수

이브라힘은 잠을 잘 수가 없다.

주변 공기가 착 가라앉아 있다. 이 병실에서 사람이 몇 명이나 죽었을까? 이 침대에서는? 이 시트를 덮고 몇 명이나 세상을 떠났을까?

몇 명이나 되는 이들의 마지막 숨이 이 공기 중에 남아 있을까?

눈을 감자 배수구에 쓰러져 있었을 때가 생생하게 떠오른다. 물, 다가오는 발소리, 입 안에 돌던 피 맛.

머리를 걷어찬 녀석에게 이름이 있었다. 라이언 베어드. 녀석은 어디로 도망쳤을까? 그의 휴대폰은? 도둑맞은 휴대폰들을 누가 사들였을까? 그는 휴대폰에 테트리스 앱을 깔아놓았다. 200 레벨까지 있는 게임인데 상당한 시간을 들여 127 레벨까지 올라갔었다. 그 노력이 전부 물거품이 된 거다.

손목에 찬 빨간색 플라스틱 이름표를 물끄러미 바라본다. 죽음의 표식 같다. 어딘가에 이런 이름표가 잔뜩 들어 있는 서랍이 있겠지.

론을 겨우 설득해 집으로 보냈다. 론이 곁에 있어줘서 고맙지 않은 것은 아니었다. 론은 밤마다 곁을 지켜주면서 웨스트햄 팀이라든지 노동당의 문제에 관해 줄기차게 떠들어댔다. 밤이 깊어지자 전 부인과 딸, 아들 제이슨에 대해, 열네 살에 학교를 자퇴한 일에 대해, 심지어 얼굴도 모르는 아버지에 대해서까지 털어놓았다. 이브라힘에게 일어난 일에 대한 얘기 빼고는 전부 다 늘어놓았다. 그들은 〈다이 하드〉를 같이 봤다. 1편뿐이지만. 다이 하드 시리즈의 다른 편은 굳이 볼 필요도 없었다. 이브라힘은 론 같은 친구를 가져본 적이 없었고, 론도 이브라힘 같은 친구는 처음이었다. 론은 필요하면 이브라힘의 물병을 채워줄 것이고 자판기에서 프레즐을 사다 줄 것이다. 하지만 어깨에 손을 얹는 것 같은 신체 접촉은 하지 않을 것이다. 그래도 이브라힘은 괜찮다. 요즘은 남자로 사는 일이 전보다 어렵다. 포옹을 기대하기도 쉽지 않다.

집에 가고 싶다. 이런 생각이 든 것도 긍정적인 신호겠지. 안전하다고 생각되는 집이 있어 다행이다. 같이 있으면 한층 더 안전하게 느껴지는 사람들과 함께 사는 것도 그렇고.

하지만 이제 집에 들어가면 다시는 밖으로 나오고 싶지 않다.

일상으로 돌아가기는 할 것이다. 뇌는 대단히 영리한 기관이다. 이브라힘이 뇌를 무척 좋아하는 이유 중 하나이기도 하다. 발은 발일 뿐이고 좋을 때나 안 좋을 때나 발로 남아 있지만 뇌는 다르다. 형태와 기능 면에서 변화한다. 이브라힘은 족부 전문의를 존중하지만, 종일 발만 쳐다보는 삶을 과연 살 수 있을까?

뇌. 찬란하고 말 못 하는 짐승. 낯선 화학 물질이 지금 그의 뇌 속을 돌아다니며 이 위기의 순간에 그를 보호하고 있다. 이 화학 물질이 몸에서 점차 빠져나가면 희미한 잔상만 남을 테지. 그게 바로 치료가 다 된 시점일 것이다. 대부분의 현상들과 마찬가지로, 뇌도 깊게 파고들어가면 낭만적인 시라기보다는 엄밀한 신경과학으로 해석되어야 하는 대상임을 알 수 있다.

그렇다. 시간이 약이다. 시간이 지나면 낫는다. 하지만 그에게 남은 시간이 별로 없다면 어떻게 될까?

친구들이 라이언 베어드에 대해 떠들어댈 때 그는 '복수를 꼭 해야 하나 싶네요'라고 말했다. 이론적으로는 그렇다. 복수는 직선이 아니라 원의 개념이다. 내가 아직 방 안에 있는데 터져버리는 수류탄이다. 폭발에 함께 휘말릴 수밖에 없다.

예전에 에릭 메이슨이라는 고객이 있었다. 에릭은 길링엄에서 예전 학교 친구인 자동차 딜러의 중개로 중고 BMW를 매입했다. 그런데 얼마 안 있어 차량 클러치에 결함이 있음을 알게 됐다. 자동차 딜러인 친구는 법적 책임을 못 지겠다고 했다. 평소 감정 제어와 분노 조절에 문제가 있던 에릭 메이슨은 자비를 들여 클러치를 교체한 뒤 한밤중에 BMW를 대리점으로 몰고 가 진열창을 박살냈다.

경보음이 요란하게 울려대자 에릭은 대형 유리를 뚫고 들어간 차를 그 자리에 버려두고 달아나려 했다. 그 와중에 넘어지면서 커다란 유리 파편에 찔리고 말았다. 출혈로 사망에 이르기 직전에 다행히 경찰이 도착해서 목숨을 구했다.

병원에서 회복 중이던 에릭 메이슨은 자동차 대리점에서 보낸 커다란 꽃다발을 받았다. 꽃다발에 동봉된 카드를 열자 법원 소환장과 1만 4,000파운드에 달하는 손해배상 청구서가 동봉돼 있었다. 이후 사회봉사 명령과 파산이 잇따랐다. 분노는 커져만 갔다.

에릭의 딸과 자동차 딜러의 아들은 학창 시절부터 친구 사이였는데 에릭은 그날 이후 딸에게 그 집 아들과 다시는 말도 섞지 말라고 했다. 겨울이 여름으로 바뀌고 2년 뒤 에릭의 딸과 딜러의 아들은 결혼을 하게 됐다. 분노한 에릭은 결혼식에도 참석하지 않았다. 그리고 1년 뒤 손자가 태어났다. 양측 중 아무도 물러서려 하지 않았고 에릭은 첫 손자의 얼굴도 볼 수 없었다. 그게 전부 클러치 결함 때문이었다.

그 시점에서 에릭은 자신의 행동에 대한 책임을 져야겠다는 생각이 들어 심리 상담사에게 상담을 받아보기로 결심했다.

그리고 12개월 뒤 이브라힘에게 마지막 상담을 받던 날, 에릭은 딸과 사위를 데려와 감사를 표했다. 젖먹이 손자도 같이 데려왔고 그들은 환하게 웃으며 기념사진을 남겼다.

스르르 잠이 오기 시작한다. 이제 갈등을 멈춰야 될 것 같다. 꿈속에서 무엇이 기다리고 있든 두려움 없이 대면하는 게 최선이다. 라이언 베어드가 입힌 피해를 더 깊게 생각하지 말고 받아들이자. 옆구리와 얼굴의 상처는 곧 아물 것이다. 휴대폰과 함께 빼앗긴 자유와 마음의 평화를 되찾자.

복수를 하려면 무덤 두 개를 파야 한다는 말이 있다. 참으로 옳은 말이다. 문득 자신의 무덤은 이미 준비돼 있다는 느낌이 든다. 그러니 라이언 베어드를 위해 무덤을 파는 게 뭐 그리 큰 해가 될까? 친구들이 라이언에게 어떤 복수를 할 생각인지 궁금해진다. 신체적인 해를 가하지는 않을 것이다. 그건 분명하다. 하지만 자유와 마음의 평화는? 라이언은 깜짝 놀라게 되겠지.

이브라힘과 에릭 메이슨, 에릭의 손자 사진은 이브라힘의 집에 보관 중인 특별 서류철에 들어 있다. 그 외에 몇 안 되는 기념품들도 함께 보관 중이다. 개수는 많지 않지만 하나같이 그가 자신의 일을 사랑한 이유를 보여주는 물건들이다. 그는 평소 알파벳 순서에 따라 자료를 정리해두지만 그 서류철은 예외다. 아무리 원한다고 해도 인생이 알파벳 순서대로 이루어지지만은 않음을 때로는 기억해야 하니까.

몇 년 후 에릭 메이슨은 처음부터 클러치에는 아무런 문제가 없었음을 알게 됐다. 그저 그가 전자식 제어장치를 이해하지 못했던 탓이었다. 리셋 버튼을 5초 동안 누르면 해결되는 문제였다. 그러니 복수를 할 때는 신중해야 한다. 솔직히 이브라힘은 거의 평생 조심 또 조심하며 살아왔다. 인간으로서 성장하려면 지금이라도 다르게 살아봐야 하지 않을까.

이제 인생의 리셋 버튼을 5초 동안 누를 수 있을 것 같은 기분이다. 용서하는 마음으로 옳은 일을, 잘못되지 않은 일을, 지루한 일을 해낼 수 있을 것 같다. 주행 속도 자동 유지 장치를 켜고 운전하듯이.

에릭 메이슨은 지난날의 과오를 후회하면서도 자동차 대리점의 진열창을 차로 들이받을 때 기쁨에 휩싸였다고 했었다.

이브라힘이 강도를 당한 후 처음으로 평화롭게 잠에 빠져들면서 생각한 것은 머리를 걷어차인 일이나 라이언 베어드의 발소리, 입 안에 돌던 피 맛이 아니라 차로 대리점 진열창을 들이받는 장면이었다.

17장

한밤의 총성

새벽 2시지만 잊어버리기 전에 적어둬야겠다.

자정에 휴대폰이 울렸다. 이브라힘이 죽었구나, 하는 생각부터 들었다. 지금 같은 상황에서 달리 생각할 수 있을까? 사람들은 어지간해서는 자정에 전화를 걸지 않는다. 병실을 나설 때 이브라힘의 상태는 괜찮아 보였는데. 하지만 지금껏 살아오면서 숱한 일을 보고 겪었다. 벨이 두 번 울리기 전에 얼른 휴대폰으로 손을 뻗었다.

엘리자베스였다. 엘리자베스의 첫마디는 '이브라힘 때문에 전화한 거 아니에요'였다. 그제야 마음이 놓였다. 이럴 때보면 엘리자베스도 섬세한 구석이 있다. 엘리자베스는 한밤중인 건 알지만 얼른 옷을 챙겨 입고 최대한 서둘러 러스킨 코트 14호로 와달라고 했다. 보온병도 가져갈까 물었더니 찻주전자가 있으니까 됐고 몸만 오라고 했다. 보온병에 차를 채우는 건 금방 할 수 있지만, 한밤중에 그런 얘기까지 주절주절 늘어놓기가 좀 뭐했다.

러스킨 코트로 후딱 건너갔다. 어두울 때 보면 한층 더 예쁜 곳이다. 가로등 불빛 몇 점이 길을 비추고 덤불 속에서 동물들 소리가 들렸다. 나를 본 여우들이 무슨 생각을 할지 상상해봤다. 저 늙은 여자는 여기 뭐 하러 왔을까? 나도 여우에 대해 같은 상상을 해봤다. 밤공기가 쌀쌀

해서 막스 앤 스펜서에서 산 카디건을 걸쳤더니 따뜻했다. 이런 날씨에 딱이었다. 어제 몇 가지 물건을 배송 받았는데 일기장에는 굳이 쓰지 않았다. 모든 걸 다 쓸 필요는 없으니까. 이를 테면 어제 라자냐를 해동 하려고 꺼내놨다가 까맣게 잊어버린 일도 적지 않았다. 여러분은 지금 처음 듣는 얘기일 거다.

공동 현관 초인종을 누르자 잠시 후 문이 열렸다. 얼른 위층으로 올라갔다. 이제 곧 보게 될 장면이 기대돼서 심장이 쿵쾅쿵쾅 뛰었다. 14호 문을 열고 들어가자 몸을 떨며 안락의자에 앉아 있는 가여운 퍼피가 보였다. 맞은편 안락의자에는 엘리자베스가 담담하게 앉아 있었다. 거실에 가구는 그게 전부였다. '여기가 더글러스가 숨어 사는 집이구나'라는 생각이 들었다. 엘리자베스가 말했다.

"찻주전자를 불에 올려줘요, 조이스. 퍼피가 큰 충격을 받았어요."

명령조로 말했지만 윗사람처럼 굴려는 의도가 아님을 나는 알았다. 엘리자베스는 그저 전문가로서 상황을 정리하려는 것이다.

주방은 믿기지 않을 정도로 단출했다. 컵 두 개, 접시 두 개, 술잔 두 개, 그릇 두 개, 프로스티즈 시리얼, 마더스 프라이드 브랜드의 흰 빵이 조금 있었고 냉장고에는 두부와 아몬드 밀크가 들어 있었다. 찬장에 차와 커피가 있어서 뭘 마실 건지 물어보려고 거실로 돌아갔더니 엘리자베스와 퍼피는 하던 얘기를 멈추고 나를 쳐다보았고 퍼피에게 우유와 설탕을 넣어줄까 묻자 퍼피는 '카르다몸에 리치를 우려낸 차를 마시고 싶다'고 말했는데 요즘 워낙 별난 일들이 많아서 나는 아무렇지 않은 듯 고개를 끄덕이고 주방으로 돌아갔다. 맙소사. 문장을 너무 길게 썼다. 적절하게 문장을 끊어 쓰라고 책에 나와 있었는데. 그나저나 '우려서' 달라고?

찻주전자에 물을 담아 끓이기 시작했다. 거실로 돌아가 어쩌고 있는지 살펴볼까. 여기는 더글러스의 집인 것 같은데 그 사람은 어디 있을까? 회색 천으로 된 티백을 컵에 담고 뜨거운 물을 부었다. 티백을 컵 안에 둔 채로 내갈까 아니면 빼놔야 하나? 티백을 컵 안에 둔 채로 내가면 좀 더 빨리 거실로 갈 수 있지만, 그렇게 하는 게 적절한 절차가 아니라면? 세상의 모든 딸들처럼 조애나라면 답을 알 텐데. 화장실에서 변기 물 내리는 소리가 들리자 나는 에라 모르겠다 싶어 격식은 따지지 않고 티백을 컵 안에 담근 채 거실로 돌아갔다.

화장실에서 나온 남자가 더글러스임을 나는 단박에 알 수 있었다. 대단히 잘생긴 외모였다. 엘리자베스가 왜 그 남자와 결혼했으며 왜 이혼했는지 바로 느낌이 왔다. 그래도 결혼 생활 중에는 저 얼굴을 보고 사는 재미가 있었을 것이다.

더글러스는 곧장 내게로 와 말했다.

"아, 조이스 씨군요. 말씀 많이 들었습니다."

어찌나 정중한지 나는 한쪽 다리를 뒤로 살짝 빼고 무릎을 굽히는 인사를 할 뻔했다. 옆을 흘끗 보니 엘리자베스가 어이없다는 듯 눈을 위로 굴리고 있었다.

"예, 더글러스 씨군요."

"저에 대해서도 많은 얘기를 들으셨겠습니다."

"그렇지도 않아요."

엘리자베스는 내 대답을 마음에 들어 하는 눈치였다.

내가 큰방에 가서 의자를 하나 더 가지고 나오겠다고 하자 엘리자베스는 큰방 말고 퍼피의 방에서 가져오라고 했다. 더글러스가 쓰는 큰방의 바닥에는 시체가 있다고 했다.

그렇다면 큰방에서 가져오는 게 더 낫겠는데.

퍼피의 방에 가서 등받이가 딱딱한 의자를 가지고 나왔다. 엘리자베스는 더글러스더러 어떻게 된 상황인지 내게 말해주라고 했다.

더글러스가 옷장 안에 숨어 있는데 웬 놈이 들어와 그의 얼굴에 총을 겨눴다고 했다. 그는 겁쟁이처럼 숨어 있었던 게 아니라 원래 그렇게 하도록 훈련을 받는다는 설명을 덧붙였다. 더글러스는 그 간단한 얘기를 하면서 죽음과 균형감, 도덕적 의무, 잘 살아온 인생이란 무엇인지에 대해 부연 설명을 길게 늘어놓았다. 그 자리에 론이 있었으면 좋았을 것이다. 론 같으면 쓸데없는 소리 섞지 말고 본론만 말하라고 버럭 했을 텐데. 하지만 나는 론이 아니니 예의 바르게 경청했다. 더글러스는 까딱했으면 하느님을 만나러 저세상으로 갈 뻔했다고 했다. 그런데 정체를 알 수 없는 암살자는 방아쇠에 손가락을 올리자마자 머리가 날아갔다. 그리고 그 뒤에는 퍼피가 기병처럼 쿨하게 총을 들고 서 있었다.

더글러스의 표현으로는 쿨했다는데, 퍼피가 지금까지 말없이 찻잔을 두 손으로 감싼 채 덜덜 떨고 있는 걸 보면 그닥 쿨했을 것 같지도 않다. 퍼피는 컵 안에 담겨 있는 티백에 대해서도 아무 말 하지 않았다. 티백을 넣어둬도 괜찮은 거겠지? 물론 그런 걸 판단할 상태가 아니라서, 적절한 시도였다고는 할 수 없었다.

퍼피의 의자 손잡이에 걸터앉은 나는 팔로 퍼피를 감싸 안아주었다. 퍼피는 내 어깨에 머리를 기대고 소리 없이 흐느껴 울었다. 더글러스나 엘리자베스가 퍼피를 안아주었을 것 같진 않았다. 엘리자베스가 나를 굳이 그 집으로 부른 이유도 그래서일 것이다. 론도 나처럼 해줬을 것 같기는 한데, 엘리자베스는 아직 론과 더글러스를 만나게 할 준비가 안 됐을 것이다. 더글러스는 론의 눈에 거슬릴 테고 론은 그를 마구 씹어 댔겠지.

나는 퍼피에게 아주 용감했다고 말해주었고 엘리자베스는 퍼피에게 총을 잘 쐈다고 칭찬해줬다. 더글러스도 같은 생각이라며 맞장구를 쳤다. 하지만 어떤 칭찬도 통하지 않았다. 퍼피는 조용히 눈물만 흘릴 뿐이었다.

엘리자베스는 최선을 다해 위로했다. '사람을 죽이는 게 쉽지 않은 일이지만 이 일을 하다 보면 종종 죽여야 할 때가 있다'라는 엘리자베스의 말에 퍼피가 드디어 입을 열었다.

"그래서 제가 이 일을 하고 싶어 하지 않는 거예요."

공감이 됐다. 요원으로서 훈련을 받거나 비밀리에 일 처리를 하는 건 재미있겠지만 불과 네 걸음 떨어진 곳에서 사람의 머리를 총으로 쏘는 건 누구한테나 적성에 맞는 일은 아닐 것이다. 내 적성에도 안 맞고 퍼피의 적성에도 맞지 않겠지. 어쩌면 내 적성에는 맞을 수도 있으려나? 시도해보기 전까지는 모르는 일 아닌가? 나는 내가 다크 초콜릿을 좋아하는 것도 지금껏 모르고 있었다.

그다음에는 어떻게 됐는지 내가 물었다. 경찰에 신고는 했냐고 묻자 엘리자베스가 대답했다.

"그게, 비슷한 데다 했어요."

크리스와 도나가 여기 와주면 좋겠지만, 이런 경우라면 보안 기관 같은 데서 사람이 나와 처리할 것이다. 엘리자베스와 더글러스, 퍼피도 기관의 요원이 런던에서 와서 사건을 처리해주길 기다리는 듯했다. 도나가 알았으면 현장을 신나게 누볐을 텐데 아쉬웠다.

엘리자베스는 나더러 시신을 보고 싶냐고 물었다. 보고 싶지만, 퍼피에게 계속 팔을 두르고 안아줘야 될 것 같아 고맙지만 사양하겠다고 말했다.

20분쯤 기다렸을까. 초인종이 울리더니 남자 하나, 여자 하나가 집으로 들어왔다. 엘리자베스 얘기로는 MI5 소속의 수와 랜스라고 했다. 수가 상관이었다.

수와 랜스는 쓸데없는 말을 늘어놓지 않고 곧장 일을 시작했다. 수는 볼수록 엘리자베스와 비슷했다. 특히 태도 면에서 비슷한 점이 많았다. 나이는 예순 가까이 돼 보였고 화난 인상만 아니면 예쁘장한 생김새였다. 그 여자가 예쁘고 아니고는 문제가 아니지만 여러분에게 그 여자의 생김새에 대해 정보를 주려는 것이다. 머리는 사랑스러운 밤색이었다. 염색한 것 같은데 염색이 무척 잘됐다. 나는 수에게 어떻게든 말을 붙여보려 했지만 대화가 이어지질 않았다.

엘리자베스도 수 앞에서는 공손한 태도를 보여서 나도 따르기로 했다. 수와 랜스는 차를 내오겠다는 내 제안도 거절했다. 그들은 주방 문간에 서 있는 나를 밀치다시피 하며 지나갔다. 일 때문이니 무례하다고 생각하지 않기로 했다. 수는 여기서 무슨 일이 일어났는지 정확히 알고 있었고, 더글러스와 퍼피에게 필요한 짐을 챙기라고 지시했다. 수는 두 사람에게, 특히 더글러스에게 화가 난 듯 보였다. 더글러스가 안 됐다는 생각이 들었다.

랜스는 시체 처리를 맡아서 했다. 큰방으로 들어가 사진부터 여러 장 찍었다. 랜스는 DIY 관련 텔레비전 프로그램에 나오는 사람처럼 생겼다. 다부진 외모에 뛰어난 손재주를 가졌지만 쇼의 빛나는 주역은 될 수 없는 캐릭터. 배경에서 나무나 자르고 있는 모습으로 조그맣게 나올 것 같은 인물이었다. 조애나에게 크리스마스 선물로 카메라를 선물할 생각이라, 랜스에게 카메라를 좀 보여줄 수 있냐고 물었다. 그는 일을 마치고 보여주겠다더니 결국 보여주지 않았다.

수는 엘리자베스에게 적당한 때에 다시 얘기할 기회를 갖자고 말했다. 엘리자베스는 그러자고 대답했지만 목소리가 잔뜩 기어들어갔다. 겁을 먹어서라기보다는 말썽을 일으키고 싶지 않아서인 듯했다. 수는 나를 흘끗 보며 물었다.

"이분이 조이스 씨인가요?"

수는 엘리자베스더러 내가 충격이며 시체에 대해 나가서 발설하지 못하게 하라고 일렀다. 내가 말했다.

"수, 염려하지 말아요."

하지만 수는 내 쪽으로는 눈길도 돌리지 않고 엘리자베스만 쳐다보았다. 엘리자베스는 수에게 내가 그런 걸 떠들고 다닐 사람이 아니라고 안심시켰다. 수는 못 미더운 표정으로 고개를 끄덕였다. 더 중요하게 챙길 일이 있어서 나에 대해서는 그냥 넘어간 게 아닌가 싶었다.

MI5가 이제 나에 대해 알게 됐으니, 그것만으로도 크리스마스 소식지에 실릴 일이었다.

또다시 초인종 소리가 들렸다. 잠시 후 작업복을 입은 남자 둘이 들것을 가지고 들어왔다. 구급대원은 초록색 제복을 입는데 그 두 남자는 머리부터 발끝까지 온통 검은색이었다. 그들은 큰방으로 들어가 시체를 들것에 실었다. 그들이 시체를 넣은 가방의 지퍼를 올리기 전에 나는 다행히 시체를 얼핏 볼 수 있었다. 퍼피가 말 그대로 머리통을 날려버렸다. 머리 대부분이 사라진 상태였다. 병원에서 근무하던 시절 응급실에서 본 풍경이 떠올랐다.

엘리자베스와 내가 들것에 앞서서 복도로 나서자 문 두 개가 열렸다.

소리가 나니 궁금해서 내다본 모양이었다. 엘리자베스는 걱정 말라며 매끄럽게 둘러댔다. 쿠퍼스 체이스 실버타운에서 들것을 볼 때마다 걱정할 필요는 없다고, 조만간 당신들도 들것을 탈 일이 생길 수 있으니 크게 마음 쓸 필요 없다고 말이다.

건물 바깥으로 나가자 몇몇 집에 불이 켜져 있는 게 보였다. 커튼을 젖히고 내다보는 모양이지만 여기서는 다들 한밤중에 구급차가 와 있는 풍경에 익숙했다. 나는 엘리자베스에게 평범한 구급차가 와서 놀랐다고 말하자, 엘리자베스는 외관만 그렇지 평범한 구급차는 아니라고 알려주었다.

다시 집 안으로 들어갔다. 수와 랜스가 퍼피, 더글러스에게 집 밖으로 나오라고 요구하고 있었다. 엘리자베스 얘기로는 퍼피와 더글러스가 사건 경위에 대해 신문을 받게 될 거라고 했다. MI5 요원이라도 사람을 총으로 쏘면 신문을 받아야 되나 보다. 엘리자베스는 퍼피를 따스하게 안아주면서 걱정하지 말라고, 제대로 일을 잘했다고 격려했다. 나도 퍼피를 안아주면서 걱정하지 말라고 말해주었다. 티백에 대해 물어보려다가 말았다. 다음에 만나면 물어봐야지.

수와 랜스에게도 우정 팔찌를 하나씩 선물했다. 수는 주차 위반 딱지를 받은 것 같은 표정이었지만 랜스는 "고맙습니다. 우정의 표시네요"라며 감사를 표했다. 나는 그들에게 돈을 요구하지는 않았다.

이윽고 더글러스는 『제3제국의 거대 건축물』이라는 책과 칫솔을 챙겨 들고 나왔다.

수는 엘리자베스에게 14호를 잘 단속하고 아무도 들어가지 못하게 해달라고 요청했다. 엘리자베스는 고개를 끄덕이면서 퍼피를 잘 돌봐달라고 당부했다.

엘리자베스는 나더러 그만 집에 가서 자라고 했다. 나는 집으로 돌아왔지만 잠이 쉬이 오지 않았다. 그 후의 상황에 대해 얘기해보겠다.

현관문을 닫자마자 입고 있던 카디건을 벗어서 의자 등받이에 걸쳐 놓으려 했다. 그런데 카디건 주머니에서 무언가 만져졌다. 꺼내 보니 접어놓은 종이쪽지였다. 카디건을 입을 때는 없었던 건데.

종이쪽지에는 '저희 엄마한테 전화해주세요'라는 글과 전화번호가 적혀 있었다.

아까 포옹을 할 때 퍼피가 내 주머니에 몰래 넣어둔 모양이었다.

퍼피가 엄마를 찾는구나, 가여워라. 아침에 퍼피의 엄마에게 전화를 해줘야겠다.

텔레비전을 켜자 BBC2 채널에서 평범한 프로그램이 방영 중이다. 화면 한쪽 구석에서 누군가 수어를 하고 있다. 참 영리한 방법 아닌가? 귀 먹은 사람들을 이렇게 늦은 시간까지 깨어 있게 만드는 건 부당한 일이긴 하지만. 물론 녹화했다가 낮에 보는 방법도 있다. 어쨌든 좋은 일이다. 영국의 해안 지역에 관해 다루는 〈해안〉이라는 다큐멘터리 프로그램이다. 어떤 사람이 해변에서 고둥을 파내고 있다. 솔직히 별로 동참하고 싶지는 않은 일이다. 화면 한쪽 구석에서 수어를 하고 있는 여자의 상의가 무척 예쁘다.

@GreatJoy69에 쪽지가 200개 넘게 와 있는데, 인스타그램을 어떤 식으로 하는지 아직 잘 몰라 답답하다.

지금 이 시간에 나 말고 깨어 있는 사람이 또 있을까?

18장

깨어 있는 사람들

라이언 베어드가 깨어 있다. 그는 '콜 오브 듀티'라는 온라인 게임을 하면서 볼륨을 최대로 높여 기관총을 난사하고 있다. 이웃들이 시끄럽다고 벽을 두들겨대지만 아랑곳하지 않는다. 오늘 훔친 노트북 두 개와 현금 카드 하나, 시계 하나를 코니 존슨에게 팔아 150파운드를 벌었다. 코니는 페어헤이븐에서 그런 종류의 거래소를 운영하고 있다. 바로 해안 지역에 있는 임대 차고다. 코니는 라이언을 믿고 있어서 종종 꾸러미 배달도 맡긴다. 마약이겠지? 이제 그도 그런 일로 진출해야 한다. 휴대폰 도둑질은 애들이나 하는 일이다.

라이언은 평생 멍청이로 불렸다. 하지만 이제 누가 멍청이일까? 그의 주머니에는 현금이 들어 있다. 코니 존슨은 확실히 그를 좋아한다. 그는 또래 열여덟 살짜리들보다, 심지어 예전에 다녔던 학교 선생들보다 더 많은 돈을 벌 것이다. 어제는 휴대폰을 훔치고 폭행을 했다며 경찰이 그를 불렀지만 결국 손도 대지 못했다. 라이언은 똑똑하니까. 그는 선생들보다, 경찰들보다 훨씬 똑똑하다. 지금 그의 집 초인종을 부서져라 눌러대는 이웃들보다 똑똑한 건 말할 것도 없다. 라이언의 머릿속에는 모든 일에 대한 해답이 들어 있다.

잠자리에 들기 전에 하나 남은 마리화나 담배에 불을 붙인다. 잠시

오랜만에 찾아온 친구 117

그러고 있는데 상대편 저격수에게 총을 맞고 만다. 욕이 절로 나온다. 비디오 게임이 현실이 아닌 게 얼마나 다행인가. 라이언은 총을 재장전하고 다시 쏘기 시작한다. 그는 천하무적이다.

마틴 로맥스도 깨어 있다. 사우디 변호사가 모터보트에 관해 계속 떠들어대고 있다. 마틴은 전화상으로 그를 달래려 애쓰는 중이다. 간단히 설명하자면, 미국 식품의약국이 볼리비아 마약 제조소 중 한 곳을 급습한 바람에 엄청난 손해가 발생했고 카르타헤나 카르텔은 보상금 조로 사우디 변호사에게 모터보트를 보냈다. 그런데 모터보트가 온통 총구멍이 난 상태로 도착한 게 문제였다. 사우디 변호사는 심미적으로 거슬릴 뿐 아니라 항해에 쓸 수도 없는 상태라고 항의하고 있다.

다른 전화가 걸려 온 바람에 마틴은 카르타헤나 카르텔 측에 최대한 서둘러 얘기를 전하겠다고 사우디 변호사에게 약속한다.

받아보니 MI5가 걸어온 전화다.

앤드류 헤이스팅스라고 아나? 안다. 앤드류 헤이스팅스가 당신을 위해 일했나? 그렇다. (거짓말을 할 필요는 없다. 상대는 MI5. 이미 알고 전화를 했을 것이다.) 오늘 저녁에도 앤드류 헤이스팅스가 당신을 위한 일을 하고 있었나? 아니, 그렇지는 않았다. 유감이지만 앤드류 헤이스팅스는 MI5 요원을 살해하려다 사살됐다. 심심한 조의를 표한다. 할 말이 있나? 아니, 할 말 없다. 전혀. 앤드류 헤이스팅스와 제일 가까운 친척을 알고 있나? 모른다. 그가 결혼은 했나? 했을 것이다. 누구와? 모르겠다. 물어본 적 없다. 밤늦은 시간에 전화해서 미안하게 됐다. 아니, 일 때문이니 괜찮다.

마틴 로맥스는 전화기를 내려놓는다. 헤이스팅스가 죽었다. 이거 참

불편하게 됐다. 하지만 모터보트 건을 처리하는 게 우선이다. 정원 개방 행사 때 쓸 가대식 탁자 몇 개도 주문해야 한다.

퍼피와 더글러스도 깨어 있다. 고덜밍시 근처에 위치한 커다란 시골집에서 사건의 진상 파악을 위한 조사를 받고 있는 중이다. 별도의 방에서 따로 조사를 받고 있다. 퍼피의 앞에는 커피가 놓였고 옆에는 노조 대변인이 자리하고 있다. 랜스 제임스는 어떻게 된 일인지 소상히 말하라고 요구한다.

더글러스의 곁에는 커피도, 노조 대변인도 없다. 더글러스와 수 리어든 뿐이다. 정석대로다.

당신을 죽이려던 남자는 아는 자인가? 처음 보는 자였다. 마틴 로맥스 밑에서 일하는 자인데 놀라운가? 음, 놀랍기도 하고 아니기도 하다. 어째서? 누군가를 위해 일하는 자인 것만은 분명하지 않나? 마틴 로맥스가 그 남자를 위협해 이런 짓을 벌이게 한 모양인데 불가능한 얘기는 아닐 거다. 당신이 다이아몬드를 훔쳐간 게 아니라면 마틴 로맥스가 어째서 당신을 죽이려 들었을까? 모르겠다. 마틴 로맥스는 무슨 게임을 하는 것 같고 내가 그 게임판에 끼어들어간 것 같다. 하마터면 내 머리가 날아갈 뻔했다. 마틴 로맥스의 집에 침입했을 때의 얘기를 다시 자세히 말해봐라.

새벽 3시, 퍼피 옆에 앉아 있던 노조 대변인은 이제 퍼피에게 잠을 자게 해야 한다고 알린다. 퍼피가 방을 나와 긴 복도를 걸어가는데 더글러스 미들미스를 신문하는 수 리어든의 목소리가 들려온다.

19장

론의 분노

론은 이 일 때문에 오늘 아침 식사도 건너뛰었다. 그는 평소보다 훨씬 더 분노에 차 있다. 아까부터 큰방 카펫에 묻은 커다란 핏자국을 들여다보다가 지금은 벽에 뚫린 총알구멍을 살펴보는 중이다.

"나는 자유도 빼앗겨 봤고 수년 동안 온갖 일을 다 겪었지만 이번 일은 정말 기가 막힙니다. 시체를 언제 발견했다고요? 어젯밤 11시 반? 그때 나는 안 자고 있었어요. 부르기만 했으면 당장 신발 신고 여기로 왔을 겁니다. 내가 말문이 막힐 때가 별로 없는데 지금은 말이 다 안 나오네. 말이라도 제대로 나오면 좋겠네요. 아이고."

론은 이 총알구멍과 관련된 재미난 상황을 다 놓쳐버린 것 같아 화가 치밀어 오른다. 그가 속이 타서 방 안을 서성이자 엘리자베스가 말린다.

"론, 핏자국을 밟고 왔다 갔다 하지 좀 말아요."

"당신은 내가 아니라 누구한테 전화를 걸었죠? 조이스였어요. 당연히 조이스겠죠. 다들 조이스를 좋아하니까."

그러자 거실에서 조이스가 말한다. "다들 좋아하지는 않을걸요."

엘리자베스가 말한다. "당신도 조이스를 좋아하잖아요, 론."

"내가 두 사람을 방해한 적 없으니 나를 방해하지 말아요. 시체가 있었잖아요. 머리에 총구멍이 난 시체가. 그런데 당신은 어떻게 했습니까? 조이스한테 전화를 했어요, 이 론이 아니라. 왜 론에게 전화를 해야 하지? 론은 시체를 안 보고 싶어 하잖아? 론한테 왜 시체를 보여줘? 론은 시체를 절대 안 보고 싶어 할걸. 론한테는 핏자국과 벽에 뚫린 총알 구멍만 보여줘도 충분해. 뭐 이런 생각을 했겠죠."

엘리자베스는 가방을 들여다보며 묻는다. "얘기 다 끝났어요?"

"맞춰 봐요, 엘리자베스. 내 얘기가 끝났는지 맞춰보라고요. 잘난 추론을 해보란 말입니다. 아니, 내 얘기 안 끝났습니다. 내가 얼마나 그런 걸 보고 싶어 하는데. 얼마나 좋아하는데."

"따라와요."

엘리자베스는 거실로 들어가 조이스 맞은편에 놓인 안락의자에 앉는다. 론도 뒤따라 들어온다. 엘리자베스는 가방에서 서류철을 꺼내 무릎에 올려놓는다. 론은 아직 말이 안 끝났다.

"내가 약속하죠. 조이스를 증인으로 삼아 약속할게요. 이건 친구들끼리 할 만한 약속은 아니에요. 총에 맞은 사람을 발견하게 되면 바로 당신한테 전화를 걸겠습니다. 당신은 내 친구니까. 친구끼리는 그래야 되니까. 새벽 2시라도 상관없어요. 눈앞에 시체가 있다, 그러면 바로 전화를 할게요. 전화해서 '엘리자베스, 여기 층계참에 아니면 잔디 볼링장에 시체가 있어요. 냉큼 신발 신고 와서 봐요'라고 말하겠습니다. 약이 너무 올라서 못 참겠네요."

"다 했어요, 론? 내가 할 말이 있는데요."

"아, 그래요? 난 아직 할 얘기가 남았거든요? 우정에 대한 얘기인데?"

"시간이 별로 없어요. 우리가 해야 할 일도 있고요."

조이스가 나선다. "둘이 마실 차를 준비했어요. 허브차인데 기분 나빠하진 말아요."

론은 여전히 씩씩대며 말한다. "사과 필요 없습니다. '그때 내가 당황해서 그랬어요, 론, 미안해요' 같은 말은 안 통해요. 내가 날이면 날마다 시체를 볼 수 있는 것도 아니잖아요? 안 그래요? 이브라힘이 입원한 병원에서 사흘 밤을 있다가 집에 돌아왔는데 이게 나한테 떨어진 보상이군요. 당신도 시체를 보고 조이스도 시체를 봤는데 나는 집에서 늘어지게 앉아 마이클 포틸로가 나오는 기차 여행 다큐멘터리 따위나 보고 있었으니. 이건 모욕입니다. 정말이에요. 난 우리가 친구라고 생각했어요."

엘리자베스는 한숨을 푹 쉰다.

"론, 난 당신을 좋아해요. 놀랍게도 그건 사실이에요. 여러모로 당신을 존경하기도 하고요. 하지만 내 얘기 잘 들어요. 어제는 작전 상황이었어요. 죽을 뻔한 위기를 가까스로 넘긴 남자와 처음으로 사람한테 총을 쏜 젊은 여자를 챙겨야 했어요. 여기는 범죄 현장이라 곧 MI5 요원들이 도착할 예정이었고요. 도와줄 사람이 필요했어요. 두 사람 모두 시체를 보고 싶어 하는 건 알고 있었어요. 당연히 그렇겠죠. 그래서 난 40년 동안 간호사로 일한 경험이 있는 여자와 MI5가 도착하자마자 마이클 풋(노동당 소속의 영국 정치인)에 대해 쉴 새 없이 떠들어댈, 축구팀 티셔츠를 입은 남자 중에 선택을 해야 했어요. 삼십 년 전 같으면 그런 일은 당연히 남자 차지겠지만 시대가 변했잖아요. 그래서 난 조이스에게 전화를 했어요. 내가 어떻게 해야 좀 차분해지겠어요?"

론은 소리를 빽 지른다. "충분히 차분한 상태거든요."

"내가 실수했어요."

조이스가 말한다. "차들 마셔요."

론은 멈칫한다. "조금 전에 우리가 해야 할 일이 있다고 했는데 그게 무슨 뜻이죠?"

"이제 좀 나아졌군요. 론, 내가 가방에서 서류철을 하나 꺼내놨어요. 당신이 고래고래 소리를 질러대는 동안에요."

"단순히 소리를 지른 게 아닙니다. 당신이 가방에서 서류철을 꺼낸 건 보지도 못했어요. 봤으면 내가 장을 지져요."

"잘 볼 수 있게 천천히 꺼냈거든요. 내가 평소에 가방에 넣어가지고 다니는 서류철이 아니라 담황색 서류철이에요. 당신이 봤을 줄 알았는데."

"조이스라면 봤겠죠, 안 그래요? 조이스는 똑똑하니까."

"그래요, 조이스는 봤겠죠. 하지만 지금 중요한 건 그게 아니에요. 조이스도 지금 이 서류철을 처음 본 거예요. 일단 당신이랑 내가 봐야 하는 자료예요."

"조이스가 못 봤다고요?"

"아직은요. 결국 보게 되겠지만. 우선 당신이랑 내가 해야 할 일이 있어요."

그러자 조이스가 말한다. "그럼 내가 좀 서운한데."

엘리자베스가 말한다. "아, 시작도 하지 말아요. 론을 달래는 중이잖아요."

론은 고개를 끄덕인다. "좋아요. 아까는 화를 내서 미안했습니다."

"괜찮아요. 실망해서 목소리를 높인 거니까 이해해요."

"어떤 일인데요? 서류철에 뭐가 들어 있습니까?"

"이브라힘이 당신을 필요로 할 때 곁을 지켜줬으니 당신은 이런 보상을 받을 자격이 있어요."

엘리자베스는 이렇게 말하며 서류철을 내민다. 론은 손을 뻗어 서류철을 받아든다.

"라이언 베어드의 집 주소, 휴대폰 번호를 비롯해 당신이 필요로 할 만한 정보가 들어 있어요."

론은 고개를 끄덕이며 내용을 훑어본다.

"우리가 그놈을 쫓는 겁니까? 지금 당장?"

"당신이 쫓아야죠."

"내가요?"

조이스는 환하게 미소 짓는다. "멋져요."

엘리자베스가 말한다. "마음에 들어 할 거라고 생각했는데, 어때요?"

"마음에 듭니다. 생각해둔 계획 있어요?"

"있죠. 우선 보그단을 만나보고 나서 따로 지침을 드릴게요."

론은 고개를 끄덕이고는 커다란 손으로 파일을 톡톡 친다.

"퍼피가 준 겁니까?"

엘리자베스는 고개를 끄덕인다.

"퍼피는 어떻게 될까요? 사람 머리를 날려버렸는데?"

"괜찮을 거예요. 적절한 방식으로 적절하게 대응했으니까요. MI5에서 오늘 조사를 하고 상황이 정리되면 복귀시키겠죠."

조이스가 묻는다. "퍼피가 엄마를 만날 수 있게는 해주겠죠?"

"맙소사, 그건 아닐걸요. 왜 MI5가 나서서 퍼피가 엄마를 만나게 해주겠어요?"

"그거야, 나 같으면 사람을 쏜 후에는 엄마를 보고 싶을 것 같아서요. 당신 같으면 안 그러겠어요?"

"여긴 유치원이 아니에요, 조이스. 당신은 늘 지나치게 감상적이에요."

서류를 휘릭휘릭 넘겨보던 론이 고개를 든다. "당신 전남편은요? 더글러스라고 했나요? 그 사람은 어떻게 될 것 같습니까?"

"퍼피랑 똑같겠죠. 일단 여기서 내보낼 거예요. 그렇게 하기로 합의했으니까요."

"그럼 우리가 하기로 한 일도 더 이상 할 수 없겠네요."

"그렇죠. 더글러스를 돌보기로 한 일은 공식적으로 끝났어요."

"그래도 다이아몬드를 계속 찾기는 할 거죠?"

"물론이죠."

"그럼 됐네요. 내 생각을 말해줄까요?"

"안 그래도 돼요, 론."

"어젯밤에 당신은 전화를 두 통 할 수도 있었어요. 나한테도 하고 조이스한테도 하고요. 하지만 그렇게 하지 않았죠. 내가 당신 전남편을 만나는 게 싫었던 겁니다."

조이스는 고개를 끄덕거리고 엘리자베스가 대답한다.

"난 그 사람을 다시는 안 보고 싶었어요. 친구들한테도 굳이 보여주고 싶지 않았고요."

"조이스가 그러는데 잘생겼다면서요."

조이스가 맞장구를 친다. "엄청 잘생겼어요."

엘리자베스는 어깨를 으쓱한다. "잘생긴 게 뭐 대수인가요? 잘생긴 것보다는 친절하고 똑똑하고 재미있고 용감한 편이 낫지 않아요?"

"그렇지도 않아요."

조이스가 말한다. "두 사람한테 묻고 싶은 게 있는데요."

친구들이 고개를 끄덕인다.

"두 사람이 마신 차 말인데요. 한 컵에는 티백을 넣어뒀고 한 컵에는 티백을 뺐거든요. 둘 다 마셔보고 어느 쪽이 더 나은지 말해줄래요?"

20장

생각지도 못한 수

어젯밤에 분명 무슨 일이 있었다. 보그단 얀코프스키는 그런 느낌이 든다.

보그단은 지금 언덕배기의 건설 현장으로 가고 있다. 가는 길에 쿠퍼스 체이스의 상점에 들러 릴트 제로 음료수와 로스만 담배 스무 갑부터 사야겠다.

그때 낯선 남자가 낯선 밴에서 내려 러스킨 코트로 가는 모습이 보인다.

보그단이 지켜보는 동안 남자는 열쇠로 문을 열고 러스킨 코트로 쓰윽 들어간다. 한눈에 봐도 러스킨 코트 주민일 리 없다. 저 남자가 저 열쇠를 갖고 있으면 안 되는데.

무슨 일이 일어난 모양이다. 보그단은 밴으로 다가간다. 조수석 차창 너머로 들여다보니 신문이 놓여 있다. 밴에는 신문이 놓여 있기 마련이지만 「데일리 텔레그래프」(영국의 보수 성향 일간 신문)인 게 마음에 걸린다. 밴 측면에는 'F. 워커 ― 종합 지붕 수리'라고 적혀 있다.

시야 한 옆으로 엘리자베스와 론, 조이스가 러스킨 코트에서 나오는 모습이 보인다. 저분들이 러스킨 코트에서 뭘 하고 있지? 말썽인가. 하긴 언제나 말썽을 몰고 다니는 분들이니까. 말썽이 터진 거면 보그단도 같이 끼고 싶어진다.

엘리자베스는 론과 조이스에게 손을 흔들어 잘 가라고 인사를 하고 는 종종걸음으로 다가와 보그단에게 팔짱을 끼고 밴에서 멀찌감치 떨어진 곳으로 데려간다.

보그단이 묻는다. "저 밴은 뭐예요?"

"내가 어떻게 알아요?" 언제나 모든 걸 다 아시는 분이 왜 이러실까. "어쨌든 좋은 아침이에요."

"좋은 아침입니다. 이른 시간인데 러스킨 코트에 누굴 만나러 오셨어요?"

"마조리 스콜스한테 책을 빌리러 왔죠."

"무슨 책이요?"

"제프리 디버가 쓴 책이요. 아주 대단한 책이에요."

"제목이 뭔데요?"

어느새 그들은 라킨 코트에 있는 엘리자베스의 집 앞에 거의 다 왔다.

"최신작이에요. 집까지 바래다줘서 고마워요. 이따가 스티븐 만나러 올 거죠?"

보그단은 고개를 끄덕인다.

"아침에는 대형 크레인을 언덕으로 올려 보내야 합니다. 점심시간 이후로는 별다른 일정이 없으니 내려오려고요."

보그단은 새로 개발에 들어간 힐크레스트 부지의 공사 책임을 맡고 있다. 언덕배기에 위치한 그곳 공사는 얼추 형태를 잡아가고 있다. 최근에 일어난 일련의 사건들로 보그단은 빠르게 승진을 거듭했는데 언제나 그랬듯이 모든 일을 수월하게 해내고 있다.

"러스킨 코트로 들어간 남자는 누굽니까? 장갑을 끼고 있던데요."

"몰라요. 배수관 수리하러 왔나? 배수관 수리를 하려면 장갑을 껴야 하잖아요?"

"그 남자가 들어가고 30초 만에 나오셨잖아요. 제가 밴을 들여다보기 시작한 지 10초 만에 나오신 거고요."

"편집증적인 생각이에요, 보그단. 요즘 잠은 잘 자요?"

"매일 밤 8시간 20분씩 잘 자고 있습니다. 약속 하나만 해주실래요?"

"할 수 있는 약속이면 하고, 안 되는 약속이면 못 하고요."

"그럼 왜 계속 거짓말을 하는지 이유라도 말해주세요. 밴에 대한 얘기도 그렇고 아까 그 남자에 대한 얘기도 그렇고요. 조금 전 상점에서 마조리 스콜스를 봤어요. 그리고 어떻게 러스킨 코트에 들어가셨어요? 조만간 설명을 해주실 거죠?"

"아, 보그단. 사람은 누구나 비밀을 갖고 있어요. 이따 봐요."

보그단은 고개를 끄덕이고 엘리자베스는 집 안으로 들어간다. 보그단은 왔던 길을 되돌아가 보지만 밴은 이미 사라진 후다.

보그단은 장갑을 낀 남자들, 그들이 불법적으로 갖고 있던 열쇠에 대해 생각하며 언덕을 올라간다.

힐크레스트 공사는 계획대로 착착 진행되고 있다. 당연하다. 그는 이 일을 하면서 돈도 꽤 많이 벌었다. 번 돈의 절반은 주택 금융 조합에 넣고 절반은 비트코인에 투자하고 있다. 집을 살 생각은 없다. 집을 구매한다는 건 한곳에 정착한다는 뜻인데, 계속 한곳에 머물러 살 수 있을지는 알 수 없는 일 아닌가? 보그단은 아침 내내 루스만 담배를 피우면서 건설 현장을 점검하고 크레인 설치를 감독한다. 그리고 엘리자베스의 남편 스티븐과 체스를 두기 위해 언덕을 내려간다.

수녀들이 묻혀 있는 묘지 앞을 지나가는데 문득 이런 생각이 든다.

언덕 위쪽에 토대용 기둥을 박아 넣는 증기 해머를 무덤 속 수녀들은 어떻게 생각할까? 보그단에게 공사 소음은 위안을 준다. 수녀들도 부디 그렇기를. 영원히 고요 속에 묻혀 있기를 바라는 이는 아무도 없을 테니까.

버나드가 늘 앉아 있던 벤치 앞을 지나간다. 늘 그 자리를 지키고 앉아 있던 버나드가 보이지 않으니 기분이 묘하다. 사람들은 이곳에 왔다가 떠나고, 또 왔다가 떠난다. 생의 마지막 나날을 보내려 와서일까. 노인들은 대체로 활기차게 살다 간다. 노인들은 느릿하게 움직이지만 그들의 시간은 쏜살같이 흘러간다. 보그단은 노인들과 함께 지내는 게 좋다. 노인들은 하나둘 씩 죽어가지만 그거야 누구나 마찬가지다. 우리도 눈 깜짝할 사이에 세상을 뜨게 된다. 그러니 죽음을 기다리며 충실히 살아갈 수밖에. 말썽을 일으키고, 체스를 두고, 뭐든 마음에 맞는 일을 하면서.

요즘 보그단은 스티븐과 일주일에 세 번 이상 체스를 두고 있다. 그동안 엘리자베스는 쇼핑을 하러 가거나 친구들을 만나러 나가거나 살인 사건을 해결한다. 스티븐은 사람들의 이름을 거의 다 잊었지만 보그단의 이름만큼은 절대 잊지 않았다.

엘리자베스의 집으로 들어간 보그단은 체스의 말을 열두 번 옮긴 끝에 스티븐을 궁지로 몰아넣었다. 그러고도 보그단은 방심하지 않는다. 스티븐을 상대로 체스를 둘 땐 절대 방심해서는 안 된다. 지금 놓은 수가 꽤 마음에 든다. 스티븐이 다음에 둘 수의 선택지가 별로 없을 것 같다.

스티븐이 꾸벅 잠이 들어버려서 다음 수를 놓기까지 시간이 꽤 걸릴 듯하다. 요즘 들어 스티븐은 까무룩 정신을 놓고 잠드는 일이 잦아지고 있다. 그래도 스티븐이 여기 있는 동안은 계속 같이 체스를 둬야지.

스티븐은 잠들었다가 눈을 번쩍 뜨면 무자비한 수를 놓곤 한다. 보그단은 그럴 때마다 기분이 좋아진다. 스티븐은 많은 것을 잊어가고 있지만 체스에서 이기는 방법은 잊지 않았다. 보그단이 감추고 있는 크나큰 비밀도, 얼마 전에 일어난 살인사건에서 어떤 역할을 했는지도 스티븐은 똑똑히 기억했다. 그리고 체스 게임의 승패를 가리기 어려울 때마다 그 얘기를 슬쩍 끄집어내며 재미있어 했다.

보그단은 두려울 게 없다. 스티븐을 절대적으로 신뢰하기 때문이다. 게다가 스티븐이 누구한테 비밀을 털어놓을까? 엘리자베스한테나 사실을 말해줄 텐데 보그단은 엘리자베스도 절대적으로 믿는다.

호랑이도 제 말하면 온다더니, 현관문에 열쇠를 넣고 돌리는 소리가 들리고 엘리자베스가 걸어 들어오는 모습이 보인다. 엘리자베스는 손에 커다란 운동 가방을 들었다. 평소답지 않은 모습이다.

"왔어요. 스티븐은 자요?"

"아마도요. 자는 척하시는 걸 수도 있어요. 제가 이길 것 같으니까요."

"두 사람한테 차를 끓여 줄게요. 부탁 하나만 해도 될까요, 보그단?"

"아까 장갑을 끼고 있던 남자는 누구였습니까?"

"MI5 소속의 위험 평가 요원이에요. 이제 만족해요?"

"예, 고맙습니다. 어떤 부탁이죠?"

엘리자베스는 운동 가방을 식탁 위 체스판 옆에 올려놓는다. 지퍼를 열고 그 안에 든 돈다발을 보여준다.

"돈이네요."

"뭐든 구해줄 수 있다고 했죠?"

"뭐가 필요하신데요?"

엘리자베스는 스티븐이 자고 있는지 거듭 확인한 후 묻는다.

"코카인 1만 파운드어치를 사줄 수 있어요?"

보그단은 돈다발을 쳐다보며 고개를 끄덕인다.

"그럼요."

엘리자베스는 미소 짓는다.

"고마워요. 당신한테 말하면 될 줄 알았어요. 길거리 가격이 아니라 도매가로 사줘요."

"물론입니다. 아까 본 남자랑 밴과 관계된 일인가요?"

"아뇨. 다른 건이에요."

"언제까지 필요하세요?"

"내일 점심시간까지?"

"알겠습니다."

"잘됐네요. 정말 큰 도움이 됐어요. 찻주전자를 불에 올려놓을게요."

엘리자베스가 주방으로 들어가자 보그단은 운동 가방을 한 번 더 쳐다본다. 시간이 촉박한데 그 많은 코카인을 누구한테서 사야 할까? 세인트 레오나즈에 사는 여자라면 가능할 것 같다. 초등학교 보조 교사로 일하다가 지금은 해안 지역 임대 차고에서 사업을 하는 여자다. 그 여자한테 물어봐야지. 그 여자는 예전에 보그단에게 데이트를 하자며 들이댄 적이 있었다. 보그단은 그 여자에게 별로 끌리지가 않는다고, 그 여자가 하는 일 때문에 껄끄럽다고 말했다. 사귀게 되면 무엇보다 정직해야 한다는 게 그의 생각이다. 거짓말을 술술 늘어놓는 상대에게 고마워할 사람은 없다. 여자는 기분이 나쁜지 그에게 파인트 맥주 컵을 홱 던졌다. 이미 몇 달 전 일이었다. 시일이 어느 정도 지났으니 부탁을 들어주지 않을까. 보그단이 휴대폰을 꺼내 드는데 문자를 찍기도 전에 스티븐이 눈을 뜬다. 스티븐은 그동안 전혀 지체되지 않았던 것처럼 체스판을 똑바로 내려다보며 비숍을 움직인다. 보그단은 휴대폰을 내려놓고 스티븐이 놓은 수를 들여다본다. 생각지도 못한 수다. 놀랍다. 보그단의 입가에 미소가 번진다.

엘리자베스의 1만 파운드. 스티븐의 비숍. 이 두 사람이 만나 결혼한 게 놀랍지가 않다. 천생연분이다.

보그단은 해야 할 일도 있고 생각해봐야 할 일도 생겼다. 어쩐지 즐거워진다.

21장

덜떨어진 인간

더글러스 미들미스는 바다를 내다보고 있다. 바다 풍경이 그나마 위안이 되어 준다.

여기는 호브시에 있는 집이다. 공식적으로는 '가구가 완비된 단기 임대 주택'이지만 MI5에서 독점적으로 사용하고 있다. 더글러스는 이 집 앞쪽의 큰 침실에서 대각선 방향으로 바다를 내다보고 있다. 그들은 창문 가까이 가지 말라고 했지만 창밖으로 바다가 보이는데 안 내다볼 수 있을까? 저 멀리 브라이턴시 서쪽 부두의 부서진 잔해 뒤쪽에서 떠오르는 태양이 그가 앉아 있는 안락의자에 빛을 비춘다. 누군가 지금 이 창문을 통해 그에게 총을 쏜다면 그야말로 최악의 상황일 것이다.

퍼피는 이 집 뒤쪽에 있는 방을 쓰고 있는데 그 방의 창밖으로는 공영 주차장과 쓰레기통 몇 개가 내다보일 뿐이다. 누구든 그의 방으로 오려면 퍼피의 방을 통과해야 한다. 퍼피는 지난번에 놀라울 정도로 유능한 인재임을 증명해 보였다. 앤드류 헤이스팅스를 총으로 쏴 죽였으니까. 더글러스를 죽이라고 마틴 로맥스가 보낸 근접 경호원이 코걸이를 하고 오토렝기(이스라엘 출신의 영국 스타 셰프) 요리책이나 들여다보는 자그마한 여자에게 죽임을 당한 것이다.

쿠퍼스 체이스로 이사 가는 걸 좋은 아이디어라고 생각했다. 그곳은 완벽한 은신처로 보였다. 엘리자베스를 다시 만날 기회이기도 했다. 엘리자베스의 자비에 목숨을 맡기면서 말이다. 그런데 마틴 로맥스가 보낸 자는 보안을 뚫고 침투했다. 그렇다는 건 누군가 더글러스의 은신처를 마틴에게 알려줬다는 얘기다. 누굴까?

의심 가는 데가 있기는 하다. 보안 카메라에 얼굴이 찍혔으니 더글러스가 일을 망친 건 사실이었다. 덕분에 MI5의 입장도 상당히 난처해졌다. 그래서 누군가 그 빚을 갚게 하려는 걸까? MI5의 일원인 그를 희생시켜서? 전에도 그런 식으로 일이 처리되는 걸 본 적이 있었다. 드물지만 본 적 있는 일이었다. 수와 랜스를 믿을 수 있을까? 수는 믿어도 되겠지만, 랜스는? 더글러스와 함께 로맥스의 집에 침입했던 랜스를 과연 믿어도 될까? 랜스에 대해 그는 제대로 알고 있기는 한 건가?

퍼피가 문을 두드리며 차 한잔 마시겠냐고 묻는다. 더글러스는 알겠다고, 곧 내려가겠다고 대답한다. 퍼피 같은 사람은 나 같은 사람을 어떻게 생각할지 궁금해진다.

더글러스의 인기는 예전 같지 않다. 본인도 잘 알고, 이유도 알고 있다. 이제 그는 남의 집에 침입한 와중에 복면을 벗는 실수를 하고, 약식 보고 중에 게이 동료에 대한 농담이나 지껄이는 남자다. 해를 끼치려는 의도는 아니었지만 분명 잘못을 저질렀다. 그보다 덜 이기적인 사람이 그보다 친절하고 더 전문가답게 행동할 줄 안다는 사실을 그는 머릿속 깊이 인지하고 있다. 굳이 변화하지 않고도 요원으로서 업무를 잘 끝맺음할 수 있기를 바랐는데. 아무래도 그리 되기는 어려울 듯했다.

다이아몬드는 그가 지금의 삶에서 빠져나갈 탈출구다. 시기적절하게 코앞에 떨어진 기회다. 다이아몬드는 로맥스의 집 식당 식탁 위에 덩그러니 놓여 있었다. 하지만 이제 운이 다한 걸까? 이 상황에서 어떻게 빠져나가지?

세상이 변했다. 20년 전에는 마음에 드는 누구에 대해서든 편하게 농담을 할 수 있었고, 기분 나쁘게 하려는 의도만 없으면 농담은 그저 농담으로 받아들여졌다. 학창 시절 피터 머시기라는 녀석이 있었다. 더글러스를 비롯한 아이들은 피터가 빨간 머리라며 놀려댔다. 못되게 굴려는 의도는 아니었고 그저 장난일 뿐이었다. 하지만 예민한 피터는 몇 학기 버티다가 결국 학교를 떠났다. 그 녀석이 지나치게 예민했던 게 문제 아니었나? 누가 놀려서 기분이 나쁘다고 다들 피터처럼 행동하지는 않는다. 놀림당하는 걸 못 견뎌서 완벽하게 좋은 교육을 받을 기회를 걷어차 버리지는 않는단 말이다.

몇 년 전 더글러스는 성희롱 예방 교육을 받으러 갔을 때 본인 입으로 직접 피터 얘기를 했다. 그 일로 더글러스는 성희롱 예방 교육에서 쫓겨났고, 대신에 일대일 상담을 받게 됐다. 오랜 친구가 운영하던 과정이어서 그 친구는 수료증에 서명을 받으려면 정해준 대로 대답을 하라고 일러주었고, 덕분에 더글러스는 높은 점수로 과정을 통과했다.

그런 일들이 쌓이고 쌓여서 MI5는 이제 더글러스에게 넌덜머리가 났을까? 수도 이제는 더글러스를 쓸모없다고 생각할까? 더글러스를 치워버리는 게 더 일하기 편하겠다고 생각할까? 어쩌면 마틴 로맥스와 화해하려면 작은 희생을 치러야 한다고 수가 모두를 설득했는지도 모를 일이다. 수가 마틴과 거래를 하고 더글러스의 위치를 노출시켰을까?

더글러스가 쿠퍼스 체이스에 숨어 있다는 사실을 아는 사람이 몇 명이지? 대여섯 명? 퍼피까지 포함해서다. 퍼피는 팟캐스트를 즐겨 듣고 시와 그레고리오 성가(로마 가톨릭교회의 전통적인 단선율 전례 성가)를 좋아한다지만 겉보기와는 다른 사람일 수도 있지 않나? 위장일까? 그런 경우를 숱하게 봐 왔다. 퍼피에게도 다른 면이 있을 수 있다. 어쩌면 다른 이들과 연합해 더글러스를 적대시하고 있을지도 모른다. 그렇다면 왜 침입자를 쏴 죽였을까?

엘리자베스는? 이건 좀 더 큰 문제다. 엘리자베스가 더글러스의 위치를 노출시켰을까? 그건 아닌 것 같다. 엘리자베스에게 마틴 로맥스에 대한 얘기를 해준 사람은 바로 더글러스 아닌가? 혹시 더글러스가 여기 있는 걸 엘리자베스가 이미 알고 있었던 걸까? 엘리자베스는 누구든 찾아낼 수 있는 사람이다. 더글러스는 엘리자베스와 결혼 생활 중에 네 번 바람을 피웠는데 엘리자베스는 그때마다 다 알아냈다. 마지막 바람 상대는 샐리 몬태규라는 이름의 신입 분석가였고, 바람이 들통나면서 결혼은 끝이 났다. 그래도 그는 샐리와 재혼을 하기는 했다. 20년 연하인 샐리와 살면서 그가 또 바람을 피워 그 결혼도 결국 쫑이 났지만. 이혼 후 MI5에서는 신중하게 판단해 샐리를 해고했다. 지금 샐리는 어디서 살고 있을까? 그가 마땅히 신경 써야 하는 일인 줄 알지만 그런 걸 일일이 챙기기엔 너무 성가시다.

엘리자베스가 바람을 몇 번 피웠는지는 하늘만이 알 것이다. 아마 숱하게 피웠겠지. 하지만 더글러스는 한 번도 잡아내지 못했다.

엘리자베스는 평생 딱 한 번밖에 못 만날 여자다. 더글러스가 평범한 남자 같았으면 엘리자베스를 꼭 붙잡고 놓지 않았을 것이다. 하지만 더글러스는 철부지였다. 그도 그걸 잘 알았다. 더글러스는 매력적이고 재미있는 남자였으며 그에게 인생은 쉽기만 했다. 원하는 건 뭐든 손에 들어왔다. 다들 그를 좋아했고, 그가 뭘 하든 호감으로 봐줬다. 그의 행동을 마음에 들어 하지 않는 사람들도 물론 있었겠지만 그런 사람들은 수년에 걸쳐 그와 거리를 두며 멀어진 게 고작이었다.

예전에 엘리자베스에게 물어본 적이 있었다. 언제 그의 속을 간파했느냐고. 엘리자베스는 처음 만난 순간부터 알았다고 했다. 뻔한 행동을 하는 남자의 내면에 작고 겁먹은 소년이 숨어 있지 않을까 생각했다고 했다. 엘리자베스는 그 겁먹은 소년을 사랑했지만 끝내 그 소년을 만나지는 못했다고 했다. 더글러스는 그 순간 새사람이 될 수도 있었다. 인생을 제대로 솔직하게 살아볼 수도 있었다. 하지만 그는 벌컥 화를 내며 위스키 잔을 벽에 던지고는 집을 나갔다. 그리고 웨스트 켄싱턴에 사는 샐리 몬태규와 밤을 보냈다. 다음 날 그가 집에 돌아왔을 때 엘리자베스는 아무 말도 하지 않았다. 그날부로 엘리자베스는 그를 포기했다.

그 후로도 쭉 더글러스는 매력을 뿌려대며 살아왔다. 그보다 더 엿같이 사는 인생들도 많았다. 하지만 세월이 흐르면서 그의 매력은 빛을 잃어갔다. 신세대 남자들은 한층 더 멋있는 말투로 더 적절하게 말할 줄 안다. 더글러스는 지나간 시대의 유물이 되고 말았다. 그가 내뱉는 농담은 더 이상 호감으로 통하지 않는다. 매력이 없으면 그에게 남은 것은 무엇일까?

다이아몬드. 그에게 남은 건 바로 다이아몬드다. 그의 인생을 반전시켜줄 멋진 탈출구.

의자에서 일어선 더글러스는 빗으로 머리를 빗어 내린다. 머리를 신중하게 잘 빗고 나서면 어차피 겉핥기식인 조사에 충분히 대응할 수 있지 않을까. 어차피 대부분의 사람들은 상대의 스타일을 중요시할 뿐이다. 그는 이 정도 조사쯤은 거의 늘 잘 빠져나갔다. 하지만 짜증 나게도 신세대의 요원들은 그의 속을 이미 간파한 듯했다.

바보 같은 생각이지만, 신세대 요원들의 판단이 옳을 수도 있었다. 그들이 더글러스를 불러 신문하는 것은 나이든 요원인 그를 존중해주는 절차에 불과하다. 사람들은 누구나 출근해서 주어진 일이나 하고 싶어 한다. 내 모습이 어떤지, 누구와 잠을 자는지까지 시시각각 떠올리며 신경 쓰고 싶어 하지 않는다. 그들은 옳고 자신은 틀렸음을 더글러스는 안다. 더글러스는 두루 좋았던 옛 시절이 아니라 본인의 전성기를 그리워한다. 그런 생각을 대부분의 사람들이 좋게 받아들일 것 같지가 않다.

그걸 인정하면, 불편한 사실에 대충 눈감고 살아온 인생이었음을 인정해야 한다. 솔직히 그 후 피터가, 그래 피터 위톡이 어떻게 됐는지 궁금하기는 했다. 당연히 그의 이름을 기억한다. 피터는 자기처럼 겁먹은 어린애들한테 괴롭힘을 당하다 학교를 떠났다.

지금까지 살아오면서 더글러스는 피터 위톡 같은 사례를 얼마나 많이 만들었을까? 그의 인생에서 엘리자베스 같은 이들은 몇이었을까? 샐리 몬태규 같은 이들은?

20년 전 같았으면 작전 중에 복면을 벗었다고 해도 다 같이 한번 웃고 놀리며 끝났을 것이다. 마틴 로맥스에게 짜증을 불러일으키는 메시지나 보내고 말았겠지. 그리고 더글러스는 그날 저녁 동료들에게 술 한 잔씩 사면서 일을 무마했을 것이다. 지금 생각하면 큰 실수지만 그렇게 덮을 수 있었다.

이제 그는 시대를 못 따라가는 인간이 되고 말았다.

그렇다고 맥 빠져 지낼 필요는 없다. 남은 인생이라도 잘 살면 되지. 이 성가신 상황을 잘 빠져나가고 말 것이다. 당장 코앞에 닥친 일부터 처리하자. 마틴 로맥스의 위협과 MI5 내부의 뒤통수치기에도 대비해야 한다. 그리고 다이아몬드를 들고 사라지는 거다. 뉴질랜드나 캐나다의 어느 농장에서 새로운 신분으로 살아야지. 어디가 됐든 영어권 국가면 된다.

이 정도면 적당히 타협한 거다. 이제부터는 스스로의 힘으로 살아가야 한다. 아무도 믿을 수 없다. 층계참으로 나서는데 주방에서 삐이— 하고 찻주전자에 물 끓는 소리가 들린다.

아까는 의심스럽다고 말했지만 그건 사실이 아니다. 그는 엘리자베스를 믿는다. 그것만은 확실하다.

그 생각을 하니 기운이 난다. 오늘 하루도 잘 살아냈다. 계단을 내려가면서 그는 이런 생각을 한다. 가능할 때 빵에 마멀레이드 잼을 발라 맛있게 먹어야지.

22장

딸이 하는 일

퍼피의 엄마에게 전화를 걸었다. 그녀는 더없이 친절했다. 이름은 쇼본이라고 했다. 발음을 그렇게 들었는데 표기가 맞는지 몰라서 확인해봐야 했다. 아일랜드식 이름이니 전에는 아일랜드인이었을 테고 지금은 아닌 것 같다.

여기서 무슨 일이 있었는지 쇼본에게 대략 설명을 해주었다. 퍼피가 내게 해달란 일이 그런 것 같아서였다. 첩보원으로 살다 보면 엄마에게 다 털어놓고 살 수는 없을 것이다. 어쩌면 딸들이 대부분 그러지 않을까? 나 역시 조애나가 머리를 자른 걸 나중에라도 알게 되면 다행이다. 한번은 조애나가 크레타섬에 일주일 머물다 왔는데, 나는 그걸 페이스북을 보고서야 알았다. 네가 어렸을 때 우리가 함께 크레타섬에 일주일 동안 머무른 적이 있다고 얘기해줬더니, 조애나는 크레타섬이기는 한데 이번에는 다른 지역이었다고 굳이 꼬집어 말해주었다. 이러니 나도 쇼본의 입장이 어느 정도 이해가 됐다.

어쨌든 일이 그렇게 됐다. 사교적인 인사를 나누고 나서 쇼본에게 퍼피의 부탁으로 전화를 걸었으며 사고가 있긴 했지만 따님은 지금 무사하다고 알려주었다.

나는 "걱정마세요, 아무도 안 죽었어요"라고 말했는데 생각해보니 죽은 사람이 있긴 했다.

쇼본은 딸이 하는 일에 대해 잘 모르고 있었다. 놀라운 일도 아니었다. 퍼피는 쇼본에게 여권 사무소에서 일한다고 했단다. 퍼피가 일을 시작하면서 MI5는 쇼본에게도 몇 가지 사항을 확인했는데, 당시 쇼본은 좀 별나다고 생각하면서도 의문을 제기하지는 않았다. 자식들 일에는 그렇게 되는 것 같다. 안 그런가? 세계 책의 날 행사에 동화책 속 캐릭터로 아이를 변장시켜 참석시킬 때도 그런 마음이었다.

단계별로 하나씩 사실을 알려줬어야 했을 수도 있다. 하지만 간호사로 일한 경험에 따르면, 솔직하게 털어놓는 게 나을 때가 있다. 나는 쇼본에게 당신 딸이 MI5인지 MI6인지를 위해 일하고 있으며 얼마 전까지 한 남자를 돌봐주는 일을 했다고 알려주었다. 그 남자는 내 친구 엘리자베스와 결혼한 적이 있고 다이아몬드를 훔친 혐의를 받고 있다는 얘기도 덧붙였다. (쇼본은 'MI5요?' '엘리자베스요?' '다이아몬드요?'라며 놀라는 눈치였다.) 어젯밤 침입자가 그 남자를 총으로 쏘려 하자 퍼피가 먼저 총을 쏴서 침입자를 제거했다는 것까지 말해주었다. 최대한 간추려서 한 얘기가 그 정도였다.

쇼본은 놀란 듯했다. 장난치는 줄 아는 것 같기도 해서 나는 덧붙였다. "장난이 아니라 진짜로 있었던 일이에요. 퍼피가 침입자를 쐈고 내가 시체를 봤어요."

퍼피가 엄마에게 전화해달라며 전화번호를 알려주더라고 말했다. 쇼본은 지금 퍼피가 어디 있느냐고 물었다. 나는 모른다고, MI5가 어딘가로 데려갔는데 엘리자베스 얘기로는 걱정할 필요 없다고 했다고, 퍼피가 제때 옳은 일을 해서 사람 목숨을 구했다고 말해주었다.

쇼본은 어디서 그런 일이 일어났느냐고 물었고 나는 쿠퍼스 체이스 실버타운 얘기를 해주었다. 쇼본은 무척 멋진 곳 같다고 말했다.

"한번 구경하러 올래요? 나랑 엘리자베스도 만날 겸 해서요."

쇼본은 방문하고 싶다고 하더니 울기 시작했다. 나는 차라리 잘됐다고 생각했다. 울음으로 속을 풀어야 한다. 여러분의 딸이 사람을 총으로 쐈고 그 일로 MI5가 당신 딸을 어딘가로 데려갔다고 상상해보자. 감정적인 상태가 될 수밖에 없을 것이다. 나는 주소를 물었다. 우편으로 우정 팔찌를 보내주고 싶었다. 팔찌 값은 나중에 만나서 받으면 될 것이다.

우리는 기분 좋게 이런저런 얘기를 나눴다. 쇼본은 울어서 죄송하다고 했고, 나는 괜찮다고 말했다. 퍼피의 코걸이가 마음에 드냐고 묻자 쇼본은 잠시 생각하더니 별로라고, 퍼피는 코걸이를 안 했을 때가 더 예쁘다고 말했다. 나는 퍼피가 코걸이를 해도 예쁘더라고 말해주었다. 그래도 쇼본의 마음이 이해가 됐다. 예전에 조애나가 한쪽 귀에 피어싱을 세 개나 한 적 있는데 그중 하나는 귀 위쪽에 박혀 있었다. 끔찍했다. 제대로 아물지 않아서 지금도 그 상처가 남아 있다. 남들은 잘 모르겠지만 내 눈에는 그 상처가 확연히 보인다. 앞으로 쇼본과는 원만하게 잘 지낼 수 있을 것 같다.

쇼본이 여기 와서 우리를 만나기로 한 건 꽤 기쁜 소식 같은데, 엘리자베스가 싫어하지 않으면 좋겠다. 퍼피가 엘리자베스가 아니라 내 카디건 주머니에 엄마의 전화번호를 슬쩍 넣어둔 이유는 여기서 하면 안 되는 행동이라 여겼기 때문일까? 쇼본의 방문을 엘리자베스가 반대하고 나설까? 그렇다고 해도 그건 엘리자베스가 고민할 문제지 내 문제는 아니다.

쇼본은 와드허스트 마을에 살고 있다. 전에 기차를 타고 와드허스트 마을을 지나간 적이 있다. 퍼피와 쇼본이 사는 곳이니 무척 좋은 마을일 것 같다.

전화를 끊고 나니 초인종이 울렸다. 예전에 이웃에 살았던 이본이 차 한잔하면서 얘기를 나누자며 찾아왔다. 이본은 내 지인들 중에 비디오 녹화기를 제일 처음 산 사람이다. 나는 그날을 절대 잊지 못한다. 이본의 가족은 비디오 녹화기를 사고 나서 조애나를 초대해 영화 〈이티(E.T.)〉를 보여주었다. 그날 조애나가 어찌나 행복해 보이던지. 지금 이본은 턴브리지 웰스 마을에 살고 있다. 나는 이본에게 집으로 돌아가는 길에 쇼본의 집에 들러서 우편함에 팔찌를 넣어달라고 부탁했다. 우표 값도 아낄 겸 해서다.

그리고 또 무슨 일이 있었냐고? 라이언 베어드에 관한 일이 있었다. 론은 라이언 문제를 해결하려고 발바닥에 땀나게 움직이고 있다. 론이 어떤 계획을 내놓을지 무척 기대가 된다. 이브라힘이 내일 퇴원해 집으로 돌아오기로 했다. 이브라힘은 곧 퇴원이니 병원에 올 필요 없다고 했다. 엘리자베스가 내일 우리를 데리고 호브시로 가기로 했으니 어차피 병원에 못 갈 거라서 잘됐다 싶다. 엘리자베스는 호브시로 왜 가는지는 말해주지 않았다.

지금 나는 쇼본에게 줄 케이크를 굽고 있다. 쇼본이 어떤 케이크를 좋아하는지 모르기도 하고, 대화 중에 물어보지도 못해서, 무난하게 빅토리아 스펀지케이크를 만들기로 했다. 쇼본이 모험을 즐기는 편일 수도 있으니 견과류를 넣지 않은 브라우니와 코코넛 라즈베리 케이크도 준비해야지.

다이아몬드에 대한 생각이 계속 머릿속을 맴돈다. 2,000만 파운드면 누구나 머리가 돌아버리지 않을까? 나도 그럴 것 같다. 텔레비전 쇼

〈딜 오어 노 딜〉에서 사람들은 2만 5,000파운드 상금이 '인생을 바꿀만한 돈'이라고 말하는데 내 생각은 다르다. 2만 5,000파운드면 카드 값 갚고 포르투갈 여행 다녀오고 창문 두 짝 교체하고 나면 없어질 돈이다. 하지만 2,000만 파운드면? 사람 몇 명쯤 죽여서라도 꼭 갖고 싶은 돈이겠지.

아까 론이 '발바닥에 땀 나게' 움직이고 있다고 했는데 진짜로 발바닥에 땀이 난다는 의미는 아니다. 더 적당한 표현이 있으려나? 어쨌든 의미만 통하면 되지 않을까? 론에게 어울리는 표현 같으니 그냥 둬야겠다.

내일 엘리자베스와 호브시에 가기로 했다. 벌써부터 기대된다. 오후 2시 30분에 버스를 타고 브라이턴시로 출발할 예정이다. 막스 앤 스펜서 대형 매장 앞에서 하차해 호브시로 걸어 들어가면 된다. 엘리자베스가 '쇼핑할 시간 없어요, 조이스'라고 못을 박아서 쇼핑은 못 하고 볼일만 보고 와야 될 것 같다.

무슨 일일까? 다이아몬드에 관한 일일까? 아니면 살인 사건? 둘 다일까? 그러면 좋겠다.

23장

퍼피의 엄마

손목시계를 확인한 엘리자베스는 한숨을 쉬며 걸음을 재촉한다.

조이스가 커피숍에 들르고 싶다고 고집을 부려서 예정보다 20분쯤 늦어졌다. 조이스는 커피숍에 앉아 창밖으로 지나가는 사람들을 구경하는 걸 좋아한다. 그냥 두면 종일 그러고 앉아 있을 사람이다. '아, 우산들을 꺼내 쓰네'라든지 '저 외투 나한테 어울릴까요, 엘리자베스?' 같은 말을 하면서. 조이스는 커피를 그다지 좋아하지도 않는다. 커피숍에서 차를 주문하기 어색하니 커피를 주문할 뿐이다.

더글러스가 엘리자베스에게 만나러 와달라고 요청했다. 지금 같은 상황에서 그다지 내키지 않는 부탁이었다. 엘리자베스에게 돌봐달라는 말을 하고 얼마 안 돼 그는 죽을 고비를 넘겼다. 엘리자베스가 공식적으로 그를 돌보는 일을 시작하기도 전에 벌어진 일이었다.

지금 그들은 호브시에 있는 새로운 안가로 가고 있다. 세인트 올번스대로 38번지. 처치가의 카페들이 있는 곳에서 해안 지역의 아이스크림 가게들이 있는 곳까지 나란히 배치된 거리들 중 하나다.

조이스가 말한다. "바닷바람이 참 좋죠?"

"기분 좋네요."

대형 트럭 한 대가 그들 옆을 지나간다.

엘리자베스의 눈에는 조이스가 어쩐지 이상하다. 요즘 엘리자베스는 조이스의 생각을 잘 읽어내는 편인데, 지나칠 정도로 쾌활하게 굴고 있었다. 뭔가 숨기는 게 있는 걸까. 다른 사람은 몰라도 엘리자베스는 속일 수 없었다. 엘리자베스는 처치가의 난도스 식당 앞에서 걸음을 멈추고 조이스의 팔에 손을 얹었다.

"더글러스와 퍼피를 만나기 전에 물어볼 게 있어요. 숨기는 게 있는 것 같은데 대체 뭐예요?"

조이스는 순진한 눈을 반짝이며 엘리자베스를 바라본다. 눈처럼 하얀 머리카락이 후광처럼 조이스의 얼굴을 둘러싼 모습이다.

"무슨 뜻인지 모르겠는데요?"

"조이스, 지금 일부러 20분이나 시간을 끌고 있잖아요. 왜 이러는 건지 알아내려고 또 20분을 허비하고 싶지 않아요."

"엘리자베스, 당신은 내 상관처럼 행동할 때가 있는데, 상관이 아니잖아요."

엘리자베스는 한숨을 쉰다. "제발, 부탁할게요. 지치게 하지 말고 털어놔요."

조이스는 난도스 식당을 돌아본다. "내가 난도스에 한 번도 안 들어가 본 거 알아요?"

"뭔가를 숨기고 있는 게 분명하네요. 더글러스랑 관계된 건가요?"

"이브라힘을 데려오고 싶어요. 이브라힘이 난도스를 좋아하지 않을까요? 우리가 이브라힘을 설득해서 데리고 나와야 돼요."

"퍼피와 관계된 건가 보네요."

"당신이 모든 걸 알고 있지 않을 때도 있어요, 엘리자베스. 지금이 바로 그런 때인 것 같네요."

엘리자베스는 조이스의 눈을 가만히 들여다보며 고개를 끄덕였다.

"퍼피와 관계된 일 맞죠? 시도는 좋았는데 결과는 별로예요, 조이스."

조이스는 미소 짓는다. "그 얘기는 나중에 해요. 이대로 빈손으로 가면 무례해 보일 거예요. 그 사람들한테 줄 걸 아무것도 못 샀네. 퍼지 사탕이라도 좀 사가지고 갈 시간 돼요?"

엘리자베스는 생각해본다. "퍼피와 관련된 일인 거는 알겠어요. 얼굴에 다 보여요. 퍼피가 무슨 부탁을 했죠? 그런데 당신이 퍼피랑 둘이서만 있었던 적은 없지 않아요?"

"헛다리 짚는 소리 그만해요. 저기 예쁜 서점이 있네요. 시티 북스인가? 더글러스 씨에게 줄 존 그리샴의 소설이나 한 권 사야겠어요."

"퍼피가 당신한테 뭘 줬죠? 그렇죠? 퍼피가 나가는 길에 뭔가를 슬쩍 줬나 보네요?"

"누가 당신한테 뭔가를 슬쩍 줬을 수도 있겠죠, 엘리자베스. 이브라힘에 대한 내 생각이 맞는 것 같지 않아요? 우리가 이브라힘을 데리고 외출을 좀 해야 돼요. 물론 싫다고 하겠지만요. 난도스에서는 주로 치킨을 파는데, 푸딩도 팔 것 같아요."

"퍼피가 뭘 줬어요? 왜 내가 아니라 당신한테 줬을까요?"

"동물 구조 센터에 가볼 생각이에요. 이브라힘이 퇴원하면 차를 운전해서 좀 데려다 달라고 부탁해야겠어요."

"종이쪽지를 줬어요? 퍼피가 쪽지를 줬죠? 나가면서 손에 슬쩍 쥐여 줬죠?"

엘리자베스는 집요하게 조이스를 바라본다.

"이브라힘은 싫다고 할 거예요. 이브라힘이 어떤 사람인지 알잖아요. 그래도 잘 구슬려 봐야죠. 개는 사람 마음을 치유해주잖아요. 당신이 이미 아는 거 말고 달리 해줄 얘기는 없어요. 어쨌든 이브라힘은 몸의 상처보다 마음의 상처가 훨씬 오래갈 것 같아요."

"개인적인 내용이 담긴 쪽지겠네요." 엘리자베스는 젊은 사람들이 난 도스로 우르르 들어가자 옆으로 물러서며 말을 잇는다. "그래서 당신한 테 줬겠죠. 심부름을 해달라고. 당신한테 맡길 만한 일을 부탁했을 거 예요."

"웹사이트에 들어가서 확인해봤어요. 앨런이라는 개가 있더라고요. 나는 앨런 말고 러스티라고 부를 생각이에요. 이 얘기는 당신한테 처음 하는 거예요. 일기장에는 적어놨지만 입 밖으로 낸 적은 없어요."

"그때 당신은 새 카디건을 입고 있었어요. 당신한테 잘 어울리는 카 디건이었죠. 퍼피는 아마 카디건 주머니에 쪽지를 슬쩍 넣었겠네요?"

"카디건이 잘 어울린다고 말해줘서 고마워요. 어렸을 때 이웃에 러스 티라는 이름을 가진 개가 있었어요."

"퍼피가 누구한테 연락해달라고 했어요, 조이스? 자기가 무탈하다는 걸 전해달라고? 나 같아도 그런 일은 당신한테 맡길 것 같네요."

"그 개는 리트리버였어요. 생각해보면 래브라도랑 섞인 것 같기도 해 요. 우리도 다들 조금씩 섞여 있잖아요, 안 그래요? 자세히 들여다보면 그렇잖아요?"

"퍼피가 누굴 믿느냐, 그게 문제였네요."

"누구나 존 그리샴을 좋아하잖아요? 그러니 존 그리샴의 소설을 사 는 게 안전한 선택일 것 같아요."

엘리자베스는 조이스의 어깨에 손을 얹고는 고개를 끄덕이며 조이 스의 눈을 똑바로 들여다본다. "말해줘요, 조이스. 퍼피가 자기 엄마의 전화번호를 줬어요?"

조이스는 두 손을 들어 올린다. "아이고, 맙소사, 엘리자베스. 나도 비밀 좀 가지면 안 돼요?"

"그래도 다른 사람들보다 오래 버틴 편이에요. 퍼피 엄마한테 전화했어요?"

조이스는 고개를 끄덕인다. "그래도 되는 거죠?"

"그럼요. 사람을 처음 죽이면 엄마랑 얘기하고 싶은 마음이 드는 게 인지상정이죠. 난 그렇게 하지 않았지만, 이해는 돼요."

"퍼피의 엄마는 좋은 사람 같았어요. 우리 마을에 놀러 오라고 초대했어요."

"좋은 생각이에요. 자, 이제 가볼까요?"

조이스는 미소를 짓는다. 두 친구는 세인트 올번스 대로를 향해 걸어간다.

조이스가 묻는다. "화 안 났죠?"

"전혀요. 그건 그렇고, 개 이름을 바꿔 부르는 걸 센터 쪽에서 좋아하지 않을 텐데요."

"알아요. 하지만 개 이름이 앨런이라서 갈등되네요."

"이브라힘한테 결정해달라고 하지 그래요? 그런 건 이브라힘이 잘하잖아요."

"이브라힘이 어서 퇴원했으면 좋겠어요."

엘리자베스는 조이스의 팔짱을 끼고 계속 걸어간다.

조이스가 묻는다. "그런데 론은 어디 갔어요? 아까 우리가 출발하기 전에 론이 차를 운전해서 나가는 걸 봤어요. 요즘 론이 운전을 통 안 했잖아요."

엘리자베스는 손목시계를 들여다본다. "배관 일을 하러 갔어요. 아주신이 나서 얼른 하고 싶어 하더라고요.”

“배관 일이요?”

“알잖아요. 론이 뭐든 잘하는 거.”

24장

코카인 거래

코카인을 파는 일은 사람들이 상상하는 것만큼 폼 나는 일이 아니어서 한 번씩 차려입은 기회가 생기면 코니 존슨은 기분이 좋다.

보그단 얀코프스키가 최고급 콜롬비아 코카인 1만 파운드어치를 사러 오는 게 매일 있는 일도 아니라 코니는 종일 들떴다. 바로 옆 임대 차고에서 파는 가짜 향수까지 몸에 살짝 뿌렸는데 냄새가 너무 독해서 곧바로 씻어내고 말았다. 눈물까지 줄줄 흘려서 마스카라를 새로 덧칠해줘야 했다. 그래도 이만하면 최악으로 너저분한 꼴은 면한 것 같다.

코카인은 갑자기 왜 사려는 걸까? 그런 걸 즐길 부류로는 보이지 않았는데. 혹시 마약에 맛들여서 본격적으로 해보려는 건가? 그러면 좋겠다. 그럼 그를 더 자주 볼 수 있을 텐데.

왜 이렇게 그에게 끌리는 걸까? 극도로 위험하면서도 극도로 안전한 느낌이라서? 아니면 그냥 외모에 혹해서?

밖에서 금속 문을 왈각달각 흔들며 노크를 해댄다. 코니는 머리를 매만지면서 낡은 서류함에 껌을 퉤 뱉은 뒤 멘톨 담배에 불을 붙인다. 자, 시작해보자.

문을 열자 그녀의 어두컴컴한 세상에 환한 햇살이 쏟아져 들어온다. 그 남자가 문 앞에 서 있다. 보그단. 민머리에 양팔을 휘감아 올라온 문신, 진한 푸른 눈, 그리고 무심한 표정. 마음에 든다. 보그단이 등 뒤로 문을 닫자 드디어 단둘이 있게 됐다. 이 게임을 어떻게 이끌어야 할까? 상쾌하고 기분 좋게? 전에 그를 꼬셔보려고 했는데 잘되지 않았다. 어쩌면 괜히 비싸게 굴고 있는 것인지도 모른다. 안달 나게 만들어 눈빛만으로 그녀의 옷을 벗기려는 건가? 어쩌면 그럴 수도 있다. 그는 뭐든 눈빛으로 할 수 있는 남자다. 코니는 그가 들고 들어온 스포츠 가방을 고갯짓으로 가리킨다.

"돈이야?"

보그단이 고개를 끄덕인다.

"어."

코니는 멘톨 담배를 길게 쭉 빨며 상쾌한 민트 향기를 만끽한다.

"1만 파운드?"

"어."

"세어 봐야 돼?"

"아니."

그는 코니의 큼직한 나무 책상 위에 가방을 내려놓는다.

코니가 예전에 다녔던 중등학교가 완전히 문을 닫게 되면서 학교 물품이 경매로 나온 적이 있었다. 코니는 경매에 참여해 여교장이 사용했던 책상을 사들였다. 중등학교 시절 수차례 이 책상 앞으로 불려가 이런저런 이유로 혼이 나곤 했었다. 한동안 코니는 코카인 무게를 달고 섹스를 할 때 이 책상을 사용했다. 책상이 그런 용도로 사용되는 걸 알면 길버트 교장은 뭐라 말할까? 사업 규모가 커지면서 요즘은 업무용으로 쓰고 있다. 솔직히 품질만 보면 꽤 괜찮은 책상이다.

"코카인을 사고 싶다고?"

"어."

어쩐지 일이 잘 풀릴 것 같다. 그와 인연이 된 느낌이랄까? 전기가 살짝 통한 느낌? 맙소사. 이 남자 너무 마음에 든다.

"물건은 뒤에 있어, 보그단. 여기서 편하게 기다려. 잡지를 보든가. 「얼티밋 파이팅」(종합격투기 잡지)이 대부분이지만."

코니는 자물쇠로 잠가둔 문을 열고 작은 창고 방으로 들어간다. 이 방에는 거울이 없어서 오래된 시디롬에 얼굴을 비춰볼 수밖에 없다. 비춰보니 이빨에 립스틱이 살짝 묻어 있다. 확인하길 잘했지. 보그단이 봤을까? 금고 앞에 무릎을 굽히고 한 손으로 금고 비밀번호를 맞추면서 다른 손으로는 이빨에 묻은 립스틱을 문질러 닦는다. 아까 이빨에 립스틱이 묻어 있는 걸 봤는데 그걸 닦고 나온 걸 그가 알아채면 어쩌지? 금고에서 코카인 1킬로그램을 꺼내고 갈색 종이 포장지에 싼 뒤 '깨지기 쉬움 — 여기가 위로 오게 해주세요'라고 적힌 스티커를 붙인다. 아까 이빨에 묻은 립스틱을 봤으면 그녀가 거울을 보고 립스틱을 닦고 나온 걸 알 것이다. 너무 자신감 없어 보이려나? 금고를 잠그고 창고 방을 나선다. 이미 늦었다. 봤으면 뭐 어쩌라고. 힘내자.

코니는 창고 방 자물쇠를 걸고 교장 책상 위에 놓인 돈 가방 옆에 물건을 내려놓는다. 보그단은 그녀를 똑바로 쳐다본다. 이빨을 확인하려는 걸까?

코니가 묻는다.

"확인해볼래?"

"아니."

보그단은 스포츠 가방에서 돈을 꺼내고 코카인을 가방에 집어넣는다.

"정기적으로 구매할 거야? 정기 구매면 특별 혜택이 있어."

"아니, 이번 한 번만이야."

'특별 혜택'이라니 너무 갔다. 대놓고 꼬시는 티가 났을까. 멍청하기는. 코니는 아무렇지 않은 척 어깨를 으쓱한다.

"뭐, 또 필요하면 오든가."

보그단은 고개를 끄덕인다.

"어."

"문 열어줄게."

코니는 걸어가 현관문을 연다. 다시 햇살이 쏟아져 들어온다. 보그단은 고개를 살짝 숙이며 문밖으로 나간다.

"고마워, 코니."

코니는 어깨를 으쓱하며 문을 닫는다. 이만하면 완벽했다. 닫힌 문에 등을 기대고 서서 숨을 크게 내쉰다.

젠장, 기 빨린다. 오늘은 이만 쉬어야겠다.

보그단은 멀리까지 걸어갈 필요가 없다. 부둣가에서 론을 만나기로 했다. 코니와의 거래는 잘 이루어졌다. 적어도 분위기가 나쁘지는 않았다. 처음에 코니의 이빨에 립스틱이 묻은 게 보여서 신경이 쓰였다. 이따가 데이트를 나가려는 것 같아 얘기를 해줄까 싶었는데, 코카인을 갖고 나올 때 보니 립스틱이 묻어 있지 않았다. 본인이 알아서 지운 모양이었다. 코니의 표정을 보니 그에게 별로 좋은 감정인 것 같지 않았는데, 립스틱 얘기를 할 필요가 없어서 다행이었다.

밖으로 나오니 숨 쉬기가 편하다. 창고 안에서는 괴상한 냄새가 났다. 저 앞에 론이 보여 그 옆으로 걸어간다. 론은 배관공 차림이다.

"왔어, 보그단."

"안녕하세요, 론."

"그거야?"

론은 가방을 가리키며 묻는다.

"예, 맞습니다."

"잘했네. 내가 왜 배관공 옷을 입고 있는지 궁금하지?"

보그단은 고개를 젓는다.

"딱히요. 클럽 회원분들이 무슨 일을 하셔도 별로 놀랍지 않아요. 배관공 옷을 안 입으셨으면 오히려 놀랐을걸요."

일리가 있다고 생각한 론은 고개를 끄덕인다.

"이브라힘은 좀 어때요? 퇴원했어요?"

"괜찮아. 두들겨 맞기는 했지만. 심하게 맞기는 했어."

보그단은 고개를 끄덕인다.

"그런 짓을 한 놈을 처리할 때 제 도움이 필요하실까요?"

론은 가방을 받아든다.

"자네는 이미 돕고 있어."

"그럴 줄 알았습니다. 다행이에요. 필요한 일 있으면 언제든 말씀하세요."

"자네는 참 좋은 청년이야." 론은 코를 킁킁대며 묻는다. "맙소사, 보그단. 이게 무슨 고약한 냄새지?"

25장

38번지

엘리자베스와 조이스는 세인트 올번스 대로에 와 있다. 소규모 호텔과 은퇴자 전용 주택들이 잔뜩 들어선 곳이다. 볼거리라고는 없어서 이 길을 지날 때 휴대폰에서 고개를 들 필요도 없다. 얼마 후 그들은 38번지 앞에 도착한다. 거리를 향해 있는 방의 창문마다 블라인드가 내려져 있고 현관문 옆 유리창에는 '자유민주당에 투표하세요'라고 적힌 4년 묵은 포스터가 붙어 있다. 전형적인 안가의 풍경이다.

엘리자베스는 길 건너에 서 있는 버진 미디어 밴으로 다가가 차창을 두드린다. 약속된 만남이다.

운전석에 앉은 여자가 들고 있던 신문을 접은 뒤 차창을 내리고는 한쪽 눈썹을 치켜뜬다.

엘리자베스는 들은 대로 정확히 암호를 댄다.

"텔레비전 수신 상태가 안 좋아서요. 〈러브 아일랜드〉(데이트 게임 리얼리티 쇼)를 놓치고 싶지 않아요."

MI5의 누군가가 엘리자베스에게 이런 암호를 내뱉게 시키면 재미있겠다고 생각한 모양이다.

밴 운전자는 예상된 대답을 내놓는다.

"42번지시죠?"

엘리자베스는 고개를 끄덕인다.

"거긴 버진이 아니라 스카이인데요."

"성가시게 해서 미안합니다."

엘리자베스는 이렇게 말하며 손을 뻗어 운전자와 악수를 나눈다. 악수를 하는 동안 엘리자베스의 손에 슬쩍 열쇠가 건네진다. 운전자는 차창을 도로 올린 뒤 신문으로 시선을 돌린다. 가만히 앉아 자리를 지키는 게 무척 지루한 일이라 엘리자베스는 안타까운 마음이 든다. 그래도 이 여자는 신문이라도 볼 수 있으니 다행이다. 예전에 동유럽에서 24시간 감시 업무를 할 때 엘리자베스는 따분해서 죽을 지경이었다. 누가 「데일리 텔레그래프」를 한 부 준다고 했으면 살인도 해줬을 것이다. 하다못해 「데일리 미러」(진보 성향의 영국 일간 타블로이드 신문)를 준다고 해도 가능했을 거다.

그들은 길을 건너 그 집으로 향한다.

조이스가 묻는다.

"방금 전에 첩보원들끼리 암호를 주고받은 거죠?"

"아주 기본적인 암호예요. 신분 확인용이죠."

"조애나가 〈러브 아일랜드〉를 보고 내 취향에 맞을 거라고 했어요. 핫한 남자들이 잔뜩 나온다나."

현관문에는 역시나 '광고지 투입 금지' 스티커가 붙어 있다. 곁에서 보면 평범한 현관문이지만 엘리자베스는 문 안쪽에 강철로 보강 처리가 되어 있음을 안다. 침입에 대비한 장치. 열쇠도 평범해 보이지만 전자식이라서 자물쇠 안으로 집어넣는 순간 집 안에서 연달아 경고음이 울리게 돼 있다. 거리에서는 들리지 않을 정도로 희미한 경고음이다.

현관문이 열리자 엘리자베스는 손목시계를 확인한다. 오후 5시

25분. 지금쯤 론은 물건을 받았을 것이다.

더글러스는 오후 5시에 만나자고 했지만 때로는 좀 기다리게 돼도 크게 해로울 일은 없을 것 같다. 엘리자베스가 보기에 이번 일에는 미심쩍은 구석이 많았다. 더글러스가 처음에 쿠퍼스 체이스에서 몸을 숨기기로 했던 것도 이상했는데, 쿠퍼스 체이스가 더 이상 안가로서 고려 대상이 아닌 지금도 엘리자베스에게 만나자고 청한 것은 더욱 이상했다.

만남을 거절할 수도 있었지만, 무슨 일이 벌어지고 있는 것 같으니 한번 알아보는 것도 나쁘지 않을 것 같았다. 이건 더글러스가 하는 게임 중 하나일 것이다. 더글러스는 게임을 재미있게 하는 편이었다. 그가 여전히 흥미로운 게임을 할 수 있다면 지켜보는 것도 나쁘지 않겠지.

무지개 저 끝에 2,000만 파운드가 묻혀 있다고 하니 한층 더 흥미로웠다. 2,000만 파운드가 생기면 뭘 할 수 있을까? 굳이 생각해볼 필요도 없다. 그 돈으로 뭘 할지는 정해져 있으니까.

그들은 현관문을 열고 안으로 들어간다.

"복도 카펫이 마음에 드네요. 우리도 비슷한 카펫을 깔 수 있었는데 말이에요."

조이스의 목소리가 고요한 집 안에 울려 퍼진다.

두 명이 살고 있는 집이 이렇게 조용하면 안 되는데. 둘 다 자고 있나? 오후 5시 25분에? 그럴 리 없다.

바람이 느껴진다. 문과 창문이 전부 닫혀 있는 집에서 외풍이라. 문과 창문에 빗장까지 걸려 있는데.

엘리자베스가 입을 연다.

"더글러스? 퍼피?"

엘리자베스는 주방으로 발을 들여놓는다. 깔끔하다. 작은 테이블 하나와 나무 의자 두 개. 싱크대에 그릇 두 개와 컵 두 개가 놓여 있다. 벽에 걸린 오래된 달력에는 영국의 성(城) 사진이 담겨 있다.

안마당의 정원으로 이어지는 뒷문이 눈에 들어온다. 벽돌로 된 뒷벽 위에는 가시철사가 설치돼 있다.

뒷문이 활짝 열려 있다.

26장

퇴원

"그래서 그놈이 뒤통수를 발로 걸어찼어요?"

"맞아, 앤서니."

이브라힘은 오늘 몇 시에 퇴원해서 실버타운의 집으로 돌아올지를 친구들에게 미리 알리지 않았다. 말했다가는 환영회를 한다며 소란을 피워댈 게 분명했다. 이발도 못 해 꼴이 엉망인데 환영회를 하고 싶지 않았다. 그래서 조용히 돌아와 앤서니에게 연락해 그날 마지막 예약을 잡았다. 앤서니는 일주일에 세 번 쿠퍼스 체이스를 방문해 미용 서비스를 제공하고 있다. 환자 티가 팍팍 나는 머리를 하고 있으니 그동안 기분도 안 좋았다.

앤서니가 이브라힘의 머리카락을 빗질하며 말한다.

"솔직히 티도 안 나요. 발자국이 찍혀 있지도 않고요."

"두개골에 상처가 났어."

"그렇겠죠. 제가 너무 세게 누른다 싶으면 말씀하세요. 곧 기분 좋게 만들어드리겠습니다. 그게 제가 하는 일이잖아요."

"고마워, 앤서니."

"금방 회복되실 거예요. 장담합니다."

"젊은 사람들이나 금방 회복하지."

"무슨 말씀이세요. 어려움을 겪으면 더 강해진다는 말도 있잖아요."

"내 나이에는 해당하지 않아."

"예를 하나 들어 드릴게요. 예전에 카보스 마을에서 이틀 동안 LSD 환각에 절어 있었던 적이 있어요. 카보스 마을 아세요?"

"그리스에 있는 마을인가?"

"으음, 정확히는 모르지만 아마 그럴 거예요. 아주 멋진 곳이에요. 약에 취하니까 아주 무시무시한 게 보이더라고요. 집 벽에서 피가 줄줄 흘러내리는 환영이 보였어요. 하늘 위로 날아가는 비행기를 잡겠다며 지붕 위로 올라갔죠. 당시 개브라는 친구가 그 사진을 인스타그램에 올려서 좋아요를 3만 개나 받았어요. 지금 생각하면 웃기는 일이었죠. 그때 저는 죽을 수도 있었지만 죽지 않았어요. 그 경험을 통해 강한 남자로 거듭났죠."

"어떤 면에서?"

"글쎄요. 요즘은 LSD를 덜 해요. 그것만으로도 대단한 거 아닌가요? 인스타그램 팔로워도 400명 더 늘었어요. 그런 게 중요하다고 생각해요. 병원에서 환자 머리 관리를 어떻게 하는지 모르겠네요. 린스를 아예 안 쓴 건가요?"

"론한테 린스 좀 사다 달라고 했더니 정확히 뭘 달라고 해야 하는지 모르겠다는 거야."

"제가 왔으니 해결해드릴게요."

"이 일을 통해 내가 더 강해진 것 같진 않아. 몸이 많이 놀랐어, 앤서니."

"당연히 그렇겠죠. 외상 후 스트레스 어쩌구 하는 것도 있을걸요."

"언젠가는 극복하겠지."

"그럼요. 오프라 윈프리도 오랜 세월 온갖 일을 겪었대요."

"극복하기 전에 죽지 않아야 그런 얘기도 할 수 있겠지. 죽으면 극복이고 뭐고 못 하니까. 지금 내 기분이 좀 그래. 영원히 낫지 않을 것 같기도 해."

"계속 그런 말씀하시면 다른 분들한테 선생님이 우울해지셨다고 말씀드릴 겁니다."

"'어려움을 겪으면 더 강해진다'는 말은 듣기 좋아. 멋져. 여든 살 노인한테는 해당하지 않는 말이지만. 여든 살쯤 되면 별것 아닌 일로 여러 번 위기를 넘기다가 영영 못 돌아오게 되지. 젊음이라는 중력이 사라지면 위로 둥둥 떠오르다가 어느 날 저세상으로 가는 거야."

"음." 앤서니는 이브라힘의 관자놀이에 양 손바닥을 대고 얼굴 각도를 조정해 거울을 보게 한다. "방금 제가 10년 치 세월을 덜어냈어요. 최선을 다해 도운 겁니다. 강도짓 한 놈이 누구인지 경찰이 알아냈어요?"

이브라힘은 고개를 끄덕인다.

"이름은 알아냈어. 증거는 없지만."

"앞으로 어떻게 한대요?"

"엘리자베스가 뭔가를 할 것 같기는 해."

"그래야죠." 앤서니는 이브라힘의 머리 뒤쪽에 거울을 받쳐 들고 뒤통수를 보여준다. 이브라힘은 흡족해하며 고개를 끄덕인다. "내 친구를 건드려놓고 아무렇지 않게 빠져나가게 둘 수는 없죠. 도움이 필요하면 언제든 돕겠다고 엘리자베스에게 전해주세요."

"알았어."

"이건 제 생각인데요. 제가 미래에 대한 감이 좀 있거든요. 잘 회복되실 거예요. 조만간 돌아가실 일은 없을 거예요. 장담합니다."

"아무도 장담 못 해."

"제가 복권 번호도 꿈으로 꾼 사람이에요. 꿈에서 본 숫자로 복권 번호 네 자리를 맞춰서 360파운드를 벌었어요. 제가 안 돌아가신다고 하면, 아직 멀었다는 뜻이에요."

"위로가 되네. 고마워."

앤서니는 이발 도구를 챙긴다.

"누가 먼저 돌아가실지는 다들 알고 있잖아요. 론이 제일 먼저 가시고……."

이브라힘은 고개를 끄덕인다.

"그다음이 엘리자베스겠죠. 아마 총에 맞아 돌아가시지 않을까 싶어요. 선생님과 조이스는 엇비슷한 시기일 것 같고요."

"난 마지막에 남아 있고 싶지 않아. 여간해서는 사람한테 정을 안 붙이고 살았는데 그 세 사람한테는 정이 많이 들었어."

"음, 선생님이 세 번째고 조이스가 마지막인 걸로 하죠 뭐."

"조이스를 마지막에 남게 하려니 그것도 마음이 안 좋네."

"아, 마지막에 남은 조이스가 오랫동안 혼자 계실 것 같진 않은데요."

"하긴, 그렇겠지."

이브라힘은 미소를 짓는다.

"워낙 개구진 분이잖아요."

이브라힘은 문 뒤에 걸어둔 재킷 주머니에 손을 집어넣어 지갑을 꺼낸다.

"카드로 계산할게, 앤서니. 택시를 타고 오느라 갖고 있던 현금을 다 썼어." 지갑을 열어본 이브라힘은 인상을 찌푸린다. "이상하네. 카드가 없어."

"어디서 많이 들어본 핑계인데요."

앤서니가 쿡쿡 웃는다.

"어디에다 두고 잊어버린 모양이야. 미안하네. 외상 가능할까?"

앤서니는 이브라힘에게 다가와 꼭 안아준다.

"이번에는 무료에요. 이발하시니까 너무 잘생겨지셔서 친구분들이 보시면 놀라 자빠지겠어요."

이브라힘은 거울을 보며 고개를 돌려 오른쪽, 왼쪽 옆모습을 확인한 뒤 고개를 끄덕인다.

"고마워, 앤서니. 진짜 다들 놀라겠어."

27장

열린 문

엘리자베스는 주방에서 걸어 나간다. 누가 이 집에 들어왔었는지 몰라도 지금은 없는 것 같다. 본능적으로 느껴진다. 그래도 조용히 하라는 뜻으로 손가락을 입술에 대고는 조이스에게 그 자리에 가만히 있으라고 손짓한다. 발로 거실 문을 살그머니 연다. 아무도 없다. 안락의자 두 개와 사이드 테이블 두 개. 라디오와 꽃병이 놓인 작은 탁자 하나. 시신도 핏자국도 없다. 묘하지만 일단은 희망을 가져보기로 한다. 위층에 올라가 봐야 할 것 같다. 지금 이 집에 누군가 있다면 상당히 위험한 상황일 수 있다. 손에 무기도 없는 상태다. 복도 쪽을 돌아보니 거기 있어야 할 조이스가 보이지 않는다. 화들짝 놀란 엘리자베스의 눈에 주방에서 조용히 걸어 나오는 조이스의 모습이 보인다. 조이스의 양손에 칼이 한 자루씩 들려 있다. 엘리자베스는 고개를 끄덕인다.

조이스가 옆으로 다가와 둘 중 큰 칼을 내민다. 칼을 건네면서 조이스가 속삭인다.

"조심해요, 손잡이 쪽으로 잡아요."

엘리자베스는 심장이 흉곽에 부딪칠 정도로 세차게 뛰는 것을 느낀다. 심장이 빠르지만 튼튼하게 뛰고 있다. 다행이다.

이 집에 누가 있을까? 엘리자베스는 함정에 빠지고 만 걸까? 혼자 걸

려든 것으로 모자라 조이스까지 같이 걸려들게 만든 건가?

엘리자베스는 조이스에게 아래층에 남아 있으라고 손짓한 뒤 계단을 올라간다.

28장

배관공

론에 대해 뭐라고 말해도 좋다. 다만 지금 그가 배관공처럼 안 보인 다는 말은 못 할 것이다. 라이언 베어드는 전혀 의심하지 않고 론을 집 으로 들였다. 주택 조합에서 수압 체크를 하라고 해서 왔다. 이 가방 좀 들어줘라. 이건 내 장비다. 무료니까 걱정하지 마라.

그래, 이놈이 라이언 베어드란 말이지?

론의 절친의 뒤통수를 걷어차고 죽게 내버려둔 그놈이란 말이지?

어디 보자. 나이는 열일곱? 열여덟? 바짝 말랐고 염색한 금발에 감 청색 운동복 바지를 입었다. 웃통은 벗은 채다. 손에는 게임 컨트롤러 를 쥐었다. 론이 욕실이 어디냐고 묻자 대답을 하고는 곧장 다시 게임 을 하러 돌아갔다. 몇 년 전 같으면 그 자리에서 놈을 때려눕혔을 것이 다. 하지만 엘리자베스의 방식이 최고일 때도 있으니 이번에는 엘리자 베스가 시킨 대로 하기로 한다. 이게 무슨 일인지 알아채기도 전에 라 이언 베어드를 늘씬하게 패줄 기회가 생길 수도 있다. 부디 그렇게 되 기를 론은 바라고 있다. 그는 간디 같은 이들을 존경하지만 때로는 선 을 넘어야 될 때도 있다.

변기 수조 뚜껑을 열고 스포츠 가방에서 갈색 포장지로 싼 물건을 꺼낸다. 그 물건을 최대한 수조 안쪽 깊숙이 집어넣는다. 1만 파운드로 코카인을 이렇게나 많이 살 수는 없는 걸로 아는데. 나중에 제이슨을 만나면 얘기해줘야겠다.

뚜껑을 잘 맞춰 닫았다가 다시 연 뒤 작업복 주머니에 손을 집어넣는다. 엘리자베스는 이 작업복을 어디서 구했을까. 진짜 편하다. 계속 갖고 있게 해달라고 말해볼까. 하지만 평소에 이런 작업복 차림으로 다니면 너무 편해서 사람이 늘어질 수도 있다. 평소에 작업복을 입고 사는 건 잠옷 바람으로 상점에 가는 것과 다름없겠지.

이브라힘의 현금 카드를 꺼내서 수조 안에 조심스럽게 집어넣는다.

뚜껑을 닫고 스포츠 가방의 지퍼를 닫는다. 문득 소변을 보고 싶지만 참기로 한다. 1킬로그램이나 되는 코카인이 수조 안에 들어 있는데 변기 물을 내렸다가 무슨 일이 일어나면 어쩔 것이냐.

복도로 나가 소리친다.

"다 됐습니다!"

라이언 베어드는 대꾸도 하지 않는다. 론은 그 집을 나선다.

혹시 누가 들을까 봐 1분쯤 있다가 휴대폰을 꺼낸다. 추적이 안 되는 대포폰이다. 제이슨이 이런 걸 많이 갖고 있어서 하나 달라고 했더니 눈 하나 깜짝 않고 내주었다. 론은 도나 드 프레이타스 순경의 번호로 전화를 건다. 세 번 신호가 가고 도나가 받는다.

"여보세요?"

"여보세요? 도나 드 프레이타스 순경이죠?"

"안녕하세요. 론, 맞으시죠?"

"아니, 아닙니다. 난 론이란 사람 몰라요. 제보할 게 있어서 전화했습니다."

"알았어요, 맞춰드릴게요. 제가 지금 르노를 몰고 그렉스 샌드위치점을 부수고 들어간 사람과 관련된 CCTV 자료를 보고 있는 중이니까 서둘러주세요."

"내가 배관공인데……."

"예."

"헤이즐딘 가든스 18번지에서 일을 하고 있었는데 말이죠."

"헤이즐딘 가든스 18번지요?"

"그렇습니다. 거기서 뭘 발견했어요. 화장실 변기 수조 안에 있더만요. 그 집에 들어가서 복도에서 첫 번째 문을 열면 됩니다."

"그렇……군요. 지금 그 집에 거주자가 있나요?"

"있어요. 윗옷도 안 입은 녀석이 하나 있습니다, 도나. 제기랄. 그놈을 때려눕힐 걸 그랬나."

"도움을 주셔서 페어헤이븐 경찰을 대표해 감사드립니다. 하지만 경찰도 정당한 사유 없이는 개인 거주지에 마음대로 들어갈 수 없습니다."

"정당한 사유라면?"

"이를테면 누가 공격을 당했다든지 하는 이유요."

"아, 그렇군요. 누군가 공격을 당하기는 했습니다. 비명을 질러댔어요."

"알겠습니다. 즉시 출동하겠습니다."

"그래요. 크리스도 데리고 와요."

"이름을 말씀해주시겠어요."

"익명으로 남겠습니다."

"기록해둬야 하니 하나 지어주세요."

론은 생각 끝에 말한다. "조너선 오벌틴이요."

"감사합니다, 오벌틴 씨."

"그래요, 고마워요. 크리스를 꼭 데리고 가요. 조만간 봅시다."

론은 전화를 끊고 휘파람을 불며 그 집 마당을 나선다.

임무를 완료했다. 엘리자베스가 만족스러워하겠지. 엘리자베스에게도 전화를 해줘야겠다. 맥주부터 한 잔 마시고 나서.

29장

범죄 현장

엘리자베스는 손등이 위로 올라오게 칼 손잡이를 단단히 잡는다. 50여 년 전에 배운 방법이다. 70년대에 소련 요원들 사이에서 손등이 아래로 내려가게 칼을 잡는 자세가 잠깐 유행했는데 지금은 손등이 위로 올라오는 자세가 대세다. 상대가 나보다 덩치가 큰 경우 이렇게 칼을 잡아야 큰 힘을 발휘할 수 있다.

집 안에서는 여전히 아무 소리도 들리지 않는다. 상당히 좋지 않은 징조다. 집 밖에 있는 여자 운전자에게 알려야 할까? 그 여자가 총을 갖고 있으려나? 엘리자베스는 고민하며 계단을 계속 올라간다. 어디에도 소란이 일었던 흔적이 보이지 않는다. 뒷문이 열려 있긴 하지만 연출된 무대처럼 고요하다. 더글러스가 장난이라도 치는 걸까? 그를 만나러 온 엘리자베스를 깜짝 놀라게 해주려고?

층계참에 올라서서 계단 저 아래에 서 있는 조이스를 내려다본다. 조이스는 손등이 위로 올라오게 칼을 쥐었다. 그 자세가 어찌나 자연스러운지.

층계참 너머 2층 복도에 문 세 개가 보인다. 욕실 문은 반쯤 열려 있다. 문을 살짝 밀어서 더 열고 안을 살펴본다. 아무도 없다. 빨래 건조대에 속옷이 널려 있다. 변기 커버가 위로 올라가 있는 걸 보니 마지막으로 변기를 쓴 사람이 누군지 알겠다.

침실 두 개의 문은 닫혀 있다. 첫 번째 침실 문손잡이를 천천히 돌려 연다. 칼을 쥐고 언제든 찌를 준비를 한다. 만약 문 너머에서 더글러스와 퍼피가 낄낄거리며 숨어 있다면 괜히 칼까지 들고 설쳤다가 꼴이 우스워질까? 왜 이 모든 게 장난이라는 생각이 들지? 너무 깔끔해서? 범죄 현장이라기보다는 연습 현장처럼 보인다. 그런 건가? 시험하려는 건가? 늙은 여자 요원이 아직 일을 해낼 능력이 있는지 보려고?

문을 열고 방 안으로 뛰어 들어가 바로 옆 벽에 등을 붙이고 선다. 완벽하게 정돈된 침대, 필립 라킨의 시집, 그리고 조 말론 브랜드의 초. 퍼피의 방이구나. 그런데 퍼피는 없다. 필립 라킨의 시집 한가운데에 책갈피가 끼워져 있다. 자리로 돌아오면 거기서부터 다시 읽으려고 퍼피가 끼워둔 모양이다.

복도로 나간다. 이제 방 하나만 더 살펴보면 된다. 이 집 정면 쪽에 있는 방이다. 남은 방이 하나뿐이니 더글러스의 방이겠지.

칼을 쥔 손에 힘이 들어간다. 문득 이런 생각이 든다. 퍼피는 앤드류 헤이스팅스를 쏘고 나서 몹시 심란해했다. 큰 충격을 받은 퍼피는 조이스에게 엄마한테 연락해달라는 부탁을 했다. 퍼피가 더는 못 견디겠다고 결단을 내린 거면? 더글러스가 잠들 때까지 기다렸겠지. 더글러스가 언제 잠들었는지는 모를 수가 없다. 그놈의 코골이 때문에. 더글러스가 잠든 뒤 퍼피는 그대로 달아났을 수도 있다. 나가면서 뒷문도 열어뒀을까? 너무 힘들어서? 퍼피는 더글러스를 안전하게 지키기 위해 집 앞에 다른 요원이 배치되어 있는 것도 알고 있었을 것이다.

엘리자베스가 문손잡이를 잡고 돌린다.

문을 열자마자 그 자리에 얼어붙고 만다. 연습이 아니었다. 장난도 아니었다. 퍼피는 이 집 뒷문을 열어둔 채로 나가지 않았다. 더글러스도 소리 없이 잠들어 있지 않았다.

퍼피의 시신이 안락의자에 앉은 채 축 늘어져 있다. 총구멍이 난 얼굴은 엉망이 됐고 아름다운 금발도 붉게 물들었다. 한쪽 팔이 몸통 위에 가로질러 놓인 걸 보니 총알이 날아올 때 제 몸을 보호하려고 했던 것 같다. 다른 쪽 팔은 옆으로 축 늘어졌다. 팔에서 흘러내린 피가 그대로 말라붙었다. 할머니를 재미있게 만들었던 하얀 데이지 문신이 지금은 진홍색이 됐다.

더글러스는 벽에 기댄 채 침대에 앉아 있는 모습이다. 총에 맞은 그의 얼굴은 퍼피보다 더 엉망이다. 한때 그와 결혼한 사람이 아니면 이 시신이 더글러스인 줄도 못 알아볼 것이다. 그의 머리 뒤쪽 벽은 피로 시커멓게 얼룩졌다.

더글러스가 엘리자베스에게 무엇을 보여주려고 했는지 모르겠지만, 이런 광경은 아닐 것이다.

엘리자베스는 깊게 숨을 들이마신다. 침착해야 한다. 다른 요원들이 오면 이 범죄 현장을 혼자 편하게 살펴볼 수 없다. 곧장 휴대폰을 꺼내 가능한 모든 각도에서 사진을 찍는다.

뒤에서 소리가 들려 칼을 든 채 돌아보니 문간에 조이스가 서 있다. 조이스의 눈이 퍼피의 시신에서 더글러스의 시신을 번갈아 오간다.

"아이고, 퍼피. 이 일을 어째요, 엘리자베스."

엘리자베스는 고개를 끄덕이며 지시한다.

"아무것도 만지지 말아요. 아래층으로 내려갑시다."

조이스를 앞세워 침실을 나선다.

조이스가 마음 약한 사람이 아니라 다행이다. 이럴 때 눈물바람을 일으켜봤자 아무 쓸모없다. 엘리자베스는 현관문을 열고 조이스에게 그 자리에 서 있으라고 말한다. 그리고 곧장 진입로를 달려 내려가 길 건너 버진 미디어 밴으로 다가간다. 문득 손에 아직 칼을 들고 있는 걸 깨닫고는 칼을 핸드백에 집어넣고 차창을 두드린다. 지루한 표정의 운전자가 차창을 내린다.

"볼일 다 보셨어요? 금방 끝나셨네요."

엘리자베스는 휴대폰을 꺼내 사진을 보여준다.

"둘 다 죽었어요. 당신이 여기서 신문을 읽고 있는 동안에요."

운전자는 총알같이 밴에서 내려 집으로 달려간다. 한때 전도유망했던 자신의 커리어를 생각하며 달리고 있을 것이다.

휴대폰을 손에 든 엘리자베스는 다음 수순이 머릿속에 떠오른다. 다른 요원들이 도착하자마자 엘리자베스는 신문을 받게 될 것이다. 시간이 별로 없다. 그들이 이 휴대폰을 압수해 사진을 싹 지워버리겠지. 세인트 올번스 대로를 마주보는 집들의 앞쪽 정원 벽을 둘러본다. 두 집 건너에 쓸 만한 게 보인다. 밴 운전자가 집 안으로 달려 들어갔으니 지금이 기회다. 서둘러 걸어간 엘리자베스는 야트막한 담장에서 느슨한 벽돌 하나를 빼내고 그 안에 휴대폰을 숨긴 뒤 다시 벽돌을 끼운다. 완벽한 비밀 우편함이다.

이제 다이아몬드와 살인자를 찾아야 한다.

제2부

눈으로 보고도
믿기지 않을 때가 있지

30장

연애 생활

패트리스가 학기 중 방학이라 요즘 크리스의 집에서 함께 지내고 있다. 크리스는 아직도 잘 적응이 되질 않는다. 건강식을 먹는 척하고 있는데 이틀 정도 지나자 그런 척이 아니라 정말로 건강식을 찾아 먹고 있었다. 내 몸을 돌보기 위해 먹든, 새로 사귄 여자 친구에게 잘 보이려고 먹든 사과는 사과일 뿐이다. 같은 영양분인 것이다. 월요일부터 그는 스니커즈 초코바도 입에 대지 않았다.

오늘 패트리스와 함께 르 퐁 누아에 가서 저녁을 먹기로 했다. 예전에는 블랙 브리지라는 술집이었는데 지금은 페어헤이븐에서 무척 잘나가는 (어쩌면 유일한) 고급 식당으로 통하는 곳이다. 르 퐁 누아에서는 화요일마다 세 명의 재즈 연주가들이 공연을 한다. 크리스는 재즈를 즐겨본 적이 없다. 도대체 어떤 비트를 즐겨야 하는지도 알 수 없다. 재즈를 좋아하는 사람들은 인생을 즐기는 것 같으니, 그도 지금보다는 인생을 좀 더 즐기는 척해야 될 것 같기는 하다. 그러다 사과처럼 되면 어쩌지? 인생을 즐기는 척하려다가 정말 즐기게 되면? 패트리스가 도착한 순간부터 그의 입꼬리에서 미소가 떠나지 않는다. 어쩌면 정말 인생을 즐기고 있는지도 모르겠다.

패트리스도 같은 감정인 것 같다. 객관적으로 봐도 그는 다정하고 재미난 사람이다. 범죄자를 잡는 번듯한 직업도 있다. 그리고 또 뭐가 있을까? 사람들 얘기로는 눈이 멋지다고 한다. 키스를 잘한다는 소리도 들었다.

나머지 사항에 대해서는 일단 덮어두자. 걷기도 전에 뛰려고 하지 말자, 크리스. 여자들은 사귀는 남자에게 대부분 키스를 잘한다고 칭찬해주지 않나? 그런 것 같다. 칭찬한다고 돈 드는 것도 아니고.

아까 오후 6시 반쯤에 도나한테서 전화가 걸려 왔다. 라이언 베어드를 체포해서 페어헤이븐 경찰서로 데려가는 중이라고 했다. 재즈를 피할 수 있어서 다행이란 생각부터 들었다. 재즈라는 새로운 분야는 나중에 즐겨보자.

패트리스는 너그럽게 이해해주었다. 살짝 의심이 가는 부분이 있기는 했다. 혹시 패트리스도 재즈를 안 좋아하나? 둘 다 재즈를 좋아하는 척하고 있는 건가? 차차 알아봐야겠다. 만약 그렇다면 마음이 한결 편하겠지.

차를 몰고 경찰서로 가서 라이언 베어드를 신문했다. 라이언은 배관공이 거짓말로 자기를 곤경에 빠뜨린 거라며 고래고래 악을 써댔다. 타인에게 공급할 목적으로 코카인을 소지한 혐의와 강도 혐의로 라이언을 일단 유치장에 집어넣었다. 라이언의 변호사는 지난번에 봤을 때보다 좀 더 활기찬 표정이었다. 다시 경찰서로 잡혀온 라이언을 보고 반가운 걸까. 아니면 그도 저녁 시간을 재즈와 함께 보내지 않아도 되어서 안심한 걸까.

크리스는 패트리스에게 문자를 보냈다. 그리고 지금 르 퐁 누아의 아늑한 자리에 함께 앉아 있다. 오늘 저녁 재즈 공연을 했다는 흔적은 호두나무 바스툴에 놓여진 드럼스틱뿐이다.

크리스와 패트리스는 가죽 소파에 나란히 앉았고 맞은편의 깊은 안락의자에는 도나가 책상다리로 앉아 있다. 도나는 크리스의 파트너이며 패트리스의 딸이다.

"목요일 살인 클럽이라고?"

패트리스가 묻자 도나가 대답한다. "네 명이에요. 그중에 휴대폰을 도둑맞은 분은 이브라힘이고, 배관공 변장을 한 건 론이에요."

크리스가 묻는다. "1만 파운드 상당의 코카인은 누가 가져왔을까?"

도나는 크리스를 쳐다보며 추측한다. "엘리자베스 아닐까요?"

크리스는 고개를 끄덕인다. "내 생각도 그래. 물론 조이스도 제외할 순 없지만."

패트리스가 묻는다. "그거 다 불법 아니야?"

"당연히 불법이죠."

"불법인 게 밝혀지면 두 사람이 곤란해지지 않겠어?"

도나가 말한다. "엄마, 어떤 배관공이 어떤 집에서 코카인과 훔친 현금 카드를 발견했다면서 저한테 신고를 했어요. 비명도 들었다고 했고요. 그 집에 갔더니 코카인과 현금 카드가 있었어요. 제가 현장에서 그 어린놈을 체포했죠. 크리스와 함께 그놈을 신문했는데, 그놈은 모든 혐의를 부인했고……."

크리스가 말한다. "종종 그렇지."

"맞아요, 종종 그래요. 증거가 충분하니 기소해도 되겠다 싶어서 기소했어요."

"재판으로 넘어가면 어떻게 돼? 배관공을 증인으로 불렀는데 알고 보니 진짜 배관공이 아니면?"

도나는 어깨를 으쓱한다. "엘리자베스가 그 부분은 생각해뒀을 거예요."

패트리스가 위스키 잔을 들어 올리며 건배를 하자 잔에 담긴 각 얼음이 달그락거린다.

"무슨 갱단 같네. 그분들을 만나보고 싶어."

크리스가 말한다. "당분간은 그분들에게 당신 존재를 비밀로 해둘게요."

"어머, 그래요?" 패트리스는 다리를 뻗어 크리스의 무릎에 얹는다.

크리스가 말한다. "목요일 살인 클럽에 가입하고 싶을 만큼 이미 충분히 그분들이랑 엮였어요. 남의 집 변기 수조에 코카인을 넣어둘 수 있는 분이라면 내 연애 생활에 무슨 짓을 할 수 있을지 생각도 하기 싫네요."

"'섹스 생활'이 아니라 '연애 생활'이라고 말하다니, 귀여워라."

도나가 질색한다. "'섹스'라는 말 하지 말아요, 엄마. 그만 좀 해요."

크리스가 말한다. "내 사생활이라는 뜻으로 한 말입니다."

패트리스가 답한다. "늦었어요. 이미 말해버렸잖아요."

"그분들은 우릴 몇 주일 만에 결혼시키고도 남을 분들이에요."

"어머, 그건 좀 심하네요." 패트리스는 한쪽 눈썹을 장난스레 치켜뜬다.

"엄마, 위스키 두 잔 마셨다고 경감님과 결혼하고 싶은 척 장난 그만 해요. 두 분을 소개시켜준 걸 후회하게 만들지 말아요."

크리스가 도나에게 묻는다. "엘리자베스한테 소식 온 거 없어?"

"없어요." 도나는 휴대폰을 들여다본다. "엘리자베스가 알면 좋아할 텐데. 라이언 베어드를 유치장에 넣은 거 말이에요."

크리스는 손목시계를 확인한다. "10시 반이네. 그분들 생활이 어떤지 알잖아. 지금쯤 엘리자베스도 침대에 누워 있을걸."

그러자 패트리스가 크리스를 바라보며 목걸이를 만지작거린다. "침대 얘기가 나왔으니 말인데……."

"아이고, 엄마. '웩'이에요."

도나는 고개를 절레절레 흔들며 위스키 잔을 비운다.

31장

은 로켓

엘리자베스 베스트가 뭘 갖고 있는지 어디 알아볼까? MI5의 위대한 영웅 엘리자베스 님께서 멘탈이 아주 나가셨나?

수 리어든은 맞은편에 앉아 있는 할머니와 자신을 자꾸만 비교해보게 된다. 엘리자베스 베스트. 은발에 트위드 재킷. 무표정한 얼굴. 이 할머니는 뭘 알고 있을까? 어디까지 털어놓을까?

그들은 둘 다 한창때 사람을 죽여 봤다. 물론 충분히 죽일 만한 이유가 있었다. 이런 일을 하다 보면 연대감이 생겨나고 서로를 존중하게 된다. 서로에 대한 의심도 생겨난다. 엘리자베스는 교과서에 나와 있는 모든 기술을 구사할 줄 안다. 필요한 걸 얻으려면 수 리어든도 자기만의 기술 몇 가지를 꺼내 써야 할 것이다. 어디 해보자.

신문할 때면 종종 그렇듯 그들은 상당히 비좁은 방에 들어와 있다.

밀실공포증을 불러일으키기 딱 좋은 방이다. 벽에는 허리 높이까지 금속판을 댔고 그 위로는 콘크리트로 처리했다. 창문은 없고 각 모서리에는 카메라가 설치돼 있다. 두툼한 벽이 대화 소리를 빨아들여 버린다. 핵폭발이 일어나도 여기 있으면 살아남을 수 있을 것처럼 생겼다. 실제로 이 방을 설계한 목적이기도 하다. 랜스 제임스는 저쪽 벽 앞에서 서성이고 있다.

엘리자베스가 그에게 말한다.

"가만히 좀 있어요. 정신 사나워요."

"미안합니다."

랜스 제임스는 일어서서 서성일 수 있다면 가만히 앉아 있지 못하는 타입이다. 수는 랜스가 해군특전대 출신이며 자기 못지않은 실력자라는 것 외에 그에 대해 아는 게 별로 없다. 랜스는 말수가 적고 열심히 일하는 편이다. 그건 수에게도 좋은 점이다. 나이는 40대 초반인데 중간 정도 되는 자신의 외모에 상당히 신경을 쓴 것 같다. 하지만 금발머리가 이미 빠지기 시작했고 조만간 더 많이 빠지면서 회색이 될 것이며 결국 대머리가 되고 말 것이다. 조그만 방에서 일하고 잠복근무와 야근, 스트레스에 시달리며 살다 보면 그렇게 된다. 수는 잘생긴 요원들 대부분이 수년에 걸쳐 그렇게 맛이 가는 과정을 지켜봐 왔다. 랜스도 길게 봐야 5년 내에 삭아버릴 것이다.

여기까지 오는 내내 수는 엘리자베스와 그녀의 친구 조이스와 함께 창문도 없는 밴의 뒷좌석에 나란히 앉아서 왔다. 엘리자베스와 조이스에게 차에서 내려 이 방으로 걸어오는 동안 눈가리개를 하게 했다. 이곳의 위치를 감추기 위한 조치였지만 엘리자베스는 여기가 어디인지 정확히 알 것이다. 여기는 고덜밍시에 위치한 소위 '본가'로, 지하 3층에 있는 분리된 방들 중 하나다. 엘리자베스도 MI5에서 한창 잘나가던 시절 바로 이 방에서 사람들을 신문했을 것이다. 수의 자리에 앉아서 그 일을 했겠지. 그 후 이 방은 새로 단장을 했고 천장도 회색 페인트로 칠했다. 예전에는 이 방에 카메라도 없었을 테니 관련자들에게는 그야말로 최상의 업무 환경이었을 것이다.

조이스가 랜스에게 묻는다.

"요즘은 랜스라는 이름이 별로 없는데. 혹시 집안에서 많이 쓰는 이름인가요?"

"예."

수가 보기에 조이스는 이런 경험을 하게 돼서 무척 설렌 것 같다. 밴에서 엘리자베스가 시간과 방향을 짚고 있는 동안 조이스는 꾸벅꾸벅 졸다가 차에서 내려 눈가리개를 하게 되자 신이 난 모습이었다. 승강기를 타고 이 지하층으로 내려오는 동안 조이스는 "지금 위층으로 올라가고 있는 것 같네요"라고 말했다.

랜스는 근육질 가슴팍에 팔짱을 끼고 벽에 기대어 서 있다.

수가 엘리자베스에게 묻는다.

"더글러스 미들미스가 보낸 문자를 받았다고요? 거기서부터 얘기를 시작해보죠. 문자가 온 게 정확히 몇 시였죠?"

"모르겠어요."

엘리자베스는 순순히 다 불 생각이 없어 보인다. 가능하다면 아무 말도 안 하고 싶겠지. 좋아. 살살 달래보자.

"문자를 보여줄 수 있어요?"

수는 정중하게 묻는다. 원래 수는 늘 정중하게 신문하는 편이다. 성질을 내봤자 본격적으로 신문을 하기도 전에 참을성만 바닥나고 만다.

"힘들 것 같네요. 내 휴대폰에 있는 거라."

"휴대폰은 어디 있습니까? 아까 보니 가방에도 없던데. 이상하다고 생각했어요."

그러자 조이스가 끼어든다.

"아, 우리가 휴대폰을 어디든 들고 다니지는 않거든요, 수. 지갑이랑 열쇠, 필요한 화장품 몇 가지, 그리고 재활용 장바구니만 챙기면 되니까요."

수는 조이스에게 고개를 끄덕거린다. 둘이 콤비인가? 조이스라는 여자도 잘 지켜봐야겠다. 몸집은 작은데 만만치 않은 여자다. 총 한 자루와 암호 장비를 쥐어주고 적의 진지 뒤쪽에 낙하산으로 떨궈놓고 싶을 정도다. 수는 엘리자베스를 돌아보며 묻는다.

"휴대폰이 어디 있을까요, 엘리자베스?"

"글쎄요. 기억나면 좋겠는데."

그러자 뒤에 서 있던 랜스가 묻는다. "휴대폰을 어디 뒀는지 기억이 안 난다는 겁니까?"

드디어 그가 목소리를 냈다.

"안 나네요. 우리 나이엔 다 그래요."

조이스가 조잘거린다. "전에 내가 휴대폰을 찾으려고 집 안을 이리저리 뒤진 적이 있어요. 솔직히 한 20분은 걸렸을 거예요. 그런데 알고 보니 찾는 내내 내 손에 들려 있었지 뭐예요."

엘리자베스가 말한다. "당신한테는 그런 일이 안 생기길 바랄게요, 랜스. 젊음을 소중히 여겨요."

랜스는 드디어 벽에서 몸을 떼고 걸어와 수 리어든 옆에 앉는다. 수는 앞으로 몸을 기울이며 엘리자베스에게 묻는다.

"당신 집에 있지 않을까요?"

"누구나 그렇게 생각할 거예요."

수는 만족스럽게 고개를 끄덕인다.

"그럴 가능성이 제일 높긴 하죠? 팀을 보내 집을 수색하게 해도 괜찮겠어요?"

"수색 후에 깨끗하게 정리하고 나오는 게 요즘 수색 규칙이죠?"

이번에는 랜스가 대답한다. "전부터 규칙은 그랬습니다."

"그렇죠. 이제는 그 규칙을 잘 지켜야 하잖아요? 유럽 사법 재판소 판결도 있으니까."

수가 말한다. "수색을 마치고 흔적 없이 현장을 떠날 겁니다."

그 휴대폰에 뭐가 담겨 있을까? 문자? 사진?

"그럼 어디 가서 해봐요. 어차피 집 청소도 해야 하니까. 한밤중에 깡패 같은 요원들이 우르르 들어가서 뒤져대면 스티븐이 참 재미있어 하겠네요. 스티븐이 좋은 집주인이긴 해요."

조이스가 말한다. "어쩌면 엘리자베스가 우리 집에 뒀을 수도 있어요. 우리 집도 둘러보고 싹 치워줄래요? 특히 욕실이요."

수가 묻는다. "지금 휴대폰이 없으니 문자 내용을 기억하고 있으면 말해주시겠습니까? 정확히 뭐라고 적혀 있었죠?"

엘리자베스는 고개를 끄덕이고는 기억나는 대로 말한다.

"'퍼피랑 나는 호브시에 있는 세인트 올번스 대로 38번지로 거처를 옮겼어. 만나러 와주면 고맙겠어. 보여줄 게 있어'라고 적혀 있었어요."

랜스가 말한다. "문자 메시지 내용을 정확히 기억하고 계시네요. 휴대폰은 어디 뒀는지 기억 못 하면서?"

엘리자베스는 손으로 자신의 머리를 톡톡 친다. "내 머릿속 궁전에는 많은 방들이 있어요. 그중에 어떤 방은 다른 방보다 먼지가 많이 끼어 있죠."

수는 랜스가 웃음을 참는 걸 알아챈다. 이 두 할머니는 아주 물건이다.

수는 다시 고개를 끄덕이며 나선다. "안타까워라. 힘들겠어요. 문자 내용은 그게 다였어요? 다른 얘기는 없었나요?"

"혼자 오라고 적혀 있었지만 조이스가 재미있어할 것 같아서 같이 왔어요."

조이스가 말한다. "고마워요. 재미있네요. 어느 정도는요."

"더글러스가 뭘 보여주려고 했는지 짐작 가는 부분이 있나요?"

뜸을 들이며 카메라를 올려다보던 엘리자베스는 수 리어든을 다시 바라보면서 마음을 굳힌다.

"다이아몬드를 보여줄 거라고 생각했어요."

"더글러스가 다이아몬드를 가지고 있다고 생각하는군요?"

"그게 아니면 뭐겠어요?"

랜스가 말한다. "더글러스가 처음부터 다이아몬드를 훔쳤다는 가정 하에서 할 수 있는 말이겠죠. 그런 증거는 없습니다."

"글쎄요. 진즉에 말했어야 되는데 지금이라도 말할게요. 난 더글러스가 다이아몬드를 훔쳤다는 걸 알고 있었어요. 더글러스가 말해줬거든요."

수는 여전히 침착하게 묻는다.

"그가 언제 그런 얘기를 했죠, 엘리자베스?"

"며칠 전에요."

수는 놀라지 않는다. 더글러스는 당연히 엘리자베스에게 말했을 것이다. 엘리자베스를 믿고 사랑했으니까.

"하지만 더글러스는 안가에 다이아몬드를 보관하지 않았어요, 엘리자베스. 더글러스가 그곳에 가기 전에 철저하게 수색을 했고, 더글러스가 거기 사는 동안에도 수색을 했어요. 누군가 더글러스의 머리를 날려버린 후에도 했고요. 다이아몬드 말고 더글러스가 당신에게 보여주고 싶어 했던 게 뭐였을까요?"

조이스가 나선다. "열쇠나 암호, 수수께끼 같은 걸 보여주고 싶어 했을지도 모르죠. 다이아몬드의 위치를 알려주려고 했을까요? 난 수수께끼는 젬병이에요. 한 명은 거짓말만 하고 다른 한 명은 진실만을 말하는 그런 수수께끼도 있잖아요 왜?"

수는 조이스가 대답을 기다리고 있는 걸 깨닫고는 '저도 당신만큼 수수께끼를 잘 못 푼답니다, 조이스'라는 의미로 어깨를 한 번 으쓱한다.

엘리자베스가 말한다.

"일리 있어요, 조이스. 더글러스와 퍼피를 누가 죽였는지 모르지만 마틴 로맥스가 관련 정보를 갖고 있다고 가정해 보죠. 수수께끼든 아니든요. 마틴 로맥스는 다이아몬드를 되찾을 수 있을 거예요."

조이스가 묻는다. "어쩌면 마틴 로맥스가 더글러스와 퍼피를 죽일 만한 동기를 가진 유일한 사람이 아닐 수도 있지 않나요?"

수가 대답한다. "물론 그렇죠."

조이스가 덧붙인다. "어마어마한 금액이잖아요. 2,000만 파운드라니. 그 돈에 솔깃하지 않을 사람이 있겠어요?"

모두가 동의하는 바다. 다이아몬드가 어딘가에 있기는 할 거다. 하지만 대체 어디에?

조이스가 계속해서 말한다. "엘리자베스가 말한 대로, 다이아몬드를 도둑맞은 날 밤 그 집에는 두 사람이 있었어요. 더글러스와 랜스요. 내 생각엔 우리가 랜스의 말을 너무 곧이곧대로 듣고 있지 않나 싶어요. 기분 나쁘게 듣지 말아요, 랜스. 우리가 댁을 잘 모르잖아요. 더글러스가 다이아몬드를 훔치는 걸 댁은 못 봤다고 했지만 진실은 알 수 없죠. 어쩌면 댁이 다이아몬드를 차지할 기회를 엿보고 있었을 수도 있지 않겠어요?"

엘리자베스가 말한다. "생각은 하고 있었지만 차마 말로는 못 했던 가설이네요. 말이 나왔으니까 얘기해 봅시다. 카메라로 우리 모습을 찍고 있으니 이참에 논의해보는 것도 좋을 것 같네요."

랜스가 말한다. "논의를 하고 싶으면 하세요. 전 숨기는 거 하나도 없습니다."

"거의 없다고 해야겠죠. 그래도 다이아몬드가 도난당한 날 밤에 그 집에 있었잖아요. 당신은 더글러스와 퍼피가 어디 숨어 있는지도 알고 있었어요. 처음부터 퍼피를 이번 일에 투입한 게 당신일 수도 있을 것 같네요. 이례적으로 지명해서 말이죠."

조이스도 한마디 한다. "어쩌면 댁이 퍼피와 한패였을 수도 있지 않나요?"

엘리자베스가 말한다. "물론 추측일 뿐이에요. 이런 면에 대해서도 조사가 진행되겠죠?"

수가 대답한다. "아, 그럼요." 이쪽이 좀 더 가능성이 있는 것 같다. "그렇게 되면 랜스는 용의자가 되겠죠. 용의자 목록에 한 명 더 추가하고 싶네요. 더글러스가 쿠퍼스 체이스에 있다가 이후에 세인트 올번스 대로로 옮겨온 사실을 아는 또 다른 사람. 죽은 더글러스의 친구였고 전 부인이었던 사람. 가택 침입 훈련과 살인 훈련을 받았고, 마침 유리하게도 휴대폰을 잃어버렸다고 주장하는 사람. 바로 그 사람도 용의선상에 올려야 하지 않을까요?"

엘리자베스도 동의한다.

"물론이에요. 그렇게 따지면 당신도 용의선상에 올려야 해요, 수. 내가 가진 기술은 물론이고 그동안 기관에서 개발해온 기술들까지 모두 가진 사람이 바로 당신이에요. 당신이 더글러스가 다이아몬드를 훔쳤다고 의심했다면 어떻게 했을지 얘기해볼까요?"

"그러세요."

대화가 진척되는 것 같아 수는 기분이 좋아진다. 엘리자베스를 좀 더 잘 관찰할 수 있는 기회다. 어디 속내를 읽어볼까.

엘리자베스가 말한다.

"당신이 이미 알고 있었다고 가정해볼까요? 당신이 더글러스와 동료 이상의 관계였다면? 알다시피 더글러스가 유혹한 동료가 한둘이 아니잖아요."

수는 엘리자베스의 공격이 흥미롭다고 생각하며 반박한다. "하지만 누구나 당신과 같은 실수를 하진 않죠."

"한 방 먹었네요. 어쨌든 2,000만 파운드의 행방은 묘연한데, 그 위치를 아는 사람은 한 명뿐이었죠. 구미가 당기지 않았겠어요?"

"그러게요. 아주 구미가 당겼겠죠."

"무엇보다 당신은 언제든 마음만 먹으면 더글러스와 퍼피를 죽일 수 있었어요. 두 사람이 어디 머무르는지 알고 있었고, 접근도 가능했고, 그들의 신뢰를 받고 있었으니까요. 그들을 그 장소에 머물게 한 책임자도, 그 둘이 죽고 나서 현장을 치우는 일의 책임자도 당신이에요."

수는 고개를 끄덕인다. "진즉 생각했어야 되는 부분이네요. 그렇죠?"

"나 같으면 아무도 죽이지 않고 해냈을 일이에요."

"나 역시 그런 부분을 이미 생각했다는 걸 알아주면 좋겠네요. 우리가 하는 일에 대한 예의로라도요. 더글러스와 함께 일한 세월이 20년이에요."

"삼가 조의를 표할게요. 조이스를 빼고 이 방에 있는 나머지 사람들은 모두 더글러스를 죽일 수 있었다는 점에 합의합시다. 이제 로맥스 씨에 대해 알아보는 게 순서겠네요."

"마틴 로맥스를 찾아갈 생각은 절대 하지 마세요. 우리가 알아서 처리할 겁니다."

"물론이에요. 수가 마틴 로맥스를 만나러 가지 말라고 하네요. 그 점을 명심해야겠어요, 조이스."

조이스는 고개를 끄덕인다. "알았어요."

수가 말한다. "자, 엘리자베스. 더글러스가 당신에게 뭔가를 보여주고 싶어 했다면서요?"

"맞아요."

"더글러스의 재킷 주머니에서 이걸 찾아냈어요." 수는 증거물 봉투에 손을 넣어 은 로켓(사진 등을 넣어 목걸이에 다는 작은 갑)을 꺼낸다. 로켓 안에는 거울밖에 없다. 이게 엘리자베스에게 무슨 의미가 있을까? "더글러스가 당신에게 이걸 보여주려 했던 걸까요?"

엘리자베스는 그 물건을 단박에 알아보는 표정이다. 당연히 그렇겠지.

"당신 이름이 새겨져 있어요."

수의 말에 엘리자베스는 로켓을 집어 든다. 손에 가만히 들고 있다가 뚜껑을 열어 그 안의 거울을 들여다본다. 엘리자베스는 생각에 잠긴 표정이다. 수는 엘리자베스가 무슨 생각을 하는지 알 것 같다.

수는 엘리자베스에게 미소를 지으며 말한다.

"감동적이네요, 엘리자베스. 더글러스가 당신을 많이 사랑했나 봐요?"

"자기만의 방식으로 그랬겠죠."

"당신은 운이 좋네요. 좋은 남자의 사랑을 받았으니. 적어도 남자의 사랑을 받았잖아요."

엘리자베스는 살짝 미소를 짓는다.

수가 말한다. "벌써 한밤중이네요. 이제 주무시러 가셔야죠."

오늘 밤 수는 아직 해야 할 일이 하나 남았다. 재미는 없지만 중요한 일이다. 랜스는 조이스와 엘리자베스를 방 밖으로 데리고 나간다. 이제부터 수는 그들의 동태를 면밀히 살필 작정이다.

32장

500만 파운드의 꿈

내가 전에 모린 길크스에 대해 얘기한 적 있었나? 없는 것 같다. 부디 모린이 기분 나빠 하지 않기를. 모린은 러스킨 코트에 산다. 모린의 남편은 오토바이 관련 일을 했었고, 모린은 영국심장재단이 운영하는 중고물품 매장에 기부할 물건을 가지러 종종 우리 집에 들르곤 한다.

한번은 모린한테 블라우스를 주고 나서 페어헤이븐에 갔다가 그 매장에 내 블라우스가 걸려 있는 걸 봤다. 신나서 사진을 찍어 조애나에게 보냈더니 조애나는 시큰둥하게 말했다. '그럼 그 사람들이 블라우스를 가지고 뭘 할 줄 알았어요, 엄마?' 다음에 가서 보니 블라우스는 매장에 없었다. 그때도 기분이 좋았지만 찍어 남길 사진은 없었다.

어쨌든 모린 길크스에게 대니얼인지 데이비드인지 하는 조카가 있는데 배우라고 했다. 모린 얘기로는 꽤 잘나간다는데 텔레비전에 나오는 걸 못 봤다. 오만 배우가 다 나오는 〈모스 경감〉에서도 본 적이 없다.

그런데 2년 전에 그 조카가 모발 이식을 했단다. 여러분은 모발 이식에 대해 들어본 적 있는지? 전에 아침 방송 〈디스 모닝〉에서 란지 박사가 모발 이식 얘기를 했었다. 뒤통수에서 머리카락을 가져다가 정수리에 심으면 짠, 하고 대머리를 벗어나게 되는 거다.

효과는 확실한 것 같다. 대니얼은 모발 이식 후 10년은 더 젊어 보인다. 티도 안 나고 감쪽같다. 물론 이건 내 의견이 아니라 모린이 한 얘기이니 참고 바란다.

사실 지금 일기를 쓰고 있는 이유가 그 얘기를 하기 위해서는 아니었다. 잠깐 시간을 좀 되짚어 가야겠다. 아이고, 피곤하네.

더글러스와 퍼피가 죽었다.

나는 엘리자베스와 함께 호브시에 갔다. 화요일치고는 거리에 사람이 많았다. 평일인데 일하러들 안 가나? 더글러스가 엘리자베스에게 뭔가를 보여주겠다고 해서, 우린 세인트 올번스 대로에 있는 (킹 알프레드 수영장 근처인가?) 집에 들어갔다. 그런데 두 사람이 총에 맞아 죽어 있었다.

더글러스야 죽을 수 있다고 쳐도 퍼피는 안타까워서 어쩌나. 요즘은 무슨 일이 있어도 지나치게 슬퍼하지 않으려고 애쓰고 있는데 퍼피의 죽음으로 마음이 너무 좋지 않다.

사흘 전에 퍼피는 우리 집 거실에 있었다. 앞으로 재미있는 일이 가득일 텐데 20대에 죽고 말다니 너무 부당한 일 아닌가. 키스와 뱃놀이, 꽃, 새 외투 등 인생에 즐길 거리가 얼마나 많은데. 새로운 연인에게 읽어주고 싶었을 시들은 어떻게 할까. 인생이 공정하길 기다리다가는 미쳐버리기 십상이지만, 퍼피를 죽인 자가 누구든 아름다운 청춘을 꺾어 놓은 거다.

퍼피의 엄마 쇼본이 오늘 쿠퍼스 체이스에 오기로 했었다. 퍼피의 일에 대해 나서서 말해줘야 할 사람이 나라서 걱정을 많이 했었다. 하지만 퍼피와 제일 가까운 혈연이 엄마인 관계로 쇼본은 바로 연락을 받았다. 지금쯤 시신을 확인하러 가고 있겠지. 가여워서 어쩌나.

쇼본이 나한테 문자를 보냈는데 문자 메시지 끝에 양귀비와 데이지 모양의 이모티콘이 찍혀 있었다. 가슴이 아팠다. 나는 우리가 여전히 쇼본을 만나고 싶어 한다고 답장을 하면서 양귀비와 데이지 이모티콘을 끝에 붙이려고 했는데, 잘못 눌러서 양귀비와 크리스마스트리 이모티콘을 붙이고 말았다. 쇼본이 이해해주면 좋겠다.

이렇게 해서 우리 손에 두 건의 살인 사건이 떨어졌다. 앤드류 헤이스팅스까지 치면 세 건이지만 앤드류를 죽인 사람이 누구인지는 이미 알고 있다.

요즘 침실로 들어갈 때마다 총에 맞은 사람을 보게 됐다. 그래서인지 아까 침대 정리를 하려고 우리 집 손님방으로 들어가려다가 문득 섬뜩한 기분에 휩싸였다.

수, 랜스와 함께하는 시간이 크리스와 도나, 페어헤이븐 경찰서와 함께할 때만큼 재미있을 것 같지가 않다. 안타까운 일이다. 물론 우린 최선을 다할 거다. 그러다 누군가를 지치게 만들 때도 있지만 어쩔 수 없다.

아까 모린 길크스와 그 조카에 대한 얘기를 한 건 랜스 때문이다! 랜스는 머리가 빠지고 있다. 랜스를 만나면 모발 이식 얘기를 해줘야겠다고 그동안 생각하고 있었다. 누가 봐도 랜스가 모발을 무척 중요시하는 걸 알 수 있다. 대화에 틈이 생기기를, 잠깐이라도 한담을 나눌 수 있는 때가 오기를 기다렸지만 적당한 때가 오질 않았다. 기회가 왔다 싶어서 얘기를 꺼내려고 할 때마다 수가 퍼피의 총상이나 더글러스의 머리 뒤쪽 벽에 튀어 있는 피 얘기를 했다. 좀처럼 기회를 잡을 수가 없었다.

다시 랜스를 만날 기회가 오기를 기다리고 있다. 이런 얘기는 가급적 빨리 해줘야 한다고 모린이 말했다. 모린의 조카에 대해 구글에서 후딱 찾아봐야겠다.

재차 시도해봤지만 나오질 않는다. '배우 대니얼 길크스'와 '배우 데이비드 길크스'로 검색해봤지만 나오는 게 없다. 내가 이름을 잘못 알고 있을 수도 있다. 혹시 성이 길크스가 아닌 건가? 나는 그의 이름이나 성을 제대로 알지도 못하는 데다 구글 검색 실력도 별로다.

어쨌든 폐당밀(설탕을 만들고 남은 찌꺼기)을 넣고 졸인 소시지 요리에 관해 나이젤라 셰프에게 인스타그램 쪽지를 보냈다. 나이젤라는 아직 답장을 안 했지만 워낙 여기저기 다니며 공사다망한 사람이니 용서해야지 어쩌겠나. 첫 사진을 포스팅했는데 @sparklyrockgirl이라는 사람이 '멋진 사진이에요'라고 답글을 달고 나를 팔로우했다. 이제 나도 팔로워가 생겼다. 누구나 어디서든 시작을 하게 마련이다.

엘리자베스가 더글러스 일로 울적해 하고 있을까? 전남편이 있어 본 적 없어서 모르겠다. 내가 보기에 엘리자베스는 더글러스를 별로 좋아하지 않은 것 같다. 엘리자베스가 워낙 사람들을 별로 안 좋아하는 편이기는 하지만 그 사람들과 다 결혼한 것도 아니고, 어쨌든 전남편이었던 사람이니 마음이 다르지 않을까. 더글러스는 여전히 엘리자베스를 사랑한 것 같았다. 재킷 주머니에 엘리자베스의 로켓을 지니고 있었던 것도 무척 감동적인 부분이다.

엘리자베스도 슬프겠지. 그렇다고 스티븐에게 슬픔을 토로할 수도 없을 거다. 이런 일은 더더욱 말할 수 없겠지. 난 조애나한테라도 속을 털어놓을 수 있는데. 시체 세 구를 봤고 눈가리개를 한 채 어딘가로 끌려가 MI5 요원에게 신문을 받았다고 아침에 조애나한테 문자를 보냈다. 요즘 내가 보낸 문자는 '그래서 백내장이 생겼대'나 '여우가 닭장에 들어갔지 뭐야' 같은 소문을 주워섬기는 내용이었다. 조애나의 답문은 늘 시원찮지만 조애나를 탓할 수도 없다.

2,000만 파운드어치의 다이아몬드에 대해서는 조애나에게 말해주지

않을 거다. 이유는 모르겠다. 아니, 알 것도 같다. 만약 다이아몬드 얘기를 해주면 조애나는 분명 자기 의견을 얘기할 텐데, 난 지금 조애나의 의견을 듣고 싶은 기분이 아니다.

우리가 다이아몬드를 찾으면 어떻게 될까? 우리가 꼭 찾을 거란 얘기가 아니라 상상만 해보자는 거다. 마틴 로맥스는 다이아몬드를 꼭 찾으려 하겠지. 어쩌면 이미 찾았는지도 모른다. MI5가 찾았을 수도 있고, 마피아가 찾았을 가능성도 있다.

그래도 엘리자베스와 론, 이브라힘, 그리고 내가 다이아몬드를 찾았다고 상상이라도 해보자. 사람 일이라는 게 또 모르는 거니까.

찾으면 일 인당 500만 파운드씩 나눠 갖게 된다.

500만 파운드로 뭘 하지?

테라스 문을 새로 다는 데에 1만 5,000파운드 정도 든다. 다만, 론이 8,000파운드에 해줄 수 있는 사람을 안다고 했다.

8.99파운드짜리 와인 대신 14.99파운드짜리 와인을 살 수도 있겠지. 하지만 내가 맛의 차이를 알기는 할까?

조애나에게 돈을 일부 떼어줄까? 조애나는 돈이 많다. 조애나가 어렸을 때 친구들과 나가 놀겠다고 하면 20파운드를 용돈으로 쓰라고 주곤 했다. 눈을 빛내며 돈을 받는 조애나의 모습이 어찌나 사랑스럽던지. 지금도 100만 파운드를 주면 그때처럼 눈을 빛낼까? 아닐 거다. ISA(개인종합자산관리계좌)인지 뭔지에 집어넣고 말겠지.

그러니 난 500만 파운드가 필요 없을지도 모르겠다. 그래도 오늘 밤에 꿈이라도 꿔보련다. 여러분도 같이 꿈꿔보시겠어요?

33장

신원 확인

그들은 쇼본에게 간단히 짐을 꾸려 가방에 담아두라고 했다. 같이 어디 좀 가야 한다고. 짐은 다 쌌다.

요원들은 쇼본이 눈물을 흘릴 것이라 예상했겠지만 그녀는 눈물이 나오지 않는다. 이상하게 생각할까? 퍼피를 사랑하지 않았다고 여길까? 나쁜 엄마였다고 생각할까? 그들은 일하면서 온갖 반응을 목격했을 것이다. 쇼본은 자신답게 행동하기로 한다. 이제는 자신이 어떤 사람인지 모르겠지만.

꽤 먼 길이었는데 잠은 오지 않았다. 요원 두 명이 차 안에서 소곤소곤 얘기를 나눴다. 저 여자 괜찮은 거야? 아닌 것 같아. 뭐라도 줘야 할까? 술이나 스낵을 의미한 거였다면 됐다. 필요 없었다. 오늘 밤에 신원 확인을 해야 하는 건가? 모르겠다. 그들은 수차례 조의를 표했고 쇼본은 매번 고맙다고 인사했다.

그들은 자정이 막 넘은 시간에 고덜밍시에 도착했다. 상당히 늦은 시간인데 밴 한 대가 그들이 탄 차 옆을 지나 기다란 진입로를 따라 내려갔다. 집이 있는 곳에서 저 멀리 달려가는 모습이었다.

수 리어든과 랜스 제임스가 쇼본에게 자기소개를 했다. 둘 다 정중했다. 이런 상황에서 달리 행동할 수 있을까? 수는 예상했던 모습이었다.

쇼본이 상상한 요원의 모습 그대로였다.

그들은 예전에 마구간으로 쓰였을 것 같은 어느 건물의 긴 복도를 걸어간다. 랜스가 앞장서서 걸어가고 있다. 그는 무슨 말을 해야 될지 모르는 것 같다. 쇼본도 마찬가지이긴 하다.

수 리어든이 다가와 쇼본의 팔에 슬쩍 팔짱을 끼었다. 표준 절차에 따른 행동은 아니겠지만, 지금은 표준 절차를 따라야 할 때가 아니다. 쇼본은 수의 배려가 고맙다. 쇼본은 저 앞에 무엇이 있는지 알고 있다. 가서 무엇을 해야 하는지도 안다.

랜스가 열쇠를 꺼내 커다란 금속 문을 열고, 열린 문에 노크를 한다. 문 가장자리를 타고 흐르던 싸늘한 공기가 복도로 흘러나온다. 수 리어든은 잠시 그 자리에 서서 쇼본의 눈을 들여다본다.

"준비됐어요?"

쇼본이 고개를 끄덕인다.

"필요하면 언제든 말씀하세요."

수는 쇼본을 먼저 문 안으로 들여보낸다. 차가운 공기에 휩싸인 수는 몸서리를 친다.

기능 위주의 작은 방이다. 기다란 테이블 두 개가 있고 각 테이블 위에 천으로 덮인 이들이 누워 있다. 왼쪽 테이블 옆에 법의관이 서 있는 걸 보니 왼쪽이 퍼피인 모양이다. 차림을 보고 법의관이라고 짐작했다. 여자인데 흰 가운을 입었고 수술용 장갑과 마스크를 착용했다. 법의관의 다정한 눈을 보니 쇼본은 울컥하면서 눈물이 나올 것 같다. 하지만 지금 다정함 따위는 필요하지 않다.

랜스는 저쪽 벽에 기대어 서 있다. 있고 싶지 않은 방에 억지로 서 있는 남자 특유의 모습이다. 손이 시려워 반사적으로 두 손을 맞잡고 문

지르던 랜스는 그러면 안 되겠다 싶은지 등 뒤로 가져가 뒷짐을 진다.

수는 여전히 쇼본의 팔꿈치를 손으로 잡고 있다.

"이쪽은 카터 박사예요, 쇼본."

카터 박사로 불린 여의사가 쇼본에게 고개를 끄덕여 인사한다. 쇼본은 법의관의 다정한 눈을 차마 마주볼 수 없어 시선을 돌리고 만다.

"따님에게 외상성 손상이 있습니다. 마음의 준비를 하고 보셔야 될 겁니다."

쇼본은 고개를 끄덕인다. 해보자.

카터 박사가 시신을 덮은 연녹색 시트를 젖힌다. 헝클어진 금발 머리카락이 쏟아지듯 내려온다. 쇼본은 마음의 한 부분을 닫아버려야 될 것임을 안다. 그 부분은 절대 예전처럼 복구되지 못하겠지.

얼굴에서 남아 있는 부분이 별로 없지만 쇼본에겐 충분하다. 엄마가 딸을 알아볼 만큼은 된다. 쇼본은 수를 돌아보며 고개를 끄덕인다.

"퍼피 맞아요."

쇼본은 울음을 터뜨린다. 수는 이렇게 될 줄 알았다. 이건 사람이 겪을 일이 못 된다. 수는 쇼본의 어깨를 한 손으로 잡고 말한다.

"쇼본, 두 가지 정도 물어볼 게 있어요. 얼굴이 많이 훼손돼서요. 명확히 알아볼 만한 신체적 특징이 있나요?"

쇼본은 애써 숨을 삼킨다.

"왼쪽 종아리 뒤쪽에 길쭉한 상처가 있어요. 와이트섬에서 가시철사에 긁혀 생긴 상처예요. 왼쪽 손목에 혹이 하나 있는데 하키를 하다 골절이 된 바람에 그렇게 됐고요. 바보 같은 문신도 있네요."

수가 카터 박사를 힐끗 쳐다본다. 박사가 고개를 끄덕인다.

수가 말한다. "고마워요, 쇼본. 여기 좀 더 있고 싶어요? 서두를 필요 없어요."

쇼본은 시신을 더 이상 보고 싶지 않다. 볼 만큼 봤다. 죽는 날까지 절대 잊지 않을 정도로.

"아니면 따뜻한 곳으로 자리를 옮길까요? 차 한잔하실래요?"

눈물범벅이 된 쇼본은 고개를 끄덕인다. 그리고 시신을 돌아본다. 카터 박사가 이미 퍼피의 얼굴에 시트를 도로 씌워 놨다. 금발이 시트 옆으로 빠져 나와 있다. 쇼본은 손을 뻗어 흘러내린 머리카락을 쓰다듬는다.

랜스, 수, 카터 박사가 말없이 지켜보는 동안 쇼본은 딸의 머리를 쓰다듬으며 흐느낀다.

'외상성 손상. 그래. 손상이 있구나'라고 쇼본은 생각한다.

쇼본이 머리카락에서 손을 떼자 수는 쇼본에게 한 팔을 두르며 말한다.

"이제 그만 나가시죠."

쇼본은 다른 테이블에 놓인 시신을 바라본다.

"저쪽이 다른 분 시신인가요? 더글러스라는 분?"

"예. 맞아요."

"그럼 누군가 와서 저분의 신원을 확인하겠네요?"

수는 고개를 젓는다.

"아뇨. 저 사람은 직계친족이 없어요. 지문과 치과 기록 같은 우리가 가지고 있는 기록으로 신원 확인을 했습니다."

"그렇군요. 저분에게 신의 가호가 있기를."

수는 쇼본을 데리고 방을 나간다.

34장

살해당한 두 첩보원

엘리자베스는 MI5 팀이 집을 수색하면서 잘못 둔 장식품 일부를 제자리에 놓고 있다. 뭐든 제자리에 있는 게 좋다. 스티븐이 벨기에 브뤼헤 지역의 벼룩시장에서 산 어부 그림이 그려진 델프 오지 그릇은 페니의 경찰 배지 옆에, 그 옆에는 부서진 소련군 탄피가 놓여 있어야 맞다. 그 탄피는 1973년 프라하에서 오해가 빚어져 엘리자베스가 몰던 트라이엄프 헤럴드 차가 총에 맞은 뒤 엘리자베스가 그 차의 라디에이터에서 직접 빼내서 챙긴 것이다. 모두 다양한 기억을 불러일으키는 기념품들이다.

최근에 확보한 기념품인 더글러스의 은 로켓은 지금 그녀의 가방에 들어 있다. 그것도 저 사이에 올려놓아야지.

수가 로켓을 가져가게 해줘서 엘리자베스는 놀랐다. 증거물을 내줘도 되나?

아마 이 안에 숨겨진 메시지가 없는지 확인하고, 내줘도 무방하겠다는 판단을 내렸을 것이다. 엘리자베스에게 이걸 내준 건 분명 친절을 베푼 것이었다.

이 로켓을 30여 년 만에 봤다. 솔직히 잘 기억도 나지 않았다. 수가 이걸 꺼내 보여줬을 때 엘리자베스는 그 안에 뭐가 들어있었는지 기억

해내려 애썼다. 머리털 한 줌인가? 한량처럼 담배를 피우는 더글러스의 사진? 하지만 아니었다. 로켓 안에는 거울이 있을 뿐이었다.

더글러스가 이걸 언제 줬더라? 런던에서 지내던 시절이었나. 기념일에? 더글러스가 바람을 피운 걸 알게 됐을 때? 어쨌든 그가 사준 로켓이기는 했다. "비싼 거 아니야."라고 그는 말했다. 그리고 입에 발린 칭찬을 덧붙였다. "난 원할 때마다 당신의 아름다운 얼굴을 볼 수 있는데 당신은 그러질 못하는 게 부당한 것 같아서. 내가 보는 걸 당신도 보면 좋겠어." 엘리자베스는 콧방귀를 뀌면서도 살짝 감동을 받기는 했다.

더글러스와 헤어지면서 이 로켓을 그 집에 두고 나왔다. 그 후 한 번도 이 물건에 대해 생각해본 적 없었다. 그는 왜 이 로켓을 줄곧 가지고 있었을까? 마지막 순간에 대체 왜 이걸 재킷 주머니에 넣어두고 있었을까? 보여주고 싶다고 한 게 정말 이 로켓이었나? 그는 늘 낭만적인 남자였다. 이건 마지막 사랑 표현이었을까?

집에 도착해 엘리자베스가 제일 먼저 한 일은 스크루드라이버로 로켓의 거울을 비틀어 떼어낸 것이었다. 거울 뒤에 감춰진 메시지가 있을 거라고 생각했다. 다이아몬드의 위치가 적혀 있을까? 그렇다면 마지막 사랑 표현으로 인정해줄 만하지. 고마워, 더글러스.

그런데 거울 뒤에는 아무것도 없었다. 보물 지도나 숨겨둔 암호 따위도 없었다. 로켓은 그저 로켓일 뿐이었고, 딱 그만큼의 사랑 표현이었다. 역시나 더글러스는 놀라운 남자였다.

호브시에서 밴 뒷좌석에 올라타기 전에 엘리자베스는 조이스의 휴대폰으로 보그단에게 문자를 보냈다. 보그단은 지체 없이 이 집에 와서 밤새 스티븐을 돌봐주었다. 중요한 일정을 취소했을까? 일하고 있지 않을 때 보그단이 뭘 하면서 시간을 보내는지 엘리자베스는 모른다. 체육관에서 운동을 하거나 문신 가게에 가 있는 것 외에는 뭘 하고 지내는지 도통 알 수가 없다.

마틴 로맥스에 대해 생각을 해본다. 마틴이 더글러스와 퍼피를 죽인 게 분명하다. 그렇지? 그런데 너무 뻔하지 않나? 이번 일로 MI5에서 마틴을 만나러 갔겠지? 은 로켓에 비밀이 숨겨져 있지 않았으니 어디서든 단서를 찾아봐야 했을 것이다.

앉은 자리에서 잠든 스티븐을 맞은편에 두고 체스판 앞에 끈기 있게 앉아 있던 보그단이 말한다.

"스티븐이 그때 주무시고 계셨거든요. 그 사람들이 엘리자베스의 방을 뒤져봐야 된다고 해서 스티븐을 깨웠어요."

"스티븐은 괜찮았어요?"

엘리자베스는 페니의 경찰 배지를 손에 들고 묻는다. 바로 얼마 전에 갖게 된 기념품이다.

"아, 좋아하시던데요. 뭘 찾고 있냐고 물으시고, 이런저런 얘기를 해주시면서 도와주려고 하셨어요."

"그들이 잘 정리해놓고 갔네요."

"저도 좀 도왔어요. 그런데 그들이 뭘 찾고 있었던 거예요? 얘기해주실 수 있어요?"

"내 휴대폰이요. 더글러스가 나한테 보낸 문자 메시지를 보고 싶어 했어요. 내가 그 휴대폰으로 시체 사진을 찍었거든요. 사진을 삭제당하기 싫어서 휴대폰을 숨겨뒀어요."

엘리자베스는 이미 보그단에게 더글러스와 퍼피의 죽음에 대해 얘기를 해줬다. 보그단은 고개를 끄덕이며 "그렇군요"라고 했었다.

"하긴요. 시체 사진이라는 게 언제 필요할지 알 수 없는 거니까요. 휴대폰은 이 집에 없죠? 그 사람들이 샅샅이 뒤지던데요.”

“없어요. 호브시 세인트 올번스 대로 41번지 집의 야트막한 담장에 느슨한 벽돌을 빼고 그 뒤에 숨겨뒀어요. 나중에 가서 좀 가져다줄 수 있어요?”

“그럼요.”

“주소 기억하죠?”

“물론입니다. 저는 다 기억해요.”

“고마워요.”

“요청하신 대로 부두에서 론한테 코카인을 전달했어요.”

“일을 참 잘해줬어요, 보그단.”

“그럼, 참 멋진 친구지.” 잠을 깬 스티븐이 체스판을 보더니 비숍을 옮기고 말을 잇는다. “부두에서 론에게 코카인을 전달했다니, 아주 잘했어.”

보그단은 체스판을 내려다본다.

엘리자베스가 말한다.

“잠깐 실례할게요. 전화를 좀 해야 해서. 보그단, 국제 돈세탁 업자를 오늘 만나기로 했는데 시간 되면 차로 좀 데려다줄 수 있어요?”

“그럼요.”

엘리자베스는 침실로 들어간다. 침대가 깔끔하게 정돈되어 있다. MI5가 다녀가고 나서 스티븐이 침대에서 자고 일어났을 테니 침대 정리는 보그단이 했을 것이다. 엘리자베스는 유선 전화로 크리스 허드슨의 휴대폰에 전화를 건다. 크리스는 신호가 다섯 번 가고 나서야 받는다. 평소보다 굼뜨다.

“크리스 허드슨 경감입니다.”

"크리스, 엘리자베스예요. 라이언 베어드 건이 어떻게 되고 있는지 확인차 전화했어요. 사건에 진전이 좀 있나요?"

"그의 집 화장실에서 코카인과 현금 카드를 발견했는지 궁금하신 겁니까?"

"비슷해요."

"타인에게 공급할 목적으로 코카인을 소지한 혐의와 강도 혐의로 기소됐어요."

"시기가 어떻게 딱 맞아떨어졌네요? 내일 도나랑 같이 와서 자세히 얘기해줘요. 조이스네 집에서 같이 와인을 마시면서요."

"아, 내일 못 갑니다. 일해야 해서요."

"일 안 하잖아요, 크리스. 내가 근무 시간 확인해봤어요."

"어떻게 확인을⋯⋯. 아뇨, 됐습니다. 대답하지 마세요. 어쨌든 내일은 바빠서 안 돼요."

수화기 너머에서 여자의 목소리가 들린다.

"엘리자베스예요?"

그래, 이 목소리의 주인공이 바로 수수께끼의 여자 친구인가 보네. 클럽 회원들은 남의 사생활을 캐는 걸 즐기지는 않지만 사건 지 한 달도 넘은 것 같은데 아직 소개를 못 받았다. 엘리자베스는 빠르게 머리를 굴린다. 이걸 어떻게 한다? 이 기회에 최대한 많은 정보를 얻어내지 못하면 조이스가 크게 화를 낼 것이다.

"아, 괜찮아요. 그런데 뭐 재미있는 거 하기로 했나 봐요? 친구들이랑 술 마셔요?"

"조용히 밤 시간을 보내려고 합니다⋯⋯. 잠시만요."

크리스가 송화구를 손으로 막는다. 엘리자베스는 크리스가 여자 친구에게 "확실해요?"라고 묻는 소리가 조그맣게 들린다.

잠시 후 여자의 목소리가 말한다.

"안녕하세요. 엘리자베스 씨죠?"

"예, 맞아요. 누구세요?"

"크리스의 여자 친구 패트리스예요. 나이는 좀 있어요. 몇 살부터를 나이가 좀 있다고 표현해야 되죠? 어쨌든 내일 크리스랑 뭘 좀 하기로 해서요. 다음에 하셔도 되는 거죠?"

"그럼요. 다음에 해도 괜찮아요, 패트리스. 이렇게 인사를 하게 돼서 반가워요."

"평소에 말씀 많이 들었어요, 엘리자베스."

"나도 같은 말을 할 수 있으면 좋았을 것 같네요. 수수께끼로 두는 것도 중요하겠지만요. 그렇죠?"

엘리자베스는 패트리스가 어느 지역 억양을 쓰는지 맞춰보려 애쓴다. 런던 남부인가? 도나의 억양과 비슷하다.

"그런가요? 우리 수수께끼를 조금 더 있다가 풀기로 해요. 얘기 나눠서 좋았어요."

"나도요. 크리스한테 인사 전해줘요."

"그럴게요. 조만간 봬요."

패트리스가 전화를 끊자 엘리자베스는 수화기를 잠시 내려다본다. 엘리자베스는 살짝 기가 밀렸지만 기분이 나쁘지는 않다. 크리스의 인생에 필요한 여자가 바로 패트리스 같은 여자다. 패트리스가 크리스를 좋아하고, 크리스도 패트리스를 좋아한다면 엘리자베스도 패트리스를 만나봐야 할 것 같다. 도나가 도와주려나? 저 둘을 설득해 조이스네 집에 놀러 오게 만들 수 있을까? 패트리스에게 와인 몇 잔을 따라주고 어떤 사람인지 알아가고 싶다.

MI5에서는 그런 걸 '심사'라 부르곤 한다.

스티븐이 문 안쪽으로 머리를 들이밀며 말한다.

"어젯밤에 당신 동료들이 이 집에 우르르 몰려왔어. 여기저기 다 뒤져보던데."

"알아요. 그런 일 겪게 해서 미안해요, 여보."

"아, 아니야. 재미있었어. 뭘 찾으려는 건지 모르겠지만 결국 못 찾은 것 같더라고. 내가 말해줬지. '엘리자베스가 보여주고 싶어 하지 않는 물건이면 아무리 뒤져봤자 못 찾을 거요. 간단한 얘기니까 시간 낭비하지들 마세요. 엘리자베스는 필요하다면 노 젓는 배에도 크리스마스 선물을 감출 사람이에요.' 당신이 어디 갔는지 모르겠더라고. 가게에 갔나 생각했는데, 그러기엔 시간이 많이 늦었고."

"조이스랑 얘기 좀 하느라고요."

"그 사람들한테 언제든 와서 뒤지라고 했어. 문 열고 여기저기 찾아보라고. 그런데 무슨 일이야? 누가 살해당하기라도 했어?"

"두 명이 살해당했어요."

"첩보원들?"

"맞아요."

"그렇군. 내가 뭘 하고 있었지, 여보?"

"보그단이랑 체스 두고 있었어요."

"아, 그래. 보그단이 스크램블드에그를 만들어줬어. 론에게는 코카인을 줬고. 재미난 친구야. 보그단한테 돌아가 봐야겠어. 살해당한 두 첩보원은 당신한테 맡길게."

살해당한 두 첩보원. 살해당한 두 첩보원이라. 엘리자베스는 수화기를 집어 들고 다시 크리스 허드슨에게 전화를 건다. 이번에는 전화를 받기까지 시간이 더 오래 걸린다. 신호음이 여덟 번 울렸다. 둘이 속닥거리며 전화를 받을지 말지 논의할 만큼의 시간이다. 크리스가 휴대폰 화면에 뜬 엘리자베스의 집 전화번호를 알아본 모양이다.

"예, 엘리자베스."

"아, 크리스. 미안한데 패트리스 좀 바꿔줄래요?"

"패트리스요?"

"네, 부탁해요. 기분 나빠하지는 말고요."

잠시 정적이 흐르다가, 송화구를 손으로 막고 둘이 얘기 나누는 소리가 조그맣게 들린다.

이윽고 패트리스의 목소리가 들린다.

"예, 엘리자베스."

"네, 또 성가시게 해서 미안해요. 내일 뭐 할 건지 나한테 말 안 해줬잖아요?"

"그렇죠."

"둘이 알아서 할 일이니 알고 싶진 않아요. 다만 크리스한테 아직 안 한 얘기를 당신한테 하려고요."

"삼십 초 줄게요, 엘리자베스. 지금 마사지 받는 중이거든요."

"어머, 크리스는 좋겠네요. 지금부터 용건을 얘기할게요. 어제 오후에 호브시에 있는 집에서 첩보원 두 명이 총에 맞아 죽었어요. 그 집에 갔다 온 길이에요. 경찰이 맡아 할 일이 아니라서 MI5로 직행했지만 난 크리스에게 상세히 털어놓고 의견을 구하고 싶어요. 그래서 말인데, 내일 저녁에 크리스랑 같이 여기 올 수 있어요? 당신도 살해당한 첩보원 두 명에 관한 상세한 얘기를 듣고 싶어 할 것 같아서요. 내가 사진 같은 자료를 다 갖고 있고 와인도 준비돼 있을 거예요. 다들 당신을 만나면 무척 좋아할 거고요. 그런데 둘이 내일 뭐 하기로 했는지 몰라서 물어보는 거예요."

"이탈리안 레스토랑 지찌에 가기로 했어요."

이제 거의 다 됐다. 마무리를 어떻게 할까?

"살해당한 첩보원 중 한 명은 내 전남편이었어요."

"알았어요. 저희가 술 한 병 가져갈게요."

패트리스가 송화구에서 입을 떼고 말하는 소리가 들린다. '내일 엘리자베스를 만나러 가요, 자기.' 그러자 크리스가 대답한다. '그래요, 물론 그래야죠.'

엘리자베스가 묻는다.

"오후 6시 반에 볼까요? 참, 크리스한테 도나도 데려오라고 전해줄래요?"

"도나를요?"

"네, 이런 일은 원래 같이 했거든요. 도나는 만나본 적 있죠?"

"아, 그럼요. 만나봤죠. 한두 번쯤요."

"그럼 내일 봐요."

엘리자베스는 전화를 끊는다. 패트리스가 도나를 이미 만나봤단 말이지? 둘이 꽤 진지하게 사귀고 있구나.

그래. 이제 마틴 로맥스다.

35장

뉴욕 최고의 범죄 가문

마틴 로맥스는 커피와 비스킷을 쟁반에 담아 들고 홈시네마로 내려간다. 한쪽 벽면 전체를 차지한 스크린을 향해 가죽 의자 스무 개가 배치돼 있다. 하지만 여기로 데리고 내려왔던 최대 인원은 고작 네 명이다. 아제르바이잔 컵 결승전이 상당히 수익이 큰 헤로인 거래 시간과 겹쳐진 바람에 그렇게 됐다. 마틴은 홈시네마에서 그들에게 술안주를 내주었고 다들 즐거운 시간을 보낸 듯했다. 마틴은 좋은 시간을 보내는 것에 대한 이해는 떨어지지만 남들 기분을 상하게 하지 않고 적당히 자연스럽게 어울릴 줄 안다. 돈이 걸려 있는 일이면 특히 더 그렇다.

화면을 향해 리모컨 버튼을 눌러 영화 목록을 띄운다. 사실 사람들이 영화라는 걸 왜 보는지 모르겠다. 배우들이 연기를 하고 있을 뿐인데, 어떻게 그걸 모르는 척 볼 수가 있지? 누군가 적당한 단어로 대본을 쓰고 미국의 몇몇 멍청이들이 그 대사로 연기를 하면 다들 그걸 보며 환장을 한다. 마틴은 극장에 딱 한 번 가봤는데 영화보다는 연극이 그나마 좀 나았다. 적어도 눈앞에 배우들이 있었으니까. 마음에 안 드는 게 보이면 그들에게 의견을 말할 수도 있었다. 결국 나가달라는 요청을 받긴 했지만, 극장에는 나중에 한 번 더 가볼 용의는 있다.

본 적도 없는 무수한 영화 제목들을 휘릭휘릭 넘기며 살펴본다. 제목 대부분은 이제 눈에 익었다. 보지도 않을 영화를 하나 고른다. 제목은 〈시에라 마드레의 보석〉이다. 화면만 봐도 흑백 영화인 걸 알 수 있다. 흑백 영화? 사람들은 진짜 멍청하다. 마틴은 그 영화를 선택하고 메뉴를 뒤져 '자막' 항목을 찾아낸다. 여러 언어들이 쭉 뜬다. 아래로 쭉쭉 내려 '광둥어'를 찾아 선택한다. 익숙한 전자음이 세 번 들리고 영화 스크린이 천장으로 올라간다. 스크린 뒤쪽 벽에 무지개가 그려져 있다. 무지개 양쪽 끝에 손가락 끝을 가져다 대자 전자음이 세 번 더 들리고 문이 스르륵 열린다. 그는 쟁반을 들고 금고 안으로 걸어 들어간다.

그는 금고 안에서 커피를 마시며 비스킷을 먹곤 한다. 보관 중인 지폐와 둘둘 말아서 저쪽 벽 앞에 쌓아둔 값비싼 그림들이 손상되지 않도록 늘 서늘하게 온도를 맞춰 놔서 앉아 쉬기에 딱 좋다. 얼마 전 뱅크시의 작품을 받아서 들여놨는데 마틴은 그 그림을 보고도 아무런 감명을 받지 못했다. 쥐가 휴대폰을 쳐다보고 있는 그림이다. 쥐새끼가 휴대폰은 왜 쳐다보고 있을까? 현대 예술은 도통 알 수가 없다. 그래도 자기 작품이 국제 무기 거래에서 계약금으로 사용될 정도로 비싸다는 걸 알면 뱅크시도 엄청 좋아하지 않을까 싶다. 뱅크시의 그림을 가져온 체첸 남자가 비밀이라며 뱅크시의 진짜 이름을 알려줬지만 마틴은 벌써 잊어버렸다. 예술은 돈이 된다. 그에게 예술은 언제든 금으로 바꿀 수 있는 물건이다. 금을 굳이 이해할 필요는 없다.

벽 두께가 1.8미터나 되는 금고라 무척 조용하다. 여기서는 사람을 죽여도 밖으로 소리가 새어 나가지 않는다. 여기서 딱 한 번 죽여 봤는데, 이 안에서는 엄청 시끄러웠다.

초콜릿 칩 쿠키를 커피에 담근다. 정원 개방 행사 주간이 오늘부터 시작된다. 사람들은 그의 정원을 어떻게 평가할까? 지나치게 화려하고 세련되다고? 아니면 세련미가 부족하다고? 오늘 비가 올까? 구글에 검색해보니 비가 올 확률은 0퍼센트라고 했지만 그래도 어떻게 될지 알수 없잖아? 사람들이 얼마나 올까? 사람들은 그가 내놓은 브라우니를 사 먹을까? 누가 집 안으로 들어오려고 하지 않을까? 집 안으로 들어오는 게 불가능하다는 걸 곧 알게 되겠지만, 그래도 집 가까이 오면 매달아 놓은 꽃바구니에 레이저와 소형 카메라가 설치돼 있는 걸 알아채지 않을까? 탑 앞에 방명록을 놓아둘 생각이다. 월요일에 방명록을 찬찬히 읽어봐야지. 사람들이 방명록에 자기 이름을 쓸까? 주소를 쓸 수있는 칸도 만들어둬야겠다. 기분 나쁜 평을 써놓은 것들에게는 사람을 보내 뜨거운 맛을 보여줄 생각이다.

커피를 홀짝이는데 표면에 쿠키 부스러기 두 개가 둥둥 떠 있다. 콜롬비아 커피다. 예전에 이 금고에서 볼트건에 맞아 죽은 남자도 콜롬비아인이었다. 그 남자의 보스가 직접 볼트건을 썼는데, 나름 그래야 할이유가 있었을 것이다. 보스는 마틴에게 시체를 정원에 묻어줄 수 있냐고 물었다. 이미 잔뜩 묻어둔 터라 자리가 없어서 마틴은 정중하게 거절했다. 보스는 좋게 이해해주었다. 마틴은 사과의 뜻으로 헬리콥터까지 시신 운반하는 일을 도와줬다.

브라우니를 다 팔면 70파운드를 번다. 그 돈을 어디에 쓸까.

마틴은 지금 하는 일을 대체로 즐기고 있다. 수익성도 좋은 편이다. 늘 돈이 잘 벌리는 것은 아니라서 가난할 때도 있었고 부유할 때도 있었다. 물론 부유할 때가 더 좋긴 하다. 워낙 일이 변화무쌍해서 단 하루도 같은 날이 없는데 그렇게 사는 게 정신 건강에 좋다고 한다. 어느 날은 일이 순조롭게 풀려서 불가리아인에게 금괴 몇 개를 돌려보내고 다같이 웃으며 악수를 나누기도 한다. 그러다 다음 날 카불에서 자동차

폭발 사건이 일어나고 Y가 X의 손가락을 자르고 다들 돈이며 그림이며 경주마를 내놓으라 아우성을 치면 마틴 로맥스는 부리나케 일 처리를 해야 한다. 그렇게 살다 보니 늘 정신을 똑바로 차리고 살 수밖에 없다. 재택근무를 할 수 있는 게 무엇보다 좋은 점이다. 다들 그 점을 잘 알고 있다. 마틴은 몬테카를로나 베이루트, 카타르, 부에노스아이레스로 직접 가서 일 처리를 하지 않는다. 그는 가능하면 윈체스터의 막스 앤 스펜서 매장에도 직접 안 가려는 사람이다. 군지도자든 암거래상이든 오카도(영국의 대형 유통 업체)의 대표든 용건 있는 사람이 마틴 로맥스를 찾아오면 된다.

때로는 ─ 물론 자주는 아니다. 이런 말 때문에 부정 타지 않기를 ─ 스트레스를 많이 받는데 요즘이 딱 그렇다. 마틴은 노트북을 열고 암호화된 휴대폰을 통해 전송받은 번호로 전화를 건다. 뉴욕 최고 범죄 가문의 2인자인 프랭크 안드라데 주니어의 번호다. 얘기가 잘 풀리지 않으면 프랭크의 아버지와 얘기를 해야 할 것이다. 그가 기억하기로 프랭크 안드라데 주니어의 아버지 이름도 프랭크다. 어쨌든 그의 아버지와 직접 얘기를 해야 하는 상황이 되면 마틴은 이곳을 떠나 미국까지 가야 한다. 그의 의지에 반해 자가용 제트기에 실려서 말이다.

미국인들은 자기네 소유인 2,000만 파운드어치의 다이아몬드에 무슨 일이 일어났는지 알고 싶어 한다. 당연히 알고 싶겠지. 마틴이 알기로 그들에게 큰 문제가 될 만한 금액은 아니다. 어디 잘못 두고 못 찾게 돼도 충분히 감당할 수 있는 금액이다. 다만 이번 건은 신뢰의 문제다. 마틴은 오랫동안 나름의 기술을 이용해 신중을 기하며 그들 가문에 대단히 가치 있는 서비스를 제공해왔다. 비난을 받거나 의심을 사지 않고, 이 거대한 조직이 원활하게 돌아갈 수 있도록, 기름 잘 친 톱니 역할을 해온 것이다. 하지만 지금은 어떤가?

프랭크 주니어의 얼굴이 갑자기 화면에 뜬다. 두 팔을 위아래로 휘저어가며 마틴에게 항의를 하는 모습이다. 뉴욕의 책상을 주먹으로 내려치기도 한다.

"프랭크, 자네 목소리가 무음으로 돼 있나 봐. 소형 마이크를 켜야 돼. 초록색 버튼을 눌러."

프랭크 주니어는 입을 벌리고 화면을 향해 허리를 굽힌다. 이리저리 살펴보다가 마침내 버튼을 찾아 누른다.

"이제 들립니까?"

"그래, 잘 들려, 프랭크. 아까 뭐라고 했어? 책상을 주먹으로 내려칠 때 말이야."

"아, 별말 아니었습니다." 영화에서처럼 프랭크가 진한 뉴욕 억양을 쓰지 않아서 마틴은 늘 실망스럽다. 프랭크는 평범한 미국인처럼 말한다. "그냥 분위기 좀 잡는 중이었어요."

"나랑 통화하면서 분위기 잡을 필요 없어, 프랭크."

"잘 들으세요, 마틴. 내가 당신을 좋아하는 거 아실 겁니다. 아버지도 당신을 좋아하죠. 당신이 영국인이라는 점을 우린 높이 사고 있습니다."

"'하지만'이라는 말이 나올 차례겠군, 프랭크."

"뭐, 그렇죠. 다음 주말까지 우리한테 다이아몬드를 돌려주지 않으면 당신을 없애버리겠어요."

"알았어."

"당신이 훔쳤을 수도 있고 아닐 수도 있겠죠. 그건 차차 알아보면 되고요. 일단 내가 그리로 날아가서 당신을 만날 겁니다. 그때까지도 당신이 다이아몬드를 갖고 있지 않으면 우리와 거래는 끝입니다."

마틴은 고개를 끄덕인다. 이 일도 걱정이고, 오늘 정원 개방 행사에 느지막하게 온 손님들이 주차할 자리가 없을까 봐도 걱정이다. 오늘 좀 힘드네!

"내가 직접 처리합니다. 신속하게요. 최소한 그렇게 하겠단 얘깁니다."

"그런 말 해대는 거 지겹지도 않나? 내가 안 훔쳤다는 거 알잖아. 왜 늘 멜로드라마 찍듯이 그러는지 모르겠네. 자네도 상관을 모시고 있으니 입장은 이해하지만, 한 번씩 본인이 하는 말을 좀 돌이켜 생각해 봐. 매번 사람을 죽일 필요 없어, 프랭크. 더글러스 미들미스가 나한테서 다이아몬드를 훔쳤고······."

"그건 당신이 하는 얘기고요."

"그래. 내가 하는 얘기지. 자네는 나랑 오래 같이 일했으니 내가 거짓말 안 하는 거 알잖아. 지금 놈을 찾고 있는 중이니까 곧 자네한테 소식을 전할 수 있을 거야."

"소식 따위는 필요 없습니다, 마틴. 다이아몬드를 내놔요. 내가 만나러 갔을 때 다이아몬드를 내놓지 않으면······."

"날 죽이겠다고. 그래, 알았어. 아주 깔끔하고 확실하게 알아들었어."

"내 다이아몬드 찾아 놔요."

"그래, 알았어. 클라우디아랑 애들한테 안부 전해줘."

프랭크는 카메라를 끄고 나서 마이크에 대고 말한다.

"클라우디아도 안부 전해달래요. 그럼 곧 봐요, 마틴."

36장

세 명의 승객

보그단이 열 살 때의 일이었다. 친구들이 다리에서 강으로 뛰어내려 보라고 한 적 있었다. 13미터 높이의 다리 아래에는 유속이 빠른 강이 흐르고 있었다. 강바닥은 바위투성이였다. 몇 년 전 한 소년이 다리에서 뛰어내려 죽은 적이 있어서 지역 당국은 누가 또 바보 같은 짓을 하지 못하도록 다리 난간을 따라 가시철망을 설치했다. 하지만 가시철망은 녹슬고 휘어져 그 아래 강으로 떨어져 내렸다. 예산이 빠듯한 데다 과거는 잊히기 마련이라 아무도 가시철망을 새로 설치할 생각을 하지 못했다. 죽은 소년의 어머니가 사건 직후 자살을 해버리자 언제 그런 일이 있었던가 싶게 사람들은 사건을 빠르게 잊었다.

보그단은 다리 난간 너머로 성난 급류와 삐죽삐죽하게 솟은 회색 바위들을 내려다보던 기억을 떠올렸다. 그 자리에서 뛰어내리면 세 가지 방법으로 죽을 수 있었다. 일단 그 높이에서 수면에 몸이 부딪치면 충격으로 즉사였다. 눈에 보이는 바위는 피할 수 있을지 몰라도 수면 아래 무수한 돌덩이들이 숨어 있으니 그중 하나에라도 부딪쳤다가는 틀림없이 사망이었다. 이 두 가지 방법을 다 피해 살아남는다면? 빠르고 거센 물살 때문에 강둑으로 기어 나오려면 힘도 좋아야 하고 운도 따라야 가능한 일이었다.

반 친구들은 그를 겁쟁이라는 뜻의 '트후쉬(tchórz)'라고 부르며 놀려 댔다. 그들이 뭐라고 부르든 보그단은 듣고 있지 않았다. 그저 까마득한 다리 아래를 내려다볼 뿐이었다. 여기서 떨어지면 기분이 어떨까? 하늘을 나는 기분일까? 기분이 엄청 좋을 것 같았다.

그때도 보그단은 용기가 대단한 사람은 아니었다. 그렇다고 무모하지도 않았다. 지금도 그를 무모하다 욕할 사람은 없을 것이다. 그는 모험을 좋아하지 않았다. 테스토스테론이나 불안정성에 이끌리지도 않았다. 하지만 그는 어머니가 떠준 스웨터를 벗고 난간 위로 올라갔다. 경악한 친구들이 쳐다보았다.

저 아래까지는 상당한 높이였다.

"축구를 대표하는 인물입니까?"

뒷좌석에서 론이 묻는다. 보그단의 의식은 순식간에 지금 이곳으로 돌아온다. 그는 지금 엘리자베스와 조이스, 론을 태우고 국제 범죄자의 집을 방문하러 가는 길이다.

엘리자베스가 대답한다. "아뇨."

세 노인은 어떤 라디오 채널을 들을지 합의가 안 돼서 지금 스무고개 게임을 하는 중이다. 유명인 이름 맞추기다. 론은 '그 사람이 텔레비전에 나오면 내가 소리를 지릅니까?'라는 질문을 던져 조이스에게 '예'라는 대답을 받아냈고, 조이스가 생각해둔 인물이 '노엘 에드먼즈'임을 알아맞혔다. 지금 그들은 엘리자베스가 생각해둔 인물을 맞추려다가 막다른 길에 다다르고 말았다.

조이스가 묻는다. "나는…… 그러니까 내가 생각한 인물이 누구냐면, 배우인가요?"

엘리자베스가 대답한다. "아뇨."

론이 묻는다. "우리 그만 포기해도 될까요?"

엘리자베스가 말한다. "후회할 텐데요."

그러자 론이 말한다. "답이 뭔지 말해줘요."

"정답은 보리스 베레조프스키예요. 러시아 과두지배세력의 대부호였고 살해당했죠."

론이 탄식한다. "아."

조이스가 말한다. "덴젤 워싱턴! 내가 생각한 답은 그거였어요."

보그단은 사탕 한 봉지를 차에 챙겨와 12분에 한 번씩 노인들에게 사탕을 돌린다. 그래야 좀 조용하기 때문이다. 집으로 돌아가는 길에 써야 할 사탕을 아껴둘 필요는 없다. 집으로 돌아갈 때 세 노인은 곤히 잠들어 있을 테니까.

노인들은 살인 사건에 대한 얘기도 잠시 나눴다. 론은 더글러스와 퍼피를 죽인 게 마피아라고 생각한다. 론은 보그단에게 〈좋은 친구들〉이라는 영화를 본 적 있냐고 물었다. 본 적 있다고 답하자 론이 말했다. "그렇다니까." 조이스는 법의관이 사건에 개입했을 가능성을 제기했다. 보그단이 보기에 조이스의 의견은 늘 맞는 편이었다. 다만 그는 자신의 손목에 채워진 우정 팔찌를 내려다보면서 조이스의 뜨개질 솜씨는 별로라고 생각했다.

엘리자베스는 어떤 생각을 갖고 있을까? 누가 짐작할 수 있을까? 마틴 로맥스와 대면해 얘기를 나누기 전까지는 말을 아낄 모양이다.

혼자 차를 타고 가는 거면 훨씬 속도를 냈을 것이다. 하지만 이 차가 론의 다이하츠인 데다 승객들을 배려해야 해서 보그단은 시속 130킬로미터를 유지하고 있다. 엘리자베스가 액셀을 좀 더 밟으라고 한 번씩 말하지만 론이 말리곤 한다. "속도 낮춰, 보그단. 여긴 폴란드가 아니야." 그의 말이 옳다.

오후 1시 반경, 저 앞에 햄블던 마을 표지판이 보인다. 보그단이 예상한 대로다. 보그단은 내비게이션 따위는 사용하지 않는다. 머릿속 지도에 의지해 우회전 혹은 좌회전을 할 뿐이다. 누구든 저 앞에 로터리가 있다고 옆에서 훈수를 둘 필요는 없다.

햄블던은 아기자기한 분위기의 전형적인 영국 마을이다. 차를 타고 지나가면서 보그단은 몇몇 집의 특이한 지붕을 눈여겨본다.

엘리자베스가 말한다. "사상 첫 크리켓 경기가 치러진 곳이 바로 여기예요."

론이 대꾸한다. "그 경기가 지금까지 이어지고 있겠군요. 크리켓 경기라는 게 그렇잖아요."

초등학교, '배트와 공'이라는 간판이 붙은 술집, 포도밭 표지판을 앞을 지나자 마틴 로맥스의 '정원 개방 행사'가 진행 중임을 알리는 첫 번째 안내문이 보인다. 얼마 후 그들은 좁은 시골길을 벗어나 널찍한 입구에 도착한다. 철문이 활짝 열려 있고 나무에 환영 안내문이 붙어 있다. 보그단은 안으로 들어가 집채만 한 크기의 나무 울타리 옆에 차를 세운다.

언제나 그렇듯 세 승객은 '짐을 챙겨 내리기까지' 시간이 좀 소요된다.

보그단이 말한다. "이따가 여기서 뵐게요. 천천히 일 보고 오세요."

엘리자베스가 말한다. "고마워요. 우리가 살해당할 가능성은 별로 없어 보이지만, 두 시간이 지나도 돌아오지 않으면 우리를 찾으러 와줘요. 와서 소란을 피워요."

"알겠습니다."

보그단은 손목시계를 확인한다. '알겠습니다'라고 대답할 때마다 영국인이 된 기분이다.

조이스가 후드 점퍼의 지퍼를 올리고 차에서 내리며 말한다. "전단지에 화장실 위치가 표시돼 있으니까 참고해."

보그단이 대답한다. "화장실 안 써도 돼요."

그러자 론이 말한다. "젊어서 좋겠다."

노인들이 떠나자 기분 좋은 정적이 흐른다.

보그단의 머릿속은 난간과 그 아래서 빠르게 흐르는 강물로 되돌아간다. 친구들은 그에게 뛰어내리지 말라고 애원했다. 어머니가 떠준 스웨터는 노란색이었다. 깔끔하게 접은 스웨터가 난간 옆에 놓여 있었다. 그는 늘 옷에 주름이 잡히지 않게 잘 접어놓곤 했다.

마지막으로 한 번 더 아래를 내려다보았다. 여기서 뛰어내리면 죽는 방법은 세 가지였다. 하지만 누구나 언젠가는 죽는다. 친구들이 악을 쓰는 가운데 보그단은 난간에서 뛰어내렸다.

기분이 끝내줬다. 마법 같았다.

그는 갈비뼈 세 대가 부러졌지만 곧 나았다. 예상했듯이 그는 옳은 선택을 했다.

사람들은 잠자는 걸 좋아하면서도 죽음을 두려워한다. 보그단은 그게 이해가 되질 않는다.

37장

정원에서의 만남

긴 하루였다. 우린 마틴 로맥스를 만나고 집으로 돌아왔다. 좀 이따가 이브라힘의 집에서 모임이 있어 가봐야 한다.

다행히 집으로 돌아오는 내내 잤다. 눈을 뜨고 보니 론의 어깨에 기대어 자고 있었다. 론은 든든한 어깨를 가졌다. 물론 내 입에서 그 말이 나올 일은 없다.

마틴 로맥스는 예상과는 달랐다. 내 예상과는 달랐다고 하는 게 맞는 말일 것이다. 길에서 봤으면 사무 변호사나 세탁소 주인쯤으로 보였을 것 같은 외모다. 세탁소를 운영만 하고 직접 일하지는 않는 주인 말이다. 처음에는 꽤 괜찮은 사람 같았는데 알고 보니 좀 지루했다. 지루한 남자는 매력이 없다. 경험해봐서 아는 것이니, 내 말을 믿길 바란다. 참고하면 인생이 좀 더 단순해지지 않을까?

그 남자가 지루하지 않다고 쳐도 그 남자와 관련된 얘기가 전부 사실이면 어쩔 건가? 살인과 금, 헬리콥터가 삶의 주요 요소인 남자라면? 살인과 금, 헬리콥터라는 요소가 있어야만 흥미를 끌 수 있다면 본질적으로 지루한 남자라는 얘기가 아니냔 말이다. 제리는 헬리콥터 없이도 매력적이었다.

어쨌든 난 살인을 하는 사람이랑은 데이트하고 싶지 않다.

생김새는 블레이크 캐링턴(미국 드라마 〈다이너스티〉의 가상 캐릭터)을 좀 닮아서 남자 외모에 혹하는 여자에겐 먹힐 수 있다는 점을 감안하기 바란다.

엘리자베스는 곧장 마틴에게 다가갔다. 아, 그쪽이 마틴 로맥스 씨군요. 정원이 참 아름답네요. 집도 예쁘고요. 저건 탑인가요? 일본에 가보셨어요, 로맥스 씨? 가보셨을 것 같네요, 분명히. 엘리자베스는 남자에게 추근대는 일에는 젬병이다.

가여운 마틴 로맥스는 겁에 질린 듯했다. 엘리자베스가 노린 게 바로 그런 거였을까?

그다음은 론 차례였다. 론은 저택을 향해 고개를 끄덕거리며 말했다. "저 집을 짓는데 돈이 얼마나 들었습니까?" 마틴이 대답을 안 하자 론이 덧붙여 말했다. "집에 뭣 같은 작은 탑들도 달려 있네. 맙소사 탑이라니." 마틴은 무리 속에 누군가를 쳐다보는 척하더니 이만 실례하겠다며 자리를 뜨려고 했다.

엘리자베스는 재빨리 마틴에게 팔짱을 끼며 말했다. "우리 같이 좀 걸어요. 날씨도 참 좋네요." 마틴은 점잖게 엘리자베스를 떨쳐내려 했지만 운이 따라주지 않았다.

엘리자베스가 몇 가지 물어볼 게 있다고 하자 마틴은 정원에 관해 궁금한 점은 전부 우리가 입구에서 집어 온 전단지에 적혀 있다고 했다. 엘리자베스가 말했다. "내가 알고 싶은 정보는 전단지에 없더라고요. 거기 담길 만한 내용이 아니라서요, 로맥스 씨."

그러자 마틴의 얼굴에 살짝 걱정스런 기색이 스쳤다. 엘리자베스가 순박한 할머니인 척을 해도 사람들은 오래 지나지 않아 눈치를 채 버린다. 나 같은 경우 훨씬 오래 속일 수 있는데 엘리자베스는 그런 재능이 없다. 마틴은 팔을 잡아 빼더니 엘리자베스에게 좋은 하루 보내라고, 이만 해야 할 일이 있다고 하며 자리를 떴다.

엘리자베스는 그가 몇 미터쯤 걸어가게 됐다가 조용히 말했다. "멀리 가시면 내가 목소리를 높여야 되는데 괜찮으실까 모르겠네요. 당신이 더글러스와 퍼피를 직접 죽였나요, 아니면 또 누군가를 시켜서 그 일을 하게 했나요?"

그제야 마틴은 엘리자베스에게 제대로 관심을 주었다. 그는 돌아서더니 (솔직히 말해 블레이크 캐링턴과 진짜로 좀 닮았다) 물었다. "누구시죠?" 엘리자베스는 "알고 싶은가요?"라고 말하고는 서로 찾는 게 같은 것 같으니 제대로 얘기를 나눠보자고 제안했다.

"그쪽이 찾는 건 뭔데요?" 마틴이 묻자 엘리자베스가 대답했다. "그 부분에 대해서 같이 얘기를 나눠보자고요."

그렇게 엘리자베스는 다시 그의 팔짱을 끼고 사람들이 모여 있는 곳을 떠나 저택 측면 쪽으로 향했다. 그리고 자신과 나, 론을 소개했다. 우리를 여기까지 태우고 온 보그단은 차에 남아 있었다. 요즘 보그단은 테이프를 틀어놓고 아랍어를 배우고 있다.

엘리자베스는 더글러스에게 총을 쏘기 전에 다이아몬드의 행방에 대해 들었냐고 물었다. 마틴이 무슨 얘길 하는지 모르겠다고 하자 엘리자베스는 눈을 위로 굴리며 말했다. "이봐요, 알 거 다 아는 사람들끼리 솔직하게 얘기 좀 해봅시다."

내가 나서서 무슨 말이라도 해야 될 것 같았다. 이유는 모르겠는데 어쩐지 그래야 될 것 같아 일단 말을 내뱉었다. "우린 퍼피를 많이 좋아했어요." 마틴이 물었다. "퍼피가 누군데요?" 내가 말했다. "당신 친구 앤드류를 쏜 여자요. 이제 기억나요? 그리고 당신이 어제 퍼피를 쐈잖아요."

그 말에 그는 뭔가 포기하는 듯했다. 이제는 나도 더 이상 순박한 할머니로 안 보이겠지? 정말 그렇다면 짜증 나는 일이 아닐 수 없다.

마틴은 엘리자베스를 똑바로 마주보면서, "누가 당신들을 보냈는지 모르겠지만"이라고 말을 꺼냈다. 엘리자베스는 누가 보낸 게 아니라 우리가 알아서 왔다고 대답했다. 마틴은 우릴 쳐다보면서 그런 것 같다고 했다. 그러고는 "패를 다 까고 얘기를 해보죠. 내가 댁들을 믿어도 되겠습니까?" 엘리자베스가 말했다. "글쎄요. 당신이 더글러스를 죽이지 않았다면, 그리고 다이아몬드를 돌려받고 싶다면, 당신이 가진 제일 좋은 패는 바로 우리일 거예요." 그러자 마틴은 얘기를 시작했다.

그랬다. 다이아몬드는 정말 있었고, 도둑맞았다. 우리 모두 알고 동의한 부분이었다. 마틴은 더글러스가 다이아몬드를 훔친 걸 알아냈고 다이아몬드를 내놓으라고 더글러스를 위협했다. 론이 "나라도 똑같이 했을 것 같네요"라고 말하자 마틴은 그에게 고맙다고 했다.

공기 중에서 인동덩굴 냄새가 났다. 인동덩굴이 저택의 측면을 타고 기어오르고 있었다. 서향 벽이 인동을 기르기에는 제일 좋다고 〈정원사의 질문 시간〉이라는 라디오 프로그램에서 들은 적이 있다. 우리 집에서 정원 일을 한 사람은 내가 아니라 제리였다. 그래도 들을 때마다 제리 생각이 나서 지금도 그 프로그램을 듣곤 한다.

마틴은 자기가 앤드류 헤이스팅스를 쿠퍼스 체이스로 보냈다고 인정했다. 더글러스에게 겁만 줄 생각이었다고, 그를 위협해 다이아몬드가 어디 있는지 털어놓게 하려고 했다는 것이다. 그런데 퍼피가 들어와 앤드류를 총으로 쏴 죽였다. 마틴은 부하만 잃고 아무 정보도 얻어내지 못했다.

엘리자베스는 더글러스와 퍼피가 쿠퍼스 체이스에 숨어 있는 걸 어떻게 알았냐고 물었다. 마틴은 MI5가 정보를 질질 흘리고 다닌 탓이라고 했다. 내가 정말 그러냐고 묻자 엘리자베스는 그렇다고 대답했다.

퍼피와 더글러스가 쿠퍼스 체이스를 떠난 뒤 마틴은 그들의 행방을 더 이상 알 수가 없어서 추적을 포기했다고 했다. 엘리자베스는 MI5를 통해 다시 정보를 얻어낼 수 있지 않냐고 물었다. 마틴은 안 그래도 그렇게 했지만 추가 정보는 얻어낼 수 없었다고 했다. 새 안가에 대해 아는 사람의 숫자가 더 적었던 모양이었다.

마틴은 우리에게 다이아몬드가 어디 있는지 아느냐고 물었다. 우린 모른다고 대답했다. 그러자 마틴은 조속한 시일 내에 다이아몬드를 찾아내지 못하면 자기는 바다로 끌려 나가 총에 맞아 죽고 말 거라고 했다. 거짓말은 아닌 듯했다.

지루한 남자와 흥미로운 남자의 차이에 대한 내 의견은 이렇다. 제리는 바다로 끌려가 총에 맞을 일은 절대 없었지만 마틴 로맥스보다 백 배는 더 흥미로운 남자였다. 제리는 블레이크 캐링턴과 비슷한 구석이라곤 없었다. 만약 제리가 블레이크 캐링턴과 비슷하게 생겼다면 나랑 결혼할 일도 없지 않았을까? 그 생각을 하면 마음 한구석이 편하지가 않다. 사실 제리는 배우 리처드 브리어스를 닮았다.

론이 화장실을 좀 쓰자고 말하자 마틴은 마구간에 화장실이 있다고 했다. 론이 집 안에 있는 화장실을 쓰고 싶다고 했지만 마틴은 단칼에 거절했다. 시도는 좋았어요, 론. 내 생각에 론은 집 안에 들어가 기웃거리며 염탐할 의도도 없었던 것 같다. 정말 순수하게 화장실만 쓰려고 했을 거다.

엘리자베스는 마틴에게 명함을 건네면서 (엘리자베스가 언제부터 명함을 갖고 있었지? 지금까지 명함 얘기는 한 적이 없는데) 그가 한 얘기가 사실이라면 그쪽이나 우리나 살인범을 찾고 싶기는 마찬가지 아니냐고 말했다. 마틴도 동의했다. 엘리자베스는 무슨 일이 생기면 바로 전화를 해달라고 요청하면서, 우리 쪽에도 일이 생기면 당신한테 전화해주겠다고 말했다.

대화에 빈틈이 보이자 나는 얼른 가방에서 우정 팔찌를 꺼내 마틴에게 들이밀었다. 마틴은 벙찌고 겁먹은 표정이었는데 요즘 나는 상대의 그런 반응에 익숙하다. 내가 자선 단체에 기부할 목적으로 만든 팔찌라고 설명하자 엘리자베스는 그에게 하나 사주지 않으면 내가 물러나지 않을 거라고 옆에서 거들었다. 금색과 초록색 실로 만든 팔찌라서, 나는 초록색은 정원을 상징하고 금색은 태양을 상징한다고 재빨리 주워섬겼다. 스팽글은 다이아몬드를 상징한다고 말하려다가 그건 뻥이 좀 심한 것 같아서 그만두었다.

그에게 어떤 자선 단체에 기부하고 싶냐고 물었다. 그는 어깨를 으쓱할 뿐이었다. 나는 좋아하는 자선 단체를 골라달라고 요청했다. 그는 좋아하는 자선 단체는 없다고 하면서, 사람들이 보통 어디다 기부를 많이 하냐고 물었다. 엘리자베스 옆이라서 나는 '치매와 함께 살기' 단체를 추천했다. 그가 얼마를 기부하면 되냐고 물어서 나는 그냥 알아서 내라고 했다. 그가 이해를 못 하는 것 같아서 나는 그의 저택을 쳐다보면서 여유 되는 만큼 내면 된다고 말해주었다.

그는 고개를 끄덕이더니 재킷 안쪽에서 수표책을 꺼냈다. 수표책이라니! 일흔일곱 살인 나도 더 이상 수표를 안 쓰는데. 마틴은 수표에 금액을 적더니 반으로 접어 내밀었다. 나는 그에게 팔찌를 건넸다.

양처럼 순해 보이던 마틴은 "얘기 다 끝나셨죠?"라고 물었다. 우리가 그렇다고 말하자 그는 우리를 한 명 한 명 쏘아보았다. 소의 몸집을 가늠하는 도살업자 같은 섬뜩한 눈빛이었다.

"다들 좋게 받아주나 보네요? 당신들 세 명이요. 순진해 보이는 노인네들이니까. 경찰이나 MI5나 다들 믿어주죠?" 엘리자베스가 그런 것 같다고 인정하자 마틴은 고개를 끄덕였다. "나한테는 안 통합니다. 당신들이 열여덟 살이든 여든 살이든 난 상관 안 해요. 필요하면 언제든 죽일 겁니다. 알겠어요?"

솔직히 무시무시했다. 이게 놀이가 아니라는 걸 때로는 나 자신에게 상기시켜야 될 것 같다.

엘리자베스는 당연히 알고 있다고 말하면서 그에게 '시원시원해서 좋다'고 칭찬했다.

마틴이 "감언이설도 나한테는 안 통합니다"라고 받아쳤다.

론이 "건투를 빕니다"라고 말하자 마틴은 "당신들이 내 다이아몬드를 찾아놓고 나한테 곧장 가져오지 않아도 당신들을 죽일 겁니다. 다이아몬드의 위치를 알아내고 나한테 말을 안 해도 죽일 거고요"라고 말했다.

그는 한 치의 망설임도 없었다. 어떤 면에서는 꽤 신선했다. 적어도 지금 우리가 어떤 입장인지 확실히 알게 됐다.

마틴은 우리를 한 명 한 명 찾아 죽일 거라고 했다. 그는 론에게 손가락질하며 제일 먼저 당신을 죽이겠다고 했다. 론은 우리를 돌아보며 '맨날 나부터래'라는 몸짓을 해 보였다. 그렇다. 이런 일엔 늘 론이 먼저다.

엘리자베스가 말했다. "다이아몬드를 찾게 되면 당신한테 꼭 말해줄게요."

그렇게 대화는 마무리되고 마틴이 말했다. "사실 여러분을 죽이고 싶지는 않습니다." 론이 "물론 그래야죠"라고 말하자 마틴은 "하지만 두 번 생각할 것도 없이 죽여야겠죠"라고 덧붙였다. 엘리자베스가 말했다. "무슨 뜻인지 잘 알았습니다."

그때 론이 화장실이 진짜 급하다고 해서 우리는 그만 마틴과 헤어져야 했다.

론이 화장실을 쓰고 나온 후에 우리는 정원을 빠르게 쭉 돌아보았다. 정원이 무척 아름다웠다. 이후 보그단이 차를 운전해 우리를 집으로 데려다주었다. 내가 아랍어를 한번 해보라고 하자 보그단은 아랍어로 숫자 1부터 10까지 말해주었다.

엘리자베스는 마틴 로맥스의 말을 믿는다고, 그가 더글러스와 퍼피를 죽이지는 않은 것 같다고 말했다. 나는 그 사람 말투가 영 설득력이 없어 보이더라고 했다. 엘리자베스는 그럴 수밖에 없을 거라고, 마틴 로맥스 같은 거짓말쟁이는 진실을 말할 때 오히려 설득력이 없게 들린다고 했다. 진실을 말하는 게 익숙하지 않아서 그렇다는 것이다.

그렇다면 누가 더글러스와 퍼피를 죽였을까? 엘리자베스는 생각해둔 가설이 있는데 시험을 해봐야겠다며 수 리어든을 쿠퍼스 체이스로 초대했다. 어떤 가설인지 궁금하지만 아직은 물어볼 때가 아니다.

그건 그렇고 아까 엘리자베스가 남자에게 추근대는 일에 젬병이라고 했는데, 나만큼이나 영 꽝이라는 뜻은 아니다. 다른 일에 비하면 좀 서투르다는 뜻이다. 엘리자베스가 못하는 분야가 있는지 궁금하다. 물론 찾아보면 많을 수도 있겠지만, 어느 정도는 못하는 구석도 있어야 우리와 균형이 좀 맞지 않을까.

집으로 돌아오는 내내 다들 차에서 잠이 들었다. 결국 집에 돌아오고 나서야 수표 생각이 나서 마음이 들떴다.

수표를 꺼내 펼쳐보니 겨우 '5파운드'라고 적혀 있었다. 젠장. 무지하게 고맙네요, 마틴 로맥스 씨. '치매와 함께 살기' 단체에 행운이 함께하기를.

38장

날씨와 기상 캐스터

이브라힘이 오늘 저녁 모임은 자기 집에서 하자고 제안했다. 친구들은 그에게 어떻게든 집 밖에 나가 돌아다녀야 한다고, 나가서 뭐든 해야 한다고 압박하고 있다. 론은 같이 '산책'을 나가자고 했다. 론! 다들 이브라힘을 걱정하고 있다. 이브라힘은 이런 기분은 별로다. 짐이 된 것 같아서다. 이러다 조금씩 존재감이 사라질 것 같다. 그래도 뭐, 상관없긴 하지만.

"가설을 하나 세워 봤어요."

엘리자베스가 말한다. 그녀는 벌써 와인을 세 잔째 마시고 있다.

"물론 그렇겠죠, 엘리자베스." 수 리어든이 말을 받는다. 수도 와인을 마시고 있지만 그녀에게는 이 모임도 업무의 연장선일 것이다. 대화가 잘 풀리도록 기름이라도 치려는 걸까? 하지만 아무리 그래봐야 수는 엘리자베스의 상대가 못 된다.

"인생을 살다 보면 기상 캐스터 같은 사람도 있고, 날씨 그 자체인 사람도 있어요, 수."

햄블던에서 집으로 돌아가는 길에 엘리자베스는 수에게 전화를 걸었다. 얘기를 좀 나누고 싶은데 쿠퍼스 체이스에 들러줄 수 있냐고 묻자 수는 알겠다며 곧장 차를 몰고 왔다. 이브라힘은 도미노 피자를 주문해두었다.

조이스가 말한다. "내가 제일 좋아하는 기상 캐스터는 BBC의 캐롤 커크우드예요."

조이스는 다른 사람들보다 30분 먼저 이 집에 와서 이브라힘과 함께 인터넷으로 개들을 들여다보았다. 요즘 인스타그램을 하고 있는 조이스는 이브라힘한테도 같이 하자고 설득하고 있다. 이브라힘이 별로 관심을 보이지 않자 조이스는 십자말풀이를 하는 여자의 동영상을 보여주면서 흥미를 유도했다.

엘리자베스가 말한다.

"기상 캐스터 같은 사람을 예로 들자면 나랑 이브라힘이에요. 우린 늘 손가락을 세워 들고 바람이 어느 방향으로 부는지 확인하죠. 갑작스런 날씨 변화에 놀라거나 곤란해지고 싶지 않으니까요."

이브라힘은 맞는 말이라고 생각한다.

"내 바람이 어느 방향으로 부는지 곧바로 알아채겠군요."

론은 이렇게 말하고는 안락의자들 중 한 곳에 느긋하게 앉는다. 그는 피자 한 조각을 먹어 치운 뒤 초콜릿 다이제스티브 과자를 레드 와인에 담근다.

엘리자베스가 말한다.

"조이스와 론은 날씨 같은 사람이에요. 두 사람은 본인이 선택한 대로 움직이고, 기분 내키는 대로 행동하죠. 내가 한 행동으로 어떤 결과가 빚어질지 같은 건 걱정하지 않아요."

론이 말한다. "어차피 미래를 예측하는 건 불가능한데 뭐 하러 걱정합니까?"

이브라힘이 반박한다. "예측할 수 있어요. 조류나 계절, 해가 뜨는 시간과 저무는 시간, 지진은 예측 가능합니다."

"그건 사람에 관한 요소가 아니잖아요. 사람은 예측할 수가 없어요. 군이 가능한 부분을 찾자면, 다음에 어떤 말을 할지 정도겠죠."

그 순간 이브라힘은 다시 시궁창에 처박힌 기분이다. 입 안에서 피 맛도 나는 것 같다. 그는 그런 기분을 떨쳐내려 애쓴다.

조이스가 말한다. "어차피 너무 많이 생각할 필요 없어요. 그런 면에서 론의 의견에 동의해요."

엘리자베스가 말한다. "물론 동의하겠죠. 두 사람은 비슷한 부류니까요."

조이스가 말한다. "나한테 전화해서 이런 식으로 말하는 게 몇 번인지 알아요, 엘리자베스? 아침에 전화해서는 '조이스, 우리 포크스턴에 같이 가요' '조이스, MI5 안가에 같이 갑시다' '조이스, 런던에 갈 거니까 보온병 챙겨요' 이렇게 말하곤 하잖아요?"

"자주 그랬죠." 엘리자베스도 인정한다.

"늘 그러는데 내가 뭘 새삼스럽게 물어보겠어요?"

"물어봤자 내가 대답을 안 해줄 테니까 안 물어본 거잖아요."

"난 이런저런 물건을 챙겨 놓고 기차 시간표를 확인하고 출발하면 그만이에요. 어차피 재미있을 걸 아니까요. 군이 길게 생각할 필요도 없어요."

"늘 재미있는 건 내가 미리 계획을 세워뒀기 때문이에요. 당신은 두툼한 외투를 입을지 말지 정도만 걱정하면 되는 것이고요."

이브라힘은 수가 슬쩍 손목시계를 확인하는 걸 눈여겨본다. 이 노인네들이 언제 영양가 있는 얘기를 하려나? 뭐 이런 생각을 하는 모양이다. 엘리자베스는 무엇을 알고 있을까? 다이아몬드의 행방에 대해 알까? 수가 해질녘에 차를 몰고 여기까지 온 이유도 그 때문일 것이다. 행운을 빕니다, 수.

"이 얘기는 해야겠네요." 좌중을 둘러보는 엘리자베스의 표정을 보니 다이아몬드에 대한 얘기는 꺼낼 생각도 없는 듯하다. "스티븐이랑 처음 간 여행지가 베네치아였어요. 스티븐은 주말 동안 예술 작품이며 성당을 보고 싶어 했고 난 그냥 스티븐만 바라보면 충분했어요."

"낭만적이네요."

"사랑하는 남자를 바라보는 건 낭만적인 게 아니에요, 조이스. 분별 있는 거죠. 좋아하는 텔레비전 프로그램을 보는 것과 마찬가지예요."

엘리자베스의 말에 이브라힘은 공감한다는 듯 고개를 끄덕인다.

"어쨌든 베네치아로 가는 길에 스티븐이 말했어요. '주말 내내 여행 안내서를 보지 말고 그냥 이리저리 돌아다니면서 길도 잃어보자. 모퉁이를 돌아가면 생각도 못 한 마법 같은 장소를 만날 수도 있다'라고요."

그러자 조이스가 말한다. "어머, 그렇죠. 그게 딱 낭만적인 거죠."

엘리자베스가 반박한다. "낭만적인 게 아니라 상당히 비효율적인 거예요."

이브라힘도 엘리자베스와 같은 생각이다. "맞습니다." 즉흥적으로 행동했다가 자신에게 닥쳐온 일이 새삼 다시 떠오른다.

"난 스티븐이 어떤 사람인지 잘 알잖아요. 그 사람은 틴토레토가 그린 '황금 송아지' 그림이나 벨리니가 그린 '성 자카리아 제단화' 같은 걸 못 보면 상심할 게 분명했어요. 동네 사람들한테 치케티와 스프리처 칵테일을 파는, 숨겨진 예쁜 술집을 발견 못 해도 마찬가지였겠죠. 모퉁이를 돌아 왼쪽 길로 갔는데 지방 관청 건물이 나온다든가 오른쪽 길로 갔는데 시계나 훔치려 드는 헤로인 중독자들이 득실득실한 골목에 들어서는 건 절대 원하지 않을 사람이에요."

조이스가 말한다. "설마 그런 일이 일어났을 리가요."

"물론 그런 일이 일어날 리 없었죠. 여행을 떠나기 2주일 전에 내가 베네치아에 관한 여행 안내서들을 죄다 찾아서 꼼꼼히 읽고 확인해뒀으니까요. 우리가 베네치아에서 서로 팔짱을 끼고 아무렇게나 돌아다닌 것 같아도 실은 내 머릿속에 완벽한 지도가 들어 있었어요. 길을 가다가 성 프란체스코 델라 비냐 성당을 마주친 깜짝 놀랄 행운을 누린 것도 그래서였고요! BBC2 채널에서 릭 스테인(영국의 유명 셰프이자 텔레비전 진행자)이 들렀던 작고 아름다운 술집 앞을 지나가게 된 것도 마찬가지였어요……."

조이스가 말한다. "어머, 나 릭 스테인 좋아하는데. 해산물은 싫지만 릭 스테인은 좋더라고요."

"우린 그 앞에서 감탄하며 구경을 하다가 모퉁이를 돌아갔어요. 그리고 마돈나 델로르토 성당을 발견하게 된 거죠. 그리고 틴토레토와 벨리니의 그림도 실컷 봤어요. 완벽한 여행이었어요. 스티븐 입장에서는 주말 내내 마법의 연속이었겠죠. 그러니 스티븐은 날씨이고 나는 기상 캐스터인 거예요. 스티븐은 운명을 믿지만 나는 운명 그 자체예요."

조이스가 말한다. "제리랑 나는 미리 계획을 세우고 주말여행을 하진 않았지만 그래도 늘 멋진 시간을 보냈어요."

"제리가 미리 계획을 다 세워놓고 당신한테 말하지 않았겠죠. 당신은 계획 없이 노는 걸 즐거워하고, 제리는 미리 계획하고 노는 걸 더 좋아하는 사람이니까요. 커플 관계에서 둘 중 한 사람만 날씨 같은 타입인 게 제일 좋아요."

론이 반박했다. "내 생각은 다릅니다. 말리랑 나는 둘 다 날씨 타입이었어요."

이브라힘이 한마디 한다. "그래서 20년 전에 이혼했잖아요, 론."

"하긴 그러네요." 론은 잔을 살짝 들어 건배를 한다.

수 리어든이 말한다. "흥을 깨고 싶진 않지만, 이 대화의 방향성을 물어봐도 될까요, 엘리자베스?"

이브라힘이 보기에 수는 대화를 빠르게 진척시키고 싶어 하는 눈치다. 하지만 엘리자베스는 자기만의 속도를 고수할 것이다.

엘리자베스가 수에게 묻는다.

"왜 굳이 방향성이 있어야 하죠?"

"오늘 저녁에 여기 와달라고 요청했잖아요. 그래서 왔더니 내 손을 잡고 왼쪽으로 갔다 오른쪽으로 갔다 하고 있네요. 이 대화는 어떤 방향으로 흘러가고 있는 거죠? 다음 모퉁이 너머에는 뭐가 있을까요? 왜 나는 헤로인 중독자들이 득실득실한 골목으로 이끌려가는 기분인 거죠?"

"그렇지는 않아요. 당신은 지금 늙어빠진 연금 수령자들이 가득한 방에서 피자를 먹고 있어요. 당신한테 무슨 해가 있겠어요? 난 그저 대화를 이어가고 있을 뿐이에요."

조이스는 콧방귀를 끼고는 론과 서로를 쳐다보면서 눈을 위로 굴린다.

수가 다시 요구한다.

"그러지 말고 솔직하게 얘기해주시죠."

"별거 없다니까요. 오늘 우리가 마틴 로맥스를 만나고 오긴 했어요."

"그래요?"

"네. 우리가 보기엔 마틴 로맥스가 더글러스와 퍼피를 죽이지는 않은 것 같아요."

"그런가요."

이브라힘이 말한다. "다친 바람에 난 그 자리에 함께 가지 못했네요. 같이 갔으면 좋았을 텐데."

거짓말이다. 이브라힘은 외출하고 싶지 않았다. 그렇다고 집 안에 틀어박혀 있고 싶지도 않았다. 그렇다면 어떤 선택지가 남아 있었을까? 적어도 이날 저녁 모임을 즐기고 있으니 그걸로 됐다고 치자.

"문득 더글러스에 대해 좀 더 깊이 생각을 해보게 됐어요. 당신은 더글러스에 대해 잘 알고 있었나요?"

엘리자베스의 물음에 수가 대답한다.

"충분히 알고 있었다고 봐야죠."

엘리자베스는 고개를 끄덕인다.

"그럼 더글러스가 날씨 타입이라고 생각하겠네요? 사람들 사이를 멋대로 휘젓고 다니는 모양새였잖아요. 바람을 피우고 이혼하고, 좌충우돌로 사는 모습이었죠. 하지만 그는 날씨 타입이 아니라 기상 캐스터 타입이었어요. 그는 늘 모든 걸 계획하면서 살았어요. 그가 나한테 보여줄 게 있다는 문자를 보냈다는 건 정말로 보여줄 게 있었다는 뜻이에요. 그걸 오후 5시에 보여주겠다고 했으니 그 시간에는 살아 있었다고 봐야겠죠. 말 한마디 한마디에 신중을 기하는 사람이었으니까요."

"그게 무슨 말이에요?"

"내 말은, 더글러스가 나한테 보여주고 싶어 했던 걸 보여준 걸 수도 있지 않냐는 거예요. 자신의 시신을 보여주고 싶어 했다는 거죠."

조이스가 말한다. "마커스 카마이클처럼요."

이브라힘이 묻는다. "마커스 카마이클이 누굽니까?"

엘리자베스는 흰 냅킨에 오렌지색이 된 손가락을 문질러 닦는다. "저기요, 수. 물어봐도 돼요? 당신도 나랑 같은 생각을 하지 않았어요?"

"좋을 대로 생각하세요. 마커스 카마이클은 누구예요?"

"마커스 카마이클에 관한 파일이 있을 테니 확인해 봐요. 더글러스의 시신은 어떤 식으로 확인을 했죠?"

"아, 드디어 시작이군요." 론은 이렇게 말하며 레드 와인을 꿀꺽꿀꺽 들이켠다. "준비해둔 게 있을 줄 알았습니다."

수가 묻는다. "그 시신이 더글러스가 맞느냐는 뜻인가요?"

엘리자베스가 대답한다. "그래요. 바로 그거예요."

론이 묻는다. "더글러스가 죽은 척 상황을 조작하고는 다이아몬드를 갖고 튀었다는 겁니까?"

엘리자베스가 말한다. "그럴 가능성도 있을 것 같아요."

조이스가 묻는다. "수년 동안 몇 번 정도 죽음을 조작한 적 있지 않아요, 수?"

"한두 번이요. 더글러스는 마지막으로 목격됐을 때 입었던 옷을 입고 있었고 지갑과 카드를 소지하고 있었어요. 그렇다고 해도 죽음을 조작했을 수 있겠죠."

엘리자베스가 말한다. "그렇죠."

"요즘은 혈연관계가 있는 가족이 없는 경우 DNA 검사로 확인해요. 법의관이 면봉으로 검체를 채취하고 실험실에서 본인 자료와 대조합니다. 더글러스의 시신이 맞는 걸로 나왔어요."

엘리자베스는 와인을 마시며 생각을 곱씹다가 고개를 끄덕인다. "당신이 한 말대로 되지 않았을 수도 있어요, 수. 이미 알고 있겠지만요. 더글러스가 계획이 있다고 했으면 정말 있는 거예요. 더글러스가 DNA 결과를 일치하게 만들고 싶었으면 얼마든지 가능했을 거란 얘기예요."

"맞는 말이네요."

"DNA에 누가 손을 댈 수 있었을까요? 누구라도 가능할까요?"

수는 생각을 하다가 대답한다. "나도 가능하겠죠. 랜스도 어렵긴 하겠지만 할 수 있었을 거예요. 법의관도 가능하겠죠……. 그 법의관이 우리 일을 하면서 늘 그렇게 하진 않았지만 워낙 그런 일에 능숙한 사람이니까요. 실험실에서 일하는 직원일 수도 있지 않을까요? 요즘은 그 자리에서 채취해서 바로 확인하긴 하지만요."

조이스는 잔을 가득 채우려고 화이트 와인 병으로 손을 뻗으며 말한다. "40년 동안 간호사로 일한 경험에 토대를 두고 말하자면 그런 일은 대개 의사가 해요."

엘리자베스가 수에게 묻는다. "시신이 더글러스가 아닐 가능성이 있겠네요?"

"그럴 수도 있죠. 일어나기 힘든 일들의 연속이어야 가능한 얘기겠지만, 불가능하진 않을 겁니다."

"꽤 괜찮은 계획 아닌가요? '일어나기 힘든 일들의 연속'이니까 수상하다는 생각을 못 하게 되잖아요. 누가 굳이 힘들게 사실을 밝히려 들까요? 나도 그렇고 당신도 그런 식으로 무언가를 은폐할 수 있잖아요. 더글러스도 그렇겠죠. 복잡해 보이게 만들어서…… 말이죠."

조이스가 말한다. "어쩌면 법의관이랑 바람을 피우고 있었을 수도 있어요. 더글러스는 온갖 사람들이랑 다 바람을 피웠잖아요, 수. 기분 나쁘게 듣지 말아요, 엘리자베스."

수는 손가락으로 테이블을 타닥타닥 두드리며 말한다. "좋아요. 당신 말이 옳다고 칩시다, 엘리자베스."

그러자 론이 말한다. "인정하면 시간이 절약될걸요."

"더글러스는 왜 모든 걸 당신한테 보여주고 싶어 했을까요? 그의 시신까지 봐주길 원했다는 거잖아요? 만약 내가 죽음을 위장하고 싶었으면 최대한 당신을 현장 가까이 못 오게 했을 것 같은데요."

이브라힘이 말한다. "그 점은 나도 수와 같은 의견입니다. 엘리자베스라면 가짜 죽음인 걸 제일 먼저 알아낼 테니까요."

수가 묻는다. "다이아몬드와 관계가 있을까요? 더글러스는 다이아몬드와 관련해서 당신 도움을 필요로 했잖아요."

엘리자베스는 어깨를 으쓱한다. "그 속을 누가 알겠어요? 내 가정대로 더글러스가 아직 살아 있다면, 전에는 아니었더라도 지금은 확실히 내 도움을 필요로 할 거예요."

수는 고개를 끄덕인다.

"조애나가 넷플릭스 계정을 열어줬어요." 조이스가 피자를 마저 먹어치운 뒤 말한다. 이브라힘은 조이스가 왜 갑자기 넷플릭스 얘기를 하는지 의아해한다. "온갖 프로그램들이 다 있다는데 언제 뭘 봐야 될지 모르겠는 거예요. 편성 시간표가 어디에도 없더라고요."

수가 엘리자베스에게 묻는다.

"그래서 더글러스를 도울 건가요?"

"아뇨. 난 다이아몬드를 찾아볼 거예요. 물론 더글러스가 혼자 알아서 다이아몬드를 챙기고 있겠지만. 그렇게 생각하지 않아요? 더글러스가 내가 생각한 대로 했다면? 가여운 퍼피를 죽이고 본인도 죽은 걸로 꾸몄다면?"

론이 나선다. "지나친 가설이 아닐까요?"

수가 말한다. "일리가 있다고 봐요. 당신 생각이 맞다고 치죠. 이제 어떻게 할 겁니까? 더글러스가 단서를 남겼나요? 당신은 우리가 준 로켓 안쪽을 들여다봤을 거예요. 하지만 더글러스라면 로켓보다는 덜 뻔한 단서를 남기지 않았을까요? 덜 뻔한 장소에?"

"글쎄요. 어디에 남겼을지 누가 알겠어요? 그래도 그 가능성을 열어 놓고 생각하는 중이에요. 당신이 내 가설을 너무 괴상하다고 생각하지 않는지 확인해보고 싶었어요."

"괴상하긴 해요. 하지만 이 일을 하다 보면 너무 괴상한 일 따위는 없다는 걸 알게 되잖아요. 돌아가면 수선 떨지 않고 조용히 시신 신원 확인 과정을 살펴볼 생각이에요. 며칠 동안 찬찬히 조사를 해봐야죠. 그 동안 다들 생각을 정리해보자고요."

"더글러스가 어딘가에 다이아몬드를 숨겨놓긴 했을 거예요. 그 장소에 대해 나한테 정확히 말을 해줬겠죠. 그가 언제 어떤 식으로 말을 해줬는지를 기억해봐야겠어요."

"우리 둘 다 해야 할 일이 있네요. 시간을 사흘 드릴게요."

론이 말한다. "난 아직도 마피아와 마틴 로맥스가 한 짓이라고 생각합니다. 마틴의 저택 규모를 생각해 봐요."

조이스도 의견을 내놓는다. "난 여전히 법의관이 거들었다고 생각해요."

수가 말한다. "3개월 전에 누가 나더러 엘리자베스 베스트와 함께 일하게 될 거라고 말했으면 안 믿었을 거예요. 그런데 이렇게 같이 일하고 있네요."

조이스는 와인 병을 집어 들고 수의 잔을 다시 채워주며 외친다. "목요일 살인 클럽에 온 걸 환영합니다!"

그들은 잔을 맞부딪친다. 나머지 저녁 시간은 유쾌하게 흘러간다. 전쟁 애기가 나오자 수는 필요에 따라 이름과 날짜를 바꿔서 애기를 풀어놓는데 엘리자베스는 굳이 바꾸지 않고 그냥 얘기한다. 이브라힘은 조이스가 준 우정 팔찌를 착용한 수를 눈여겨본다. 상대에게 정보를 캐고 싶을 때 상대에게 받은 물건을 착용하고 있으면 효과가 있게 마련이다. 조이스는 랜스에게 전해달라며 수에게 봉투를 건넨다. 마침내 수는 이만 가봐야겠다는 사람 특유의 하품을 지어 보이며 묻는다.

"무슨 일 생기면 알려주실 거죠?"

엘리자베스는 확고하게 고개를 끄덕인다. "무슨 일 생기면 제일 먼저 연락할게요. 더글러스는 내 도움을 받고 싶겠지만 난 더글러스를 잡는 게 우선이에요."

더글러스가 죽음을 가장했다고? 이브라힘은 그 가설이 마음에 든다. 수도 그런 것 같다. 믿기 어렵지만 가능한 일이긴 하다. 완벽하게 맞아떨어지는 면이 있긴 하니까.

수가 말한다.

"그럼 이만 가볼게요. 제가 어디서 지내고 있는지 아시죠?"

조이스가 말한다. "법의관에 대해서도 조사해 보세요."

"그럴게요."

수가 떠나자 네 친구는 다시 모여 앉아 와인 잔을 채운다. 론은 화장실에 간다.

이브라힘이 엘리자베스에게 말한다. "수를 불러 얘기 나누길 잘했어요. 당신은 이런 일을 속으로 혼자 생각하는 경향이 있는데 말이죠."

"시신의 신원 확인 과정에 대해 듣고 싶었어요. 빈틈이 없는지도 알고 싶었고요. 그런데 빈틈이 있네요."

조이스가 말한다. "으음, 수는 볼수록 엘리자베스를 닮았어요. 20년 젊은 엘리자베스요. 기분 나빠하지 말아요."

"기분 안 나빠요. 나를 닮긴 했어요. 나만큼 실력이 좋진 않지만. 그렇다고 형편없는 것도 아니고요."

이브라힘이 엘리자베스에게 묻는다. "더글러스가 어디에 단서를 감춰뒀는지 수가 알아낼 수 있을 거라고 생각합니까?"

"아, 그건 내가 이미 알아냈어요. 오늘 아침에요."

이브라힘은 고개를 끄덕인다. 역시 엘리자베스다.

론이 거실로 돌아오며 말한다.

"당신이 뭔가 숨기고 있을 줄 알았어요. 불쌍한 수."

엘리자베스가 말한다. "그런 걸로 수를 성가시게 하기 싫었어요."

조이스가 미소 띤 얼굴로 말한다. "엘리자베스, 당신은 참 사악할 때가 있어요."

"내 감이 빗나가면 어떻게 해요? 바보처럼 보이지 않겠어요?"

론이 말한다. "당신 감이 빗나간 적이 언제 있었습니까?"

조이스가 대신 대답한다. "있어요. 종종요. 엘리자베스가 워낙 확신에 차서 말해서 그렇지. 꼭 상담사 같다니까요."

엘리자베스가 말한다. "그래요, 조이스. 내 감이 맞아떨어질 때도 있고 아닐 때도 있어요. 확인해보러 숲에 같이 가실 분?"

론이 두 손을 맞잡고 비비며 말한다. "어디 시작해봅시다."

조이스가 묻는다. "지금요? 그래요, 가요."

이브라힘이 말한다. "슬리퍼를 신고 숲에 들어가면 안 됩니다, 론."

그러자 론은 외투를 입으며 재촉한다. "어휴, 기상 캐스터 같은 소리 그만해요. 숲으로 출발합시다, 친구들."

39장

비밀 우편함

드디어 내일 아침이다. 여러분은 지금 이게 무슨 뜻인지 모를 것이다. 방금 전 가게에 갔다 왔다. 그 얘기는 좀 이따가 자세히 하겠다. 가방과 우산을 복도 테이블 위에 준비해두었다. 그 얘기도 이따가 자세히 풀어놓겠다.

엘리자베스는 더글러스가 죽은 척하고 숨었다고 생각한다. 엘리자베스가 일해 온 분야에서는 흔한 일일 거다. 사람을 죽이고 그 시신을 자신인 척 꾸민 뒤 2,000만 파운드를 챙겨 달아나는 것. 제대로 해내기만 하면 멋진 일이겠지.

어제저녁에 우리는 이브라힘의 집에 모였다. 엘리자베스가 수 리어든에게 가설을 들려주고 반응을 보고 싶어 했기 때문이었다. 이브라힘은 움직임이 좋아지긴 했는데 표정이 그답지 않게 슬퍼 보였다. 그는 목록을 작성하거나 무언가를 설명할 때를 빼면 늘 울적한 표정이기는 했지만 슬픈 표정을 짓는 건 드물었다. 어떻게든 그를 집 밖으로 데리고 나가야겠다. 본인 차가 됐든 론의 차를 빌리든, 운전석에 앉혀 운전도 하게 해야지.

어제저녁은 꽤 재미있었다. 특별하진 않았지만 늘 특별할 필요는 없지 않을까? 일 년 전까지만 해도 MI5 소속 요원과 얘기를 나누는 건 내 인생에 상당히 드문 일이었을 것이다. 이제는 그런 일도 충분히 일어날 수 있게 됐다. 수 리어든도 표정이 좀 슬퍼 보였다. 온갖 일이 일어났으니 일하기 고달프긴 할 거다.

주변에 시체가 쌓여갈지라도 때로는 멈춰서 친구들과 술 한잔 마시며 수다를 떠는 게 중요하다는 걸 요즘 깨닫고 있다. 요즘 시체가 꽤 많이 쌓이고 있는 느낌이다.

어쨌든 균형 잡힌 삶을 위해서다. 시체들은 아침이 돼도 그 자리에 있을 테니, 오늘 저녁은 도미노 피자를 먹으며 편안한 시간을 보낼 수 있어야 한다.

엘리자베스가 더글러스와 날씨에 대한 얘기를 시작하기 전까지 우리는 사건에 관해서는 언급하지 않았다. 수 리어든이 사건에 관한 얘기를 하자고 재촉하자 엘리자베스는 비로소 속에 담고 있던 생각을 털어놓았다. 더글러스가 죽음을 가장했고 온갖 일을 꾸몄을 거라는 나름의 추리였다. 내 귀에는 다소 복잡하게 들렸다. 더글러스는 어떻게 그런 일을 꾸몄을까?

하긴 2,000만 파운드를 훔칠 때 그 정도 노력도 안 할 거면, 살면서 대체 어느 때 그런 노력을 할까?

수는 엘리자베스의 가설을 터무니없는 소리로 치부하지 않는 눈치였다. 수는 엘리자베스가 빈틈없이 머리가 돌아가는 사람인 걸 알고 있으니 그녀의 가설을 믿고 싶기도 할 것이다. 여러분이 사건 조사를 하고 있는 입장이라면, 본인이 수집하는 사건 관련 정보들이 사실이기를 바랄 테니까.

수에게 정보를 공유한 엘리자베스가 자랑스러웠다. 수가 떠난 후 나는 혼자 정보를 독점하지 않는 건 성숙한 처신이라고 엘리자베스에게 말해주려 했다. 그런데 엘리자베스는 우리에게 보여줄 게 있다며 숲으로 산책을 가자고 한 것이다. 아, 엘리자베스!

나는 열 걸음도 떼기 전에 "오늘 모임 참 좋았어요"라는 말을 몇 번이나 했다.

우리는 각자 물건을 챙겼다. 론은 집에 손전등을 가지러 갔고 이브라힘은 안 가겠다며 우리에게 행운을 빌어주었다. 나는 이브라힘의 뺨에 뽀뽀를 해주고 오늘 컨디션이 좋아 보이더라고 말해주었다. 그는 빈말인 줄 알 것이다. 그래도 우린 좋은 친구니까.

우리를 데리고 언덕을 걸어 올라가면서 엘리자베스는 어떻게 단서를 찾아냈는지 자세히 말해주었다.

더글러스가 쿠퍼스 체이스에 머물렀을 때 엘리자베스는 더글러스와 함께 이 길을 걸어 올라갔다. 그때 퍼피는 헤드폰을 착용하고 그들 뒤에서 따라 올라갔다. 가여운 퍼피. 퍼피에 대한 얘기만 나오면 마음이 좋지 않다. 앤드류 헤이스팅스가 살해당한 것도 내 마음에는 별 영향을 미치지 않았다. 워낙 쉽게 왔다가 쉽게 가는 일을 하는 사람이었으니까. 생선 가게에서 일하다 보면 몸에서 생선 냄새가 나기 마련이다. 더글러스는 어떠냐고? 그 사람도 때가 됐으니 죽을 수도 있다고 생각한다. 하지만 퍼피는 다르다. 퍼피의 인생이 이런 식으로 끝나서 마음이 아프다.

엘리자베스와 더글러스는 길을 올라가다가 어느 나무 앞에서 걸음을 멈췄고, 우리도 어젯밤 바로 그 나무 앞에서 걸음을 멈췄다. 나무줄기에 뚫린 큼직한 구멍 안쪽을 론이 손전등으로 비췄다. 론은 무척 흥미로워하는 표정이었다. 제리에게 손전등을 줬으면 같은 표정을 짓지 않았을까.

'비밀 우편함'이라고 들어봤는지? 첩보원들이 몰래 쓰는 우편함이라고 한다. 접근 가능한 공공장소에 마련해놓고 그 안에 무언가를 숨겨두는데, 아무나 우연히 발견하지는 못한다. 첩보원 A가 첩보원 B에게 마이크로필름 같은 걸 전달할 때 쓰는 걸까? 첩보원 B가 운하의 배 끄는 길을 따라 걸어가다가 느슨한 울타리 기둥 하나를 슬쩍 들어 올리고 그 속에 숨겨진 물건을 가져가는 식이겠지.

더글러스는 엘리자베스와 함께 나무 앞에 서서 그 나무를 '비밀 우편함'으로 쓰기에 좋겠다는 얘기를 했다. 예전에 썼던 비밀 우편함이 떠오른다면서. 엘리자베스도 동의했지만 깊게 생각하지는 않았다고 한다.

엄밀히 따지면 이 부분은 사실이 아닐 거다. 엘리자베스는 생각을 대충 하고 넘어가는 스타일이 아니지 않나? 엘리자베스는 더글러스가 당시 이유가 있어서 굳이 그 나무를 콕 집어 얘기를 한 거라고 믿었다. 그가 그녀에게 전달하고픈 무언가를 그 안에 숨겨두었다는 것이다.

대개 그렇듯이 엘리자베스의 추측은 옳았다.

엘리자베스는 론에게 구멍 안쪽 깊숙이 손전등을 비춰달라고 요청했다. 우리가 무엇을 발견했을까?

여러분이 무슨 생각하는지 안다. 우리가 다이아몬드를 발견했다고 생각하겠지? 안타깝지만 그 정도로 운이 좋지는 않았다. 만약 우리가 다이아몬드를 찾아냈으면 오늘 일기는 시작부터 달랐을 것이다. 아마 이렇게 시작했겠지. '우리는 2,000만 파운드어치의 다이아몬드를 발견했다'라는 식으로. 론의 손전등이나 이브라힘의 슬픈 표정 같은 얘기는 적지도 않았을 거다. 곧장 본론으로 들어갔겠지. 바라던 목표를 이뤘으니까. 온통 다이아몬드 얘기만 썼을 거다.

그래도 다이아몬드에 버금가는 좋은 걸 발견하기는 했다.

엘리자베스는 투명 지퍼백에 담긴, 빳빳한 흰 종이로 된 편지를 끄집어냈다. 물기에 젖지 않게 하려고 지퍼백에 넣었을 것이다. 지퍼백은 쓰임새가 워낙 많아서 나도 서랍에 잔뜩 쟁여두고 있다. 반으로 접은 편지 윗면에는 엘리자베스의 이름이 손 글씨로 적혀 있었다. 엘리자베스는 더글러스의 필체가 맞다고 했다. 서로의 필체에 익숙하겠지.

엘리자베스는 지퍼백에서 편지를 꺼내 펼쳤다. 딱 보기에도 비싼 종이였다. 은행이나 회의 때 쓰는 것 같은 싸구려 종이가 아니었다. 비싼 종이는 비싼 나무로 만드는 걸까, 아니면 재료는 같은데 제조 방법이 다른 걸까?

엘리자베스는 먼저 눈으로 편지를 읽은 뒤 우리에게 소리 내어 들려주었다. 여러분도 편지 내용을 들으면 오늘 우리가 무슨 일을 할지 짐작할 수 있을 것이다. 왜 내가 복도 테이블에 보온병과 우산을 준비해뒀는지도 정확히 알 것이다.

참, 아까 가게에 갔다 온 이유는 그 가게에 있는 복사기를 쓰기 위해서였다. 우리 네 사람이 나눠 가져야 하니 편지를 네 장 복사하고, 나중에 크리스와 도나에게도 줄 일이 생길지 몰라서 두 장 더 복사했다.

복사 한 장 하는데 30펜스다! 말도 안 되게 비싸다. 원본 편지의 방향을 잘못 놓은 바람에 처음 두 장은 못 쓰게 됐는데 그 값도 계산해야 했다. 바가지가 따로 없다. 그렇게 번 돈이 다 어디로 흘러들어 가는지 심히 궁금하다. 집으로 돌아오는 길에 론에게 그 얘기를 했더니 론도 격분했다.

엘리자베스의 집에 원본 편지를 돌려주러 들렀다. 엘리자베스는 평소답지 않게 다소 지친 모습이었다. 어제 우리가 다 같이 늦게까지 깨어 있어서 그런 걸까. 어쨌든 엘리자베스도 드디어 내가 만들어준 우정 팔찌를 차고 있었다. 그걸 보니 기분이 좋았다.

지금 나는 편지 사본 한 장을 앞에 두고 앉아 있다. 편지 내용은 이렇다.

엘리자베스에게,

당신 능력을 한 순간도 의심해본 적 없어. 워낙 똑똑해야지. 이 편지를 찾아낼 줄 알았어.

솔직히 말할게. 이번에 다이아몬드를 훔쳐 이 사단이 벌어지게 만든 것에 대해 사과할게. 돈 앞에는 장사 없다고 하잖아. 돈이 2,000만 파운드나 되니까. 나도 어쩔 수 없었어. 은퇴를 앞둔 한물간 요원인 내 앞에 2,000만 파운드어치의 다이아몬드가 놓여 있었어. 저항할 수가 없더라고. 돈이 눈앞에 있으니. 하하. 이해하지?

한물가긴 했어도 그래도 몇 가지 기술은 여전히 쓸 수 있어. 쓸모없는 노인네지만 앞으로 몇 년은 더 활기차게 살 기력도 남아 있고 그 시간을 낭비하고 싶지 않아. 이대로 초라하게 은퇴할 수는 없어. 언젠가는 은퇴하겠지만.

물론 다이아몬드를 훔치면 안 되는 거였지. 알아. 당신이라면 안 훔쳤을 거야. 그래도 내가 선택한 이 모험을 못마땅해 하지 않길 바라. 온갖 모험을 하며 살아온 당신이잖아? 지난 수 주일 동안은 그래도 몸 안에 피가 펄떡펄떡 뛰는 기분이었어. 예전으로 돌아간 것 같아서 정말 기분 좋더라.

잡소리는 이만하고 본론으로 들어갈게.

당신이 이 편지를 읽고 있다면 나한테 둘 중 한 가지 일이 닥쳤을 거야. 우선 내가 죽었을 가능성이 있겠지? 다이아몬드를 숨겨둔 곳을 대라며 누군가 나를 고문하고 죽였을 수도 있잖아? 불가능한 얘기는 아니야. 내가 모험은 좋아해도 고문을 잘 견디는 편은 아니니까. 아무 장소나 대서 놈들을 헛수고하게 만들 수도 있겠지. 속았다는 걸 알아도 지들이 뭐 어쩌겠어. 난 이미 죽어서 어느 숲에 묻혀 있을 텐데.

만약 내가 죽임을 당했다면, 당신 마음속에 나에 대한 그리움이 조금은 남아 있기를, 그리고 내가 지은 수많은 죄를 용서하길 바랄게. 난 오래전에 당신 죄를 용서했어. 누가 내 장례식을 책임지고 치러줄지 모르겠다. 특별히 인연을 맺고 살아온 사람이 없어. 은밀히 사귄 여자들이 두어 명 있긴 하지만 나한테 당신만한 사람은 없었잖아? 친구도 많이 사귀지 못했고 그나마 있던 친구들은 다 잃었어. 혹시라도, 누가 물어보면 내 부모님은 노섬브리아에 묻혀 있다고 전해 줘. 그리고 부모님이 계신 곳에서 가급적 먼 곳에 내 시신을 묻어 줘. 라이 마을 정도면 괜찮지 않을까? 예전에 함께 주말을 보냈던 라이 마을 기억하지? 오두막도 기억나?

두 번째 가능성이 좀 더 재미있을 거야. 바로 내가 다이아몬드를 가지고 빠져나갔을 가능성이거든.

마틴 로맥스는 내가 죽길 바라고, 뉴욕 마피아도 마찬가지야. MI5도 이제는 나와의 관계를 정리하고 싶어 해. 이 상황에서 어떻게 빠져나가야 할지 아직 방법을 찾아내지 못했어. 그래도 난 늘 지략이 풍부했잖아. 고민하다 보면 좋은 방법이 떠오르지 않을까? 두어 가지 생각이 머릿속에서 깔짝거리고는 있어.

난 죽었든지 살아서 부자가 됐든지 둘 중 하나야. 어느 쪽인지 당신이 쉽게 알아낼 수 있는 방법을 알려줄게.

다이아몬드는 수하물 보관함에 넣어뒀어. 쿠퍼스 체이스에 머물다가 언제든 쉽게 갖고 떠나려면 근처에 다이아몬드를 보관해야 했거든. 일이 잘 안 풀려서 당신이 다이아몬드를 찾아내야 하는 상황이 오더라도, 어렵지 않게 찾을 수 있도록 해둬야 했어.

다이아몬드는 페어헤이븐 기차역의 531번 수하물 보관함에 들어 있어. 당신이 열쇠 없이도 보관함 문쯤은 열 수 있다는 걸 잘 알지만 그래도 이 지퍼백 안에 열쇠를 넣어둘게.

가서 운을 시험해 봐. 보관함을 열었는데 그 안에 다이아몬드가 있다면 난 죽은 거야. 만약 다이아몬드가 없으면 내가 다이아몬드를 챙겨서 잘 빠져나간 거고. 후자의 경우라면 내가 다이아몬드를 현금화해서 앤트워프시에 사는 우리의 오랜 친구 프랑코에게 곧장 갔다고 알면 돼.

보관함 안에 다이아몬드가 없으면 난 엄청난 부자가 돼서 자유롭게 돌아다니고 있는 거야. 당신이 혹시 관심이 있을까 봐 말해두는 건데, 시간이 좀 지나면 당신한테 연락을 취할 방법을 찾아낼 거야. 누군가와 여생을 함께하고 싶거든. 당신과 함께할 수 있다면 난 이 세상에서 제일 행복한 남자가 되겠지.

늙은 바보가 기대 한번 품어보는 거니까 너무 나무라지는 마.

당신에게 신의 축복이 깃들길. 조이스와 론, 이브라힘에게도. 이 편지의 내용을 넷이서만 알고 있는 게 좋을 거야. 수와 랜스 패거리에게는 굳이 알려줄 필요 없어.

당신이 이 편지를 찾아내기까지 시간이 얼마나 걸릴까 궁금하네. 오래 걸리지는 않을 것 같아. 만약 내가 죽었으면, 당신이 굼뜨고 지혜롭지 않아서라는 것만 알아 둬. 내가 살았으면 적어도 내가 모든 사람들보다 한발 앞섰기 때문이겠지.

비밀 우편함을 잘 찾아냈어. 당신이 단서를 놓치지 않을 줄 알았어. 당신은 늘 최고였고 앞으로도 단연코 최고일 거야.

페어헤이븐 기차역 531번 수하물 보관함. 다이아몬드가 그 안에 없으면 난 자유의 몸이야. 다이아몬드가 그 안에 있으면 난 죽은 거고.

이것도 죽은 사람한테서 온 편지겠네? 정말 그럴 수도 있겠지. 어찌 됐든 피가 다시 샘솟는 기분이지?

언제나 사랑을 담아서,

더글러스

아름다운 필체였다. 인정한다. 엘리자베스와 나는 몇 분 후면 페어헤이븐으로 가는 미니버스에 탑승할 예정이다. 페어헤이븐 기차역에 대해서는 잘 모르지만 브라이턴시와 런던으로도 갈 수 있는 만큼 규모가 큰 역인 것만은 분명하다. 웹사이트를 보니 기차역 안에 코스타 커피숍과 더블유에이치스미스 잡화점, 소시지와 고기 파이를 파는 매장도 있다. 사진을 보니 화려해 보이는 일등석 전용 라운지도 있고 대형 여행 센터도 보인다. 그리고 당연히 수하물 보관함도 있다.

어쩌면 우린 2,000만 파운드어치의 다이아몬드를 발견하게 될 수도 있다. 엘리자베스는 내가 그 다이아몬드를 못 갖고 있게 하겠지만, 잠깐이라도 손에 넣어보는 게 어디냐. 다이아몬드를 수와 랜스에게 갖다 줘야 할까? 아니면 크리스와 도나에게 가져다줘야 되려나? 나 같으면 도나에게 가져가서 보여주겠다. 하지만 이런 일에는 따라야 할 규정이라는 게 있을 것이다.

아무것도 못 찾을 수도 있지 않나? 더글러스가 한발 앞서 우리 모두를 따돌리고 이미 도망쳤는지도 모른다. 현금 부자가 된 데다 자유까지 누리게 되어 신이 난 더글러스는 엘리자베스가 여전히 그를 사랑하고 있기를 바라겠지만.

답을 알아내려면 방법은 하나뿐이다. 일단 미니버스에 타자.

40장

백일몽

랜스 제임스는 하품을 하며 몸을 벅벅 긁는다. 문을 열어놓고 사무실에 앉아 있는 수 리어든의 눈에는 그가 일하고 있는 것처럼 보일 것이다. 정보 보고서를 확인하고, 항공기 적하물 목록을 상호 참조하는 일 같은 거? 그런 일을 하라고 급료를 받고 있으니 말이다. 해군특전대에 있을 때는 사는 게 좀 더 재미있었지만 수차례 총에 맞았다. 요즘은 5분에 한 번꼴로 무릎에 총을 맞지 않아도 된다.

지금 그는 인터넷을 보고 있다. 그의 경제 능력으로는 살 수도 없는 집들을 구경하고 있는 중이다. 윌트셔에 있는 시골 주택? 사면 좋겠지. 마구간은 오락실로 개조하면 되겠다. 템스강이 내려다보이는 아파트 펜트하우스는? 경치가 끝내주네. 평면도를 봐야지. 어느 방을 개인 영화관으로 꾸미면 되려나?

백일몽을 꾸고 있다. 이건 이래서 안 돼, 저건 저래서 안 돼 하면서.

2,000만 파운드면 인생이 달라지겠지? 그만한 값어치의 다이아몬드가 어딘가에 있다.

2,000만 파운드쯤은 갖고 있는 사람들도 본인의 경제력으로 살 수 없는 집들을 우러러보고 있을 거다. 사람의 욕심은 끝이 없으니까. 누구든 자기 능력보다 10퍼센트쯤 더 비싼 집을 원하면서도 그 아래 단

계의 집을 살 수밖에 없다.

돈은 덫이다. 하지만 랜스는 그보다 더 지독한 덫들을 수두룩하게 알고 있다.

그는 열린 문 너머로 수 리어든을 힐끗 쳐다본다. 수는 무언가에 몰두한 표정이다. 일을 하고 있을까? 아닐 수도 있다. 요즘 오전 11시도 되기 전에 누가 일을 시작한단 말인가?

수는 화면을 들여다보며 인상을 쓰고 있다. 뭘 알아낸 걸까? 사건을 해결하고 있는 중인가?

관목을 주문하거나 나이 든 친척을 보살피기 위한 준비를 하거나 포르노를 보고 있을 가능성이 더 높을 거다. 사람 사는 게 다 그렇고 그래서 랜스는 더 이상 놀라지도 않는다. 20년을 보안기관에서 일하면서 별의별 꼴을 다 봤다. 두 70대 할머니는? 그들은 어떤 이야기를 갖고 있을까? 둘 중에 키가 작은 할머니가 덜 무서운 쪽이었는데 할 말이 있는 표정으로 랜스를 힐끔힐끔 쳐다봤었다. 다른 할머니, 엘리자베스 베스트를…… 수는 존경하면서도 경계하는 눈치였다. 어떤 역사가 있길래?

랜스는 다시 수를 힐끗 쳐다본다. 수는 깊은 생각에 잠겨 있다. 어쩌면 랜스처럼 윌트셔의 집을 화면으로 보면서 마구간 개조에 대한 생각을 하고 있을지도 모른다. '2,000만 파운드만 있으면 가능할 텐데'라는 생각을 하면서.

랜스는 지금 밭함에 있는 원룸 아파트에서 살고 있다. 그 집 가격의 절반을 전 여자 친구에게 주고 관계를 정리하는 문제로 다툼이 좀 있었다. 그는 그녀에게 그만한 돈을 내줄 형편이 못 됐고, 그렇다고 그 돈을 받아서 나가 다른 집을 구할 형편도 못 됐다. 그녀는 어느 쪽이든 별로 상관하지 않았다. 랜스는 부자 여자 친구와 아파트를 공동으로 구매한 가난한 남자였다. 처음에는 낭만적이고 희망적인 상황이었지만, 전 여자 친구 아버지의 변호사가 보내는 편지가 유일한 접촉점이 된 지금은 전혀 재미없는 상황이다. 요즘 그는 전 여자 친구에게 세를 내고 있다. 그렇게 임시로 타협을 본 것이다. 돈이 넘쳐나서 그에게 돈을 받을 필요가 없는 사람에게 그는 허리띠를 졸라매며 세를 바치고 있다. 6개월 전까지만 해도 그에게 매일 사랑한다고 말하던 여자에게 말이다. 물론 변호사의 편지에는 그런 감정은 담겨 있지 않다. 로벅 해링턴 앤 로우 셔츠를 입고 그의 가슴팍에 안겨 나른하게 모닝 키스를 해주던 여자는 더 이상 없다.

그에 대한 사랑이 식은 걸까, 아니면 애초에 사랑한 적도 없는 걸까? 어느 쪽인지 몰라도 그녀는 건축업자와 놀아나더니 지금은 마시모라는 이름의 투자 은행가와 데이트를 한다.

랜스의 어머니는 그녀를 무척 좋아했다. 다들 그녀를 좋아했다. 그래서 랜스는 요즘 어머니를 자주 보지 않는다. 아무래도 어머니가 그의 전 여자 친구와 여전히 연락을 주고받는 눈치다.

발함에서는 그가 평소 일하는 밀뱅크 지역으로 출퇴근하기가 편했다. 이번 사건 조사가 끝날 때까지는 고덜밍 현장에 파견 근무를 가야 하는데 발함에서 현장으로 출퇴근하기가 상당히 불편하다. 두 건의 암살 사건을 조사하는 것은 보람차고 좋은 일이지만 아침 8시 21분 기차를 타고 워털루역에서 고덜밍역까지 쭉 서서 가야 하니 고역이 따로 없다.

무엇보다 그는 요즘 머리가 빠지고 있는 중이다. 수년 동안 그에게 놀라운 힘을 준 머리카락이었다. 그의 눈앞에서 부드럽게 춤을 추고, 데이트에 나갔을 때 손으로 아무렇게나 쓰윽 쓸어 올려도 늘 멋지게만 보이던 머리카락이었다. 그런 머리카락이 빠지고 있는 것이다. 점점 숱이 적어지고 잿빛이 되면서 약해지고 있었다. 하필이면 그가 다시 싱글이 된 마당에 말이다.

업무상 권총을 소지할 수 있을 때 머리에 총을 쏴버릴까 싶은 순간도 종종 있었다.

일이나 해야지.

라이트무브 부동산 웹페이지를 닫고 이메일을 연다. 그는 MI5와 MI6(국외 정보 수집을 담당하는 비밀정보국) 양쪽 일을 다 하고 있어서 온갖 쓰레기 같은 이메일들을 잔뜩 받고 있다. 대부분 보안 브리핑이나 중국 담당 부서에서 주최한 빵 굽기 대회 결과 따위를 알려주는 내용이다.

수도 그에게 이메일을 보냈다. 열린 문 너머로 열 걸음 떨어진 곳에 앉아 있으면서 이메일이라. 뭐, 괜찮다. 요전 날 밤에 시체 안치소에서 만난 법의관 카터 박사의 자격증을 확인해보라고? 확인하고 보고서를 보내라고? 알겠습니다. 수가 스트레스를 잔뜩 받은 게 랜스의 눈에도 보인다. 수는 이 난장판을 말끔히 해결해야 한다는 압박을 받고 있다.

지난 며칠 동안 회색 옷을 입은 사람들이 수의 사무실을 유령처럼 드나들고 있다. 나이대는 수와 비슷한 60대 초반으로 보인다. 죄다 남자들이고 상급 요원들이다. 안내 책자에 얼마나 화려하게 소개돼 있든, 여기 일의 실상은 이렇다. MI5에서 일하는 마흔두 살 남자인 랜스는 자신이 그다지 성공적이지 못한 삶을 살고 있음을 잘 안다. 삶을 바꿀 기회는 있었다. 이제라도 다시 시작해야 하지 않을까.

MI6 구내식당 이름 짓기 대회의 우승자는 '스파이를 원해요?'라는 이름을 제안한 대테러 부서의 프리야 겔라니다. 그걸 메일로 확인한 뒤, 그는 뉴저지주 테터보로 공항의 항공편 관련 경보창이 뜬 걸 확인한다. 곧바로 클릭해 연다.

수 리어든의 명성은 자자하다. 문제가 발생하면 바로 알아내고, 그 문제를 만든 요인을 찾아내는 게 수가 하는 일이다. 냉정하고 인정사정 없게 보일 수 있지만 이 일을 하다 보면 사람이 그렇게 된다. 특히 이번 사건 조사는 재앙이었다. 안가에서 요원 두 명이 총에 맞아 죽었다. 그중 한 명이 최초 사건 조사의 유력한 용의자였다. 회색 옷을 입은 남자들이 수의 사무실을 들락거리는 이유도 그래서다.

관련 비행기에 표시가 돼 있고, 승객 목록에 안드레 리처드슨이 올라 있다. 테터보로 공항에서 이륙해 월요일 아침 8시에 판보로 공항에 착륙할 예정인 걸프스트림 G65R 항공기.

랜스는 이메일 창을 닫고 수의 방 앞으로 걸어가 문을 두드린다. 수는 보고 있던 화면을 끄고 그를 쳐다본다. 아소스 쇼핑몰 화면을 보고 있었나? 아니면 말 그림?

"랜스?"

"일요일에 뉴저지에서 출발 예정인 비행기에 경보가 떴습니다. 프랭크 안드라데 주니어의 가명인 '안드레 리처드슨'이 승객 목록에 올라 있습니다. 판보로 공항에 착륙 예정인데 여기서 그리 멀지 않습니다. 마틴 로맥스의 집과도 그리 멀지 않고요."

"도둑맞은 다이아몬드의 주인이 다이아몬드를 도둑맞은 남자를 만나러 오는 건가?"

"그렇죠." 랜스는 속으로 프리야 겔라니가 싱글일까 생각한다. 머리털이 있든 없든 그는 연애 시장에 복귀해야만 한다. "다음 주에 잠복근무 팀에 합류할까요? 속임수를 놓치지 않아야죠."

"좋은 생각이야, 랜스. 지금 팀이 앤도버시에 배치돼 있어. 거기서 철

야를 해도 괜찮겠어?"

일주일 동안 발함의 아파트에서 떠나 있을 수 있다면, 일주일 동안 기차 출퇴근을 안 해도 되고 이 사무실에 안 나와도 된다면, 그리고 근무가 끝날 때쯤 약간의 영광과 다이아몬드를 손에 쥘 수 있다면?

"예."

머리카락을 손으로 쓸어 올리려던 랜스는 숱이 얼마 없어 손이 머쓱해지고 만다.

41장

수하물 보관함

엘리자베스는 감상적인 스타일이 아니지만 어쩔 수가 없다.

지금 그녀는 전남편의 생사 여부를 확인하기 직전이다. 엘리자베스는 더글러스가 다이아몬드의 진짜 위치를 어느 누구에게도 발설하지 않을 사람임을 알 정도로 더글러스를 잘 알까? 아니, 잘 알았을까? 더글러스는 감쪽같이 거짓 흔적을 남겼다. 531번 수하물 보관함에 대해 아는 사람은 그들 외에는 없다. 쿠퍼스 체이스 언덕 위쪽의 어느 나무 구멍에 비밀이 숨겨져 있었다.

다이아몬드가 이 보관함 안에 없으면 더글러스가 가지고 튄 것이다.

다이아몬드가 이 안에 있으면 더글러스가 회수하러 오지 못했고, 고인이 되었음을 의미한다. 그러니 엘리자베스에게 오늘은 의미가 깊은 날일 것이다.

더글러스가 살아 있다면 지금쯤 어마어마한 부자가 되어 도망치는 중이겠지. 더글러스가 살아 있다는 건 그가 퍼피를 죽였다는 뜻일 수도 있다. 그는 퍼피를 죽이고 어딘지 알 수 없는 곳에서 시체를 가져와 자신의 시신인 척 꾸며놓았다. 분명 죽은 지 얼마 안 된 시신이었다. 수년전 그들이 템스강에서 끌어 올린 마커스 카마이클의 시신과는 경우가 달랐다. 당시 마커스 카마이클의 시신을 자세히 확인한 사람은 없었고 다들 자기 역할을 했을 뿐이었다. 이번에는 엘리자베스가 직접 더글러스의 시신을 확인했다. 면밀히 살펴보았다. 죽은 지 얼마 되지 않은 모습이었다. 더글러스는 사람을 둘이나 죽인 걸까? 무사히 빠져나가려면 그 방법밖에 없었을 것이다.

이런저런 상황을 모두 고려한 엘리자베스는 차라리 더글러스가 죽었기를 바라고 있다. 나쁜 뜻이 있어서가 아니라, 전남편이 살아 있는 살인자이기보다는 죽은 도둑이기를 바라는 마음에서다.

미니버스는 사람들로 가득 찼다. 미니버스 운전기사인 칼리토는 담배를 쥔 손가락을 차창 밖에 내놓고 있다. 그가 담배를 피운다고 싫어할 사람은 여기 없다. 마찬가지로 칼리토도 승객들 중 누가 안전벨트를 매지 않았다고 해서 질색하지 않는다. 폐암으로 죽든 자동차 사고로 죽든 알아서 하라는 분위기라서, 미니버스 안의 풍경은 영락없는 1970년대 같다.

조이스가 평소답지 않게 말이 없어서 엘리자베스는 괜히 불안하다.

처음에는 퍼피 때문인가 싶었다. 조이스와 퍼피는 죽이 잘 맞았다. 어쩌면 쇼본 때문일 수도 있지 않을까? 딸을 잃은 엄마의 슬픔에 공감해 우울해하고 있는 건가?

엘리자베스는 문득 지난번 이 미니버스에 탔을 때 버나드가 뒷좌석에 앉아 있었던 게 기억난다. 그때는 조이스와 버나드가 친해지기 전이었다. 조이스는 버나드를 그리워하는 모양이다. 조이스와 엘리자베스는 버나드에 대한 얘기를 한 번도 한 적이 없다. 스티븐이나 페니에 대한 얘길 한 적이 없는 것처럼. 조이스와 그동안 무슨 얘기를 나누며 지냈을까? 미니버스의 차창 밖으로 영국의 시골 풍경이 흘러간다.

"우리가 그동안 무슨 대화를 주로 했죠, 조이스?"

엘리자베스의 물음에 조이스는 잠시 생각하다 대답한다. "주로 살인 얘기를 하지 않았어요? 처음 만난 후로 쭉?"

엘리자베스는 고개를 끄덕인다. "그런 것 같네요. 앞으로 살인 사건이 일어나지 않으면 우리는 무슨 얘기를 하면서 지내게 될까요?"

"글쎄요. 때가 되면 알게 되지 않을까요?"

조이스는 다시 차창 밖을 내다본다. 친구가 우울해하는 모습을 보고 있으니 엘리자베스는 마음이 좋지 않다. 이런 상황에서 평범한 사람들은 무슨 말을 할까? 일단 지르고 보자.

"버나드에 대한 얘기를 해볼까요?"

조이스는 엘리자베스를 돌아보며 살짝 미소 짓는다. "아뇨, 안 그래도 돼요."

다시 창밖으로 시선을 돌린 조이스는 엘리자베스의 손에 자신의 손을 가만히 올려놓으며 묻는다. "우리 스티븐 얘기를 해보는 건 어떨까요?"

"아뇨, 괜찮아요."

조이스는 엘리자베스의 손을 꾹 눌러 잡아준다. 엘리자베스는 손목에 찬 우정 팔찌를 내려다본다. 못생긴 팔찌지만 엘리자베스에게는 큰 의미가 있다. 엘리자베스의 인생은 급우들과 사촌들, 교수들, 동료들, 남편들과 관계를 맺으며 이어졌다. 친구를 사귀는 것은 늘 쉽지 않았다. 친구들이 나한테 뭘 원할까? 내가 뭘 하기를 기대할까? 그녀의 뛰어난 두뇌는 그런 부분을 잘 알아내지 못했다.

새벽 4시 무렵, 스티븐과 함께 잠에서 깼다. 스티븐은 젊은 시절 올랐던 어떤 산에 관해 자랑을 늘어놓았다. 엘리자베스는 더 큰 산을 지어내서 올라가 봤다고 허세를 부렸다. "셰르파도 한 명 안 데리고 혼자 올라갔다니까요, 여보." 스티븐은 한술 더 떠서 셰르파나 산소통 없이 에베

레스트 산에 올라갔다고 자랑했다. 엘리자베스는 그랜드 피아노를 짊어지고 에베레스트 산에 올라갔다고 말했다. 결국 두 사람은 낄낄대며 웃음을 터뜨렸다. 그들이 서로에게 느끼는 감정은 사랑이며 동시에 우정이었다. 스티븐은 그녀를 대단하게 보지 않았던 첫 번째 사람이었다.

조이스도 엘리자베스를 대단하게 보지 않는다. 이브라힘도 그렇고, 론도 확실히 그렇다. 그들은 엘리자베스를 존중하고 의지하며 돌봐주지만 — 이건 좀 소름 돋는다 — 대단하게 받아들이지는 않는다. 어쩌면 그게 우정의 비결인 걸까?

생각해보니 크리스와 도나도 엘리자베스를 대단하게 여기지 않는 것 같다. 스티븐을 시작으로 목요일 살인 클럽 회원들을 거쳐 이제는 크리스와 도나까지? 뛰어난 머리를 갖고 있으며 무뚝뚝하고 효율성을 중시하는 엘리자베스의 겉모습에 넘어가지 않는 사람들이 왜 갑자기 줄줄이 몰려왔을까?

엘리자베스는 그 답을 알고 있다. 스티븐을 만난 후로 엘리자베스는 자기 자신을 덜 대단하게 받아들였다. 그러고 나니 문이 열리고 그 문으로 진정한 친구들이 걸어 들어왔다. 엘리자베스는 조이스의 손을 꼭 잡는다.

"있잖아요. 난 스티븐 얘기를 하고 싶어요. 어떻게 얘기를 시작해야 할지 모르겠지만요."

조이스가 차창에서 시선을 떼고 엘리자베스를 바라보며 미소 짓는다.

"우리 집에서 언제든 찻주전자를 준비해 놓고 기다릴게요."

미니버스가 라이먼스 문구점 앞에 서자 다들 자기 짐을 챙기기 시작한다. 칼리토가 앉은 자리에서 몸을 돌려 승객들에게 말한다.

"세 시간 후 이 자리에서 다시 뵙겠습니다. 가게에서 물건 쓰윽 하지 마시고 벽에 낙서도 하지 마세요."

자리에서 일어선 엘리자베스는 조이스를 먼저 문 쪽으로 보내고 따라간다. 조이스가 말한다.

"당신의 현 남편에 대한 얘기를 하기 전에 전남편이 죽었는지부터 확인해보자고요."

"그래요. 확인해봅시다."

친구라면 이래야지.

페어헤이븐 기차역은 라이먼스 문구점에서 해안 지역 방향으로 걸어서 10분 거리다. 해안 지역 쪽으로 갈수록 상점의 수는 줄어들고 분위기는 점점 거칠어진다. 그들이 지나간 길 끝에 임대 차고들이 늘어서 있고, 자전거를 탄 10대 청소년들이 이리저리 오간다. 가을이 저물어가고 이제 페어헤이븐은 겨울을 맞이할 준비를 하고 있다. 당일치기 여행자나 관광객은 찾아볼 수 없다. 다들 다양한 방법으로 돈 벌 궁리를 하느라 바쁘다. 엘리자베스가 알기로 저기 보이는 임시 차고들의 문을 전부 열어젖히면 돈벌이가 될 만한 것을 한두 개는 건질 수 있을 거다.

수 리어든에게 더글러스가 남긴 편지에 대해 알려야 할까? 물어보나 마나한 질문이다. 당연히 알려야 한다. 하지만 보관함의 문은 직접 열고 싶다. 수도 이해해줄 것이다. 이해하지 못한다면 그건 그때 가서 생각해봐야겠지. 어차피 다이아몬드가 담긴 봉지를 건네주면 불평이 쏙들어갈 거다.

기차역을 가는 길에 르 퐁 누아 식당이 보인다. 예전에 블랙 브리지라는 술집이었던 곳이다. 그들은 론의 아들 제이슨에게 블랙 브리지 술집에 대해 많은 얘기를 들었다. 요즘 제이슨의 모습이 잘 보이지 않는다. 고든 플레이페어의 딸 캐런과 사귀고 있는데 무척 행복한 모양이다. 요즘 엘리자베스는 사랑이 많을수록 좋다는 생각을 하고 있다.

어느새 페어헤이븐 기차역에 도착했다. 조이스가 설명해준 대로다. 정신없이 바쁜 아침 출근 시간은 지났지만 여전히 활기찬 분위기는 남아 있다. 모두가 자기만의 이야기를 써 내려가며 살아가고 있다. 플랫폼을 찾으려 두리번거리는 배낭 맨 학생들, 기차 연결 통로로 달려가는 정장 입은 남자들, 유모차 안에 앉아 건포도를 달라고 칭얼대는 어린아이들.

그리고 뉴욕 마피아한테서 훔친 2,000만 파운드어치의 다이아몬드를 찾으러 온 늙은 첩보원과 그 친구가 기차역의 안내문을 바라보며 서 있다.

엘리자베스는 '수하물 보관함'의 방향을 가리키는 화살표를 바라본다.

42장

손자 켄드릭

론은 손자 켄드릭과 함께 택시 뒷좌석에 앉아 있다. 론은 택시 회사에 늘 마크라는 운전기사를 보내달라고 요청한다. 마크가 웨스트햄 축구팀 팬이고 택시 뒤 창문에 '노동당에 투표하세요' 스티커를 붙이고 다니기 때문이다.

론은 기차역에서 켄드릭을 만나 데려왔다. 론의 딸 수지는 개트윅 공항으로 바로 가야 된다면서 집에 들를 시간이 없다고 했다. 론이 잘 지내고 있느냐고 묻자 수지가 "제 걱정은 하지 마세요"라며 대답한 게 대화의 전부였다. 수지가 타고 있던 기차가 곧 다시 움직이기 시작했고, 론과 켄드릭은 멀어져 가는 기차를 향해 손을 흔들었다.

지금 켄드릭은 배낭을 품에 꼭 안고 오른쪽 왼쪽 차창을 번갈아 내다보고 있다. 새로운 집이 나올 때마다, 새로운 도로 표지판과 나무가 나올 때마다 신나게 떠들어댄다.

"할아버지, 저기 가게가 있어요!"

"그래. 거기 있구나, 케니."

"제 이름은 켄드릭이에요, 할아버지."

"난 늘 너를 케니라고 불렀어. 더 짧아서 편해."

"아닌데요. 더 안 짧아요, 할아버지."

"아니야, 더 짧아."

"더 안 짧죠?" 켄드릭은 안전벨트를 맨 채 몸을 앞으로 기울여 택시 기사에게 묻는다.

"내가 상관할 바는 아니지만, 더 짧지는 않은 것 같네요, 론."

웨스트햄 팬한테 도움을 못 받다니. 사람들은 어린애한테 너무 무르다.

"그럼 켄이라고 불러주마. 그건 확실히 더 짧네."

"그냥 켄드릭이라고 불러주세요. 아빠가 저를 켄이라고 부르거든요."

"그럼 켄드릭으로 하자."

론은 사위인 대니를 별로 좋아하지 않는다. 대니가 그의 BMW 뒷면에 '노동당에 투표하세요' 스티커를 붙이고 다니지 않아서, 라고만 해두겠다.

"질문해도 돼요, 할아버지?"

"그래."

"할아버지 집에 스마트 TV 있어요?"

"음, 글쎄다. 없는 것 같은데. 전자레인지는 있어."

마크가 어깨 너머로 말한다. "집에 스마트 TV 있으세요, 론. 아드님 친구가 어디서 백 개나 확보했다면서 아드님이 론 씨 집에도 한 대 갖다 줬잖아요. 저한테도 하나 사라고 하셔서 놓고는."

"우리 집에 스마트 TV가 있다는구나, 켄드릭. 그게 좋은 거냐?"

"엄청 좋아요. 전 아이패드가 있어요. 누구나 다 아이패드를 갖고 있진 않으니까 저는 운이 좋은 거죠. 스마트 TV가 있으면 같이 마인크래프트 게임을 할 수 있어요. 마인크래프트 게임 아세요, 할아버지? 동네 사람들 중에 고양이 기르는 사람 있어요?"

"고양이 몇 마리가 집에 들락거리기는 하지."

"아, 재미있겠다."

"얼마 전에 수컷 고양이 한 마리가 다람쥐를 죽여서는 우리 집 테라스 문 안쪽으로 집어넣으려고 안간힘을 쓰더라."

"으악!"

"그래. 나도 싫어서 안 받으려고 했더니 고양이가 성질을 내던데."

켄드릭은 잠시 생각한 후에 말한다.

"고양이라서 그런 거예요. 못되게 굴려는 게 아니라요. 다람쥐는 안됐지만요. 저도 다람쥐를 보고 싶어요. 마인크래프트 게임에 대해 아세요?"

"잘 몰라."

"괜찮아요. 배우면 돼요. 새로운 세상을 만들고 그 안에서 다양한 걸 창조할 수 있어요. 사람들한테 말도 걸고요. 그런데 주의해야 돼요. 전에 성을 짓고 해자도 만들었는데 도개교를 안 만들었거든요. 아무도 성에 못 들어가고 나오지도 못하게 됐어요. 좋기도 하고 나쁘기도 했죠 뭐. 이브라힘 할아버지도 같이 할 수 있어요."

"이브라힘 할아버지가 몸이 별로 안 좋으셔. 힘들게 하지 말고 얌전히 놀아야 돼."

"아, 괜찮아요. 그래도 같이 게임 하실 수 있거든요. 뭘 만들고 싶으세요, 할아버지?"

"글쎄다. 상상력을 사용해야 되니? 아니면 따로 지침이 있어?"

"당연히 상상력을 사용해야죠."

켄드릭은 어이가 없다는 듯 두 손을 허공으로 뻗어 올린다.

"음, 상상력에 대해서는 아는 게 없는데. 거기서 싸움도 되냐?"

"싸울 수는 있어요. 전 별로 안 좋아하지만요."

운전석에서 마크가 끼어든다.

"난 유니콘 농장을 짓고 싶어, 켄드릭. 상업적 수익을 올릴 수 있게 별채도 지어야지. 작업장 같은 거 말이야."

"그거 좋겠네요. 저도 할래요. 미끄럼틀도 만들까요?"

"미끄럼틀이랑 아이스크림 가게도 만들면 좋겠지?"

마크의 말에 켄드릭은 격하게 고개를 끄덕거린다.

론이 말한다. "이브라힘 할아버지랑 같이 만들어. 난 옆에서 구경만 하련다."

켄드릭이 또다시 고개를 끄덕인다.

"구경만 해도 엄청 재미있어요. 구경하시다가 고양이 보면 얘기해주세요. 우리도 게임 멈추고 보게요."

마크는 방향지시등을 켜고 좌회전을 해 쿠퍼스 체이스 진입로로 택시를 몰고 들어간다.

"다 왔다, 케니. 즐거운 우리 집이네."

켄드릭은 한쪽 눈썹을 치켜뜨며 론을 올려다본다. 좌석 아래로 두 다리를 달랑거리고 있다. 켄트릭은 사방의 차창 너머로 한꺼번에 마을을 구경하려 한다.

론이 묻는다.

"조이스 할머니 기억나니?"

"네. 좋은 할머니잖아요."

"그 할머니가 네가 놀러 오면 케이크를 만들어준다고 하시더라."

"저를 위해서요?"

"그래."

켄드릭은 고개를 끄덕인다.

"저는 한 조각만 먹으면 되니까 할아버지들한테도 드릴게요. 마크 아저씨도 케이크 드시고 가세요."

"그러고 싶은데, 난 이따가 턴브리지에서 손님을 태워야 돼."

켄드릭은 생각을 하다가 할아버지를 바라보며 말한다.

"조이스 할머니한테 드릴 선물을 준비 못 해서 그림을 그려드려야겠어요. 종이 있으세요?"

"종이는 가게에서 팔지."

"그럼 우리 같이 가게에 가요."

마크가 "과속방지턱 넘어갑니다"라고 안내한다. 잠시 후 택시가 위로 훌쩍 뛴다.

켄드릭이 팔을 뻗어 론의 목을 껴안는다.

"할아버지, 우리 같이 재미난 시간 보내요." 켄드릭은 손가락을 하나씩 꼽아가며 하고 싶은 일들을 늘어놓는다. "같이 수영하고, 산책도 가고, 조이스 할머니도 만나러 가고, 모두에게 인사도 해요." 켄드릭은 차창 밖을 손가락으로 가리키며 말한다. "할아버지, 라마예요."

론의 눈에도 라마가 보인다. 이안 벤섬이 실버타운을 운영하면서 사다 놓은 라마들이다. 론의 취향은 아니지만, 애들 눈에는 무척 흥미로워 보일 것 같긴 하다. 라마와 함께 사는 곳이면 어느 정도는 괜찮은 주거지가 아닐까 하는 생각이다.

등받이에 다시 등을 붙이고 앉은 켄드릭은 놀라워하며 고개를 절레절레 흔든다.

"아, 할아버지. 이렇게 멋진 곳에 사시다니 정말 운이 좋으세요."

론은 손자를 한 팔로 안고 차창 밖을 내다본다. 네 말이 맞다, 꼬맹아.

43장

감자 칩 봉지

헤드폰을 착용한 10대 소녀가 지루한 표정으로 접수대 앞에 앉아 수하물 보관소를 지키고 있다. 엘리자베스는 열쇠를 들어 보이며 조이스와 함께 그 앞을 지나간다. 소녀는 알았다는 듯 고개를 끄덕거린다.

엘리자베스가 말한다. "일할 때 헤드폰을 착용하면 안 되는데. 저래서 제대로 일을 할까 모르겠네요."

조이스가 고개를 끄덕이며 말한다. "그래도 머리 모양은 예쁘네요."

회색 금속 틀과 일부 깨진 파란 문으로 된 보관함이 가로로 5열, 세로로 3단으로 쌓여 있다. 엘리자베스는 조이스를 데리고 다섯 번째 열로 가서 그 안쪽으로 걸어 들어간다.

조이스가 말한다. "가운데 있는 보관함이면 좋겠어요. 허리를 굽히거나 팔을 길게 뻗지 않아도 되게요."

엘리자베스는 걸음을 멈춘다. "운이 좋네요, 조이스. 딱 가운데예요. 531번 보관함."

그들은 그 보관함을 가만히 바라본다. 파란 문짝에 하얀색으로 531번이라는 숫자가 비스듬히 적혀 있다. 엘리자베스는 열쇠를 바라본다. 작고 조잡한 열쇠. 열쇠가 없어도 대충 문짝을 열 수 있을 것처럼 생겼다. 소녀는 누가 그렇게 한다고 해도 말리지 않을 것 같다. 이런 곳에 2,000만 파운드어치의 다이아몬드를 숨겨놓다니.

"어디, 해봅시다."

엘리자베스는 이렇게 말하며 열쇠를 자물쇠에 집어넣는다. 뻑뻑해서 잘 안 들어가자 엘리자베스는 열쇠를 뺐다가 다시 넣는다. 여전히 잘 되지 않자 엘리자베스는 인상을 찌푸리더니 몸을 기울여 열쇠 구멍을 들여다본다.

"자물쇠가 손상됐나 봐요. 머리핀 좀 줘요, 조이스."

조이스는 가방을 뒤져 머리핀을 꺼낸다. 엘리자베스는 자물쇠 구멍에 머리핀을 신중하게 집어넣고는 밀었다가 비틀었다가 다시 민다. 드디어 금속 문이 열리고, 더글러스 미들미스의 운명이 드러난다.

텅 비었다.

아니, 엄밀히 말해 텅 비어 있지는 않다. 삼면으로 된 회색 벽, 그리고 버려진 감자 칩 봉지가 들어있었으니까. 다이아몬드는 없다.

엘리자베스는 조이스를 돌아본다. 조이스도 엘리자베스를 바라본다. 그들은 잠시 말이 없다.

얼마 후 조이스가 말한다. "비어 있네요."

엘리자베스는 안에서 감자 칩 봉지를 꺼낸다. "이것만 빼고요."

조이스가 묻는다. "이게 좋은 소식인가요, 나쁜 소식인가요?"

엘리자베스는 잠시 침묵하다가 고개를 끄덕이며 대답한다. "어쨌든 새로운 소식이긴 하네요. 좋은 소식인지 나쁜 소식인지는 시간이 지나 보면 알겠죠. 조이스, 감자 칩 봉지를 가방에 좀 넣어줘요."

조이스는 감자 칩 봉지를 접어서 자기 가방에 집어넣는다. 엘리자베스는 보관함 문을 닫고 자물쇠 구멍에 다시 머리핀을 집어넣은 뒤 딸깍 소리가 날 때까지 돌려 잠근다. 소리가 영 엉성하다.

조이스가 앞장서서 나간다. 두 사람이 접수대에 앉은 소녀에게 고개를 끄덕여 인사하고 지나가려는데 소녀가 그들을 불러 세운다.

"저기요."

엘리자베스와 조이스가 돌아보자 소녀는 헤드폰을 빼고 말한다.

"두 가지만 얘기할게요. 첫째, 헤드폰은 쓰고만 있었지 아무것도 듣고 있지 않았어요. 코스타 커피숍 매니저가 이리로 건너와서 시답잖은 말을 못 걸게 하려고, 뭐라도 듣고 있는 척 쓰고 있는 것뿐이에요."

엘리자베스가 말한다. "미안해요. 두 번째는 뭐죠?"

소녀는 조이스를 바라보며 대답한다. "제 머리 모양을 칭찬해주신 거 고마워요. 애인이랑 깨지고 머릴 잘랐는데 덕분에 기분 좋아졌어요."

조이스는 미소를 지으며 말한다. "세상에 사람은 많아요. 내 말 믿어요."

소녀도 미소를 지으며 보관함들이 있는 쪽으로 고갯짓을 한다. "원하던 걸 찾으셨으면 좋겠네요."

조이스가 대답한다. "그렇기도 하고 아니기도 해요."

소녀는 다시 헤드폰을 머리에 쓴다.

기차역을 나서면서 엘리자베스는 휴대폰으로 문자를 보낸다. 그리고 역 뒤쪽의 토끼 굴처럼 복잡한 골목으로 들어선다. 어디로 가는 건지 조이스는 짐작도 못 하겠다. 엘리자베스가 앞장서서 페어헤이븐의 뒷골목을 익숙하게 나아가고 있는 걸 보면 목적지가 있는 건 분명해 보인다.

그들은 왼쪽 모퉁이를 돌아 좁은 오솔길을 따라 걸어가기 시작한다. 여기는 경찰서로 가는 길 아닌가? 왜 경찰서로 가고 있지? 크리스와 도나에게 감자 칩 봉지를 전해주러? 조이스는 요즘 엘리자베스에게 질문을 잘 안 하는데 이러다가는 도저히 못 참게 될 것 같다. 오늘이 바로 못 참고 질문을 던지는 날이 되지 않을까?

그들은 자그마한 공원을 가로질러 간다. 정글짐에서 노는 아이들이 휴대폰에 눈을 박은 부모의 관심을 끌려고 애쓰고 있다. 여기는 경찰서로 가는 길이 분명하다. 조이스는 경찰서에 화장실이 있었는지 기억을 되살려보려 한다. 화장실이 있었던 것 같은데? 혹시 죄수 전용 화장실이면 어쩌지?

얼마 후 저 앞에 경찰서가 나타난다. 경찰서 문 앞 돌계단에 도나가 앉아 있다. 아까 엘리자베스가 누구한테 문자를 보냈는지 알 것 같다.

엘리자베스와 조이스가 다가가자 도나가 일어선다. 도나가 조이스를 포옹하고 고개를 돌리자 엘리자베스는 손사래를 치며 포옹을 마다한다.

"포옹할 시간 없어요. 펜 가져왔죠?"

도나가 작은 펜처럼 생긴 무언가를 꺼내 든다.

조이스가 묻는다. "이건 뭐 하게요?"

엘리자베스가 요청한다. "아까 가방에 넣어둔 감자 칩 봉지 좀 꺼내줄래요?"

이제 알 것 같다. 엘리자베스가 아무 이유 없이 감자 칩 봉지를 가방에 넣어두라 했을 리 없지. 조이스는 봉지를 꺼내 엘리자베스에게 내민다. 엘리자베스는 봉지 옆면을 쭉 찢어서 안쪽의 은박지가 보이도록 뒤집은 뒤 계단에 대고 판판하게 편다. 조이스가 고개를 갸웃하자 엘리자베스가 설명해준다.

"첩보원들이 쓰는 기술이에요, 조이스. 더글러스가 보관함을 비워둘 생각이었으면 아예 아무것도 없어야 하는데 그렇지 않았잖아요."

도나는 조이스에게 펜의 불빛을 보여주며 말한다. "이건 적외선이에요. 도둑맞은 자전거를 찾을 때 써요. 자전거 주인이 자기 자전거에다가 그냥 봐선 안 보이고 적외선을 쏴야 보이는 표시를 해둘 때가 있거든요."

엘리자베스가 말한다. "도나는 우리 덕분에 이제 도난당한 자전거나 찾으러 다닐 필요가 없게 됐죠."

"그 점에 대해서는 수차례 감사 인사를 드렸네요."

"요즘 도나는 살인 사건을 조사하고 있잖아요."

"엘리자베스, 제가 경찰서 문 앞 계단에 서서 여사님들을 도와 감자칩 봉지에 적외선 불빛을 쏘고 있는 것만 봐도, 고마워하는 티가 팍팍 나지 않아요?"

"우리도 도나에게 고마워하고 있어요. 자, 해봅시다."

조이스가 웃으며 말한다. "여사님들이라고 불릴 때마다 우스워 죽겠네."

도나는 무릎을 굽히고 펜 램프의 불을 켠다. 조이스도 같이 무릎을 굽히고 볼까 하다가 예순다섯이 넘어서 무릎을 굽히는 건 너무 힘든 일임을 깨닫고 그 위쪽 계단에 걸터앉았다. 그런데 옆을 돌아보니 엘리자베스는 이미 무릎을 꿇고 있다. 엘리자베스가 못하는 일이 대체 있기는 할까?

붉은빛이 은박지를 가로질러 비추자 조이스의 눈에 글자가 보인다. 확실히 어떤 문장이 적혀 있다.

"대체 뭐야, 더글러스."

엘리자베스는 한숨을 쉬며 중얼거린다.

도나는 은박지 상단 오른쪽으로 적외선 불빛을 옮겨가면서 그곳에 드러난 글자를 읽기 시작한다.

"엘리자베스, 자기야……."

그러자 엘리자베스가 중얼거린다. "자기야 같은 소리 하네."

"엘리자베스, 자기야. 상황이 처음 봤을 때와 늘 똑같지 않다는 걸 우린 둘 다 알잖아. 이건 혹시 다른 사람이 편지를 발견했을 가능성에 대비해서 만든 추가 보안 장치야. 당신은 다이아몬드가 어디 있는지 알고 있어. 잘 생각해보면 알 수 있을걸?"

도나는 읽다 말고 엘리자베스를 쳐다본다.

엘리자베스가 묻는다. "그게 다예요?"

"맨 끝에 '당신을 늘 사랑하는 더글러스로부터'라고 적혀 있어요. 그리고 키스 표시 세 개가 있고요. 제가 군이 쪽쪽쪽 소리를 내는 걸 듣고 싶어 하지 않을 것 같아서 안 읽었어요."

엘리자베스는 자리에서 일어나 조이스를 일으키기 위해 손을 내민다.

조이스가 묻는다. "더글러스가 살았는지 죽었는지 아직 모르는 거네요?"

엘리자베스가 답한다. "그러게요."

도나가 묻는다. "더글러스는 엘리자베스가 다이아몬드의 위치를 아실 거라고 썼잖아요?"

"그렇다고 하니 내가 안다는 얘기겠죠. 생각을 더 해봐야겠어요."

생각 얘기가 나왔으니 말이지만, 조이스는 아까부터 신경 쓰이는 부분이 있었는데 말을 꺼낼 수가 없었다. 첩보원 일을 해본 적 없으니 아는 게 있어야지? 어쩌면 바보 같은 생각일 수도 있었다. 그래도 지금은 대낮이고 좋아하는 두 사람과 함께 있으니 말을 꺼낸다고 위험할 일은 없겠지?

조이스가 입을 연다. "아까 보관함 자물쇠가 망가져 있던 거, 이상하지 않아요?"

엘리자베스가 묻는다. "어떤 면에서요?"

"더글러스가 당신한테 열쇠를 줬다는 건 더글러스가 보관함을 잠글

당시에는 자물쇠가 멀쩡했다는 얘기잖아요? 그 후 아무도 그 보관함을 안 건드렸어야 맞는 거죠. 그런데 자물쇠가 어떻게 망가졌을까요?"

"좋은 질문이에요." 도나의 말에 조이스는 표정이 밝아진다.

엘리자베스도 말한다. "아주 좋은 질문이에요."

기분이 더 좋아진다! 조이스에게 오늘은 정말 멋진 하루다.

엘리자베스가 말한다. "도나, 수하물 보관소에 CCTV가 있었어요. 영상을 확보해줄 수 있어요? 지난주 녹화분이면 돼요."

"확보할 수는 있겠지만, 조이스가 뭔가 이상하단 말을 했다고 해서 일주일 치 분량의 CCTV 영상을 죽치고 앉아 들여다볼 생각은 없어요. 기분 나쁘게 듣지 말아요, 조이스."

"아, 그런 걸로 기분 안 나빠요. 어지간해서는요."

"영상을 확보만 해줘요, 도나. 이브라힘이 요즘 한가하니까 맡기면 돼요. 도움이 된다면 좋아할 거예요."

"알겠습니다. 해볼게요. 우리가 이 사건에 개입할 방법이 있다면 개입하게 해주실 거죠?"

엘리자베스가 대답한다. "그래야 공평하겠죠. 라이언 베어드에 관한 새로운 소식 있나요?"

"다음 주에 재판이 열려요. 결과 나오면 알려드릴게요."

"요즘 재미있는 일 좀 하고 있어요?"

"코니 존슨이라는 지역 마약상을 감시하고 있어요. 더럽게 짜증 나요."

"일이라는 게 그렇죠. 나중에 또 봐요."

"기대하고 있겠습니다."

"패트리스를 만나기로 했는데 그분에 관한 정보를 줄 수 있어요?"

"괜찮은 분이에요. 좀 아줌마스럽긴 하지만요."

조이스는 손목시계를 확인한다. 미니버스로 돌아가기까지 한 시간 정도 남아 있다. 그 정도면 아몬드 가루로 만든 브라우니를 먹으면서 민트 차를 마실 시간이 된다. 오늘은 뭔가 앞뒤가 딱딱 맞아떨어지는 날이다. 이런 날은 복권이라도 한 장 사야 한다.

44장

사건 현장 사진

"둘 다 얼굴에 총을 맞았어요. 상태가 아주 엉망이더라고요. 배턴버그 케이크 더 줄까요, 패트리스?"

"배가 꽉 찼어요." 패트리스는 손바닥을 들어 올리며 사양한다. "제 몸의 절반이 배턴버그 케이크가 된 기분이에요."

크리스가 묻는다. "살인을 하고 자살한 걸까요, 아니면 두 건 다 살인일까요?"

론이 의견을 내놓는다. "두 건 다 살인일 겁니다. 옆에 총이 놓여 있지 않았으니까. 어떤 놈이 들어와서……."

"여자일 수도 있죠." 도나가 말하자 도나의 엄마 패트리스는 맞장구치며 고개를 끄덕거린다.

"정체는 알 수 없지만 어쨌든 집으로 들어와 방문을 열고 총을 쏴서 머리를 날려버린 겁니다. 어느 누구도 겪지 않길 바라는 그런 끔찍한 일이죠."

조이스가 말한다. "요즘은 여자들이 사람을 더 많이 죽여요. 맥락을 무시하고 본다면, 그것도 일종의 진전이겠죠."

도나는 엉덩이 밑에 두 발을 깔고 앉아 있다. 오늘 모임은 어떤 방향으로 흘러갈까? 좋은 점은, 패트리스와 도나가 모녀 사이인 걸 알게 된 엘리자베스의 표정이 볼만했다. 그동안 도나는 그 사실을 비밀로 해왔다. 엘리자베스는 남들이 자기한테 뭘 숨기는 걸 질색한다. 안 좋은 점은, 목요일 살인 클럽 회원들 앞에서 엄마랑 크리스가 못 볼 꼴을 보여주고 있다. 둘이 한 소파에 바짝 붙어 앉아서는 서로를 만지고 입을 맞추고 다정한 말을 속삭거린다. 도나는 그 둘이 행복하길 바라지만 좋아 죽겠어 하는 모습을 군이 코앞에서 보고 싶지는 않다. 둘이 행복에 겨워 내뱉는 말을 귀로 듣고 싶지도 않다. 그냥 둘이 행복하게 지낸다는 것 정도만 알고 싶다. 일단 행복해 보이긴 한다. 두 사람의 관계가 잘 이어지면? 도나가 정말 기적을 만들어낸 거라면 어쩌지?

크리스가 묻는다. "그들이 전에도 그런 짓을 하려고 했습니까? 여기서도요?"

엘리자베스가 대답한다. "더글러스를 죽이려던 남자가 있긴 했어요. 그 전에 퍼피가 그 남자의 머리를 쏴서 날렸지만요. 퍼피가 부디 편히 잠들길."

조이스가 말한다. "난 경감님이랑 도나가 와서 조사해주길 바랐는데 MI5에서 수와 랜스를 보냈지 뭐예요."

엘리자베스가 말한다. "MI5 요원들 이름을 함부로 발설하면 안 돼요, 조이스."

"그냥 크리스한테만 말해준 거예요. 까다롭게 굴지 말자고요."

"공무상 비밀 엄수법 때문에 그래요, 조이스. 요원의 이름을 말하면 안 된다는 내용이 있거든요."

"어쨌든 그 두 요원은 크리스, 도나랑은 결이 많이 달라요. 수는 냉담한 편이에요. 엘리자베스와 약간 비슷하긴 한데 사람이 너무 차요. 그래도 수는 엘리자베스를 존경하는 눈치였어요."

론이 묻는다. "당신이 선배죠, 엘리자베스?"

조이스가 계속해서 말한다. "랜스라는 요원은 탈모 끼가 있긴 하지만 잘생겼어요. 손에 결혼반지는 끼지 않았고요. 랜스의 번호를 받아다 줄까요, 도나?"

"탈모가 진행 중인 요원이랑 데이트를 하라고요? 퍽이나 구미가 당기네요."

도나는 월요일에 데이트를 했다. 프로필에 적힌 다이빙 강사라는 직업이 마음에 들었다. 그런데 나중에 알고 보니 프로필을 잘못 읽은 거였다. 남자는 다이빙 강사가 아니라 드라이빙 강사였고 그와의 섹스는 실망스러웠다. 엄마와 크리스에게 그 얘기를 괜히 했다가 놀림을 받았다. 엄마는 기어봉에 대한 농담을 늘어놓았고 크리스는 "그래서 그 남자가 물건을 꺼내기 전에 백미러로 확인했어?"라고 물었다.

도나는 와인 잔을 내려놓는다.

엘리자베스가 크리스에게 묻는다.

"범죄 현장 사진이 있는데 볼래요?"

"그러죠."

"공짜는 아니에요."

"알겠습니다."

"그럼 질문에 대한 대답부터 해줘요. 첫째, 둘이 사귄 지 얼마나 됐어요?"

"그건 아실 필요 없습니다."

"현장을 모든 각도에서 다 찍은 사진들이에요. 사입구와 사출구, 방 안에 흩어진 물건들까지 다 찍었어요."

패트리스가 얼른 대답한다. "사귄 지 6주 됐어요."

엘리자베스가 말한다. "고마워요. 둘째, 둘의 관계가 어떤 방향으로 나아갈 것 같아요? 우리 모두를 대표해서 말하지만, 두 사람은 정말 사랑스러운 커플이에요."

조이스와 론은 고개를 끄덕이고 도나는 역겹다는 표정을 짓는다.

패트리스는 미소 띤 얼굴로 대답한다. "음, 그냥 현재에 충실하려고요. 어제도 즐거웠고 오늘도 재미있는 시간을 보내고 있어요. 내일도 기대가 돼요."

패트리스는 이곳을 방문하기 전 도나, 크리스와 함께 이브라힘에게 문병을 갔다. 그때 이브라힘에게도 패트리스는 같은 대답을 했다. 론의 손자와 마인크래프트 게임을 열심히 하던 이브라힘은 잠시 눈을 들고 패트리스에게 말했다. "이론적으로 사랑에 대해 좀 압니다만, 방금 그 말은 무척 건강한 대답 같군요."

도나는 화제를 바꾸고 싶어 묻는다. "저희한테도 대가를 주셔야죠? 총에 맞은 세 사람에 대한 거 말고 다른 소문은요?"

엘리자베스가 대답한다. "흐음, 지난주에 조이스가 고든 플레이페어와 점심을 먹었어요."

조이스가 변명한다. "고든이 우리 집 와이파이를 다시 작동하게 해줘서 같이 점심을 먹은 것뿐이에요."

론이 와인을 한 잔 더 들이켜며 말한다. "물론 그렇겠죠."

크리스가 묻는다. "사진은요?"

엘리자베스는 잠시 기다리라는 뜻으로 손가락을 세워 보이고는 가방에 손을 넣는다. "휴대폰을 잠깐 어디 뒀는데 보그단이 찾아다 줬어요." 엘리자베스는 휴대폰 화면을 손으로 쓱쓱 밀어 사진을 찾은 뒤 크리스에게 휴대폰을 내민다. "자요, 연인이랑 사이좋게 같이 봐요."

크리스는 휴대폰을 받아들고는 패트리스 쪽으로 살짝 기울인다. 그는 사진 두 장을 휘릭휘릭 넘기다가 손가락 두 개로 화면을 짚고 확대해서 세밀하게 살펴본다. 패트리스가 사진을 보며 말한다. "전문가의 솜씨 같은데요."

크리스가 맞장구를 친다. "내가 하려던 말입니다!"

"우리 통했나 봐요." 패트리스는 이렇게 말하며 크리스의 입술에 키스를 한다. 도나는 위로 눈을 굴리며 조이스의 귀에만 들릴 정도로 조그맣게 "아예 방을 잡으세요"라고 구시렁거린다. 조이스가 큭큭 웃자 도나는 조이스에게 살짝 하이파이브를 한다.

크리스가 말한다. "현장이 엉망이네요."

"저도 좀 볼게요." 도나가 손을 내민다.

패트리스가 말한다. "얘는 늘 이렇게 성질이 급했어요. 보조 바퀴도 안 달고 자전거를 타려고 했고 수영장에서는 팔 튜브도 안 차고 물에 들어가려고 했다니까요. 응급실을 몇 번이나 드나들었는지 몰라요."

도나는 엄마한테서 휴대폰을 받아 들고 사진을 이리저리 들여다본다. 주변에서 나누는 대화가 귀에 안 들어올 정도로 집중해서 젊은 여자와 늙은 남자의 시신 상태를 살핀다. 그동안 조이스는 도나가 어렸을 때 어땠는지 묻고, 론은 와인을 더 달라고 요청한다. 도나의 엄마는 고든 플레이페어에 대해 묻는다. 이 사진에 나와 있는 게 정말 다일까? 뭔가 이상하다. 운전 강사는 데이트 중에 도나에게 팔죽지에 새긴 문신을 보여주었다. 중국 한자들을 쭉 새긴 문신이라 도나는 무슨 뜻이냐고 물었다. 그는 모른다고, 그냥 모양이 마음에 들어서 새긴 거라고 했다. 다시 섹스를 하고 그에게 그만 가달라고 말하기 전에 약간의 대화를 시도하면서 도나는 그의 팔죽지 문신을 사진으로 찍어 번역 앱에서 확인해봤다. 문신의 한자는 '예시 — 보내려는 메시지를 여기 넣으세요'라는 뜻이었다.

언뜻 보면 멀쩡해 보이지만 눈치레에 불과한 때가 있다. 보는 방식을 달리해야 비로소 진실을 알게 된다. 도나는 휴대폰을 내려놓으며 엘리자베스에게 묻는다.

"이미 생각해보셨겠지만 그래도 물을게요. 이 시신이 더글러스라고 정말 확신하세요?"

"그 부분에 대해 나도 생각해봤어요. 자 그럼, CCTV 자료는 어떻게 됐죠?"

그러자 크리스가 묻는다. "CCTV라뇨?"

그때 초인종 소리가 들린다. 조이스의 집에 누가 찾아왔다.

45장

단순한 기술

"그놈이 어설프다고 평을 했어. 어설프다고 했다니까!"

"알아요, 여보."

엘리자베스는 화내는 스티븐을 달랜다. 새벽 2시 반이다.

오래전 줄리안 램버트라는 남자가 스티븐의 책 『이란 혁명 이후의 예술』에 대한 서평을 썼다. 호평은 아니었다. 야비하게 티를 뜯는 내용이었다. 사실 줄리안과 스티븐은 경쟁 관계였다.

"그 자식을 가만두지 않겠어. 어떻게 감히?"

스티븐은 복도 벽을 손바닥으로 거칠게 후려친다. 스티븐은 덩치가 크다. 지금까지 엘리자베스는 그의 힘을 두려워해 본 적이 없었다. 앞으로는 두려워해야 할까? 스티븐은 매일 조금씩 멀어져 간다.

"괜히 난리 쳐서 그 사람을 기분 좋게 해 줄 필요 없어요, 여보."

줄리안 램버트는 2003년에 생을 마감했다. 본인이 자초한 이유로 값비싼 대가를 치르며 이혼을 한 뒤, 세를 살던 집 차고에서 호스를 이용해 자동차 배기가스를 차 안으로 들여 스스로 목숨을 끊었다.

"만족감 이상을 맛보게 해줘야지. 그놈이 나한테 맞고 쓰러지면 어떤 표정을 지을지 두고 보자고. 내 열쇠 어디 있어?"

무슨 열쇠를 말하는 걸까. 자동차 열쇠는 오래전에 없었다. 집 열쇠는 수개월 전에 감춰두었다. 스티븐은 더 이상 열쇠를 갖고 있지 않다. 어떻게 해야 그를 진정시킬 수 있을까?

"좋은 생각이 있어요. 출발하기 전에 들어볼래요?"

"말리지 마, 엘리자베스. 램버트는 오래전부터 내 속을 긁었어." 스티븐은 서랍을 뒤지며 묻는다. "제기랄, 내 열쇠가 어디 갔지?"

스티븐은 복수심에 불타거나 괜히 화를 낸 적이 없는 사람이었다. 자존심에 휘둘린 적도 없고, 남을 패서라도 자신의 가치를 증명해 보이려 한 적도 없었다.

"안 말려요. 당신 생각에 전적으로 동의해요. 당신 책을 모욕한 건 당신을 모욕한 거나 다름없어요. 당신을 모욕한 건 나를 모욕한 것과 같아요."

"고마워, 여보."

"그래서 말인데 보그단을 데려가는 게 어때요? 보그단이 운전해서 데려다줄 거예요."

스티븐은 잠시 생각을 해보더니 고개를 끄덕인다.

"보그단을 데려가면 램버트가 겁먹겠지?"

엘리자베스가 휴대폰을 꺼낸다.

"지금 전화할게요."

새벽 2시 반인데 보그단은 전화벨이 울리자마자 받는다.

"안녕하세요, 엘리자베스."

"안녕, 보그단. 스티븐이 부탁할 게 있대요."

"알겠습니다. 바꿔주세요." 엘리자베스는 보그단이 새벽 2시 반에 왜 쌩쌩하게 깨어 있는지 궁금해진다. 짜증이 날 정도로 속을 알 수 없다. 첩보원 일로 단련된 귀를 바짝 세워보지만 전화기 너머에서는 아무런 배경 소음도 들리지 않는다.

"보그단? 자네야?" 스티븐이 전화기에 대고 말한다.

"예, 스티븐. 뭘 도와드릴까요?"

"켄싱턴인가 캠던인가에 사는 놈이 하나 있는데, 그놈을 두들겨 패줘야겠어."

"그렇군요. 지금요?"

"자네가 여기로 오자마자 바로 출발하려고."

"알겠습니다. 한 시간쯤 걸릴 거예요. 그동안 쉬고 계세요. 아셨죠? 엘리자베스를 다시 바꿔주세요."

스티븐은 휴대폰을 다시 엘리자베스에게 건넨다.

"고마워요, 보그단. 당신은 좋은 친구예요."

"당신도요. 스티븐을 다시 재우세요."

"고마워요. 지금 뭐 하고 있었어요?"

"이것저것이요."

"뒤에서 무슨 소리가 들리는데요?"

"아무 소리도 안 들리실 겁니다."

엘리자베스는 위로 눈을 굴린다. "잘 자요, 보그단."

엘리자베스는 스티븐을 침대로 데려간다. 그는 훨씬 진정된 모습이다. 보그단은 사람을 잘 달랜다. 엘리자베스는 스티븐에게 옷을 벗고 누우라고는 설득 못 하고, 옆에 나란히 누워 이불을 덮자고 달랜다.

"당신 친구들을 누가 총으로 쐈는지 알아냈어?"

그가 묻는다. 엘리자베스는 화제를 돌릴 기회를 놓치지 않는다. "아직요. 알아내야죠."

엘리자베스는 이미 단서를 갖고 있다. 그 단서가 무엇이며, 어디에 있는지 알아내는 게 문제다.

"해낼 수 있을 거야. 당신은 늘 범인을 잡잖아."

엘리자베스는 미소를 지으며 남편의 뺨에 입을 맞춘다.

"난 당신도 잡았어요, 그렇죠?"

"아니, 내가 당신을 잡은 거지. 당신을 보자마자 계획을 세웠거든."

서점 앞에서 엘리자베스가 떨어뜨린 장갑 한 짝을 스티븐이 주워 건네면서 그들의 만남은 시작됐다. 물론 기사도 정신을 발휘하게끔 유도한 엘리자베스의 전략이었다. 스티븐에게는 얘기한 적 없지만, 엘리자베스는 벤치에 앉아 있는 스티븐을 멀찍이서 먼저 봤다. 그녀가 본 중에 가장 아름다운 남자였다. 엘리자베스는 벤치 앞으로 지나가면서 일부러 장갑 한 짝을 떨어뜨렸다. 예상대로 스티븐은 장갑을 주웠다. 코앞에 떨어진 장갑은 어떤 남자도 거부할 수 없는, 진부하지만 낭만적인 매개체였다. 그랬다. 엘리자베스는 늘 원하는 남자를 손에 넣었다. 남자가 미처 알아차리기도 전에. 늘 계획을 세우고 접근한 덕분이었다.

"더글러스가 나한테 쪽지를 남겼어요. 다이아몬드의 위치를 말해주는 쪽지요. 조이스랑 같이 흔적을 쫓아갔더니 또 다른 쪽지가 있더라고요. 그 쪽지에는 내가 이미 다이아몬드의 위치를 알고 있다고, 잘 생각해보라고 적혀 있었어요."

"곰곰이 잘 생각해보라고?"

"맞아요. 그게 요지예요."

"첫 번째 쪽지는 어떻게 찾았지?"

"숲에 있는 나무 앞에서 그 사람이 비밀 우편함 얘길 했어요."

"당신한테는 뻔한 힌트였겠네."

엘리자베스는 소리 내어 웃는다. "생각해보면 그래요."

"다른 말은 없었어? 쪽지에는?"

"가져와 볼까요? 같이 볼래요?"

"그래, 재미있겠다. 찻물을 올릴까?"

"아뇨. 누워 있어요. 신발이랑 재킷 벗고 편안하게 누워서 기다려요."

"알았어."

다리를 옆으로 돌려 침대에서 내려간 엘리자베스는 책상 앞으로 걸어간다. 스티븐이 신고 있던 신발을 방 저쪽으로 휙 벗어 던진다. 엘리자베스는 편지 사본을 챙겨 침대로 돌아온다. 넥타이를 풀지 않은 남편을 바라보며 엘리자베스는 미소 짓는다.

그들은 함께 편지를 다시 읽어본다. 스티븐은 '노섬브리아' '예전에 함께 주말을 보냈던 라이 마을' '마피아' '언제나 사랑을 담아서' 같은 문구에 대해 의견을 말한다. 특히 '언제나 사랑을 담아서'라는 부분에 대해 그는 "이봐, 맥은 이미 졌어"라고 덧붙인다.

단서는 뻔히 보이는 부분에 숨겨져 있을지도 모른다. 엘리자베스와 더글러스는 재미로 단순한 기술을 사용하곤 했다. 연속된 문장들의 첫 번째 글자를 모아 하나의 메시지를 구성하는 기술이었다. 서로에게 열렬한 연서를 보내면서, 각 문장의 첫 번째 철자를 모아 '우리가 계란과 화장실용 휴지를 필요로 하는 거 잊지 말아요'라는 메시지를 보내는 식이었다.

더글러스는 이번에도 그런 단순한 기술을 썼을까? 옛 시절을 추억하면서? 그건 좀 아니지 않나?

스티븐이 말한다.

"라이 마을에 있는 오두막에 있지 않을까 싶은데. 당신 생각은 어때? 굳이 언급한 게 그렇지 않아?"

라이 마을의 오두막에는 아무것도 없었다. 엘리자베스가 제일 먼저 확인해본 게 그곳이었다. 사람들은 1995년에 우회 도로를 내기 위해 그 오두막을 불도저로 밀어버렸다. 엘리자베스는 편지를 들고 다시 찬 찬히 들여다본다. 연속되는 문장의 첫 글자를 모아 메시지를 남겼는지 확인해야 한다. 편지 앞부분을 눈으로 훑어본다.

솔직히 말할게. 이번에 다이아몬드를 훔쳐 이 사단이 벌어지게 만든 것에 대해 사과할게. 돈 앞에는 장사 없다고 하잖아. 돈이 2,000만 파운드나 되 니까. 나도 어쩔 수 없었어. 은퇴를 앞둔 한물간 요원인 내 앞에 2,000만 파운드어치의 다이아몬드가 놓여 있었어. 저항할 수가 없더라고. 돈이 눈 앞에 있으니. 하하. 이해하지? ·

한물가긴 했어도 그래도 몇 가지 기술은 여전히 쓸 수 있어. 쓸모없는 노 인네지만 앞으로 몇 년은 더 활기차게 살 기력도 남아 있고 그 시간을 낭 비하고 싶지 않아. 이대로 초라하게 은퇴할 수는 없어. 언젠가는 은퇴하겠 지만.

엘리자베스의 얼굴에 미소가 피어난다. 역시 그거였어, 더글러스. 찬 찬히 생각해보니 예전에 이런 매력에 넘어가 더글러스와 결혼했었다.

스티븐이 말한다.

"여보, 줄리안 램버트 기억나? 그 친구가 갑자기 생각나네."

"처음 들어봐요."

"점심이라도 같이 먹어야겠어. 그 친구가 힘들게 이혼을 했거든. 괜 찮은지 한번 들여다봐야겠어."

아, 내 곁에 있어요, 스티븐. 언제까지나, 지금처럼, 영원히.

46장

손님 방

손님방에 누가 있어서 조용히 타이핑을 하고 있다.

조애나가 갑자기 와서 지내다 갈 때가 있어서 우리 집 손님방은 언제든 깔끔하게 준비돼 있다. 조애나가 자주 오는 건 아니고 가끔 온다. 조애나의 회사가 실버타운 언덕배기의 개발사업 부지 공사를 맡게 되면서 조애나가 몇 번 집에 왔다. 지난번에 조애나는 나를 데리고 공사 부지로 가 구경을 시켜줬다. 그곳에서 나는 안전모를 써야 했다. 구경을 하고 안전모를 쓴 채로 엘리자베스의 집으로 가 문을 두드렸다. 내 모습을 보면 신나게 웃을 것 같아 보여주고 싶었다. 아쉽게도 엘리자베스는 집에 없었다. 론의 집 문을 두드렸더니 다행히 론은 집에 있었다. 조애나가 나와 론이 함께 있는 사진을 찍어 주었다. 나는 안전모를 쓰고 론은 그 안전모를 손으로 가리키는 사진이었다. 페이스북에 올려놨으니 여러분도 볼 수 있다. 나도 인스타그램에 올려야지!

손님방 베개는 조애나가 크리스마스 때 사준 거다. 조애나는 내가 준비해둔 베개가 너무 얇다고 타박했다. 베개 하나는 너무 낮고 두 개는 너무 높다는 거다. 마치 내가 일부러 그렇게 해놓은 것 같다는 투였다. 내가 브리티시 홈 스토어즈 매장에 가서 굳이 내 딸을 짜증 나게 만들 베개를 골라서 집에 들여놓았을까. 손님방에는 조애나가 어머니날에 사준 화이트 컴퍼니의 초도 있다. 자기가 사준 물건들로 손님방을 채워 놓아야 찍소리 안 하려나. 그래도 또 무언가를 찾아내겠지.

지난번에 왔을 때 조애나는 베니션 블라인드의 살 각도를 아래로 가게 해야지 왜 위로 가게 했냐며 핀잔을 줬다. 난 그동안 쌓이고 쌓인 게 터지고 말았다.

"내가 이 얘기를 하려고 오랫동안 벼렀어. 왜 내가 한 걸 다 틀렸다고 하니?"

"엄마만 그런 게 아니라 나도 마찬가지거든."

"말도 안 되는 소리 마. 어떤 면에서 그렇다는 건데?"

"엄마는 나보고 '너무 뚱뚱하다, 너무 말랐다, 잘못된 남자를 만났다, 이번엔 제대로 된 남자였는데 왜 헤어졌냐, 머리를 위로 올려라, 머리를 아래로 내려라, 넌 일을 너무 열심히 한다, 휴일이 너무 많은 거 아니냐, 너희 집 주방 색을 잘못 칠했다' 이런 말을 하면서 사사건건 간섭하잖아."

조애나의 말에 신경이 곤두섰지만 내가 좀 그랬을 수 있다는 생각도 들었다. 그래도 이대로 밀리고 싶지 않아 다시 받아쳤다.

"딸이라 신경이 쓰여서, 사랑하니까 한 말이지."

"너무 뚱뚱하다고 지적한 게 날 사랑해서 한 말이라고?"

"네가 날씬할 때 더 행복한 걸 아니까. 상처 안 받게 부드러운 말로 했잖아."

"나도 내가 과체중이었던 거 알아. 뻔한 사실을 엄마가 지적하면 내가 더 기분 나빠 할 거라는 생각은 안 해?"

그 말도 일리가 있었다.

"널 자주 못 보니까, 보게 되면 그동안 하고 싶었던 말이 한꺼번에 나와서 그래."

"그래서 그랬다고? 내가 엄마를 만나러 자주 안 와서 그런 거라고?"

그쯤에서 우린 둘 다 감정이 격해졌다.

"난 널 무조건적으로 사랑해."

"나도 엄마를 무조건적으로 사랑하지만 엄마가 나를 그냥 좋아해 주길 바랄 때가 있어."

"난 널 당연히 좋아해. 네가 날 안 좋아하지. 너에 비해 내 삶은 너무 폭이 좁으니까, 넌 날 보면서 나와는 달리 성공하고 싶다고 생각했겠지."

"그래서 내가 나쁜 년이라는 거야?"

"아니, 난 네가 자랑스러워."

"나도 엄마가 자랑스러워."

"자랑스럽기는 뭐가."

"엄마는 다정하고 지혜롭고 용감하잖아."

"넌 똑똑하고 아름답고 내가 절대 못 이루는 걸 이뤄냈어."

우린 울음을 터뜨리며 서로를 껴안았다. 내가 사랑한다고 하자 조애나도 내게 사랑한다고 말했다. 우린 눈물을 닦고 서로의 옷에 묻은 먼지를 털어주었다. 그리고 조애나는 베니션 블라인드의 줄을 당겨 블라인드 살이 아래로 내려가도록 각도를 조정한 뒤 내게 차를 만들어주었다.

내게 아들이 아니라 딸이 있어서 다행이다. 적어도 한 번씩은 볼 수 있으니까.

아까 저녁때 크리스의 여자 친구를 만났다. 도나의 엄마라는데, 생각지도 못했다. 어쨌든 여러분이 예상한 대로 사랑스러운 여자였다. 학교 선생님이고 지금은 학기 중 방학이라고 했다. 둘이 잘될 것 같아 기대가 높다. 난 낭만적인 사람이고 늘 높은 기대를 품곤 한다. 그렇게 사는 것도 나름 재미가 있다.

우린 더글러스와 퍼피의 죽음에 대해 얘기를 나눴다. 도나도 엘리자베스와 같은 의견이었다. 그 시체가 더글러스라고 확신할 수 있을까? 나도 그 현장에 있었고 시신을 봤다. 더글러스의 시신이 맞는 것 같긴 한데 의문을 제기할 수도 있을 거다. 안타깝지만 그 문제에 대한 답이 나오려면 하루 더 기다려야 한다. 그 생각까지 하고 있는데 우리 집 초인종이 울렸다. 나가보니 퍼피의 엄마 쇼본이었다.

맞다. 내가 쇼본에게 쿠퍼스 체이스에 한번 오라고 말했다. 쇼본은 고덜밍시에 와서 퍼피의 시신을 확인했단다. 너무 끔찍해서 상상도 하고 싶지 않은 상황이다. 쇼본은 고덜밍시에 이틀간 머물면서 장의사와 MI5 담당자, 변호사와 복잡한 얘기를 나눴다. 그들이 집까지 차로 데려다주겠다고 했지만 쇼본은 쿠퍼스 체이스로 가달라고 요청했다. 퍼피가 나한테 제 엄마 전화번호를 줬으니 쇼본은 퍼피가 우리를 믿었다는 걸 알고 있을 것이다. 그러니 딸이 믿었던 사람과 얘기를 나누고 싶었겠지. 쇼본은 수 리어든, 랜스 제임스와 많은 시간을 보냈다. 아마 쇼본의 질문에 그들은 제대로 답할 수 없었을 것이다. 아니면 대답을 들었더라도 믿음이 가지 않았겠지.

쇼본의 마음은 산산이 부서진 상태였다. 우리는 내일 아침에 다시 모이기로 하고 헤어졌다. 모두 쇼본에게 포옹과 함께 다정한 위로의 말을 건넸고 나는 쇼본이 침대에서 안고 잘 수 있도록 뜨끈한 물주머니를 준비했다.

지금 쇼본은 손님방에서 뒤척이며 잠을 못 이루고 있다. 잠을 푹 잘 거라는 기대는 안 했다. 아침 식사로 뭘 먹고 싶은지 물어봤어야 했는데 잊어버렸다. 아침에 가게에 가서 이것저것 사 와야겠다.

학기 중 방학 얘기가 나와서 말인데 론의 손자 켄드릭이 며칠 동안 우리 마을에서 지내기로 했다. 여행 업계에서 일하는 론의 딸 수지가 카리브해 지역에서 열리는 회의에 참석하러 가야 해서 론에게 아들을 맡겼다. 그런데 카리브해 지역에서 회의를 한다고?

수지의 남편 대니 — 대니는 사람들이 자기 이름을 대니얼이라고 부르면 기분 나빠한다 — 도 바쁜 와중에 휴가를 내고 수지와 함께 카리브해로 갔다. 우린 대니가 무슨 일을 하는지 잘 모른다. 대니는 정장을 입고 다니지만 넥타이는 하지 않는다. 복장으로 그의 직업을 유추할 수 있을까? 어쨌든 론은 덕분에 켄드릭과 함께 시간을 보낼 수 있게 됐다. 지난번에 봤을 때 켄드릭은 명랑한 꼬마였다. 지금도 여전히 명랑한 녀석일까. 남자아이는 열두 살쯤 되면 어린아이 때의 귀염성이 사라진다. 물론 자라면서 대부분 새로운 매력을 되찾게 되지만 말이다.

47장

아주 좋은 질문

"이브라힘 할아버지, 원숭이가 나아요, 펭귄이 나아요?"

"펭귄."

이브라힘은 침대 옆 의자를 손으로 톡톡 친다. 켄드릭이 그 의자에 와서 앉는다.

"아, 네. 우리 할아버지는 모른대요. 펭귄이 왜 원숭보다 나은데요?"

이브라힘은 읽고 있던 신문을 내려놓는다. "켄드릭, 내가 널 왜 좋아하는지 아니?"

켄드릭은 고개를 젓는다. "모르겠는데요."

"넌 아주 좋은 질문을 해. 사람들은 대부분 그렇게 못 하거든."

"못 한다고요?"

"또 좋은 질문을 했구나. 펭귄이 원숭이보다 나은 이유를 말해주마. '펭귄'은 구체적인 용어이고 '원숭이'는 비구체적인 용어라서야. '원숭이'라고 하면 사람들마다 다른 이미지를 떠올려. 개코원숭이를 떠올리는 사람도 있고 조그마한 마모셋원숭이를 떠올리는 사람도 있지. 반면에 '펭귄'이라고 하면 다들 똑같은 이미지를 떠올린단 말이야. 단어라는 건 그만큼 중요한데 대부분의 사람들은 그걸 몰라. 단어는 구체적일수록 좋은 거야."

"실제 펭귄이 실제 원숭이보다 나아요?"

이브라힘은 생각을 한 후 대답한다.

"어떤 동물이 다른 동물보다 낫다고는 말할 수 없어. 우리는 모두 원자들을 모아놓은 집합체니까. 사람도 마찬가지야. 나무도 그렇고."

"호랑이도요?"

"호랑이도."

켄드릭이 후우 하고 한숨을 쉬며 묻는다. "하마도요?"

이브라힘은 고개를 끄덕이고는 아까 보고 있던 십자말풀이로 돌아간다.

켄드릭이 의자에서 폴짝 내려서며 묻는다.

"뭐 하세요? 그거 퍼즐이에요?"

"십자말풀이 퍼즐이야."

"지루해요 아니면 재미있어요?"

"둘 다야. 내가 이 퍼즐을 좋아하는 이유도 그래서고."

론이 일어서서 기지개를 켜며 말한다. "가게에 좀 다녀올게요. 이브라힘, 아이스크림 먹을래요?"

"아뇨. 괜찮아요, 론."

"아무도 아이스크림을 안 먹고 싶어 하다니, 알겠습니다."

론이 문 쪽으로 돌아선다.

입을 꼭 다물고 있던 켄드릭이 조그맣게 소리를 내자 론이 돌아본다.

"괜찮니, 켄드릭?"

켄드릭은 입을 다문 채로 "암임슴큼림"이라고 말한다.

"뭐가 필요하다고? 계란? 청소솔? 변기 세정제? 정어리?"

켄드릭은 고개를 젓는다.

"정말? 이제 가게에 가야겠다. 위스키 한 병 사다 줄까? 양배추는 어때? 원한다면 양배추를 사다 주마."

실망한 켄드릭은 바닥을 내려다본다. "아뇨. 됐어요, 할아버지."

론이 미소를 지으며 손자를 안아 올린다. "아이스크림 사줄까?"

켄드릭이 론을 바라본다. "정말요?"

"넌 지금 방학이잖아, 케니. 방학에는 아이스크림을 먹어줘야지."

"놀리시는 거죠?"

"놀린 거 맞아."

"트위스터 아이스크림 먹어도 돼요? 키이스 할아버지네 집에서 지낼 때 먹었거든요."

키이스 할아버지라. 늙은 사기꾼 놈. 중고차를 팔아서 그렇게 큰 집을 살 수는 없다. 게다가 그놈은 밀월 팀 팬이다. 켄드릭이 키이스네 집에서 지냈다고? 수지는 그런 얘기한 적 없는데. 수지와 대니는 대체 왜 그러는 걸까.

"그래 좋다. 두 개 먹어라."

론은 신이 나서 버둥거리는 켄드릭을 바닥에 내려놓는다.

"트위스터 두 개를 한 번에 먹어보는 건 처음이에요."

창밖으로 쇼본과 함께 걸어가는 조이스의 모습이 보인다. 가여운 퍼피의 모친 쇼본은 어젯밤에 조이스의 집을 찾아왔다. 론은 쇼본에 대해 연민 이외의 감정을 가져서는 안 된다는 걸 알지만 참 곱게 생긴 여자라는 생각을 떨칠 수 없다. '일주일만 기다리자'라고 그는 생각한다. 일주일 후에는 한번 들이대 볼 생각이다. 장례식이 끝난 후부터 다가가면 되지 않을까?

론은 켄드릭을 이브라힘 곁에 두고 나가기로 한다. 둘 다 좋아하는 눈치다. 외투를 입는 론의 귀에 이브라힘의 목소리가 들린다.

"'평행 사변형'의 다른 말은 뭘까, 켄드릭? 일곱 글자인데."

"다른 말은 없을걸요."

"그래, 네 말이 맞을 수도 있어."

론이 현관문을 열고 미소 짓는다. 어쩌다 손자 그리고 절친과 이렇게 한집에 있게 됐을까? 난 정말 운이 좋구나.

48장

눈물 이별 아쉬움

패트리스는 오늘 아침에 떠났다. 그녀가 기차역으로 가는 택시를 타기 전 아쉬움에 다들 눈물을 흘렸다. 패트리스도 평소답지 않게 눈물을 한두 방울 흘렸다. 패트리스가 가고 나니 집이 텅 빈 것 같다. 크리스도 마음이 휑하다.

엘리자베스를 비롯한 노인들은 패트리스가 마음에 드는 눈치다. 조이스는 집을 나서면서 크리스에게 나지막하게 말했다. "크리스, 패트리스는 정말 멋진 여자예요." 론도 "응원하겠습니다"라며 크리스를 격려했다.

크리스는 배가 고프다.

이번 주 초에 그는 〈마스터셰프〉에서 본 대로 고추를 잘게 썰어 먹었다. 빨간 고추, 초록 고추, 노란 고추. 슈퍼마켓에 가면 세 가지 고추를 묶음으로 살 수 있다는 걸 늘 알고 있었다. 알면서도 수차례 고추 매대 앞을 그냥 지나쳤다. 건강한 식재료임을 알면서도 무시하고 파이와 파스타 코너로 향하곤 했다.

내일은 일터에 복귀해야 한다. 코니 존슨을 잡아들일 방법을 강구해야 한다. 런던에서 '지원'을 해주러 팀이 와 있다.

그는 빨간, 노란, 초록 고추를 사 먹는 부류의 남자가 되는 삶을 꿈꿔

왔다. 브로콜리나 생강, 비트를 당연한 듯 구매하는 남자 말이다. 그는 과일과 채소 코너에 가면 늘 바나나를 샀고 아는 사람과 우연히 만날 경우에 대비해 장바구니 맨 위에 시금치 한 다발을 올려놓곤 했다. 사람들은 늘 남의 장바구니를 들여다본다. 크리스는 어른답게 식료품을 사 먹는 척하고 싶었다. 그러면서 시금치 다발 밑에 킷캣 초콜릿을 슬그머니 집어넣었다.

테스코 마트에서 계산원이 그가 쇼핑한 물건들을 훑어본 날이 기억난다. 여자 계산원이었는데 그가 가져온 초콜릿, 감자 칩, 다이어트 콜라, 소시지 롤빵을 쭉쭉 계산하더니 고개를 들고 친절한 미소를 지으며 말했다. "아이 생일 파티 준비하시나 봐요?" 그 후 크리스는 셀프 계산대를 이용하게 됐다.

얼마 전 패트리스와 식료품을 사러 갔다. 패트리스가 집에서 볶음 요리를 해 먹냐고 물어서 크리스는 해 먹는다고 거짓말을 했다. 패트리스가 집에 웍이 안 보이더라고 말하자, 크리스는 실은 집에서 해 먹지 않는다고 실토했다. 그러면서 늘 해 먹어 보고 싶었다고 덧붙였다.

그들은 슈퍼마켓이 아니라 시장, 진짜 시장에 가서 이것저것 요리에 필요한 재료를 샀다. 패트리스가 앞치마를 두른 상인에게 어디서 가져온 라즈베리냐고 묻는 순간, 크리스는 그제야 제대로 된 인간이 된 기분이었다. 마치 광고에 나오는 커플이 된 느낌이랄까. 크리스는 사람들이 이런 그의 모습을 봐주길 바랐다. 누가 물으면 이렇게 대답할 생각이었다. "뭐 하냐고요? 아, 그냥 여자 친구랑 숙주나물 좀 사고 있습니다."

패트리스가 떠나자 집이 텅 비어버렸다. 노트북으로 요가 수업을 보며 따라 하다가 거실 바닥에서 그대로 잠들어버리곤 했던 패트리스가 없으니 왜 이리 허전한지. 온라인으로 요가 수업을 받는 여자 친구가 있는 것도 이론상 좋은 일이지만, 오후에 행복하게 낮잠을 자는 여자 친구가 있는 것은 훨씬 더 좋은 일이었다.

그는 이번 주가 끝나지 않기를 바랐다. 월요일이면 패트리스는 런던 남부에 있는 학교로 출근해야 한다. 그럼 그들은 스카이프로 통화를 하고 멀리 떨어진 각자의 방에서 같은 텔레비전 프로그램을 보는 생활로 돌아가야 했다.

임대 차고를 감시하면서 간단하게 먹고 때울 음식을 생각하니 마음이 울적해진다. 패트리스가 가고 나면 예전 식습관으로 돌아가게 될까? 어젯밤 일을 떠올려본다.

크리스는 웍에 코코넛 오일을 한 바퀴 둘렀다. 요리를 하기 위해 그들은 코코넛 오일도 샀다. 웍도 샀다. 집에서 요리를 해본 적 없다는 사실을 패트리스에게 실토한 후 그는 그녀와 같이 나가서 도마와 잘 드는 칼, 바다 소금, 후추도 샀다. 쇼핑을 하러 오가는 길이 그렇게 행복할 수가 없었다.

쉰한 살의 남자 크리스는 후추와 숙주나물, 파, 두부(이건 또 완전히 다른 얘기였다)를 웍에 넣고 볶았다. 텔레비전에서 익숙하게 들었던 지글지글 소리가 들렸다. 눈물이 났다. 어째서 눈물이 났을까? 늦은 밤 혼자 포장 음식을 사다 먹던 지난 세월이 애달파서? 스낵, 살이나 찌도록 만들던 무의미한 음식들, 길고 긴 밤, 지루한 세월, 두 팔로 안아줄 이도 없이 소파에 홀로 앉아 보낸 시간 때문에? 지금은 완전히 달라졌다. 그는 다채로운 색깔과 냄새에 둘러싸여 정상적인 일상을 살아가고 있다.

크리스는 오랫동안 본인을 포함해 다른 이를 돌본 적이 없었다. 그런 생각을 하는데 눈물 한 방울이 웍으로 툭 떨어졌다.

눈물방울이 치이익 소리를 내자 뒤에서 패트리스의 두 팔이 그의 허리를 감쌌다. 패트리스가 잠에서 깬 것이다. 크리스가 돌아보자 패트리스는 위로 고개를 들어 그에게 입을 맞췄다.

"매캐한 연기 때문에 요리하다 눈물이 흐르지 않으려면 웍에서 약간 물러서 있어야 돼요."

"좋은 충고네요. 요가는 어땠어요? 다 했어요?"

"으음. 강렬하게요."

패트리스는 몸을 끌어 올려 조리대에 걸터앉았다. 영화에서 조리대에 유쾌하게 앉아 있는 여자들의 모습을 보긴 했지만, 그의 집 주방에서 그런 일이 실제로 일어날 줄은 몰랐다. 이 사랑스럽고 나른한 여자는 그의 주방 조리대에 기분 좋게 앉아 있었다.

"나를 사랑하게 된 거예요?" 패트리스가 웃으며 물었다.

"물론이요." 크리스는 웃으며 그녀에게 키스했다.

"나도 그렇게 되면 좋겠어요." 패트리스는 조리대에서 바닥으로 폴짝 내려섰다. "그릇 가져올게요."

크리스는 다시 웍으로 고개를 돌렸다. 그가 고개를 돌리고 있는 동안 패트리스는 부산하게 찬장을 뒤졌다. 눈물이 또 나왔다. 이번에는 줄줄 흘렀다. 왜 이러지? 이건 볶음 요리일 뿐이야, 크리스. 이건 볶음 요리고 여자가 조리대에 앉아 있었을 뿐이야.

그때 그는 깨달았다. 깨달았다고 해야 할까, 아니면 이해했다고 해야 할까? 어느 쪽인지는 중요하지 않았다. 중요한 건 그가 패트리스를 사랑하게 됐음을 알았다는 것이다.

아, 신이시여, 맞습니다. 아, 신이시여, 맙소사.

때를 봐서 패트리스에게 말해야 할까? 어쩌면 패트리스도 그냥 느낄 수도 있었다.

크리스는 눈가에 맺힌 눈물을 닦았다. 그 순간 고추 조각 하나가 손가락에 붙었고 즉각 매운 통증이 느껴졌다. 사랑과 행복, 부끄러움, 연약함, 두려움, 흥분에 관한 생각들은 일단 나중으로 미뤄야 했다.

적어도 왜 우는지 설명할 필요는 없게 됐다.

패트리스가 이 집에 머무는 동안은 그도 쉽게 건강한 생활을 할 수 있었다. 까짓것 쉽다는 생각도 했다. 과일을 먹고 저당 토닉 워터를 마시고 KFC를 안 먹으면 되는 거니까.

하지만 패트리스가 없으니 저녁이 길어졌다. 혼자 먹으려고 브로콜리를 데치고 싶지가 않았다. 그랬다간 괴상한 놈으로 보일 것 같았다. 비스킷 정도는 먹어도 되지 않을까? 딱 하나만? 건강 식품점에서 파는 다크 초콜릿은 먹어도 되려나? 그 초콜릿은 맛이 형편없으니까 먹어도 괜찮지 않을까?

예전에 이브라힘한테 호두가 건강에 좋다는 얘길 들어서 크리스는 요즘 호두도 왕창 먹고 있다.

어느 정도 먹어야 적당할까?

요즘은 어디든 다 배달이 된다. 식당뿐만 아니라 동네 식료품 가게도 배달을 해준다. 식당에서 배달해 먹는 건 별로다. 가게에 요청하면 10분 내에 프링글스 감자 칩과 에어로 초콜릿을 문 앞까지 배달해준다.

그는 호두 한 줌을 입에 넣고 마지못해 우적우적 씹는다. 허브티를 마실까? 트윅스 초콜릿을 주문해? 그거 하나 먹는다고 큰일 날 거 없잖아? 트윅스 초콜릿은 조그마하니까 두 개 먹을까?

카레는? 파파담(인도와 파키스탄에서 주로 먹는 납작하고 바삭한 콩 과자) 대신에 채소를 곁들여서 먹으면?

음식 생각 그만하자, 크리스. 일 생각을 해. 라이언 베어드의 공판일이 코앞으로 다가왔다. 쉽게 이길 것 같다. 코니 존슨은 어떤가. 그 여자가 실수를 저질렀을까? 코니 존슨이 레인지로버를 타고 페어헤이븐을 제집처럼 편하게 휘젓고 다니는 꼴은 정말이지 보기 싫다.

현관 인터폰이 울린다. 밤 9시 45분. 늦은 시간인데 누구지?

지루한 근무

엄밀히 말하면 이건 데이트가 아니다.

도나와 런던에서 온 남자 경감은 저녁 내내 코니 존슨의 임대 차고에 눈을 박고 감시 중이다. 도나는 차라리 크리스와 잠복근무를 하는 게 낫겠다는 생각을 한다. 엄마가 런던 남부로 돌아갔으니 조만간 소원을 이루게 되지 않을까.

임대 차고에 관해서는 보고할 것도 없었다. 어린 녀석 몇 명이 자전거를 타고 오갔다. 새로운 얼굴은 보이지 않았고 코니도 안 보였다. 유치장에서 나온 라이언 베어드가 자전거를 타고 임대 차고에 들르지 않을까 생각했는데 녀석은 법원 출석 때까지 경찰 눈에 안 띄게 바짝 엎드려 있을 모양이었다.

코니는 도나와 크리스의 전화번호를 알고 있는 것 같았다. 그래도 코니를 잡아들일 방법을 찾아내면 훈장과 진급은 보장된 거나 다름없었다.

옆에 있는 경감은 2주일 동안 런던에서 지원하러 온 사람들 중 하나다. 런던에서는 코니 존슨을 꽤 심각한 문제로 보고 지원 인력까지 보냈다. 경감은 도나 맞은편에 앉아 병째로 맥주를 마시고 있다. (그는 "어차피 유리병에 담겨 있는데 뭐 하러 유리컵에 따라 마셔"라고 했다.) 도나가 페이스북으로 훑어본 바에 의하면, 그는 이번에 온 팀에서 유일한 싱글 남자다.

이름이 조던이랬나 제이든이랬나. 디저트가 나오고 있어서 새삼 이름을 물어보기도 어색하게 됐다. 도나가 저녁 내내 그냥 '경감님'이라고 불렀는데도 그는 개의치 않는 눈치다. 경감은 베이킹 프로그램 〈베이크 오프〉를 '지루하기 짝이 없는 쓰레기 같은 프로그램'이라면서 한 번도 본 적 없다고 했다. 그리고 5G 통신탑은 정부가 꾸민 음모이며 암 발생과 관련이 있다고, 그러니 우리가 다 같이 감시해야 한다고 설파했다.

나이는 서른다섯에서 마흔 정도로 보인다. 그 나이대 남자들은 나이를 정확히 판별하기가 어렵다. 튼튼한 팔을 갖고 있는 것 같아서 도나는 교대 근무를 마치고 르 퐁 누아에서 같이 저녁을 먹자는 그의 제안에 동의했다. 제기랄. 도나는 외롭다.

도나는 내일모레면 서른이다. 친구들은 하나둘씩 짝을 지어 그녀의 곁을 떠나고 있다. 전 남친 칼은 이미 약혼했다. 시간 낭비 없이 일사천리로. '서로 공간이 필요해' '난 아직 결혼에 헌신할 준비가 안 돼 있어, 자기야'라고 지껄여대던 놈이. 칼의 약혼녀는 경찰이 아니라 신발 인플루언서다. 그들은 두바이에서 결혼할 예정이라고 한다.

도나는 이제 새로운 마을에서 살고 있는 새로운 여자다. 해변 마을에 사는 흑인 여자. 환영받지 못하는 느낌이기도 하고, 별난 존재로 취급받는 것 같기도 하지만 어느 쪽이든 상관없다. "어디서 왔어요?" "런던 남부요." "아니, '진짜' 어디서 왔냐고요?" "아, 무슨 뜻인지 아는데, 런던 남부의 스트리섬 지역에서 왔어요."

이 동네에서 부츠 브랜드의 파운데이션은 구할 수도 없고, 머리를 밀고 맡길 미용실을 찾으려면 브라이턴시까지 가야 한다. 좀 힘들다고 죽지는 않겠지만, 이곳 생활은 외로움을 덜어내는 데에 전혀 도움이 안된다.

그래도 최선을 다해야지. 50세 이하인 사람들과 간간이라도 만나 어울려줘야 한다. 이름이 정확히 뭔지 모르겠지만 너무 뻔한 이 남자와도 잘 어울려봐야지. 힘내자, 도나야.

강한 팔을 가진 경감이 지껄인다. "그 여자를 여태 못 잡았다니 믿기지가 않아."

"코니가 똑똑하거든요."

"코딱지만 한 마을에서 똑똑해봤자지. 런던에서라면 어림도 없어. 나랑 팀원들이 도와주러 왔으니 자네들은 운도 좋아."

"아직 그 여자를 못 잡았잖아요."

이 정도면 지나치게 깎아내린 말은 아니다.

"런던은 여기와는 리듬이 달라. 심장 박동 자체가 다르다니까."

"알아요. 저도 런던에서 왔어요."

"거기서 살아봐야 알아. 런던 공기를 마시면서. 크고 추잡한 도시거든."

"전 거기서 태어났어요. 경감님은 어디 출신인데요?"

"하이위컴시."

"빈민가네요."

"농담이지?"

"아뇨. 그냥 대화였어요. 계속하든지요."

이 남자가 멋진 눈을 가졌던가? 음, 눈동자 색깔이 괜찮기는 하네. 그럭저럭.

"난 지금 트래블로지 호텔(숙박료가 비교적 저렴한 호텔 체인점)에서 머물고 있어." 경감은 이렇게 말하며 손목시계를 내려다본다. 증거물 보관실에서 '빌려온' 가짜 롤렉스임이 분명하다.

도나는 고개를 끄덕인다. 오늘 저녁에 외롭지 않으려면 트래블로지 호텔에서 이 남자와 섹스를 해야 하나? 그래, 좋다. 음식값을 계산하고 가는 길에 와인 한 병 사서 해치워버리자. 멍하게 아무 생각 없이. 엄마와 크리스가 사랑에 빠져 있는 동안에.

"자네 상관 말인데, 크리스 허드슨 경감인가? 좀 형편없는 사람 같지 않아?"

"저라면 그분을 과소평가하지 않을 텐데요." 조던인지 제이든인지, 너 말조심해라.

"런던에서라면 그런 사람은 1초도 못 버텨."

"어째서요?"

"저 코로나 같은 여자를 못 잡는 거만 봐도 알 만하지."

그래, 됐다. 이걸로 오늘 저녁에 트래블로지 호텔에서 실망스런 섹스를 할 일은 없겠다. 이 별 특징도 없는 남자의 자신감을 쓸데없이 올려주지 않아도 된다. 여기서 뭘 하려고 했지? 뭘 찾고 있었지? 웨이터가 계산서를 가져온다. 도나의 절친을 모욕한 실수를 저지른 평범한 경감이 계산서를 쓱 들여다보며 말한다.

"반반 부담해도 괜찮지? 자네가 와인을 마셨으니까……."

"그럼요, 경감님"

도나는 손을 뻗어 가방을 집는다. 이 답답한 인생을 어떻게 좀 해봐야겠다. 이럴 때 누구와 얘기해야 하는지 도나는 잘 안다. 바로 이브라힘이다.

도나는 경찰서에서 이브라힘에게 CCTV 자료를 보내두었다. 직접 찾아가기까지 하면 이브라힘이 싫어할까?

상담은 필요 없지만 어쩌다 보니 정신과 의사이기도 한 친구 이브라힘과 길게 얘기를 나누고 싶다.

휴대폰에서 알림음이 울린다. 크리스가 보낸 문자다.

50장

코니의 경고

크리스 허드슨은 살그머니 걸어가 벽에 붙은 인터폰 수화기를 집어든다.

"누구시죠?"

도나가 아이스크림 판매원과 재미없는 데이트를 하고 집으로 돌아가다가 들렀나?

"안녕하세요, 크리스. 나예요." 육신에서 분리된 것 같은 여자의 목소리다. 도나가 아니다.

"글쎄요, 누구신지?"

인터폰에서 여자의 웃음소리가 들린다. "어디 사는지 안다고 했잖아요. 바보 같기는!"

크리스는 그 자리에 얼어붙는다. 코니 존슨이다.

"올라가게 해주실 거죠? 상의할 게 있어서요. 오래 안 걸려요."

크리스는 나지막하게 욕을 하며 공동현관 문을 열어준다. 어쩌자는 거지? 크리스는 도나에게 급히 문자 메시지를 보낸다.

코니 존슨이 우리 집에 왔어. 15분 내에 내가 전화 안 하면 경찰차 보내.

크리스는 집 안이 남에게 내보일 만한 상태인지 돌아본다. 패트리스에게 잘 보이려고 치워놔서 집 안 꼴은 괜찮다. 아직 어지럽힐 시간도 없었다. 현관문 노크 소리가 들린다. 크리스는 심호흡을 한 후 문을 열어준다.

"안녕하세요, 크리스."

크리스는 대답 없이 코니를 집 안으로 들인다.

코니는 집 안을 둘러보며 말한다. "음, 괜찮네요. 작지만 좋아요."

"애들한테 코카인을 팔지 않고 내가 감당할 수 있는 수준이 이 정돕니다."

"그렇군요, 마더 테레사 씨."

코니는 크리스의 소파에 가 앉는다. 크리스는 식탁 의자를 가져다가 코니 맞은편에 놓고 앉는다.

"경찰 집에 찾아오다니, 위험한 짓인 건 압니까?"

"으음. 나를 집에 들인 게 더 위험한 짓이겠죠. 마실 거 좀 있어요?"

"아뇨." 이건 사실이다.

"그런가요. 그럼 바로 본론으로 들어갈게요. 얼마만큼 아세요?"

"당신에 대해서요?"

"예."

"당신이 안토니오 형제를 죽였고 레인지로버를 갖고 있다는 것, 영리하긴 하지만 잘못을 발각당하지 않을 정도로 영리하지는 않다는 것 정도죠. 앞으로도 계속 파볼 겁니다."

"으음. 일단 첫 번째 항목에 대해서는 답변을 거부할게요. 두 번째 항목에 대해서 말하자면 나는 경감님도 꽤 똑똑하다고 생각해요. 사람들도 그렇게 얘기하고요."

"나는 똑똑하지 않습니다. 당신보다는 똑똑하지만 전반적으로 똑똑한 편은 아니에요."

코니는 고개를 끄덕인다. "그럴지도요. 경감님 사는 곳을 찾아내기가 쉽긴 했어요."

크리스는 어깨를 으쓱한다. "뒤를 밟아서 집을 알아내는 거야 쉬운 일이죠, 코니."

"그러게요. 여기까지 따라오는 게 참 쉽더라고요. 도나 드 프레이타스 순경 뒤를 따라서 바너비가 19번지까지 미행하는 것도 쉬웠고요. 참, 도나 순경은 오늘 밤에 데이트를 하고 있어. 르 퐁 누아에서요."

크리스는 소리 내어 웃는다. "여기가 학교 운동장도 아니고. 우린 페어헤이븐에 살고 있는 페어헤이븐 경찰입니다. 우리를 미행하는 건 쉬운 일이죠. 날 위협하고 싶으면 더 애써야 될 거예요. 그리고 경찰한테 손을 대면 안 된다는 것 정도는 알고 있겠죠."

"알다마다요."

"그래서 원하는 게 뭡니까?"

"딱히 없어요. 그냥 사업가로서 나도 경찰이 내 일에 참견하는 걸 참는 데에 한계가 있다는 얘길 하려고 온 거예요."

"그래요?"

"예. 그쪽에서 먼저 내 고객들 사진을 찍어댔잖아요. 난 지금 한계에 다다르기 직전이에요. 친구끼리 얘기지만, 일할 때 신중을 기해 주시면 좋겠어요."

크리스는 고개를 끄덕인다. "당신이 내 집 주소와 도나의 집 주소를 알고 있으니 조심하라 이겁니까? 아이고 무서워라."

"우호적으로 경고하는 거예요." 코니는 소파에서 일어선다. "걱정 안 되면 무시하든가요."

"그러죠. 고맙습니다."

크리스는 현관문 쪽으로 코니를 데려간다.

"늦은 시간에 찾아와서 미안했어요. 어쨌든 재미있네요. 그리고 그 여자분 아주 멋지더라고요."

코니를 내보내고 현관문을 닫으려던 크리스는 멈칫한다.

코니가 웃음을 터뜨린다. "이런 말을 해도 될지 모르겠네요. 지금까지 잘하시던데. 벌써 그 여자분이 그리워요? 경감님은 여기 있고 그 여자분은 런던 남부에 가 있어서 그런가?"

"생각도 하지 말아요, 코니."

"무슨 생각이요? 스트리섬 지역이 여기서 꽤 멀다는 얘길 한 것뿐인데?"

"코니, 농담 아닙니다. 당신은 이 일을 감당할 수 있을 정도로 똑똑하지 않아요. 그만해요."

"내가 그 정도로 똑똑하지 않을 수 있어요. 하지만 난 상당히 위험한 여자예요. 예측 불가능하다고 말하는 게 낫겠네요. 난 경감님을 집까지 미행했고, 다른 누군가를 시켜서 패트리스의 집까지 미행하게 했어요."

"나가요."

"이미 문밖에 나와 서 있잖아요, 바보 같기는. 경감님을 위해 우리가 대신 패트리스를 잘 지켜봐 드릴게요. 못된 장난질 못 하게 말이에요. 상당히 예쁘시더라고요. 경감님이 그분한테 꼼짝 못 하던데. 원래 잘난 여자들이 그렇잖아요."

코니는 후 하고 키스를 불어 날린다. 크리스는 문을 쾅 닫고 그 문에 기대어 선다. 빠르게 생각하고 위험도를 판단해야 한다. 코니가 협박을 하더라고 패트리스에게 알려야 할까? 조심하라고 말해줘야 할까? 근처에 레인지로버가 보이면 조심하라고? 괜히 겁먹게 만들지 않을까? 왜 그렇게까지 해야 하지? 아마추어의 허세 때문에? 젠장! 그냥 허세를 떤 거라면? 코니 존슨이 얼마나 예측 불가능하지? 혹시…….

크리스의 휴대폰이 울린다. 도나다. 정확히 15분이 지났다. 전화를 받아야 한다.

"상황 끝."

"코니가 원하는 게 뭐래요?"

도나에게 사실대로 말해야 할까? 크리스는 빠르게 판단한다. 이 판단이 맞기를 바랄 뿐이다.

"나를 위협하려고 찾아왔어. 자네도. 우리 주소를 알고 있다고 하더라고. 우리더러 살살하래."

도나가 웃는다. "그렇게 위협하면 우리가 자길 무서워할 줄 알았나봐요?"

"나도 웃어줬어. 어디 마음대로 해보라고 했지."

"그게 다예요? 아마추어가 와서 협박하고 간 거예요?"

"응. 걱정하게 해서 미안."

"됐어요. 괜찮으신 거죠? 잠깐 들를까요? 드라마 〈오자크〉 다음 편 같이 보게요."

크리스는 주방 서랍을 열고 그 안에 넣어둔 포장 음식 메뉴를 눈으로 훑는다. 패트리스가 여기 머무는 동안 깔끔하게 치워뒀던 것이다.

"아니, 잠이나 자야겠어. 저녁 시간은 즐겁게 보낸 거야?"

"런던에서 온 제이든인지 조던인지 하는 남자랑 용의자 감시하면서요?"

"그 친구 이름은 조녀선이야. 그럼 아침에 보자고."

"내일 야간 근무예요, 대장님."

크리스는 다시 메뉴를 들여다본다. 카레가 먹고 싶어 죽겠다. 그는 서랍을 쾅 닫는다.

내가 나를 사랑하지 않으면 누가 날 사랑해줄까?

51장

수하물 보관소의 단서

이브라힘은 베개로 등을 받치고 침대에 앉아 있다. 침대 옆 탁자에 시가와 브랜디 잔을 놓아두고 앞에는 노트북 화면을 열어놓았다. 그는 도나가 보내준 CCTV 영상 파일을 클릭한다. 쿠퍼스 체이스에서 이브라힘만큼 정보통신기술에 대해 잘 아는 사람은 아마 거의 없을 것이다.

이브라힘이 말한다.

"설명 잘 들어 봐. 더글러스와 퍼피는 26일 오후 5시 이전에 살해당했어. 그러니까 우린 그 시간부터 엘리자베스와 조이스가 목요일에 수하물 보관함을 확인하러 간 시간까지의 영상을 확인하면 돼. 한 삼 일 치 정도야."

"알겠어요."

켄드릭은 이렇게 말하며 이브라힘의 어깨에 머리를 기댄다.

"난 내 노트북으로 26일 영상을 볼 테니까, 넌 네 아이패드로 27일 영상을 볼래?"

"좋아요."

"누가 531번 보관함 문을 열려는 게 보이면 바로 소리쳐서 알려줘."

"그럴게요. 그런데 소리는 안 치고 그냥 말해드릴게요."

"그래. 그게 좋겠구나. 얘기 나누면서 화면을 보자."

"그래야 안 지루하겠네요!"

"그렇지."

이브라힘은 CCTV 영상을 재생시킨다. 최대로 빠른 게 8배속이다. 수하물 보관소는 아침 7시에 문을 열고 저녁 7시에 닫는다. 그러니 하루 치 영상을 보는 데 90분이 소요된다. 켄드릭과 함께라면 90분에 이틀 치를 볼 수 있다. 여덟 살짜리 아이가 하기에 적합한 일이 아닐 수도 있지만, 요즘 아이들은 과잉보호를 받으며 자라니 어느 정도는 풀어줘야 맞다.

"저는 제 영상 볼게요. 무슨 얘길 나눌까요?"

이브라힘은 노트북 화면에 뜬 흑백 영상을 바라본다. 수하물 보관소의 통로가 훤히 보인다. 8배속으로 해놨는데 아직 아무도 드나들지 않고 있다.

"학교는 어떠냐?"

"으으음, 뭐 괜찮아요. 고대 로마인들에 대해 아세요?"

"알지."

그때 배낭을 맨 여자가 통로 안쪽 깊숙이 걸어 들어가 보관함에 배낭을 쑤셔 넣었다.

"누굴 제일 좋아하세요?"

"제일 좋아하는 고대 로마인?"

"저는 브루투스요. 방금 청소부 아줌마가 들어왔는데 아무것도 안 훔쳤어요."

"난 소 세네카를 좋아해. 그는 스토아학파 철학자들 중 최고라고 할 수 있지. 모든 분야의 이론에 능했지만 실질적인 충고를 해주려 늘 애썼어. 그는 철학이 성스러운 책이 아니라 의술과 같다고 믿었거든."

"아, 대단하네요. 우린 아직 그 사람에 대해 안 배웠어요. 제일 좋아하는 공룡은요? 스테고사우루스는 어때요?"

"그래. 나도 같은 생각이다, 켄드릭."

이브라힘은 브랜디를 쭉 들이켠다.

"맞았을 때 아프셨어요?" 켄드릭은 CCTV 화면에서 시선을 떼지 않고 묻는다.

"다른 사람들한테는 안 아팠다고 말했지만 실은 많이 아팠어."

"그분들도 아마 아실 거예요."

"알겠지. 그래도 내가 솔직하게 말한 사람은 너뿐이야."

"고마워요, 이브라힘 할아버지. 지금 어떤 사람이 다른 보관함에서 어떤 상자를 꺼냈어요. 그냥 평범한 장면이에요. 걷어차였을 때 아픈 느낌이 있었어요? 무서웠어요?"

"아주 좋은 질문이구나." 이브라힘이 보고 있는 화면 속에서 정장을 입은 남자가 서류 가방을 보관함에 넣더니 넥타이를 풀어서 같이 집어넣는다. 실직한 후 아내에게 아직 말을 못 한 모양이다. "엄청 무서웠던 기억이 나. 꼭 세탁기 속에 들어간 기분이었어. 바보 같지?"

"아뇨. 그렇게 느끼신 거잖아요."

"죽을 수도 있을 것 같더라. 죽는 것 자체는 괜찮은데, 그런 식으로 죽는 건 불공평하게 느껴졌어. 미리 알았으면 좋았겠다는 생각이 들더라."

"그렇겠네요."

"그리고 네 할아버지 생각이 났어. 조이스와 엘리자베스 생각도 났지. 친구들이 그리울 것 같았어. 친구들도 나를 그리워하겠지. 그런 생각을 했더니 죽고 싶지 않아졌어. 죽지 않고 살면 좋겠다는 생각이 들더구나."

"안 돌아가셔서 다행이에요. 돌아가셨으면 저랑 같이 이런 일도 못 하잖아요."

이브라힘은 시가에 불을 붙인다.

"저도 죽을 것 같으면 우리 할아버지 생각을 하게 될 것 같아요. 이제는 이브라힘 할아버지도 생각하겠죠. 학교 친구인 코디랑 멜리사, 워렌 선생님도요. 엄마 생각을 주로 할 것 같아요. 우와, 담배가 엄청 크네요! 그런데 담배 피우면 안 되는 거 아시죠?"

이브라힘은 시가를 쭉 빤다. "거의 하라는 대로 하면서 살고 있어. 그러는 게 살기가 편하거든. 하지만 하라는 대로 안 하고 살 때도 있지."

"저도 그래요. 엄마 모르게 안 자고 깨어 있을 때도 있어요."

"너희 아빠 생각은 안 날 것 같니? 네가 죽을 것 같을 때 말이다."

켄드릭은 잠시 생각에 잠긴다. "아빠가 화를 낼 것 같다는 생각은 들어요."

이브라힘은 고개를 끄덕이며 시가를 치운다. "나 같으면 아버지 생각은 안 했을 것 같아."

"할아버지는 아빠가 없잖아요. 할아버지 아빠가 살아 있으면 나이가 1,000살은 될걸요."

그들은 다시 화면에 집중한다. 이브라힘은 예닐곱 명이 보관소 통로를 지나가는 모습을 바라본다. 하지만 다들 531번이 아닌 다른 보관함으로 향한다. 켄드릭도 비슷하다. 아직까지 531번 보관함을 건드린 사람은 보이지 않는다. 그들은 다시 드문드문 편안하게 얘기를 나눈다. 이브라힘은 켄드릭이 제일 좋아하는 숫자가 13임을 알게 됐다. 그 숫자가 안타깝게 보여서 좋아한다고 했다. 그리고 켄드릭은 행성들에 관한 퀴즈를 낸다. 제일 큰 행성은 목성, 제일 멋진 행성은 토성이다.

("지구는?" "지구는 빼고 해야죠!") 화면 속 시계는 이브라힘의 침대 옆 탁자에 놓인 시계보다 8배 빠르다. 또 다른 청소부가 화면에 나타나고 그날 하루 치 영상이 끝난다.

"재미있었어요. 셋째 날 영상도 보실래요?"

이브라힘도 동의한다. 그때 엘리자베스한테서 문자가 왔다.

새로운 소식은요?

이브라힘이 답장한다.

있어요. 켄드릭과 켄드릭의 아빠 사이가 걱정되네요.

엘리자베스는 눈알을 위로 굴리는 이모티콘으로 답장한다. 요즘 엘리자베스는 이모티콘을 즐겨 쓰고 있다.

그들은 화장실도 다녀오고 잠시 휴식을 취한다. 물론 이브라힘보다 켄드릭이 훨씬 빨랐다. 그들은 다시 자리에 앉아 셋째 날 영상을 켠다. 엘리자베스와 조이스가 보관함을 연 날의 영상이다. 두 할머니의 모습이 보이는 순간까지만 영상을 보면 된다.

화면에서 흑백 영상을 빠르게 재생한다. 이브라힘도 켄드릭도 지친 기색은 없다. 이렇게 재미있는데 누가 지칠까? 이브라힘이 책을 좋아하냐고 묻자 켄드릭은 어떤 책은 좋고 어떤 책은 별로라고 대답한다. 켄드릭이 다른 나라에서 살아본 적 있냐고 묻자 이브라힘은 이집트에서 살아봤다고 대답한다. 켄드릭은 이집트의 철자를 말해준다.

영상 속 시간이 점심시간쯤 됐을 때 엘리자베스와 조이스의 모습이 보인다. 이브라힘은 그때부터 정상 속도로 늦춰 영상을 재생한다. 두 여자가 무슨 얘기를 나누는지는 들리지 않지만 충분히 짐작할 수 있다. 보관함 문이 잘 열리지 않는 모양이다. 조이스가 가방에 손을 넣어 무언가를 꺼내고 엘리자베스가 그걸 받아서 문짝을 쑤신다. 잠시 후 문짝이 열린다. 화질이 좋지 않지만 대충은 구분할 수 있다. 엘리자베스가 보관함에서 감자 칩 봉지를 꺼낸다. 오늘 아침에 엘리자베스는 그 봉지를 이브라힘에게도 보여주었다. 화면 속에서 조이스가 그 봉지를 받아 자기 가방에 집어넣는다. 그리고 두 사람은 보관소를 나선다.

켄드릭도 조이스와 엘리자베스가 나오는 영상을 다시 보면서 말한다.

"우와. 진짜 그분들이네요."

그들은 결국 단서가 될 만한 걸 찾아내지 못했다. 패배를 인정해야 한다. 지금까지 본 영상대로라면 보관함을 건드린 사람은 없었다고 봐야 하지 않을까? 엘리자베스와 조이스가 도착하기 전까지 보관함 문짝을 열려고 시도했던 사람은 없었다.

"악당을 찾아냈으면 좋았을걸."

"그러게 말이다. 엘리자베스가 별로 안 좋아하겠다."

"그 전날 거도 봐요. 혹시 모르니까 재미로요."

이브라힘도 같은 생각이다. 이 일을 마치고 나면 켄드릭은 제 할아버지네 집으로 돌아가야 한다.

그들은 퍼피와 더글러스가 살해당하기 전날인 25일 영상을 튼다. 엘리자베스의 가설대로라면 퍼피 혼자 살해당한 날일 수도 있다. 더글러스는 정말 자신을 죽은 걸로 꾸몄을까? 흐음. 이브라힘과 켄드릭은 아까보다 조용히 화면을 지켜본다. 둘 다 침묵 속에서 편안함을 느낀다. 그러다 켄드릭은 이브라힘에게 로켓 속도가 얼마나 빠른지 추측해보라고 말을 건넨다. 그들은 그 정도 얘기를 나누면서 각자 화면을 들여다본다.

영상을 보고 있는데 한 사람이 화면에 나타난다. 그동안 보관소 통로를 오간 다른 이들처럼 평범하게 걸어 들어온다. 그런데 오토바이 운전자들이 입는 가죽옷을 입고 머리에는 얼굴을 완전히 덮는 헬멧을 썼다. 그 사람이 531번 보관함 앞에서 멈춰 선다.

"우리가 찾은 것 같지 않니, 켄드릭?"

"악당일까요?"

"그럴지도 모르겠구나."

이브라힘은 시가를 한 모금 더 빤다. 바깥세상이 이렇게나 위험하다.

52장

기 싸움

랜스 제임스는 큼직한 흰색 소파에 앉는다. 수 리어든 옆자리다. 집 전체에서 무화과와 석류 냄새가 풍긴다. 그가 잘 아는 냄새다. 루스가 향초를 챙겨 이사 나가기 전까지 집에서 늘 풍기던 냄새. 지금도 랜스는 화장실을 쓰고 나와서 초를 켜놓곤 한다. 루스와 함께 살면서 습관이 되어서다.

수 리어든이 묻는다.

"청소 도우미를 쓰시나요, 로맥스 씨? 흰색 소파를 들여놓다니 대담한 선택이네요."

"마을에 사는 아주머니 한 분이 수년 째 청소를 해주고 있습니다. 이름이 마저리 아니면 매기일 겁니다. 어쨌든 들러줘서 고맙습니다. 내가 이동하는 걸 좋아하지 않아서요. 차멀미 때문에."

"괜찮습니다. 랜스가 저 아래에서 사진을 좀 찍느라고 이제 왔네요. 그리고 제가 별로 바쁘지가 않아요. 동료 두 명의 죽음에 대한 조사만 하면 돼서."

"조사요? 그쪽에서 그들을 죽인 거잖아요. 아닙니까?"

랜스가 대신 대답한다. "믿을지 모르겠지만 저희는 아닙니다. 우린 로맥스 씨 쪽에서 죽였다고 보고 있습니다."

마틴 로맥스는 입술을 비쭉 내밀며 고개를 끄덕거린다. "우리 둘 다 맞을 수는 없겠네요. 중요한 건 그들이 죽었다는 거죠."

수도 동의한다. "그렇죠. 제 생각도 같습니다. 청소 도우미를 쓰시면서 불편한 점은 없으신가요? 청소하다가 어떤 물건을 슬쩍할까 봐 걱정 안 되세요?"

"도우미가 오기 전에 늘 치워놓습니다. 요원님은 안 그러세요?"

"글쎄요. 저도 잡지 몇 권을 치우고 청소를 하기는 하죠."

"나도 마찬가지입니다. 청소 도우미가 오기 30분 전에 서둘러 물건들을 치우죠. 코카인 덩어리 같은 건 그냥 두고 나갈 때가 많아요. 몇 년 지나니까 내 물건들을 일일이 다 치우기가 귀찮아져서."

"다이아몬드도 놔두고 나가셨을 수도 있겠네요."

"음, 그럴지요. 그랬으면 라디오 4 채널을 틀어놓고 청소 도우미를 조용히 처리했겠죠. 사람을 몇 명이나 죽여 봤습니까?"

"여덟아홉 명 정도요. 로맥스 씨는요?"

"뭐, 거의 비슷합니다."

랜스는 주변을 둘러본다. 그들이 둘러앉은 온실 바깥에 아름다운 정원이 펼쳐져 있다. 유칼립투스 나무에 매달아 놓은 하늘하늘한 장식용 깃발이 눈에 띈다. 무슨 행사라도 치른 모양이다. 마틴 로맥스는 그들에게 커피는커녕 물 한 잔도 내주지 않았다. 기 싸움을 하기 위해서가 아니라 그런 생각 자체를 못 한 듯했다.

"지루하게 들릴 거 압니다. 그동안 내가 다이아몬드 얘기를 지겹게 떠들어댔으니까요. 다이아몬드를 꼭 찾아야 해서 그렇습니다."

수가 대답한다. "우리도 마찬가지예요."

"그쪽은 꼭 찾아야 되는 입장은 아니잖습니까?"

이번에는 랜스가 대답한다. "꼭 찾아야 되는 거 맞는데요."

"그렇지는 않을 겁니다. 다이아몬드를 찾으면 훌륭해 보이기는 하겠죠. 사람들이 만족스러워할 테고요. 하지만 어차피 당신네 다이아몬드도 아니잖아요, 수?"

수가 받아친다. "로맥스 씨 소유도 아니지 않나요?"

"전에 어떤 책에서 마피아가 사람을 호랑이한테 던져줘서 갈기갈기 찢어놓게 만들었다는 내용을 읽은 적 있습니다. 개인 동물원에서 한 짓이었죠. 상상이 되세요?"

"글쎄요. 우리는 다이아몬드를 안 갖고 있습니다. 어디에 있는지도 모르겠고요."

"비겁하시네요. 내가 볼 땐 당신들이 그 두 요원을 죽였어요. 다이아몬드를 차지하고 그 사실을 숨기려고. 다이아몬드의 위치에 대해서는 요원들한테 들었겠죠. 안 그래요? 고문해서 알아냈을 거 아닙니까?"

랜스가 말한다. "그런 적 없습니다."

수가 묻는다. "프랭크 안드라데한테 2,000만 파운드를 주고 해결하는 게 어떻겠어요? 현금으로 주고 더 이상 문제 삼지 말라고 하면 되잖아요?"

"내 자산은 당장 현금으로 바꾸기 어렵습니다. 대부분 다른 사람 손에 있기도 하고요. 뉴욕 마피아한테 그만한 돈을 주려면 멕시코인들한테서 돈을 훔쳐야 되고, 멕시코인들한테 돈을 돌려주려면 세르비아인들한테서 또 훔쳐야 됩니다. 그러다 보면 일이 걷잡을 수 없게 커져요. 그럼 나는 어떻게 되겠습니까?"

수가 말한다. "당연히 죽겠죠."

53장

용의자의 범위

이브라힘의 침대 주변에 친구들이 모여 있다. 엘리자베스는 공책을, 조이스는 초콜릿 핑거스라는 초콜릿 과자를, 론은 나중에 같이 보자며 록키 시리즈 중 최고인 〈록키 3〉 영화 복사본을 가져왔다.

하지만 영화보다 먼저 봐야 할 영상이 있다. 이브라힘이 영상을 보여줄 준비를 하는 동안 엘리자베스는 손가락으로 탁자를 타닥타닥 두드리고 론은 방 안을 서성인다. 이브라힘이 CCTV 영상을 노트북 화면에 띄운다. 켄드릭은 발코니에서 포켓몬 게임을 하며 놀고 있다.

이브라힘이 말한다.

"자, 오늘의 질문은 이겁니다. 이 사람은 누구일까요?"

이브라힘이 화면을 재생시키자 모두의 시선이 모인다. 화면 속에서 오토바이 헬멧을 쓴 사람이 보관소 통로로 걸어 들어와 531번 보관함 앞에 멈춰 선다. 헬멧을 쓴 사람이 보관함 문에 열쇠를 집어넣는다.

조이스가 말한다. "저 남자도 문짝 자물쇠에 열쇠가 잘 안 들어가나 봐요."

론이 말한다. "남자가 아니라 여자일 수도 있죠."

이브라힘이 보기에 론은 요즘 부쩍 성 중립성에 신경을 쓰고 있다.

헬멧은 자물쇠를 열려고 애쓰다가 마침내 문을 연다. 카메라 각도 때문에 보관함 안이 보이지 않지만 헬멧이 뭘 보고 있는지 알 만하다. 헬멧은 보관함에서 감자 칩 봉지를 끄집어냈다가 도로 홱 던져 넣는다. 헬멧은 빈 보관함을 잠시 빤히 쳐다보다가 다시 잠그고 그곳을 떠난다.

이브라힘은 영상을 멈춰 화면에 정지된 이미지를 띄워놓고 말한다.

"우리가 찾은 게 이겁니다."

조이스가 묻는다. "퍼피와 더글러스가 총에 맞아 죽기 전날의 영상이라고요?"

"맞아요. 우린 그 전날 영상은 확인할 생각도 안 했는데, 켄드릭이 확인해보자고 말하더라고요."

엘리자베스가 묻는다. "켄드릭이요?"

이브라힘이 대답한다. "예. 론이 켄드릭한테 여기서 놀라고 해서요."

그러자 론이 말한다. "켄드릭이 재미있어 할 것 같아서 그랬습니다."

엘리자베스가 묻는다. "이게 전날 찍힌 영상이면, 다른 누군가가 531번 보관함에 대해 어떻게 알았을까요?"

조이스가 의견을 제시한다. "더글러스가 누군가에게 말했을 수도 있지 않을까요."

론이 말한다. "더글러스가 말했겠죠. 전 부인들한테도 다 말했을 거고, 페이스북에도 올려놨을 겁니다."

조이스가 말한다. "영상 속의 저 사람이 더글러스가 아니라면 그렇겠네요. 그럴 가능성도 있지 않을까요?"

론이 말한다. "누구인지 모르죠, 조이스. 엘리자베스일 수도 있고."

엘리자베스가 말한다. "더글러스는 그 시간 내내 보호 구치를 받고 있었으니까 저 헬멧 쓴 사람이 더글러스일 가능성은 없다고 봐요. 게다가 더글러스는 저 보관함이 비어 있다는 걸 알고 있기도 했고요."

조이스가 묻는다. "더글러스가 엘리자베스 말고 또 누구한테 얘기했을까요?"

모두가 화면에 떠 있는 헬멧 쓴 사람을 바라본다. 검은 가죽옷, 검은 헬멧, 검은 장갑.

엘리자베스가 묻는다. "우리가 뭘 놓친 걸까요? 다시 한번 봅시다."

그들은 앉아서 그 영상을 다시, 또다시, 그리고 또다시 돌려본다. 하지만 아무 단서도 찾지 못한다. 엘리자베스는 뒤로 기대어 앉으며 말한다. "성별도 나이도 모르겠고, 카메라 각도 때문에 키도 짐작할 수가 없네요."

발코니에 있던 켄드릭이 안으로 들어오며 말한다. "오렌지 주스 엄청 맛있었어요, 이브라힘 할아버지. 단서는 찾으셨어요?"

엘리자베스가 묻는다. "단서?"

"안녕하세요, 엘리자베스 할머니. 네, 단서 보셨어요? 분명히 보셨을 거예요."

"자세와 걸음걸이를 보고 짐작 가는 부분이 있기는 하지만……."

"아뇨, 단서요. 보셨어요, 조이스 할머니?"

"전혀 안 보이던데."

"우리가 아까 컵케이크를 만들었어요. 제가 아이싱을 했고요. 하나 드실래요?"

"아니, 네가 내 것도 먹으렴."

"알았어요. 할아버지, 이브라힘 할아버지, 두 분은 보셨죠?"

론이 말한다. "난 봤지. 그런데 네가 본 거랑 같은 단서가 아닐 수도 있으니 네 것을 먼저 말해볼래?"

켄드릭은 화면을 향해 몸을 기울인다. "알았어요. 이 사람이 보관함

문을 열 때를 봐 보세요."

이브라힘이 영상을 재생시켜 켄드릭이 말한 부분에서 정지시킨다. 네 노인은 서로를 쳐다보며 의아해한다. 론이 고개를 살짝 흔들며 어깨를 으쓱한다.

켄드릭이 말한다. "이 사람이 자물쇠로 손 뻗을 때 보이시죠?"

다들 화면을 바라본다.

"재킷과 장갑 사이의 틈새 보이시죠?"

다들 앞으로 몸을 기울인다. 재킷이 팔꿈치 쪽으로 들려 올라가면서 틈새가 생긴다.

"저게 단서예요!"

그러자 근시인 사람은 몸을 앞으로 기울이고 원시인 사람은 뒤로 몸을 뺀다.

엘리자베스가 켄드릭에게 묻는다.

"어떤 게 단서라는 거니?"

"조이스 할머니가 만든 우정 팔찌를 차고 있잖아요."

531번 보관함 문을 연 사람의 손목에 서툴게 실을 꼬고 스팽글까지 넣어 만든 팔찌가 걸려 있다.

방 안에 있던 사람들 모두가 자신의 손목을 내려다보다가 조이스에게 시선을 돌린다.

조이스도 자신의 팔찌를 내려다본 후 친구들을 올려다보며 말한다. "그럼 이제 용의자의 범위를 좁힐 수 있겠네요."

54장

CCTV 영상

여러분은 짐작도 못 할 거다.

켄드릭이 수하물 보관소에서 제공해준 CCTV 카메라 영상을 확인하는 일을 했다. 론과 이브라힘은 그게 여덟 살짜리 아이에게 맡길 만한 일이라고 생각한 모양이다. 어쨌든 켄드릭은 오토바이 헬멧을 쓴 사람이 내 우정 팔찌를 착용하고 있다는 점을 포착해냈다!

여러분도 그게 내가 만든 팔찌라는 걸 알 수 있을 것이다. 나 말고는 팔찌를 그런 모양으로 만들 사람이 없다.

그 후 우리는 무척 재미있는 시간을 보냈다.

헬멧의 정체는 누구일까? 이브라힘은 내가 우정 팔찌를 준 사람들의 명단을 컴퓨터로 작성했다. 일단 마피아 중에는 없을 거라고 론이 불쑥 의견을 내놨다. 그러더니 어쩌면 내가 미니버스에서 나이 지긋한 이탈리아계 미국인의 꼬임에 넘어가 우정 팔찌를 줬을지도 모른다고 나름 정교한 시나리오를 내놨다. 우린 배를 잡고 웃었다. 미니버스에서 그런 일이 있었으면 좋았겠지만 그런 일은 일어나지 않았다. 실망한 론의 표정을 여러분도 봤어야 하는데.

목록에는 우리 넷, 그리고 켄드릭의 이름까지 올라갔다. 켄드릭이 한 짓일 수도 있을까? 책에서라면 가능할 거다. 책에서 그런 식으로 이야기가 전개되면 재미있지 않을까? 책에서라면 내 고관절도 이렇게 쑤시지는 않을 텐데.

그 후 흥미로운 이름들이 더 나왔다. 수 리어든도 팔찌를 받았으니 헬멧이 수일 수도 있으려나? 더글러스가 다이아몬드를 숨겨둔 곳을 수에게 말했을까? 엘리자베스는 만약 수였으면 감자 칩 봉지를 가져갔을 거란다.

랜스는? 더글러스가 랜스에게 말했을 가능성은 더 적지만 랜스였으면 수와는 달리 감자 칩 봉지를 안 챙겼을 것이다.

퍼피의 엄마인 쇼본도 내가 만든 우정 팔찌를 갖고 있다. 더글러스가 퍼피에게 말하고, 퍼피가 제 엄마한테 말했을까? 쇼본은 무척 조용하고 겸손해 보였는데. 하지만 그렇게 따지면 우리도 다 그렇지 않나?

마틴 로맥스는? 하지만 내가 그에게 우정 팔찌를 준 건 저 CCTV 영상이 찍힌 후다. 잘난 척하려는 건 아니지만, 우리가 떠나자마자 그는 우정 팔찌를 쓰레기통에 던져 넣었을 게 분명하다. 그가 '치매와 함께 살기' 단체에 기부하라며 준 5파운드짜리 수표를 입금하려고 은행에 갔더니, 은행 직원이 이런 수표는 몇 년 만에 본다는 듯한 표정이었다.

그리고 또 누가 있더라? 우리 마을에도 몇 명 더 있다. 콜린 클레멘스, 고든 플레이페어, 라킨 코트에 사는 제인. 그런데 제인은 제프 윅스와 바람을 피우고 있다. 마을에서는 다들 안다. 제인이 자기 우정 팔찌를 제프 윅스에게 줬으니 제프 윅스도 목록에 올려야 한다.

그리고 보그단도 있다. 하마터면 잊어버릴 뻔했다.

우린 한 시간 정도 얘기를 나눴다. 누가, 왜, 언제, 무엇을 했을까? 그때 마크가 택시를 몰고 도착했다. 켄드릭을 집에 데리고 갈 시간이다. 우린 켄드릭을 꼭 안아주었다.

이브라힘이 잠들어서 — 그는 여전히 몸 상태가 좋지 않다 — 엘리자베스와 나도 그의 집을 나섰다. 론은 켄드릭을 집에 데려가 재워놓고 다시 이브라힘의 집으로 올 거라고 했다. 아까 가져온 영화를 같이 봐야 한다는 이유였다.

여러분에게만 털어놓을 얘기가 있다.

엘리자베스에게 잘 가라고 인사를 하면서 문득 떠오른 생각이 있었다. 헬멧 쓴 사람의 정체를 확인할 방법에 관한 생각이었다. 엘리자베스를 다시 부르려다가 마음을 바꿨다. 아니야, 조이스, 너도 살면서 단독 비행도 좀 해봐야 하지 않겠어? 맨날 엘리자베스만 찾지 말고.

그래서 오늘 아침에 나는 미니버스를 타고 페어헤이븐에 갔다. 같은 거리를 따라, 같은 길을 걸어서 경찰서 쪽으로 향했다. 엘리자베스가 워낙 성큼성큼 걷는 편이라 나 혼자 걷자니 지난번보다 걸음이 느렸다. 엘리자베스가 일부러 빨리 걷는 게 아니라는 건 알고 있다.

곧장 수하물 보관소로 갔다. 내 바람대로 예쁜 머리에 헤드폰을 착용한 착한 소녀가 근무 중이었다. 소녀가 나를 알아보자 나는 한껏 의기양양해졌다. 지금까지 나를 이렇게 바로 알아봐 준 사람은 없었다.

소녀는 뭔가를 듣는 척 쓰고 있던 헤드폰을 벗었다. 내가 오늘 기분은 어떠냐고 인사를 건네자 소녀는 좋다고, 물어봐 줘서 고맙다고 대답했다. 아직도 코스타 커피숍 매니저 때문에 골치 아프냐고 물었더니 소녀는 상황이 더 안 좋아졌다고 했다. 그 매니저가 자기 오토바이로 집까지 태워다주겠다고 제안했단다. 나는 이런 충고가 도움이 될지 모르겠지만, 오토바이를 타고 다니는 남자들과 사귀어봤는데 다들 상당히 별로였다고 말해주었다. 우린 비현실적인 세상에 사는 여자들처럼 신나게 웃었다. 소녀는 보관함에서 뭘 꺼내러 왔냐고 물었다. 나는 그게 아니라 물어볼 게 있어서 왔는데 오토바이에 대한 얘기를 나누다 보니 재미있었다고 대답하면서 소녀의 관심을 끌었다.

어젯밤 엘리자베스와 헤어지면서 나는 이런 생각을 했다. 수하물 보관소 접수대에 앉은 소녀는 자기 일을 진지하게, 제대로 하고 있는 듯했다. 그렇다면 오토바이 헬멧을 쓴 사람을 확인도 안 하고 보관함이 있는 구역에 들여보내지는 않았을 것이다. 확인해보니 내 생각이 맞았다.

소녀는 내가 말한 그날을 잘 기억하지 못해서 미안하다고, 하는 일이 지루하다 보니 그렇다고 말했다. 그래도 열쇠 소지 여부와 얼굴을 확인하지 않고 보관함이 있는 구역으로 사람을 들여보낸 적은 없다고 했다. 그렇다는 건 헬멧을 쓴 그 사람도 소녀 앞에서 헬멧을 벗었다는 얘기였다. 접수대 쪽에 CCTV가 있냐고 물었더니, 전임자였던 남자가 근무 중에 노트북으로 포르노를 보다가 해고된 적이 있어서 데스크 쪽에도 CCTV가 있다고 했다. 소녀는 일이 워낙 지겨운 편이라 그 전임자를 탓할 일만은 아니라고 말했다.

내가 고맙다고 하자 소녀는 대체 무슨 일 때문에 그러냐고 물었다. 나는 정부 관련 일이라서 말해줄 수가 없다고 둘러댔다. 소녀의 표정이 인상적이었다. 엘리자베스랑 같이 갔으면 내가 그런 말을 할 수 있었을까? 아마 못 했을 것이다. 나 혼자서도 이런저런 일을 해봐야 될 것 같다.

도나에게 수하물 보관소 접수대의 CCTV에 관한 얘기를 해주기 위해, 지난번에 갔던 길을 그대로 밟아서 페어헤이븐 경찰서로 향했다. 엘리자베스는 도나가 언제 근무를 하는지 늘 잘 알고 있었는데 나는 그걸 깜빡 잊고 말았다. 경찰서에 가서 보니 도나가 없었다. 나 혼자서는 이런저런 일을 더 하면 안 되는 걸까? 어쩐지 아슬아슬하게 줄타기를 하는 기분이다.

집에 돌아와 엘리자베스에게 내가 한 일을 털어놓았다. 엘리자베스는 기발한 생각을 했다고 좋아하면서도, 자기는 그런 생각을 못 한 것에 대해 짜증이 난 듯했다. 엘리자베스가 물었다.

"왜 나한테 말 안 했어요, 조이스?"

미니버스를 타고 가다가 생각이 났다고 대답했다. 엘리자베스는 나더러 거짓말을 참 못한다고 했다. 그건 나도 인정하는 바다. 앞으로는 나 혼자서 그런 일을 하지 않겠다고 약속했더니, 엘리자베스는 지키지 못할 약속은 하지 말라고 했다.

엘리자베스가 도나에게 CCTV에 관한 문자를 보냈으니 이제 우리는 누가 보관함 문을 열었는지 알게 될 거다. 더글러스와 퍼피를 죽인 사람이 누군지도 알 수 있게 될까?

55장

외로움

늦가을의 태양 아래 쿠퍼스 체이스는 더없이 아름답다. 마을을 향해 걸어 올라가는 도나를 라마 한 마리가 하얀 울타리 너머로 고개를 갸웃하며 쳐다본다. 도나는 라마에게 고개를 끄덕여 아침 인사를 건넨다. 오른쪽에 위치한 호수에서는 착륙 각도를 잘못 계산한 거위가 볼썽사납게 배부터 풍덩 빠지고 만다. 그 거위는 다른 거위들이 봤을까 봐 주변을 두리번거린다.

저 위쪽에 지팡이를 쥔 여자가 태양을 향해 고개를 들고 벤치에 앉아 있다. 외로운 사람인가 하는 생각을 하고 있는데 파나마모자를 쓴 남자가 샌드위치와 신문 두 부를 들고 그 여자 옆에 와 앉는다. 자기는 「데일리 메일」을 읽고, 여자에게는 「가디언」지를 건넨다. 저들이 수년에 걸쳐 어떤 식으로 관계를 만들어 왔을지 궁금해진다. 마음 가는 대로 자연스럽게 이어진 걸까.

도나 옆으로 또 한 커플이 손을 잡고 지나간다. 둘 다 미소 띤 얼굴로 도나에게 좋은 아침이라며 인사를 한다. 그들은 호숫가에 가서 앉으려는지 길을 따라 걸어 내려간다.

도나는 언제쯤 누군가와 손을 잡고 저런 길을 걸어가 호숫가에 앉게 될까?

길이 넓어지면서 실버타운이 보인다. 제일 먼저 보이는 건물은 전용 병원인 월로우스다. 지난번에 여기 왔을 때 엘리자베스는 도나를 페니에게 데려가 인사시켰다. 페니는 전직 경찰로 엘리자베스의 절친이었다. 지금은 저곳에 계시지 않는다. 페니가 쓰던 병상에는 또 다른 가여운 분이 누워 있겠지.

언젠가 엘리자베스도 월로우스에 가게 될까? 조이스도? 론도? 이브라힘은 아니겠지? 그들 중 누군가 월로우스에 입원할 정도로 쇠약해지는 건 생각만 해도 마음이 좋지 않다. 도나는 고개를 숙인 채 월로우스 앞을 지나간다.

저 앞 왼쪽에, 다채로운 색깔의 꽃들이 한껏 피어 있는 예쁜 정원 사이로 이브라힘의 집이 보인다. 보행 보조기를 사용하는 할머니가 도나가 지나갈 수 있게 옆으로 비켜서며 말한다.

"기운 내요, 아무 일 없을 거예요."

도나는 살짝 미소를 지으며 대답을 대신한다.

아무 일 없을 거라니. 바로 그게 문제 아니겠냐고요?

계단을 걸어 올라가는데, 내가 지금 여기서 뭐 하고 있는 건가 하는 생각이 든다. 다들 힘든 시간을 살아가고 있지 않나? 다들 우울한 거 아닌가? 그렇다고 다들 정신과 의사에게 고민을 털어놓으며 징징대지는 않잖아? 적어도 고향에서는 그랬다. 스트리섬 지역에는 정신과 의사가 아예 없다. 그저 기대어 울 수 있게 어깨를 내주고, 기운 내라고 말해주는 친구가 있을 뿐이다.

하지만 도나는 페어헤이븐에 친구가 없다. 그래서 여기 왔다.

위층으로 올라가 보니 이브라힘의 집 현관문이 열려 있다. 이브라힘은 조심스럽게 몸을 움직여 힘없이 포옹을 해준다.

"앉으세요, 얼른."

도나가 말한다.

의자 팔걸이에 기대어 서 있던 이브라힘은 어색하면서도 품위 있게 의자에 앉는다. 도나는 맞은편 보트 그림 아래에 놓인 낡은 안락의자에 가 앉는다. 여느 때처럼 친구를 방문한 평범한 경찰의 모습이다. 그 친구가 어쩌다 보니 정신과 의사일 뿐이다. 막상 여기 와 있으니 바보처럼 느껴져서 도나는 입이 떨어지지 않는다. 어차피 왔으니까 CCTV 영상이나 보고 가면 된다. 약간 우울할 뿐, 아무렇지도 않다.

"병상에서 일어나신 걸 보니 기뻐요. 통증은 좀 어떠세요?"

"숨 쉴 때 좀 아픈 거 빼고는 좋아지고 있어요."

도나는 미소 짓는다.

"그럼 CCTV 영상 보실래요? 재미있으실 거예요."

이브라힘은 고개를 끄덕인다.

"그래요, 잠시 후에요. 우선 아픈 건 좀 어때요, 도나?"

"아픈 거요?"

도나는 웃으며 되묻는다. 아, 그래. 이런 식으로 하는구나. 정신과 상담이라는 게 이렇게 시작하나 보네?

"아픈 건 어때요?"

이브라힘은 다시 물으며 옆으로 고개를 살짝 기울인다. 그 모습에 도나는 라마를 떠올린다.

"체육관에서 운동하다가 손목을 좀 다쳤는데 그게 다예요."

여기 오지 말 걸 그랬다. 괜히 이브라힘의 시간만 뺏고 있다.

"그런가요?"

지금 이브라힘의 말은 질문이라기보다는 관찰에 가깝다.

이브라힘의 의자 옆 탁자 위에 큼직한 메모지가 놓여 있는 게 도나의 눈에 띈다. 이브라힘은 그리로 손을 뻗어 메모지를 집어 들고 셔츠 주머니에서 펜을 꺼내 든다. 그래, 좋아.

이브라힘이 말한다.

"일일이 자세히 설명하지는 않을게요. 간단히 말하자면 당신은 혼자 이번 CCTV 영상을 봐도 되는 거였어요. 아니면 나한테 영상을 보내거나, 우리 모두와 함께 만나는 자리를 마련해도 되는 거였죠. 그런데 굳이 나를 따로 만나고 싶다고 찾아왔어요."

"상태가 어떠신가 보러 온 거예요."

"정말 고마워요. 뜻밖이긴 하지만 당신은 워낙 다정한 사람이니 그럴 수 있죠. 우연히도 나 역시 당신이 어떤지 궁금했어요. 그러니 우리 잠시 얘기를 나누면서 서로 어떤 상태인지 알아볼까요?"

도나는 이브라힘을 속일 수가 없다. 여기 앉으니 꼭 영화 속에서 상담받는 기네스 펠트로가 된 기분이다. 도나는 낡은 안락의자에 등을 기대고 앉아 고개를 끄덕이며 눈을 감는다.

"알겠어요."

그래, 이건 상담이 아니고 그냥 친구한테 얘기하는 거니까.

이브라힘은 손목시계를 내려다보며 묻는다.

"어디서부터 얘기를 시작할래요? 런던을 떠난 때부터? 어머니와 크리스의 관계에서부터?"

도나는 고개를 뒤로 젖히고 코로 깊게 숨을 들이마신다.

"외로움에 대해 얘기를 해볼까요?"

이브라힘이 제안한다.

도나의 감은 눈 아래로 눈물이 나기 시작한다.

"아픈가요?" 이브라힘이 물었다.

"숨을 쉴 때면 그래요."

도나는 오늘 아침 크리스의 동정이 궁금해진다.

56장

재판

메이드스톤 형사 법원 바깥의 콘크리트 테이블에 세 남자가 둘러앉아 있다. 형사 법원 건물은 1980년대 고속도로 휴게소의 트래블로지 호텔처럼 생겼다.

크리스 허드슨이 여기 온 이유는 일 때문이기도 하지만, 라이언 베어드가 법정에 선 꼴을 봐야 그나마 속이 풀릴 것 같아서였다.

크리스는 지난 세월 메이드스톤 형사 법원에 숱하게 출입했다. 이 법원에서 다룬 그의 첫 번째 사건은 기차에서 성기를 노출하고 알레르기성 비염 약 때문이었다고 주장한 지역 의회 의원 사건이었다. 그 지역 의회 의원은 지금 지역 하원 의원이다. 최근에는 진귀한 새의 알을 훔치다 잡힌 장애인 올림픽 선수 사건 때문에 이 법원에 왔다. 그 여성 장애인 올림픽 선수는 동메달까지 목에 걸고 법정에 나왔지만 결국 유죄 판결을 받았다.

크리스는 이번 사건을 절대 놓치고 싶지 않았다. 라이언 베어드 사건은 대단한 위험성을 안고 있었다. 라이언의 집 변기 수조에서 코카인과 현금 카드가 발견됐다고? 익명의 누군가가 제보했다고? 때로는 어쩔 수 없이 해야 하는 일도 있다. 크리스는 이런 일을 해보는 게 처음이었다. 목요일 살인 클럽은 그를 거의 매일 정도(正道)에서 벗어나게 만들고 있다.

이 일의 목표는 이브라힘을 위한 복수였다. 지난번에 봤을 때 이브라힘은 두들겨 맞아 멍투성이였다. 그런데도 차분하고 아무 불평도 하지 않자 주변에서 더 난리가 났다. 라이언 베어드 같은 놈은 감옥에 갇혀 있어야 아무한테도 큰 해를 끼치지 못할 거다.

재판은 당연히 흥미롭게 진행될 테지만 크리스는 또 다른 불편한 이유가 있어 재판에 왔다.

바로 코니 존슨이다. 코니가 무슨 짓을 벌일 수 있을까? 패트리스를 정말 해칠 수도 있을까? 정말이지 상상도 할 수 없는 일이다.

코니를 막으려면 무엇을 해야 할까? 누구에게 도움을 받아야 할까?

엘리자베스에게는 전화할 수 없었다. 엘리자베스에게 말하면 분명 패트리스에게 솔직하게 말하라고 할 텐데, 그럴 수는 없어서였다. 그게 옳은 일이고, 용감한 일인 줄 알지만 내키지 않았다. 그는 앞뒤 안 가리고 대충 살면서 쉰한 살이라는 나이를 공으로 먹은 게 아니었다.

그래서 그는 론에게 전화를 했다

지금 비둘기가 론의 감자 칩을 훔쳐 먹으려 노리고 있다. 론은 법원으로 가는 길에 맥도날드에 들르겠다고 고집을 부렸다. 론이 손을 휘저어 쫓는데도 비둘기는 테이블에 내려서 론과 감자 칩을 노려보며 경계가 느슨해지길 기다리고 있다.

"어림도 없다, 이놈아." 론은 비둘기에게 경고한 뒤 크리스를 돌아본다. "비둘기는 죄다 토리당(보수주의적 성향의 영국 정당) 놈들 같다니까요."

"그럴지도요."

"상당히 위험한 여자 같지 않습니까? 그 코니 존슨이라는 여자 말입니다."

론의 말에 테이블에 같이 앉은 보그단이 고개를 끄덕인다.

론이 덧붙여 말한다. "섹시한 면도 있는 것 같고요."

보그단은 어깨를 으쓱한다. "영국인들 기준에서는 그런지 몰라도 폴란드인 기준에서는 아닙니다."

크리스는 론 다음으로 보그단에게 전화를 했다. 코니 존슨의 임대 차고를 감시하는 동안 경찰은 보그단이 코니를 찾아와 코카인 한 꾸러미를 받아가지고 나가는 걸 봤다. 크리스는 언제 한번 보그단을 만나 몇 가지 물어봐야겠다고 생각했다. 그런데 라이언 베어드의 집 변기 수조에서 그 꾸러미가 발견되자 크리스의 의문은 풀렸다. 보그단은 코니 존슨과 아는 사이 같으니 유용하게 쓸 수 있을 것 같았다. 그래서 크리스는 "메이드스톤에서 만납시다. 재미있을 겁니다. 엘리자베스한테는 말하지 말아요"라며 보그단도 이 자리에 불렀다.

크리스가 말한다. "별것 아닐 수도 있어요. 그냥 위협한 거겠죠? 그 여자가 패트리스에게 설마 무슨 짓을 하지는 않겠죠?"

보그단이 인상을 쓴다. "글쎄요. 훨씬 더 심한 짓도 한 여자라."

"내 사랑을 죽이는 것보다 더 심한 짓이요?"

"아시다시피 그 여자는 안토니오 형제를 죽였어요. 그것도 직접이요. 두 형제가 서로 볼 수 있게 해놓고 몸을 토막 내서……."

"맙소사. 그 사건에 대한 증거를 갖고 있으면 알려주시죠. 내 직업이 뭔지 알잖습니까."

보그단이 웃는다. "경찰한테 아무 말도 하지 마라. 이게 우리 규칙입니다."

"믿어줘서 고맙네요, 보그단."

"우리가 해결을 해야죠. 그렇잖아요, 론? 우리가 해결해야죠?"

론은 고개를 끄덕이며 말한다. "그 여자는 사악한 자유를 누리고 있습니다. 사악한 자유는 용납할 수 없어요."

크리스가 경고한다. "불법적인 일을 할 생각은 마세요."

"글쎄요. 불법의 정의가 뭔지 말해보든가요."

"법에 저촉되는 일이요. 간단하잖아요."

"아이고, 크리스." 론은 고개를 절레절레 흔든다. "잘못 생각하고 있네요. 합법, 불법. 말하기야 좋죠. 1984년에 우리는 노팅엄셔의 맨턴 광산 앞에서 시위를 했습니다. 1,500명의 일자리를 지키고 광산업을 지키기 위해 싸웠어요."

보그단이 묻는다. "영국에도 탄광이 있었어요?"

"대처 총리가 이끄는 정부는 남의 탄광 앞에서 피켓을 들고 시위 벌이는 일을 금지하는 긴급 법안을 통과시켰습니다. 그래도 우리는 끝까지 시위를 하고 버텼어요. 원칙의 문제였으니까. 경찰들이 몽둥이와 방패를 들고 우리를 공격했지만 우리는 꿈쩍도 하지 않았습니다. 반격은 하지 않았지만 그 자리에서 움직이지도 않았죠. 그러다 다들 이리저리 끌려가 경찰 밴 뒤쪽에서 흠씬 두들겨 맞았습니다. 다음 날 아침에 치안 방해죄로 법정에 섰어요. 벌금 200파운드를 때려 맞고 전과가 생기고 뇌진탕으로 수 주일을 고생했습니다. 늙은 좌파가 옛날이야기를 해서 미안하지만, 난 내가 한 일이 불법이라고 생각 안 해요. 난 옳은 일을 했습니다."

크리스가 말한다. "그때는 지금과는 시대가 달랐어요, 론."

"그리고 일주일 후에 우리 쪽 노조원 하나가 도서관에 가서 노팅엄셔 경찰서장의 집 주소를 알아냈어요. 경찰서장은 시위 진압 후 얼마 안 돼 '경' 칭호를 받았죠. 어쨌든 집 주소를 알아냈고, 누구네 사위의 사위가 불도저를 몰고 경찰서장의 집으로 가서 그 집의 증축한 곳을 들이받았습니다. 그게 바로 불법적인 일이죠. 선은 명확히 그어야 합니다."

"흐으음."

"제이슨이 〈셀레브리티 바겐 헌트〉라는 텔레비전 경매 쇼 프로그램에 나간 적이 있어요. 그 프로그램에서 경매가 어떤 식으로 진행되는지 알아내고는 자기가 사서 내놓은 물건에 대해 두 참가자가 서로 상대보다 높은 값을 부르게 만들었어요. 그중 하나가 개리 샌섬이라고, 잘 모르겠지만, 북부에서는 무장 강도나 다름없는 작자입니다. 개리는 제이슨이 10파운드에 산 은 라이터를 160파운드를 내고 낙찰받았어요. 그 쇼의 승자가 된 거죠. 그래서 그게 불법입니까? 경매 수익이 전부 다발성 경화증 환자 치료에 기부되는데?"

"글쎄요……."

보그단이 설명을 덧붙인다. "그러니까, 경감님과 패트리스는 우리와 함께이니 안전할 거라는 뜻입니다."

크리스는 고개를 끄덕인다. "그래도 사람은 죽이지 마세요. 코니를 멈출 방법을 찾아내 준다면, 도움은 고맙게 받겠습니다."

남자들이 고개를 끄덕이자 비둘기도 고개를 끄덕거리듯 움직인다. 론이 비둘기에게 감자 칩 하나를 던져준다.

크리스가 요청한다. "도나한테는 아무 말 마세요. 엘리자베스한테도 아무 말 말고요."

보그단이 말한다. "엘리자베스는 이미 알고 있을걸요. 지금도 이 테이블 밑에 도청 장치를 붙여뒀을지도 몰라요."

론은 말한다. "조이스한테는 얘기해야 될 것 같습니다만."

크리스의 생각은 다르다. "아무한테도 말하면 안 됩니다, 론. 우리끼리만 아는 걸로 해두죠."

"미안하게 됐네요. 조이스는 경감님이 패트리스와 사랑에 빠졌다고 생각하던데. 나는 '아니다, 그들은 만나서 섹스하는 사이일 뿐이다'라고 말했습니다만, 누구라도 사랑에 빠지지 않겠습니까. 패트리스가 어지간히 아름다운 여자라야죠."

"고맙습니다, 론."

"그래서 조이스한테는 말해야겠다는 겁니다."

"무슨 말을요?"

"우리가 경찰 일에 관해 논의를 좀 하고 있었는데 크리스가 패트리스를 '내 사랑'이라고 하더라. 이 얘기를 들으면 조이스는 기뻐할 겁니다."

"그런 말 한 적 없는데요, 론." 혹시 그런 말을 했었나?

"했습니다."

보그단도 맞장구를 친다. "맞아요, 했어요. 엘리자베스가 어쩌면 다 녹음했을 수도 있습니다."

'그럴지도'라고 크리스는 생각한다. 그는 지금 맥도날드 감자 칩을 즐기는 비둘기와 더불어 두 친구와 콘크리트 테이블에 둘러앉아 있다. 그리고 사랑에 빠졌다. 이런 삶이라면 보호받아야 마땅하지 않을까?

57장

당신의 산

"예전에는 춤출 일이 훨씬 많았던 걸로 기억해요. 아시죠? 그리 오래 전은 아닌데. 대체 어떻게 된 일일까요?"

도나의 말에 이브라힘이 답한다.

"나는 춤을 안 춥니다. 춤추는 데 필요한 빠른연축근섬유가 없어요."

"마약과 친구들, 웃음. 그 모든 게 그리워요."

"경찰이라 마약을 못 하게 하니 힘들겠군요."

"흥을 깨시네요."

이브라힘은 눈을 감고 있는 도나의 얼굴에 미소가 번지는 것을 바라본다.

"짜증나게 만든 거겠죠." 이브라힘은 메모지를 내려다보며 말을 잇는다. "춤과 마약, 친구들, 웃음 중에 내가 무엇을 제일 중요한 삶의 요소라고 여길 것 같습니까?"

"마약은 아닐 것 같아요."

"친구들이에요, 도나. 나머지는 모두 친구한테서 비롯되죠. 당신은 친구들과 춤추고 친구들과 마약을 하고 친구들과 웃잖아요. 사라진 건 바로 그겁니다. 친구들. 친구들은 지금 어디 있을까요?"

그들은 어디로 사라졌을까? 어디서부터 시작해야 하나?

"친구들은 런던과 미국에서 내가 보기엔 영 별로인 남자들과 애를 낳고 살고 있어요. 종교를 갖고 적당한 데서 일하면서요. 한 명은 독립당(영국의 우익 포퓰리즘 정당)에 들어갔어요. 다들 바빠서 시간이 없어요. 감옥에 있는 셸리만 빼고요."

"춤을 추고 있는 친구가 아무도 없는 거네요?"

"있다고 해도 저랑은 안 추는 거죠. 지금 저랑 제일 친한 친구들이 누군지 아세요? 저희 엄마랑 사귀는 크리스 경감님. 크리스 경감님과 사귀는 우리 엄마. 그리고 여기서 저를 지지해주는 여러분들이에요. 제 절친이 70대면 안 되는 거잖아요."

이브라힘은 고개를 끄덕인다. "그렇죠. 한 명 정도면 괜찮지만 우리 넷이 다 절친이면 너무 많은 거죠."

"런던에서 여기로 자리를 옮기고 안면을 튼 또래 중에 마음에 드는 사람은 코니 존슨뿐이에요. 그 여자는 마약상이고요. 그 여자는 춤을 추더라고요."

"코니는 마약도 하겠죠."

도나는 다시 미소 짓는다. 눈은 계속 감고 있다. 마음이 평화롭다. 확실히 도움이 되는 느낌이다. 속에 있는 얘기를 털어놓는 것뿐인데. 이런 게 정신 치료인가? 좋다기보다는 그냥 누군가에게 드디어 진실을 털어놓게 돼서 후련하다.

"눈을 떠요, 도나. 이제 다른 방식으로 얘기를 해보죠." 도나가 눈을 뜬다. 이브라힘은 그녀의 눈을 깊숙이 바라보며 묻는다. "지나간 시간은 돌아오지 않는 거 알죠? 친구들, 자유, 가능성들 말입니다."

"제 기분을 좋게 만들어주셔야 하잖아요."

이브라힘은 고개를 끄덕인다. "마음에서 털어버려요. 그때가 좋은 시절이었다는 기억만 간직하고. 그때는 산 정상에 올라 있었고 지금은 골짜기를 지나고 있는 겁니다. 이런 시기를 앞으로 수차례 겪게 될 거예요."

"어떻게 해야 돼요?"

"당연히 다음 산을 올라야죠."

"예, 당연히 그렇죠." 해답은 간단했다. "다음 산에는 뭐가 있을까요?"

"그거야 알 수 없죠. 당신의 산이니까. 그 산에는 아무도 올라가 본 적이 없으니까요."

"제가 그 산에 올라가고 싶지 않다면요? 그냥 집에 가서 밤마다 울면서, 남들한테는 아무렇지 않은 척하고 싶다면요?"

"그럼 그렇게 해요. 계속 두려워하고 외로워하면서 살아요. 그리고 앞으로 20년 동안 계속 나를 만나러 오면 돼요. 나는 계속 같은 대답을 해줄게요. 등산화를 신고 다음 산을 올라가라. 그 위에 뭐가 있는지 봐라. 친구들, 승진, 아기가 있을 수 있겠죠. 당신 산이니 뭐가 있는지는 당신만 알 수 있을 겁니다."

"그 뒤에도 다음 산이 있을까요?"

"그럴 겁니다."

"다음 산이 나올 때까지는 아기 낳는 걸 보류할 수도 있겠네요?"

이브라힘은 미소 짓는다. "뭐든 당신이 원하는 대로 하면 돼요. 단, 뒤를 돌아보지 말고 앞을 봐요. 당신이 산을 올라가는 동안 내가 지켜봐 줄게요. 언제든 와서 그 안락의자에 앉아요."

도나는 고개를 들고 숨을 길게 내쉰다. 깜박이는 그녀의 눈가에 눈물이 맺혀 있다.

"고맙습니다. 요즘 제가 좀 바보 같았어요."

"원래 외로움은 견디기 어려운 겁니다, 도나. 인생을 많이 힘들게 하는 요소 중 하나예요."

"돈 받고 상담해주셔야 되는 거 아니에요?"

"당신은 길을 좀 잃은 겁니다, 도나. 살면서 길을 잃어본 적 없는 사람은 한 번도 흥미로운 곳을 여행해보지 못한 사람이에요."

"선생님은요? 슬퍼 보이세요."

"약간 그러네요. 두렵기도 하고. 헤치고 나갈 방법을 모르겠어요."

"다음 산을 오르시라고 충고해드리고 싶네요."

"그럴 힘이 남아 있는지도 모르겠어요." 이브라힘의 눈에 눈물이 차오른다. "갈비뼈가 아픈데 꼭 심장이 아픈 기분입니다."

"산을 올라가시는 동안 제가 지켜봐 드릴게요."

도나는 이브라힘의 손을 잡는다. 이브라힘이 우는 모습은 처음 봤다. 도나는 다시는 울지 않을 거다.

"다른 사람들한테는 말하지 말아요."

"다들 알고 계세요." 도나의 말에 이브라힘은 고개를 끄덕인다.

"론도 알겠죠."

도나는 그의 손을 꼭 잡는다. "저랑 한 얘기를 한마디라도 다른 사람한테 하시면 테이저 총으로 쏴버릴 거예요."

"알겠어요. 이제 살인 사건을 해결해볼까요?"

"그러죠."

이브라힘은 도나의 눈 밑을 손으로 가리킨다. 도나는 화장을 고치러 욕실로 들어간다. 돌아와서 보니 이브라힘은 도나가 가져온 영상을 컴퓨터 화면에 띄워놓았다. 오토바이 운전자용 가죽옷을 입은 수수께끼의 방문객은 대체 누구일까?

도나가 의자 끄트머리에 걸터앉자 이브라힘은 재생 버튼을 누른다.

58장

편지의 비밀

엘리자베스는 편지를 읽고 또 읽었다. 더글러스는 무슨 말을 하려고 했던 걸까? 편지에 단서가 없다면 대체 어디에 있을까? 은 로켓에? 다시 확인해봤지만 아무것도 찾을 수 없었다.

편지를 앞에 두고 수 리어든이 묻는다.

"라이 마을의 오두막은 확인해봤어요?"

"제일 먼저 확인해본 곳이 거기예요. 편지의 두 번째와 세 번째 단락에 힌트가 있는 거 봤어요?"

"앞 글자를 모으면 '시도는 좋았어'네요. 더글러스다워요."

엘리자베스는 그 부분을 알아보기까지 시간이 좀 걸렸는데 수는 단박에 알아챘다. 하긴 그 정도 되니 MI5에서 일하는 거겠지.

그들은 르 퐁 누아에서 이른 점심을 먹고 있는 중이다. 막다른 벽에 부딪힌 엘리자베스는 수에게 편지 내용을 공개해야 할 때가 됐다고 판단했다. 그들은 생각하는 게 비슷한 사람들이다. 수는 엘리자베스가 지금까지 편지를 독차지하고 있었다며 투덜댔지만 크게 기분 나빠하지는 않았다. 수가 소란을 피우지 않아 그들은 시간을 절약할 수 있었다. 수는 엘리자베스에게 약간의 정보를 내주었다. 마피아 두목이 비행기를 타고 영국으로 건너올 예정이라는 정보였다. 다이아몬드를 찾으러 혹은 마틴 로맥스를 죽이러 오는 거겠지. 재미난 일이 벌어질 모양이다. 엘리자베스는 다시 이 세계로 돌아오게 돼서 기쁘다. 유종의 미를 장식하는 기분이다.

수가 묻는다. "더글러스가 자주 갔던 곳을 슬쩍 내비친 적은요? 더글러스는 당신이 다이아몬드를 찾기를 바란 것 같아요. 일생의 사랑이었으니까. 당신과 더글러스만 아는 물건은요?"

"떠오르는 게 없네요. 그리고 더글러스를 20년 만에 봤어요."

"운이 좋으시네요."

"더글러스와 몇 번 싸우기라도 했나 봐요?"

"저와는 세대가 다른 분이니까요. 편지를 공유해줘서 다행이에요, 엘리자베스. 안 그랬으면 대단히 프로답지 못한 처신이었을 거예요. 어쨌든 고마워요."

"힘을 합해야 할 때가 있으니까요. 세월이 흐르면서 좀 더 믿음을 주는 사람이 되고 싶다는 생각도 들고요."

"언젠가는 저도 깨달음을 얻는 날이 오면 좋겠네요. 어쨌든 저는 당신을 믿어요. 우린 같이 다이아몬드를 찾을 수 있을 거예요."

"한배를 탄 신세네요."

수는 잔을 들어 올린다. "건배요."

59장

헬멧의 정체

"쇼를 볼 준비됐어요?"

이브라힘이 묻는다.

"여기가 이 집에서 제일 좋은 자리예요."

도나는 이렇게 말하며 이브라힘의 어깨에 팔을 두른다.

CCTV 영상은 보관함이 열리기 몇 분 전에서 시작된다. 접수대를 지키는 소녀의 뒤통수가 보이고 그 앞을 몇몇 사람들이 서둘러 지나간다. 한 남자가 어슬렁어슬렁 걸어 들어온다. 코스타 커피숍 유니폼을 입고 선글라스를 낀 남자는 머리가 벗겨지기 시작한 모습이다. 접수대의 소녀와 얘기를 나누는데 소녀가 주로 말을 한다. 남자는 아까보다는 덜 유쾌한 모습으로 걸어 나간다. 20초쯤 지나자 오토바이 운전자 복장을 한 사람이 화면에 들어온다. 가죽옷에 헬멧을 쓰고 다이아몬드를 찾으러 왔던 바로 그 사람이다.

소리는 없지만 상황은 분명히 짐작할 수 있다. 시야 밖으로 걸어 나가 보관함이 있는 쪽으로 향하던 헬멧 쓴 사람을 소녀가 불러 세운다. 헬멧을 쓴 사람이 주머니에서 무언가를 꺼내 보여주자, 소녀는 헬멧을 벗으라고 요구한다. 헬멧을 벗으니 얼굴이 드러난다. 의심할 구석 없이 확실하다.

뜻밖이라 도나와 이브라힘 둘 다 어떤 설명도 준비해놓지 못했지만 전혀 의심의 여지가 없다.

헬멧의 정체는 쇼본이었다.

퍼피의 엄마 쇼본이 다이아몬드를 찾으려고 보관함을 연 것이다. 딸이 총에 맞아 죽기 전날에.

쇼본이 헬멧을 도로 쓰고 보관함 쪽으로 걸어갈 때 팔목에 낀 조이스의 우정 팔찌가 보인다.

이브라힘이 말한다.

"엘리자베스를 불러야겠군요."

60장

사라진 소년

메이드스톤 형사 법원 앞에서 시간은 천천히 흘러가고 있다. 론의 감자 칩은 오래전에 동났고 크리스는 슬슬 걱정이 되기 시작한다. 어째서 아직도 재판이 시작되지 않았을까?

휴대폰이 위잉 소리를 낸다. 도나가 보낸 문자 메시지다. 도나는 오늘 비번인데 같이 오지 않았다. 킥복싱 수업에 참여하거나 테라스를 고압 세척기로 청소할 모양이다.

문자 메시지 화면을 열려는데 이쪽으로 걸어오는 라이언 베어드의 변호사가 보인다. 웬일로 새 정장을 빼입어서 꽤 산뜻해 보인다. 패션에 대한 도나의 조언이 효력을 발휘했나. 콘크리트 테이블 앞으로 걸어온 변호사는 고개를 절레절레 흔들며 말한다.

"죄송하게 됐습니다."

"죄송하다니, 뭐가요?" 크리스는 이렇게 묻지만 변호사의 입에서 무슨 말이 나올지 짐작이 된다.

"어디에도 보이질 않아요. 휴대폰도 꺼져 있고요. 경찰들이 라이언의 집으로 찾아갔습니다만 없었습니다."

론이 묻는다. "도망친 겁니까?"

크리스가 대답한다. "그렇겠죠."

"어쩌면 다쳐서 어딘가에 쓰러져 있을 수도 있겠죠." 변호사는 미심쩍어하는 크리스의 표정을 보더니 덧붙인다. "저는 라이언의 변호사잖습니까. 의심 좀 그만하세요. 맥도날드에 갔다 오셨나 보네요. 저도 맥도날드에 가서 뭐라도 좀 먹어야겠습니다."

"그놈과 연락이 되면 우리한테 알려주세요. 혹시 놈이 병원에 있더라도요."

변호사는 미안하다는 뜻으로 어깨를 슬쩍 올렸다 내리고는 새 정장 차림으로 치킨 너겟을 먹으러 맥도날드 쪽으로 터덜터덜 걸어간다.

크리스가 말한다. "제기랄! 이브라힘한테 뭐라고 말하죠?"

론이 대답한다. "아무 말도 하지 맙시다. 경찰이 놈을 잡을 때까지는요."

"가슴 아프게 해드리고 싶지 않지만 아마 못 잡을 겁니다. 지금쯤 북부나 런던으로 도망쳤을 거예요. 이 사건이 잊힐 때까지 쥐 죽은 듯 숨어 살겠죠."

"누구 마음대로 잊힙니까? 난 내 할 일을 했어요. 배관공인 척 남의 집에 들어가서 그 집 화장실에 코카인을 숨기는 일까지 했단 말입니다. 이제 경감님이 해야 할 일을 하세요."

"저도 제가 할 수 있는 일을 할 겁니다, 론. 아시잖아요."

보그단이 론에게 말한다. "경감님이 놈을 찾을 거예요. 우린 크리스를 위해 코니 존슨을 막을 방법을 찾아내야죠. 우린 똑똑한 사람들이잖아요."

크리스가 보그단에게 묻는다. "우리가 해내지 못하면요?"

"어떻게든 방법을 찾아낼 겁니다. 장담해요."

론이 말한다. "좋아요. 맥도날드에 갈 사람?"

크리스가 말한다. "아까 드셨잖아요."

"그건 아침으로 먹은 거죠."

크리스의 휴대폰이 또다시 위잉 하고 신호음을 낸다. 도나가 또 문자를 보냈다.

최대한 빨리 쿠퍼스 체이스로 오세요. 이상한 일이 일어났어요. 법원에서
라이언 베어드를 교도소에 처넣기로 판결했길 기대할게요.

크리스가 묻는다. "쿠퍼스 체이스에서 이상한 일이 일어났다는데 관심 있으신 분?"

당연히 모두가 관심 있다.

61장

조이스의 추리

쿠퍼스 체이스에는 호수가 두 개 있다. 하나는 이 부지의 공사를 시작할 무렵 토니 커런의 건축팀이 땅을 파서 만든 인공 호수다. 론은 이 호수를 사랑한다. 관리가 무척 잘된 호수라 그 주변을 에두르는 길도 아름답게 포장돼 있다. 물고기도, 백조도, 론도 그 호수를 사랑한다. 일주일에 한 번씩 섞어 붓는 화학 물질 덕분에 호수는 찬란한 푸른빛을 띤다. 호수라면 응당 그렇게 보여야 한다는 기준에 정확히 맞는 외관이다.

그 호수에 관해서 만큼은 토니 커런을 칭찬하지 않을 수 없다. 저세상에서 편안히 쉬길. 토니는 워낙 썩어빠진 인간이라 저 호수 밑 어딘가에 코카인을 묻어뒀을 수도 있다. 그래도 이런 호수를 만들 줄 아는 사람이었으니 칭찬해줘야지.

그리고 수백 년 동안 자리를 지켜온 또 다른 호수가 있다. 갈대와 야생화에 둘러싸이고, 수련과 조류가 둥둥 떠 있는 호수. 아무리 좋게 봐줘도 물빛은 푸르죽죽한 갈색이다. 곤충들은 그 호수를 사랑하지만 론은 그 호수의 존재 이유를 알 수가 없다.

러스킨 코트의 콜린 클레멘스는 아침마다 그 더러운 호수를 가로질러 수영을 하다가 결국 바일병에 걸렸다. 실버타운 관리소는 그 호수 앞에 수영 금지 표지판을 여러 개 세워야 했다.

론은 지금 그 표지판 중 하나를 보고 있다. 실내에서 모임을 가질 수도 있지만 론은 이브라힘이 산책을 하며 바깥공기를 쐬길 바랐다. 이브라힘이 쿠퍼스 체이스 바깥으로는 아예 안 나가려 하니 집 밖으로라도 끌어내기 위해 론이 호숫가에서 모임을 갖자고 제안한 것이다. 물론 론은 깨끗한 인공 호수에서 모임을 갖자는 의미였다. 어쨌든 이브라힘의 기분이 좋아 보이니 론은 투덜거릴 수도 없다.

그들은 거의 야생 그대로인 호수를 바라보며 벤치 두 개에 나눠 앉았다.

"아름답네요."

엘리자베스와 함께 점심을 먹고 온 수 리어든이 말한다. 그들은 무슨 얘기를 나눴는지는 함구했다.

조이스가 말한다. "그렇죠. 야생 그 자체예요."

조이스도 이 망할 호수를 좋아하는 건가?

이브라힘은 CCTV 영상 이미지를 인쇄한 종이를 꺼내 보여준다. 헬멧을 벗은 쇼본의 모습이 찍혀 있다. 머리를 풀어 늘어뜨린 쇼본의 팔목에 스팽글이 박힌 팔찌가 기다란 형광등 불빛에 반짝인다.

"쇼본!" 조이스가 외친다.

"쇼본 맞네요." 엘리자베스가 말한다.

"그러네요." 수 리어든도 입을 뗀다.

'이럴 줄 알았어'라고 론은 생각한다. 론이 누구를 좋아하기만 하면 꼭 이런 일이 생긴다.

조이스가 말한다. "때와 장소에 어울리지 않는 말인 줄 알지만 저 팔찌를 차고 있으니 정말 예뻐 보이네요."

그들은 멍하니 사진을 바라본다. 어떻게 된 일인지 생각하느라 다들 머리를 굴리고 있다.

도나와 함께 세 번째 벤치에 앉은 크리스 허드슨이 말한다. "전에 조이스의 집을 찾아왔던 여자네요."

"맞아요. 퍼피의 엄마예요."

조이스는 목에 붙은 진드기를 눌러 죽이며 대답한다. 이래도 조이스는 이 호수가 좋을까?

도나가 말한다. "퍼피와 더글러스가 살해당하기 전날 찍힌 영상이에요."

엘리자베스가 정정해준다. "전날 저녁이죠. 총격이 있기 전, 그리고 다이아몬드가 숨겨진 위치를 우리가 알기 전이에요."

조이스가 묻는다.

"쇼본이 어떻게 우리보다 먼저 보관함에 대해 알았을까요? 말이 안되지 않아요?"

수 리어든은 쇼본의 사진을 집어 들며 말한다. "엘리자베스, 지금 저와 같은 생각을 하고 계실 것 같은데요? 쇼본에게 다이아몬드에 대해 말할 사람은 한 사람뿐이잖아요?"

엘리자베스는 고개를 끄덕인다. "퍼피밖에 없죠."

수는 고개를 끄덕인다. "더글러스가 쇼본에게 말했을까요? 그럴 리는 없다고 봐요."

엘리자베스도 동의한다. "내 생각에도 그래요."

론이 묻는다. "더글러스와 퍼피가 한패일 가능성은요? 마틴 로맥스의 집에서 다이아몬드가 없어졌을 때 둘 다 그 집에 있었잖아요?"

도나는 고개를 끄덕인다. "더글러스는 자기가 한동안 안가에 갇혀 있게 될 줄 알고 퍼피에게 보관함에 대해 얘기했을 거예요. 퍼피는 엄마한테 보관함에 가서 다이아몬드를 가져와달라고 부탁했겠죠."

엘리자베스가 묻는다. "살짝 안 맞는 부분이 있지 않아요, 도나?"

이브라힘이 의견을 내놓는다. "더글러스가 애초에 다이아몬드를 보관함에 두지 않았다고 봐야 되지 않을까요. 한패라면 굳이 쇼본을 보관함으로 보내 허탕 치게 만들 이유가 없잖습니까?"

수가 묻는다. "더글러스가 퍼피한테 보관함 얘기를 안 했다면 쇼본이 대체 어떻게 보관함에 대해 알았을까요? 편지 말고는 보관함이 언급된 적이 없잖아요?"

침묵이 흐른다. 다들 가능한 답을 찾느라 생각을 거듭한다. 도나는 그들 중 깊게 생각을 하고 있지 않은 사람은 조이스뿐임을 알아챈다. 조이스는 그냥 다정한 미소를 지으며 엘리자베스를 바라보고 있을 뿐이다. 마치 무언가를 기다리듯이. 론이 제일 먼저 입을 연다.

"좋아요. 알았습니다. 마피아가 도청 장치를 쓴다는 걸 어디서 읽은 적이 있어요. 전구 같은 곳에 설치한다더군요. 과학적인 원리 같은 건 묻지 말아요. 구글에 나와 있으니 찾아보든지. 전구 유리 표면의 진동을 분석하면 방 안에서 나누는 대화를 들을 수 있다고 합디다. 요전에 라디오 스포츠 채널 〈토크스포트〉에서도 나온 적 있습니다. 그러니까 내 말은 마피아가 렌터카를 타고 여기 와서……."

조이스가 탄식한다. "아이고, 맙소사."

론이 하던 말을 멈춘다. 모두의 시선이 조이스에게 쏠린다.

"이 자리에 첩보원이 두 명이나 있는데 답을 모르겠어요? 경찰 두 명에 정신과 의사도 한 명 있는데? 다들 눈치 못 챘어요?"

조이스의 말에 론이 묻는다. "나는요?"

"당신은 적어도 답을 내려는 시도는 했잖아요."

엘리자베스가 말한다. "어떻게 된 건지 알아냈나요?"

"엘리자베스." 조이스는 다정하게 머리를 흔들며 덧붙인다. "당신은 내가 아는 제일 똑똑한 사람인데 가끔 보면 둔할 때가 있어요."

62장

간단한 속임수

라이언 베어드는 스스로를 천재라고 자부한다. 의심할 여지없는 사실이다. 그는 누군가의 계략으로 법원에서 재판을 받게 됐다. 그를 엮어 넣으려고 누군가 꾸민 짓이다. 대체 누굴까? 하긴 그게 중요한가? 워낙 잘난 인물이니 노리는 적이 있기 마련이다. 적이 없는 악당이 있을까? 없다.

라이언은 지금 사촌 스티븐의 아파트에 들어와 앉아 있다. 여기는 스코틀랜드다. 정확한 지명은 잊어버렸는데, 글래스고 근처에 있는 'C'로 시작하는 어떤 마을이다. 공판일 전날 기차를 타고 동네를 떠났다. 기차표 따위는 끊지 않았다. 라이언 베어드처럼 잘난 데다 적들이 노리고 있는 사람이라면 기차표에 돈을 쓸 필요가 없다. 기차 화장실에 숨어 있다가 검표원에게 들켜 동커스터 근처에서 하차당했지만 곧 다음 기차에 올라탔다. 그리고 또 쫓겨나 뉴캐슬에 내려야 했는데 마지막 기차가 이미 떠난 후라 하는 수없이 뉴캐슬에서 잠을 자야 했다. 그런 식으로 그는 기어이 스코틀랜드까지 왔고 사촌 스티븐이 와서 그를 집으로 데려갔다. 이만하면 LNER(런던 노스이스턴 레일웨이) 기차를 잘 벗겨 먹은 라이언 베어드 되시겠다.

몇 년 전 엄마가 한 얘기가 있었다. 거래하는 방법을 배우면 일거리

없이 살 일은 없다고. 엄마 말이 옳았다. 그는 두 시간 만에 코카인을 몇 봉지나 팔아 현금을 마련했다.

그리고 지금 스티븐과 함께 앉아 피파 게임을 하고 있다. 마리화나 담배도 계속 피우고 KFC도 다 먹었다. 역시 천재다.

그를 찾으러 스코틀랜드에 올 사람이 과연 있을까? 아무도 없을 거다. 여긴 페어헤이븐에서 아주 멀리 떨어진 곳이다. 경찰들은 런던이나 뒤지고 있을 거다. 기껏해야 루턴시에 와서 찾아볼 수도 있겠지만, 아마 그렇게까지 하지도 않을 거다. 라이언은 스코틀랜드에 처음 와 본다. 그러니 경찰도 그가 스코틀랜드에 와 있다는 생각은 못 할 거다.

안전을 기하기 위해 늘 꿈꿔왔던 '커크'라는 가명을 쓰기로 했다. 어쩌다 경찰이 여기까지 추적해 와서 탐문을 한다 해도 라이언 베어드라는 이름을 들어본 사람은 나타나지 않을 거다. 간단한 속임수다.

솔직히 오늘 서너 번 정도 그는 라이언이라고 자기 이름을 말했다. 스티븐의 친구들과 술을 몇 잔 마시고 실수를 한 것이지만, 그 친구들은 특별히 문제를 일으킬 것 같지는 않았다.

아까 그는 자기가 텔레비전에 나오는지 보려고 지역 뉴스 채널을 켰다. 켄트주의 마약상이 도주 중이라거나 '라이언 베어드는 위험인물이니 접근하지 말라고 경찰이 경고했다'라는 말이 흘러나오길 기대했는데 여기 뉴스는 온통 스코틀랜드에 관한 내용뿐이다. 스코틀랜드에 관한 걸 누가 신경 쓸까? 그나마 건질 만한 소식은 누군가 레저 센터에 불을 질렀다는 내용뿐이었다.

오늘 하루 동안 그는 일거리를 찾았고 몸을 뉘일 집을 확보했으며 새로운 이름도 갖게 됐다. 유튜브로 파블로 에스코바르(콜롬비아의 세계 최대 마약 카르텔 조직 메데인 카르텔의 보스이자 콜롬비아를 주름잡던 기업가)에 관한 내용을 본 적이 있는데, 오늘 그는 파블로 에스코바르 뺨치게 일을 해냈다. 그래, 파블로! 그 이름이 훨씬 낫겠다. 커크는 잊자. 내일부터 그는 스티븐의 사촌 파블로다.

파블로 에스코바르는 결국 총에 맞아 죽었다. 조심성 없이 굴다가 그렇게 된 거다. 라이언에게는 일어나지 않을 일이다.

스코틀랜드여! 라이언에게 박수를!

63장

연출된 사건 현장

모두의 시선이 조이스에게 쏠린다. 조이스는 오디션 프로그램 〈엑스 펙터〉에서 심사 결과를 발표하기 직전의 사회자처럼 침묵하며 뜸을 들인다. 갈대밭을 습격 중인 곤충들이 붕붕 대는 소리가 침묵을 채운다. 도나가 보기에 조이스는 사람들의 관심을 즐기고 있는 것 같다. 잘된 일이다.

엘리자베스가 재촉한다.

"어휴, 그만 뜸 들이고 말해요, 조이스."

"여러분이 답을 알아낼 시간을 좀 더 드린 것뿐이에요."

조이스는 이렇게 말하고는 보온병에 담아둔 차를 한 모금 마신다.

론이 말한다. "이런 분위기 참 좋네요."

도나가 묻는다. "알아낸 답이 뭔데요, 조이스?"

"이거예요. 엘리자베스, 더글러스와 함께 숲 사이로 산책을 갔었잖아요? 요전 날 밤에 우리를 데리고 올라간 그 길로요."

"맞아요."

"더글러스는 당신한테 다이아몬드를 훔쳤다고 털어놓으면서 그 나무 얘기를 했죠? 비밀 우편함이요."

론이 흡족해하며 말한다. "어째 엘리자베스의 잘못인 것 같은 분위기인데요."

"그날 퍼피가 같이 따라갔잖아요?"

"퍼피는 헤드폰을 쓰고 있었어요, 조이스."

"우리가 최근에 만난 사람 중에 헤드폰을 쓴 사람이 또 있었죠? 기차역 보관소에서 일하는 사랑스러운 소녀요. 그 소녀가 헤드폰으로 뭘 듣고 있었죠?"

"아무것도 안 듣고 있었어요."

"맞아요. 퍼피가 헤드폰으로 뭔가를 듣고 있었다고 확신할 수 있을까요? 퍼피가 당신과 더글러스의 대화를 못 들었다고 누가 장담할 수 있을까요?"

론이 감탄한다. "멋진 추리네요."

이브라힘이 말한다. "비밀 우편함에 대한 얘기도 퍼피가 들었을 거란 추측이군요."

조이스가 말한다. "퍼피는 당신처럼 자기 나름으로 추측을 했을 거예요."

수가 말한다. "언덕에 다시 올라가서 비밀 우편함에 숨겨진 쪽지를 찾아 읽고 그 쪽지를 다시 원래 자리에 뒀겠네요."

론이 말한다. "다이아몬드가 숨겨진 장소를 제 엄마한테 말했고요."

다들 엘리자베스를 바라본다. 엘리자베스는 골똘히 생각하는 얼굴이다. 마침내 엘리자베스는 고개를 들고 조이스를 똑바로 쳐다본다.

"아, 조이스. 가끔 보면 당신은 짜증이 날 정도로 똑똑해요."

조이스의 얼굴이 환해진다.

엘리자베스가 말한다. "퍼피가 겉보기보다 훨씬 영리했던 모양이네요. 시인을 꿈꾼다더니. 설마 했는데."

수가 묻는다. "이제 어떻게 하죠? 퍼피는 편지를 찾아내서 엄마한테 연락을 했어요. 쇼본은 연락을 받고 와서 보관함을 열었지만 다이아몬드를 못 찾았고요."

크리스가 말한다. "그리고 다음 날 퍼피는 총에 맞아 죽었죠."

"미안한데, 누구신지?" 수는 크리스에게 묻고는 도나를 쳐다보며 덧붙인다. "그쪽도요."

크리스가 자기소개를 한다. "켄트주 경찰 크리스 허드슨 경감입니다. 이쪽은 도나 드 프레이타스 순경이고요."

수는 고개를 끄덕이고는 엘리자베스를 바라본다. "이 두 사람은 눈치 껏 입을 다물고 있어야 할 때가 언제인지 아는 분들이죠?"

엘리자베스는 고개를 끄덕인다. "그럼요. 잘 알죠."

크리스가 말한다. "이거 칭찬 감사하네요."

조이스가 말한다. "감이 와요. 어떻게 된 일인지 딱 알겠어요."

이브라힘이 말한다. "오늘 아주 탄력 받았네요, 조이스."

"간단해요. 쇼본은 다이아몬드를 못 찾았고 퍼피에게 그렇게 말했어요. 좌절한 퍼피는 더글러스에게 따졌겠죠. '다이아몬드 어디 있어요? 당신이 갖고 있는 거 다 알아요.' 이렇게요. 더글러스는 화가 났을 거예요. 그가 숨겨둔 편지를 퍼피가 찾아내서 엄마한테 얘기했잖아요. 또 다른 사람한테도 말했을 수 있겠죠. 그래서 더글러스는 퍼피를 없애기로 마음먹은 거예요. 퍼피를 총으로 쏘고 자기도 죽은 걸로 꾸민 거죠. 그리고 우리가 그 집에 들어가 두 사람이 죽어 있는 현장을 보게 만들었어요. 그래놓고 자기는 택시를 타고 다이아몬드를 숨겨둔 장소로 떠난 거예요."

"아, 조이스." 엘리자베스가 탄식한다.

"왜요?"

"앞서간다 싶을 때 그만하는 게 좋다는 걸 보여주는 본보기네요."

"그런가요."

엘리자베스는 휴대폰을 꺼내 호브시의 안가를 찍은 사진을 화면에 열고 말한다. "사건 현장에서 뭔가 앞뒤가 맞지 않는다는 느낌을 받았어요."

수가 묻는다. "휴대폰을 찾았네요?"

엘리자베스는 가볍게 어깨를 으쓱한다. "소파 뒤쪽에 끼어 있더라고요. 어쨌든 사건 현장이 뭔가 연출된 것 같은 느낌이었어요. 지나치게 완벽했어요. 그래서 처음엔 더글러스가 무대를 꾸며냈다고 생각했어요. '퍼피를 죽이고 자기도 죽은 척했구나, 어디서 시체를 구해다가 본인인 척 만들어놨구나'라고요."

도나가 묻는다. "그게 아니었다는 건가요?"

"어쩌면 그 반대가 아니었나 싶어요. 만일 퍼피가 본인의 죽음을 가짜로 꾸며냈다면요?"

조이스가 말한다. "퍼피가 설마 그랬을 리가요."

엘리자베스가 묻는다. "시체 안치소에 있는 시신을 보고 퍼피라고 확인해준 사람이 누구였죠?"

다들 그 답을 알고 있다. 수가 제일 먼저 소리 내서 말한다.

"쇼본이요."

앞뒤가 딱 맞아떨어진다. 첩보원 두 명과 경찰 두 명, 정신과 의사와 간호사. 심지어 론까지도 이제 답을 알았다. 엄마와 딸, 그리고 다이아몬드. 그들은 퍼피에 대해 어디까지 알고 있었나? 쇼본에 대해서는? 아는 게 없었다. 두 모녀에 대해 그들은 아무것도 알지 못했다.

제3부

당일치기 여행은
언제나 즐거워

64장

앤트워프 여행

유로스타 기차를 누가 타 봤을까? 바로 나다. 조이스 메도우크로프트. 애쉬포드 국제 기차역까지 차로 데려다 달라고 이브라힘을 설득하려 애썼지만 먹히지 않았다. 이브라힘은 옆구리가 아파서라고 했지만 누가 봐도 그의 옆구리 상태는 전보다 훨씬 좋아졌다. 어제 그가 높은 선반에서 찻주전자를 꺼내는 것도 봤다. 언젠가는 그를 꾀어서 꼭 마을 밖으로 데리고 나가고 말 거다. 두고 보시길.

엘리자베스가 내놓은 가설을 다들 설득력 있다고 받아들였다. 퍼피가 모든 살인의 배후에 있다는 가설이다. 더글러스가 다이아몬드를 훔친 걸 알아낸 퍼피는 그 다이아몬드를 차지하고 싶어졌다. 그래서 세밀하게 계획을 세웠다. 내가 보기엔 너무 정교한 계획이라 혼자 세웠을 것 같지가 않다.

나는 그 가설이 믿기지가 않는다. 퍼피는 온화한 사람이었다. 내가 사람을 정말 잘못 봤을까? 그럴 수도 있다. 내가 워낙 사람을 잘 믿으니까. 예전에 병원에서 일할 때 알던 간호사 중에 하나가 알고 보니 상습적으로 모르핀을 훔친 걸로 드러났는데, 평소에 남한테 싫은 소리도 잘 못할 만큼 소심한 여자였다. 나는 〈에머데일〉 연속극에 나오는 배우를 무척 좋아해서 인스타그램에서 그 배우를 찾아 팔로우했다. 그는 아내와 아기, 개 사진을 늘 올렸고 나는 즐겨 보곤 했다. 제이슨이 〈셀레브리티 티핑 포인트〉라는 게임 쇼 프로그램에 그 배우와 함께 출연한 적이 있다며 얘기해줬는데 그 배우가 아주 형편없는 놈이라고 했다. 자세히는 말 안 했지만 제이슨은 그런 작자는 한눈에 알아볼 수 있다고 했다. 그건 나도 인정하는 부분이라 제이슨의 말을 믿는다. 나는 그 배우를 인스타그램에서 팔로우한 상태지만 좋아하는 마음은 예전 같지 않다. 집 주방은 엄청 잘 꾸며놓고 살기는 하더라만.

그러니 퍼피에 대해서도 내가 잘못 판단했을 수 있다. 퍼피가 한 짓일 수도 있는 거다. 2,000만 파운드가 여간 큰돈이어야지.

퍼피가 쇼본을 그 일에 끌어들였다는 게 엘리자베스의 가설이었다. 엄마를 시켜 다른 이의 시신을 자기인 양 신원을 확인하게 하고 우리를 따돌렸다는 것이다. 물론 그랬을 수도 있다. 조애나가 나더러 어느 시신을 자기라고 말해달라고 부탁하면 난 그 부탁을 들어줄 거다. 자식이 해달라는 일이면 일단 하고 나서 질문은 나중에 하게 되지 않나? 예전에 조애나가 나더러 자기가 건지섬으로 이사 갔다고 남자 친구한테 거짓말을 해달라고 한 적이 있다. 그래서 나는 쇼본의 입장을 이해한다. 어쨌든 내가 좋아하던 녀석들 중 하나였다. 그래서 지금 그 녀석을 인스타그램에서 팔로우했다. 의사와 함께 살면서 사랑스러운 두 아이를 키우고 있는 모양이다. 지금 노리치시에 사는 것 같다. 어디 가서 내가 그런 것까지 알아냈다고 말하지 말길. 조애나한테 내가 그 녀석을 팔로우했다는 말도 하지 말길 바란다.

무슨 얘길 하고 있었더라?

맞다, 유로스타! 좌석이 무척 편안하고 차도 무료로 준다. 휴대폰 충전도 할 수 있다. 유로 터널을 지날 때 조애나한테 문자를 보냈다.

조애나는 오늘 저녁까지 답장이 없었다. 답장이 왔을 때쯤 나는 로버츠브리지역을 출발해 택시를 타고 집으로 향하고 있었다.

벨기에 앤트워프시에 가본 적 있는지? 물론 모르는 거지만, 아마도 없을 거다. 무척 멋진 도시였다. 성당도 있고, 우리가 지나간 길에만 스타벅스가 여덟 개인가 아홉 개나 있었다. 우리는 오후 2시에 프랑코라는 이름을 가진 남자와 만나기로 했다. 프랑코는 다이아몬드 거래상인데, 운하 옆에 길게 늘어서 있는 집들 중 한 곳이 그의 거래소이다. 거래소까지는 돌계단을 밟고 내려가야 한다. 집집마다 문에 작은 놋쇠 문패가 붙어 있다. 창문 너머로 다이아몬드가 가득 들여다보일 줄 알았지만 안타깝게도 그렇지는 않았다. 어느 집 창문 안쪽에 고양이 한 마리가 보이기는 했는데 그 이상 눈에 띄는 것은 없었다.

프랑코는 정말 멋진 남자였다. 전에는 벨기에 사람들이 어떻게 생겼는지 몰랐는데 프랑코만 놓고 보자면 앞으로 주시해서 봐야겠다. 백발에 구릿빛 피부, 푸른 눈, 반달 모양의 안경. 아내와 함께 일하냐고 물었더니 사별했다고 했다. 위로 차원에서 그의 손에 내 손을 가만히 얹었더니 엘리자베스가 어이없다는 듯 눈을 위로 굴렸다.

퍼피가 살해당했거나 더글러스가 살해당했거나, 아니면 둘 다 살해당한 건가? 아무도 확실한 답을 모르는 게 문제다. 다만 살인자가 다이아몬드를 현금화하려면 이곳을 거쳐 갔을 공산이 크다. 프랑코를 통하든, 프랑코가 아는 누군가를 통하든 해야 한다.

프랑코는 우리에게 우유를 권했고 나는 마시겠다고 했다. 우유를 마지막으로 마셔본 게 언제였는지 기억조차 까마득해서 모처럼 마시기로 한 것이다. 여러분은 기억나는지? 우유를 마시는데 문득 이런 생각이 들었다. 이게 내가 살아생전에 마시는 마지막 우유가 되지 않을까? 앞으로 누가 또 내게 우유를 권할까 싶어서였다. 내가 잘생긴 벨기에 남자와 결혼하지 않는다면 말이다. 물론 그 가능성을 완전히 배제하지는 않고 있다.

프랑코와 결혼한다면 어떨까? 어떤 반지를 받게 되려나! 조애나가 어떤 표정을 지을지 상상해보길. 조애나는 요즘 축구 클럽 회장과 데이트를 한다. 그 남자는 늘 체육관에 가 있고 조애나는 발걸음이 여간 가벼운 게 아니다. 프랑코와 함께 사는 내 모습을 그려보자. 나는 시장에 가서 차에 곁들여 먹을 음식을 사 온다. 프랑코는 손에 우유 컵을 들고 저기 앉아 있겠지. 나는 그에게 오늘 다이아몬드를 (혹은 내가 아직 잘 모르는 기술적인 어떤 물건들을) 몇 개나 팔았냐고 물어본다. 그는 우유 컵을 내려다보며 벨기에어로 무어라 말한다. 그래요, 좋아요. 뭐가 됐든 대환영이에요.

아소스 매장에서 새로 산 초록색 외투를 입고 와서 다행이었다.

내가 너무 쓸데없는 소리만 늘어놓고 있었나? 여러분도 프랑코를 만나보면 나처럼 이렇게 될 수밖에 없을 거다. 엘리자베스는 프랑코에게 더글러스가 그를 만나러 왔냐고 물었다. 프랑코는 한 달쯤 전에 더글러스에게 전화를 받았고 조만간 찾아온다고 했는데 그 후로 소식이 없다고 했다. 그들은 둘 다 무모하고 위험한 짓을 하며 살아온 오랜 친구였다.

엘리자베스는 더글러스 말고 다른 누가 2,000만 파운드어치의 다이아몬드를 들고 찾아온 적은 없냐고 물었다. 프랑코는 없다고 대답했다.

확실히 하기 위해 우리는 생각나는 사람은 전부 생김새를 묘사하며 물었다. 퍼피와 쇼본, 수와 랜스, 마틴 로맥스, 그리고 마피아와 콜롬비아 카르텔까지 다 물어봤지만 수확은 없었다. 우리가 말한 이들 중 지난 2주일 동안 프랑코를 찾아온 사람은 없다고 했다.

어떻게든 그 자리에 조금이라도 더 오래 있으려고 나는 우유를 한 컵 더 달라고 해 마셨지만, 어느덧 작별할 시간이 오고야 말았다. 프랑코는 내 뺨에 세 번 입을 맞췄다. 잘해보자는 의미인가 싶어서 들떴는데 그는 엘리자베스에게도 세 번 입을 맞췄다. 벨기에에서는 다들 그렇게 인사를 하는 모양이다.

우리는 다시 기차역으로 돌아가야 했다. 가는 길에 이브라힘에게 줄 초콜릿과 론에게 줄 맥주를 조금씩 샀다. 가게에서 포장을 잘해주었다.

기차를 타고 돌아가면서 잠이나 잘 줄 알았는데 엘리자베스와 이런저런 얘기를 나눴다. 퍼피가 이 모든 일의 배후라면 프랑코에게 왔어야 앞뒤가 맞을 것이다. 유럽에서는 2,000만 파운드어치나 되는 다이아몬드를 묻지도 따지지도 않고 현금으로 바꿔줄 만한 곳이 몇 군데 없다. 퍼피가 다이아몬드를 갖고 있다면 남의 눈에 띄지 않게 납작 엎드려 있으려나? 만약 갖고 있지 않다면 여전히 찾으러 다니고 있겠지. 다이아몬드는 어디 있을까? 더글러스의 편지 안에 답이 있을 것이다. 우리 뿐만 아니라 퍼피도 그 편지를 읽었다. 편지에 숨겨진 답을 누가 먼저 알아내게 될까?

집으로 돌아가는 길이 꽤 멀어서 프랑스 북부 어디쯤에서 나는 이브라힘에게 주려고 샀던 초콜릿 포장을 풀어 엘리자베스와 나눠 먹었다. 그리고 얼마 후 론에게 주려고 샀던 맥주도 나눠 마셨다.

이제 우리는 퍼피가 다이아몬드를 찾기 전에 퍼피를 찾아내야 한다. 엘리자베스는 퍼피를 은신처 밖으로 끌어낼 계획이 있다고 했다.

저 멀리 엘리자베스의 집에 아직 불이 켜져 있는 게 보인다. 줄곧 퍼피에 대한 생각을 하고 있는 모양이다.

언제까지나 불을 켜놓길 바랄게요, 엘리자베스.

우리는 라이언 베어드가 사라졌다는 사실을 당분간 이브라힘에게 말하지 않기로 했다. 그냥 판결이 연기됐다고만 전할 생각이다. 거짓말 하기 싫지만 어쩔 수 없다.

론은 크리스가 패트리스를 사랑하고 있다고 말했다. 내 생각도 그렇다. 둘의 관계가 해피엔딩이면 좋겠다.

이제 그만 자러 가야겠다. 퍼피와 다이아몬드에 대한 생각을 해야 마땅하겠지만, 돌계단이 있는 운하 옆의 큰 집과 그 집 문에 붙어 있는 놋쇠 문패에 대한 생각을 하며 잠들 생각이다.

사람은 계속 꿈을 꾸며 살아야 한다. 엘리자베스도 그걸 잘 안다. 더글러스도 알고 있었다. 이브라힘은 그걸 잊은 것 같으니 때가 되면 그에게 상기시켜줘야겠다.

65장

놓친 단서

체스 게임은 끝났다. 드디어 오늘 저녁의 진짜 일이 시작됐다.

기차를 타고 오면서 벨기에 맥주를 마셔서인지 엘리자베스는 아직도 머리가 띵하다. 기차역에서 택시를 기다리는 동안 조이스와 와인도 한 잔씩 했고, 집에 돌아왔더니 보그단이 진토닉을 준비해놓고 기다리고 있어서 그것도 마셨다.

보그단과 스티븐은 계속되는 무승부로 진이 빠져 있었다. 보그단이 한참을 투덜거리자 스티븐은 미소를 지으며 느긋하게 말했다.

"그래, 다 표출해버려. 시원하게 질러."

지금 그들 셋은 거실에 앉아 있다. 엘리자베스와 스티븐은 손을 잡고 소파에 앉았고 보그단은 다리를 쭉 편 채 안락의자에 앉았다. 새벽 1시나 됐지만 아무도 자러 갈 생각을 하지 않는다. 보그단은 에너지 음료인 레드불을 마시고 있다. 엘리자베스는 보그단이 평소에 몇 시에 잠자리에 드는지 다시 한번 궁금해진다.

보그단은 법원에 갔던 일에 대해 들려주었다. 라이언 베어드는 기어이 도망쳤다. 이브라힘에게는 말하지 않기로 했다. 라이언은 곧 찾을 수 있을 거다. 퍼피가 준 라이언에 관한 서류철이 아직 그들 손에 있으니까.

퍼피 문제는 어쩌지? 대체 어떻게 된 일일까? 엘리자베스는 어떤 낌새를 놓친 걸까?

도둑질은 누구나 할 수 있다. 예전에 엘리자베스가 아는 어떤 목사는 경마에서 돈을 잃고 자기 교회의 십자가를 몰래 떼서 녹여 팔았다. 하지만 살인은 아무나 할 수 있는 일이 아니다. 퍼피가 과연 할 수 있었을까? 그럴 사람 같지 않았지만 엘리자베스는 전에도 감쪽같이 속은 적이 있다. 자주는 아니지만 분명히 속은 적이 있었다. 엘리자베스는 에너지 음료를 마시고 있는 보그단을 바라본다. 누가 봐도 결백한 모습이다.

퍼피는 앤드류 헤이스팅스를 쏴 죽인 뒤 몸을 덜덜 떨었다. 물론 누구나 몸이 떨리는 척을 할 수는 있다. 그 생각을 하자 엘리자베스는 자기도 모르게 몸이 떨리기 시작한다.

스티븐이 묻는다.

"여보, 추워?"

이렇게 쉬운 일이다. 스티븐은 팔을 둘러 안아준다. 엘리자베스는 그의 어깨에 머리를 기댄다. 정말 좋은 남자다. 퍼피의 세대는 거짓 감정을 만들어내는 데 익숙하다. 그 세대는 조금만 마음에 안 들어도 분노하고, 약간의 비난에도 민감하게 반응한다. 솔직히 무슨 일이 일어나도……, 잠깐만. 문득 생각해보니 이건 엘리자베스 본인의 생각이 아니다. 기차에서 누군가 놓고 내린 「데일리 익스프레스」지에서 읽은 내용이다. 엘리자베스가 알기로 대부분의 젊은 사람들은 도나처럼 새로운 싸움에 직면해 있다. 그들에게 행운이 따르기를.

엘리자베스는 스티븐의 어깨에 더 바짝 파고든다. 문득 머릿속을 스치는 생각이 있다. 더글러스와 퍼피 둘 다 죽지 않았다면? 둘이 같이 꾸민 일일 수도 있지 않나?

퍼피와 더글러스가 연인이라면?

엘리자베스가 알기로 더글러스는 그러고도 남을 사람이다. 그는 가질 수 없는 여자나 가져서는 안 되는 여자 모두에게 끌리곤 했다. 그러니 퍼피를 가질 수만 있다면 무슨 짓이라도 했을 것이다.

하지만 퍼피는? 엘리자베스는 퍼피가 더글러스와 사랑에 빠질 가능성보다 더글러스를 죽였을 가능성이 더 높다고 봤다. 물론 언제든 넘나들 수 있는 선이기는 했다. 더글러스라면 특히 더 그랬을 것이다.

레드불을 한 캔 더 따서 마신 보그단이 말한다.

"퍼피가 이렇게 위협했을 수도 있겠죠. '다이아몬드를 진짜로 숨겨둔 장소를 말하지 않으면 죽여버리겠어요, 더글러스.'"

스티븐이 말한다. "배짱 좋네."

"으음." 엘리자베스는 숨소리로 대답을 대신한다.

나른하고 편안한 기분이다. 아무리 생각해도 퍼피와 더글러스가 연인이었을 것 같지는 않다.

보그단이 계속해서 가설을 풀어놓는다. "더글러스는 이렇게 말했을 겁니다. '울타리 옆 나무 밑에 묻어 놨어. 날 죽이지 말아 줘.' 하지만 퍼피는 결국 그를 총으로 쏴 죽인 거죠."

스티븐이 난데없이 묻는다. "조이스가 개를 산다고 하지 않았어?"

엘리자베스가 그에게 묻는다. "뭐라고요, 여보?"

"당신 친구 조이스 말이야. 개를 산다고 했잖아."

스티븐은 별걸 다 기억한다.

"아뇨, 여보. 총 맞은 사람들이 계속 나오고 있어서 당분간 보류할 모양이에요."

"하긴, 시기와 장소가 좀 그렇지."

"더글러스는 거짓말을 하고도 남아요. 다이아몬드가 있는 장소를 퍼피한테 말했을 리 없어요."

스티븐이 반박한다. "내 생각은 달라. 얼굴에 총을 겨누고 다이아몬드가 어디 있는지 대라고 하는데 어떻게 안 털어놓겠어? 힘들지."

보그단이 말한다. "퍼피는 계속 다이아몬드를 찾고 있겠네요."

스티븐도 동의한다. "아마 잔뜩 화가 나 있을 거야. 저녁 먹을 사람? 라자냐 있나?"

보그단이 대답한다. "지금 말고 좀 이따가요."

스티븐이 묻는다. "자네가 퍼피라면 어떻게 했겠어? 어떤 선택지가 있을까?"

"뻔하죠."

"아, 그렇겠네요." 엘리자베스는 이렇게 말하며 스티븐의 어깨에 기대고 있던 머리를 든다. 해야 할 일이 있다.

보그단이 말한다. "저라면 엘리자베스를 주시하겠어요. 다이아몬드가 있는 곳을 조만간 알아내실 테니까요."

스티븐도 동의한다. "그래, 엘리자베스라면 찾아낼 거야. 주머니에 다이아몬드를 담고 잘그락잘그락 왈츠를 추며 집으로 돌아오겠지."

"엘리자베스가 다이아몬드를 찾을 때까지 퍼피는 조용히 지켜보면서 기다릴 겁니다."

엘리자베스가 말한다. "퍼피가 있는 곳을 알아내려면 내가 다이아몬드를 찾아야 하는 거네요? 불가능한 일 같은데."

스티븐이 말한다. "불가능한 일 아니야, 여보. 어딘가에서 놓친 단서가 분명히 있어. 편지를 다시 읽어 봐."

"편지에는 없었어요. 우리가 몇 번이나 읽어봤거든요."

"잘 알아내 봐. 당신 전남편이 바보들을 가지고 놀려는 수작일 수도 있어."

보그단이 제안한다. "덫이 필요할 것 같은데요."

스티븐이 옆에서 보탠다. "다이아몬드를 미끼로 써서 잡으면 되겠네. 머리를 잘 굴려 봐, 여보."

"종일 머리를 굴렸다고요."

생각할 게 한가득인 하루였다. 종일 머리를 굴렸다. 평생 굴려온 머리를 굴리고 또 굴렸다. 지금 눈앞에 보이는 풍경은 이랬다. 앉아 있는 의자에 비해 몸집이 너무 큰 폴란드 남자, 그리고 지도 없이도 베네치아를 여행할 수 있다고 믿는 사랑스러운 백발 남자.

엘리자베스는 스티븐의 어깨에 다시 머리를 기대고 눈을 감는다. 눈을 감기 전에 마지막으로 본 것은 맞은편 벽에 걸린 거울이다. 거울 안에서 그녀를 마주보고 있는 저 할머니는 누굴까? 누군지 몰라도 운이 좋다. 넥타이를 하고 멋진 구두를 신은 남편의 모습, 민머리에 근육질의 몸, 나이키 로고가 그려진 티셔츠를 입은 보그단의 모습도 보인다. 거울 속에서 'NIKE'는 'EKIN'으로 읽힌다.

엘리자베스는 눈을 다시 뜬다.

66장

마피아의 방문

"그놈이 와서 날 죽일 겁니다. 내 다리를 자르겠죠. 마피아가 어떤지 아시잖습니까."

마틴 로맥스는 바보에게 말하듯 찬찬히 설명한다.

수 리어든이 대답한다. "압니다. 그래서 우리가 여기 온 거예요. 당신을 보호하려고요."

"픽이나요." 마틴은 창가에 서서 정원을 내다보는 랜스 제임스를 힐끗 돌아보며 덧붙인다. "픽이나 가능하겠습니다, 랜스 씨?"

"죽이기로 작정했으면 죽이겠죠. 저희는 시간을 조금 벌어드리는 것뿐입니다. 마피아가 어떤지 아시잖아요."

"물론 알죠. 그놈들은 신발도 벗지 않고 이 집에 쳐들어올 겁니다."

랜스는 매일 오전 11시쯤에 마틴 로맥스의 집에 들르고 있다. 마틴이 도통 집 밖으로 나오지 않는데 집 앞에서 잠복근무를 계속하려니 지루해서였다. 그래서 매일 아침에 이 집에 들르기로 합의를 봤다.

마틴은 랜스가 이 집에서 휴대폰을 충전하고 와이파이도 쓰게 해주고 있다. 대신 랜스에게 해군특전대에 관해 이런저런 질문을 했다.

딱히 기밀 사항도 아니라 대답을 못 해줄 이유도 없었다. 마틴은 군대 역사광이고 랜스는 흥미로운 이야깃거리가 많으니 얘기가 잘 통했다. 랜스는 해군특전대 소속으로 15년 동안 풀시에서 주둔했다. 모두가 들어봤을 만한 작전은 물론이고, 누구도 들어볼 일 없는 작전에도 참여했다. 후자 같은 경우 그의 입에서 말이 새어나갈 일은 없을 것이다.

수가 설명한다. "프랭크 안드라데가 전용 비행기로 월요일에 판보로 공항에 도착합니다. 아마 곧장 이 집으로 오겠죠."

마틴이 묻는다. "몇 시 착륙입니까?"

랜스가 대답한다. "오전 11시 25분이요."

"차가 막힐 시간이네요. A3 도로가 많이 막힐 거예요."

해군특전대는 MI5와 MI6를 통해 숱한 작전을 수행해왔다. 나이를 먹어가면서 랜스는 알 카에다를 쫓는 일을 하기보다는 책상 앞에 앉아 있는 시간이 점점 더 많아졌다. 런던에 몇 번 다녀오기는 했지만 주로 브리핑을 하거나 작전 관련 자문을 해주기 위해서였다. 어느새 옆으로 점점 밀려난 그는 MI5로 소속을 옮기라는 요청을 받기에 이르렀다. 그래도 몇 건의 작전에는 여전히 참여하고 있었다. 마틴 로맥스의 집에 침입했던 일도 그중 하나였다. 랜스는 지금도 마음만 먹으면 어디든 몰래 들어가 누구든 죽일 수 있었다. 그의 전 여친과 동침한 건축업자는 자기가 얼마나 운이 좋은지 모를 것이다.

수가 말한다. "랜스가 이끄는 팀이 월요일 아침에 이 집에 머물 겁니다."

마틴이 묻는다. "해군특전대요?"

"그건 말씀 못 드려요."

그러자 랜스가 옆에서 확답을 준다. "해군특전대 맞습니다."

랜스는 자기가 여전히 일개 보병처럼 보인다는 걸 안다. 공립학교 어린애들도 우습게 보는 보병 말이다. 현장에서 어떻게든 존재감을 나타내지 않으면 이대로 책상 앞에서 썩어버릴 수도 있다.

이번 사건을 계기로 다시 도약해야 한다. 나중에 경력으로 내세우기도 좋은 사건이다.

마틴이 말한다. "여러분이 다이아몬드를 찾기만 하면 우리가 이렇게 법석을 떨 필요도 없을 텐데요."

수가 받아친다. "찾을 겁니다."

"며칠밖에 안 남았어요."

"찾을 거라고 자신합니다."

수는 이렇게 말하지만 랜스는 생각이 다르다. 엘리자베스 베스트라면 찾을 수 있겠지? 그게 지금으로서는 유일한 희망이다. 하지만 어느 쪽이든 마틴 로맥스는 다이아몬드를 다시는 못 볼 것이다. 이런 일은 원래 그렇게 흘러가게 돼 있다.

이제 어떻게 되겠냐고? 랜스는 기다리면서 지켜볼 작정이다. 하지만 마틴 로맥스는 이미 죽은 목숨이다.

67장

파란색 벨벳 주머니

엘리자베스와 조이스는 미니버스를 타고 페어헤이븐으로 가고 있다. 조이스는 플랩 잭 비스킷을, 엘리자베스는 새로운 소식을 들고 가는 중이다. 조이스는 플랩 잭 비스킷을 나눠 먹을 생각이지만 엘리자베스는 어떤 소식인지 혼자만 알고 있다.

"그냥 말해줘요." 조이스가 조른다.

"때가 되면 말할게요."

"정말 못됐어."

"무슨 말씀을요. 그런데 개는 키우기로 한 거예요? 스티븐이 궁금해해요."

"말 안 해줄 거예요."

조이스는 엘리자베스에게 플랩 잭을 안 줄 생각까지 하고 있다. 하지만 코코넛 오일을 넣어서 만든 비스킷이라 누군가 얼른 맛을 봐주면 좋을 것 같아 애가 탄다.

그래도 엘리자베스는 조이스에게 우선적으로 문자 메시지를 보냈으니 인정해줘야 하지 않을까. '오늘 아침에 같이 페어헤이븐에 가요. 다이아몬드와 어울리는 옷을 입고 나와요'라는 문자였다.

하지만 그 이상은 말해주려 하지 않았다. 어쨌든 조이스는 새로 산 멋진 카디건을 꺼내 입었다. 감청색 카디건이다. 이 정도로 차려 입을 만큼 중요한 일이어야 할 것이다.

엘리자베스가 묻는다. "라이언 베어드는 어떻게 할까요?"

"당신이 말해요. 늘 답을 갖고 있는 건 당신이잖아요."

"지금 우리 말다툼하는 건가요, 조이스? 새롭네요."

"친구라면 비밀이 없어야죠."

"좋은 비밀이니까 짜증 내지 말아요. 깜짝 놀라게 해주고 싶어서 그래요."

미니버스가 페어헤이븐의 라이먼스 문구점 앞에 멈춰 선다. 칼리토가 승객들에게 잘 다녀오시라고 인사를 건넨다. 엘리자베스는 전자담배를 피우는 칼리토에게 제발 제대로 된 담배를 피우라고 조언한다.

조이스가 묻는다. "어디로 가요?"

"알잖아요." 엘리자베스는 해안 지역 쪽으로 걸음을 옮긴다.

"짜증 나네요." 조이스는 투덜대며 엘리자베스의 뒤를 따라간다.

"어쩔 수가 없어요. 고쳐보려고 해도 잘 안 돼요."

상점들이 점점 줄어들고 익숙한 길이 보인다. 그들은 줄지어 늘어선 임대 차고들과 르 퐁 누아 앞을 지나간다. 성큼성큼 걸어가는 엘리자베스를 따라가느라 조이스는 종종걸음을 친다.

"기차역에 다시 가는 거예요?"

"이제 감이 오나 보네요."

"기차역에는 왜 또 가는데요?"

하지만 엘리자베스는 대답 없이 서둘러 걷기만 한다.

마침내 그들은 페어헤이븐 기차역 안으로 들어간다. 이번에는 표지판을 따라갈 필요도 없다. 그들이 수하물 보관소로 들어가자 접수대의 소녀가 헤드폰을 벗고 미소 띤 얼굴로 인사한다.

"또 오셨네요. 어서 오세요!"

"환영해줘서 고마워요." 엘리자베스가 말한다.

"도와드릴 거 있나요?"

"아뇨, 괜찮아요." 엘리자베스는 531번 보관함의 열쇠를 들어 보인다.

엘리자베스와 조이스는 줄지어 늘어선 보관함 쪽으로 걸어간다. 첫째 줄 앞에 우뚝 선 엘리자베스는 핸드백에서 무언가를 꺼내 조이스에게 건넨다. 더글러스가 준 은 로켓이다.

조이스가 묻는다. "로켓 안에 뭐가 있었어요? 그래서 여기 다시 온 거예요?"

엘리자베스가 손가락 하나를 세우며 말을 막는다. "조이스, 당신 덕분에 풀었어요."

"아, 잘됐네요."

"당신이랑 보그단 덕분에요."

"보그단이랑 공을 나눠 갖게 됐지만 싫지 않네요."

"당신은 퍼피가 나와 더글러스의 대화를 엿들었을 수도 있다고 했어요. 그 얘길 듣고 나서 더글러스와 나눈 대화를 곱씹어봤어요. 전에도 말했지만 더글러스가 괜한 말은 하지 않거든요. 성격이 워낙 꼼꼼해요. 결혼식 날 혼인 서약을 하면서 '맹세합니까?'라는 질문에 대답하면서 그는 '예'라는 대답의 끝을 살짝 올려 의문문처럼 말했어요."

"아이고."

"나무 앞에 서서 더글러스는 우리가 동베를린에서 썼던 비밀 우편함 얘기를 했어요. 그런데 사실 동베를린이 아니라 서베를린이었거든요. 나는 그가 늙어서 헷갈렸나 했어요. 늙으면 기억이 가물가물해지잖아요."

"나이 탓이 아니었다고요?"

"로켓 열어 봐요. 뭐가 보여요?"

조이스는 로켓을 연다. "아무것도요. 거울 뿐인데요."

"맞아요. 거울 뿐인 거. 그냥 쓸모도 없는 거울을 더글러스는 내게 굳이 전하고 싶어 했어요. 거울의 역할은 뭐죠? 동베를린을 서베를린으로 보이게 하고, NIKE를 EKIN으로 보이게 만들죠. 그렇다면?" 엘리자베스는 열쇠를 들어 보인다.

조이스는 하마터면 소리를 지를 뻔했다. "531이 135가 되는 거네요!"

엘리자베스는 고개를 끄덕이고는 줄지어 늘어선 보관함 쪽을 가리킨다.

"직접 열래요?"

조이스는 엘리자베스의 뒤를 따르기로 한다. "아뇨, 당신이 해요."

그들은 135번 보관함 앞에 선다. 엘리자베스는 자물쇠에 열쇠를 밀어 넣는다. 딱 맞는다. 열쇠를 돌리자 문이 열린다. 안에는 윗부분을 끈으로 졸라맨 파란색 벨벳 주머니가 들어 있다. 엘리자베스는 조이스에게 그걸 꺼내라고 손짓한다. 조이스는 주머니를 집어 들고 끈을 풀어본다.

주머니 안에 영롱하게 빛나는 다이아몬드가 들어 있다. 서른 개쯤 되려나. 알도 큼직하다.

오늘 어울리는 카디건을 제대로 잘 입고 왔다.

엘리자베스가 말한다. "2,000만 파운드를 손에 쥐고 있네요, 조이스. 이제 가방에 넣어요. 미니버스로 돌아가는 동안 조심하겠다고 약속해 줘요."

엘리자베스는 보관함 안으로 손을 넣어 종이쪽지를 꺼낸다. 더글러스가 보낸 편지다. 엘리자베스는 눈으로 읽고 조이스에게 건넨다.

엘리자베스에게,

결국 찾았네? 처음에 허탕을 치게 해서 미안해. 그래도 재미있지 않았어?
동베를린에서 힌트를 얻은 거야, 아니면 거울에서 힌트를 얻었어? 이중으
로 안전장치를 해둘 수밖에 없었어. 너무 쉽게 찾도록 만들고 싶지 않았거
든. 그래도 결국 당신이 찾아낼 수 있게는 만들어 뒀어. 라이 마을에 있는
오두막까지 가보지는 않았지? 몇 년 전에 거길 싹 밀고 우회 도로를 깔았
더라고.

어쨌든 축하해. 다이아몬드가 참 아름답지 않아? 그걸로 뭘 할 생각이야?
당신이 꼭 갖고 있으면 좋겠어. 당신도 그러고 싶잖아.

살짝 우울한 소식을 전해야겠네. 당신이 이 쪽지를 발견했다면 난 이 세상
사람이 아닐 거야. 이런 상황은 장점도 있고 단점도 있지. 인생이라는 게
언제나 그렇잖아. 죽음이라고 뭐가 다를까 싶어.

이만 천국으로 올라가야 될까 봐. 아직 그러고 싶지 않지만 말이야.

당신을 언제나 사랑할 거야.

더글러스

조이스가 편지를 돌려준다. 엘리자베스는 편지를 접어서 도로 보관
함에 넣는다. 조이스는 가방 안에 넣은 다이아몬드를 내려다보다가 케
이트 앳킨슨의 책 밑으로 잘 넣어둔다.

"다이아몬드를 어떻게 할 생각이에요? 우리가 계속 가지고 있을 수
는 없잖아요?"

엘리자베스는 친구에게 팔짱을 끼며 대답한다. "퍼피와 쇼본을 잡는

미끼로 써야죠."

조이스는 고개를 끄덕인다. "퍼피가 더글러스를 죽이기는 했지만 그래도 퍼피를 다시 보고 싶네요."

"이 미끼로 잡아야 할 사람들을 몇 명 더 잡아들일 거예요."

"한두 알은 우리가 가져도 되지 않아요? 누가 알아챌 것 같지도 않은데?"

"아무래도 목요일 살인 클럽 긴급회의를 개최해야겠어요."

"멋져요. 아까는 화내서 미안해요."

"괜찮아요. 내가 짜증 나게 했잖아요."

조이스는 미소 짓는다. "그렇긴 해요. 플랩 잭 먹을래요?"

"드디어 맛보네요."

68장

불안한 크리스

도나는 크리스의 집 소파에 앉아 위스키를 마시고 있다. 그들은 도나가 좋아하는 드라마 〈석세션〉을 같이 봤다. 수십 억 파운드의 재산을 가진 재벌 가족의 갈등을 주된 내용으로 하고, 5분에 한 번씩 헬리콥터를 타고 내리는 사람들이 등장하는 드라마다. 도나는 아직까지 그런 드라마를 보면서 감당할 수 있는 나이다. 크리스는 한 번도 안 봤다고 했다. 내일모레면 쉰두 살이라 누가 억지로 보라고 하면 몰라도 여간해서는 새로운 걸 안 보게 되는 모양이다. 크리스는 아마 죽는 날까지 케케묵은 시트콤 〈인비트위너스〉와 리얼리티 쇼 〈고든 램지의 신장개업〉 재방송이나 볼 사람이다.

지금 크리스는 도나의 엄마와 페이스타임으로 영상통화를 하고 있다.

"여기 같이 있으면 좋을 텐데요, 팻시."

팻시라고? 맙소사! 방금 '여기 같이 있으면 좋을 텐데요'라고 말한 거 맞나? 경찰 수준이 이것밖에 안 되는 건가?

패트리스가 대답한다. "일요일에 갈게요, 큰곰 씨."

도나의 얼굴에 어쩔 수 없이 미소가 피어난다. 그래요. 즐기면서 사세요. 이브라힘과 얘기를 나눴더니 마음이 한결 편해졌다. 삶이 도나를 버려두고 도망치고 있는 게 아니다. 오히려 도나가 삶을 버려두고 도망치고 있는 거다. 그러니 앞으로, 위로 나아가라. 뭐, 그런 뜬구름 잡는 소리를 주고받았을 뿐이지만 말이다.

컴퓨터 화면 너머로 엄마의 집 초인종 소리가 들린다. 엄마가 말한다.

"잠깐만요, 자기야. 누가 왔나 볼게요."

크리스가 재빨리 말한다. "그냥 둬요."

도나가 그를 쳐다본다. 크리스답지 않은 말이다. 하지만 패트리스는 그의 말을 귀담아 듣지 않는다. 이런 건 가족 내력이다.

도나가 크리스에게 묻는다. "그냥 두라고요?"

크리스는 별일 아니라는 듯 손을 휘젓는다.

"얘기 나누는 게 좋아서 그래."

크리스의 시선이 컴퓨터 화면으로 빠르게 옮겨간다. 패트리스는 아직 화면으로 돌아오지 않고 있다.

도나는 고개를 갸웃하며 묻는다. "무슨 일 있어요?"

"아무 때나 경찰 노릇 하려고 하지 마, 도나."

"대단한 멘토시네요. 이러시니 제가 매일 배우는 게 참 많아요."

패트리스는 아직도 돌아오지 않았다. 크리스는 태연한 척 휘파람을 불기 시작하지만 다리를 위아래로 빠르게 달달 떨고 있다. 앞뒤가 맞지 않는 상황이다.

도나가 묻는다. "〈석세션〉 재미있었어요?"

"어, 그래." 크리스는 대답을 하면서도 화면에서 시선을 떼지 않는다. 화면 속에는 엄마 집의 소파 위쪽, 화분에 담긴 채 죽어가는 식물, 앞니가 빠진 도나의 학창 시절 사진이 보인다.

"왜 저를 안 보고 아무도 없는 화면만 들여다보세요?"

"미안." 크리스는 도나를 힐끗 한 번 쳐다보고 다시 컴퓨터 화면으로 시선을 돌린다. 뭐지 이거? 엄마한테 푹 빠졌나? 차라리 그편이 낫겠다.

"저한테 뭔가 숨기는 거면……."

그때 패트리스가 화면으로 돌아온 바람에 도나는 말을 하다가 만다. 패트리스가 말한다.

"미안해요, 자기야. 자유민주당 사람들이 찾아왔어요. 수업료에 관한 그 사람들 생각을 바로잡아주느라고 이제야 돌아왔네요."

달달 떨던 크리스의 다리가 비로소 멈춘다. 크리스는 다시 배에 힘을 주고 패트리스를 바라본다.

도나의 휴대폰이 진동음을 낸다. 엘리자베스가 문자를 보내왔다.

내일 오전 11시 퍼즐실에서 열리는 목요일 살인 클럽 회의에 초대할게요. 참석 바랍니다.

69장

MI5 관할 사건

크리스는 이런 일에 관여하지 않아도 살 수 있다. 첩보원 두 명이 총에 맞았다. 어쩌면 둘 중 하나가 다른 하나를 쐈을 수도 있다. 아니면 아무도 총에 맞지 않았고 그 모든 게 꾸며낸 속임수이거나. 진실이 무엇이든 애초에 그가 관여할 수 있는 사안이 아니었다. 그는 살인범을 잡아 수갑을 채울 수 있는 능력이 있지만, 그가 범인을 잡아들여도 아무도 그가 한 일인 줄 모를 것이다. MI5의 관할 사건이니까.

살인과 다이아몬드 관련 사건이라 흥미로운 건 사실이다. 그가 좀 더 여유로운 입장이면 재미있게 파헤쳤을 수도 있을 것이다. 그러나 지금 크리스의 머릿속에는 온통 코니 존슨에 대한 생각뿐이다. 코니 존슨과 패트리스에 대한 생각 말이다. 어젯밤 패트리스의 집 초인종이 울렸을 때 그는 최악의 사태가 벌어질 수 있겠다는 생각에 두려움을 느꼈다. 하지만 도나 모르게 하려고 애써 감췄다. 이번에 론과 보그단이 기적을 이뤄낼 수 있을까?

어쨌든 크리스는 여기 왔다. 초대를 받았으니 예의로 온 거다. 퍼즐실에 목요일 살인 클럽 회원들이 모두 모였다.

퍼즐실 대부분을 차지한 것은 커다란 판 세 개다. 각 판 위에는 투명한 아크릴 커버가 덮였고 커버 아래에는 반쯤 완성된 조각그림 맞추기 퍼즐들이 자리하고 있다. 건초마차(영국 낭만주의 풍경화의 대가 존 컨스터블의 대표작) 퍼즐, 해질녘의 시드니 오페라 하우스 풍경 퍼즐 그리고 찰스 왕세자와 다이애나비의 결혼식을 주제로 한 2,000조각짜리 퍼즐이다. 지금은 퍼즐의 가장자리와 행복해 보이는 왕세자 부부의 눈 부분만 맞춰져 있는 상태다. 퍼즐실에 모인 사람들이 서로 인사를 주고받는 동안 크리스는 퍼즐 속 다이애나비의 눈을 바라보았다. 모두가 알고 있는 다이애나비의 미래가 그 눈 속에 담겨 있었다. 가여운 다이애나. 사는 동안 조금이나마 즐거웠기를.

그때 엘리자베스가 폭탄 발언을 해 크리스의 관심이 확 쏠린다.

"2,000만 파운드어치의 다이아몬드를 갖고 계시다고요? 지금요?"

크리스의 물음에 엘리자베스가 대답한다.

"네, 그렇다고 할 수 있어요."

도나가 묻는다. "어디 있는데요?"

"그건 신경 쓸 필요 없어요."

그러자 조이스가 냉큼 말한다. "우리 집 찻주전자 안에 들어 있어요."

크리스가 묻는다. "첩보원 친구들도 여사님이 다이아몬드를 갖고 있는 거 알고 있습니까?"

"아직 몰라요. 이제 말해야죠. 그 전에 계획부터 세우려고요. 도와줄 수 있죠?"

도나가 묻는다. "도와드리면 다이아몬드 구경할 수 있나요?"

"물론이죠. 난 괴물이 아니에요."

크리스가 묻는다. "도나와 우리가 뭘 하면 됩니까?"

엘리자베스가 지적한다. "'도나와 내가'라고 해야 맞는 표현이에요. 말씀은 해드리겠는데 화내지 않겠다고 먼저 약속하세요."

"아이고, 또 시작이시네."

"마피아를 불러 회의를 하려고 해요. 페어헤이븐에서요."

"물론 그러시겠죠. 이유를 여쭤봐도 되겠습니까? 혹시 브리지 카드 게임이 취소돼서 일정이 비어 그러시는 건 아니시죠?"

"내가 농담 싫어하는 거 알잖아요, 크리스."

조이스가 설명한다. "우린 숨어 있는 퍼피를 은신처에서 끌어낼 거예요."

엘리자베스가 말한다. "퍼피는 지금도 다이아몬드를 찾고 있겠죠. 아마 내 뒤를 밟을 거예요. 아니면 수 리어든이나 마틴 로맥스의 뒤를 밟든가요. 그래서 나는 다이아몬드를 이용해 우리 모두가 한자리에 모이게 만들려고 해요. 월요일 오후 한 3시쯤?"

"도나와 우리가 뭘 하기를 바라시는지 모르겠네요."

"'도나와 내가'라고 해야 된다니까요. 두 분은 밖에서 대기하면서 퍼피가 나타나는지 눈에 불을 켜고 지켜봐 줘요."

"이번 사건은 내 관할이 아닙니다, 엘리자베스. 갑자기 멋대로 관여할 수는 없어요. 도나, 말 좀 해줘. 우리 관할 사건이 아니잖아."

도나도 같은 생각이다.

"이번 살인 사건은 저희 관할이 아니에요. 마틴 로맥스도 그렇고, 마피아도요. 저야 마피아 사건을 다루고 싶지만, 안타깝게도 그렇네요."

크리스가 묻는다. "만약 우리가 그 자리에 간다면, 우리가 바깥에서 기다리는 동안 뭘 어떻게 하실 계획입니까? 다이아몬드를 마피아한테 넘기시려고요?"

"그 부분에 대한 계획은 아직 세우지 않았어요. 이제 세워봐야죠."

이브라힘이 크리스에게 말한다. "엘리자베스는 계획을 잘 세울 테니 믿어도 됩니다."

"그동안 여러분을 위해 온갖 일을 해왔습니다. 그러면서 어디쯤에 선을 긋는 게 맞는지 늘 고민했죠. 지금 보니 여러분이 세계 최대 범죄 조직에게 2,000만 파운드를 넘기는 동안 밖에서 보초나 서는 게 내 할 일이었네요."

좀처럼 타협에 이르지 못하자 론이 헛기침을 하며 나선다. "제안할게 있습니다만. 괜찮은 제안인데 관심 있는 분?"

엘리자베스가 묻는다. "론, 나는 당신을 무척 좋아하지만 그게 좋은 제안인 거 확실한가요?"

"생각을 해봤는데, 이게 크리스의 사건이 아니라 문제잖아요. 우리가 이걸 크리스의 사건으로 만들면 되지 않겠어요?"

조이스가 엘리자베스에게 말한다. "괜찮은 제안 같은데요."

론이 말한다. "크리스, 당신이랑 도나가 그동안 마약상을 지켜보고 있었잖아요? 그 여자 말입니다."

도나가 말한다. "코니 존슨이요?"

"그게 그 여자 이름인가요? 음, 내가 그 여자에 대해서는 아는 게 없어서. 아무튼 그 여자에 관한 사건은 두 사람 담당이죠?"

크리스가 대답한다. "그렇습니다."

"우리가 그 여자를 이 일에 끌어들이면 어떨까요? 그 여자한테 우리가 런던에서 온 대단한 갱단인 것처럼 말하는 겁니다. 마피아와 다이아몬드 거래를 할 거라는 말도 흘리고요. 이 동네에서 마피아와 만나기로 했는데 맥한테도 좋은 기회가 될 거라고 슬슬 꾀는 거죠. 그 여자도 솔깃하지 않겠어요?"

크리스는 론에게 입이라도 맞추고 싶다. 물론 진짜로 그렇게 하지는 않겠지만 그만큼 고맙다는 뜻이다. 론이 계속해서 설명한다.

"수와 랜스 패거리는 로맥스와 마피아 두목인지 뭔지를 잡으면 되고, 크리스와 도나는 그 마약상 여자를 잡아가면 되는 거잖아요. 그 여자 이름이 뭐라고 했죠?"

"코니 존슨이요, 론."

실제로 론에게 입을 맞출 수도 있을 것 같다. 언젠가 기회가 오면 말이다.

론이 묻는다. "그렇군요. 어떻게 생각해요?"

크리스는 도나를 쳐다보며 말한다. "코니 존슨이 마약 거래를 하기로 했다는 제보를 받는다면 가능할 겁니다. 시간과 장소 정도의 제보면 좋겠죠? 그럼 저희가 가서 조사를 할 수 있으니까요."

도나도 말한다. "저희가 그 장소에 가볼 수 있을 거예요."

엘리자베스가 말한다. "론, 나쁘지 않은 제안이네요. 그런데 우리가 어떻게 해야 코니 존슨 눈에 런던에서 온 대단한 갱단으로 보일까요?"

발끈한 론이 손을 휘젓는다. "그냥 내가 나타나기만 해도 분위기가 딱 잡힙니다. 정장을 차려입고 내가 캠던에서 온 빌리 백스터나 지미 잭슨이라고 하는 거죠. 문신이랑 다이아몬드를 슬쩍 보여주면서요."

"흐으음." 엘리자베스가 나지막하게 말한다.

조이스가 의견을 내놓는다. "런던 갱단이 마오쩌둥 문신을 하고 있지는 않을 것 같은데요."

그러자 론이 말한다. "알았어요. 보그단을 데려가면 믿겠죠."

엘리자베스가 말한다. "음, 괜찮은 계획 같아요. 월요일 아침에 판보로 공항에서 프랭크 안드라데를 만나 말할게요. 우리한테 다이아몬드가 있으니까 같이 차를 타고 가자고. 랜스 요원한테는 마틴 로맥스를 데리고 오라고 하고요. 그 둘이 코니 존슨을 만나게 하는 거죠. 수는 트럭에서 듣고 있을 거예요. 그 정도면 퍼피가 근처에서 모습을 드러낼 거라고 봐요. 체포될 사람은 체포되고, 훈장 받을 사람은 훈장 받고, 우린 집으로 돌아가 편안하게 〈에그 헤드〉 퀴즈 쇼를 보는 거죠. 회의 장소를 어디로 정할까요? 우리가 통제할 수 있는 장소여야 해요. 도주로가 없어야 하고요."

도나가 제안한다. "부두 끄트머리에 있는 게임장 위쪽에 관리자 사무실이 있어요. 게임장에서 성인용 게임을 하는 미성년자들 때문에 관리자 사무실에 간 적 있는데, 관리자가 10펜스짜리 동전으로 1,000파운드를 내밀면서 저를 매수하려고 하더라고요."

엘리자베스가 말한다. "부두 끄트머리면 딱 좋겠네요. 아, 이브라힘. 당신이 우리를 판보로 공항까지 태우고 갔다가 와주면 되겠어요."

이브라힘은 고개를 젓는다. "월요일에는 안 됩니다. 아직 갈비뼈도 아프고 눈도 침침해서. 몇 주는 지나야 회복될 거예요. 나도 하고 싶지만 안 되겠어요."

도나는 이브라힘을 바라보며 말한다. "하실 수 있지 않을까요? 작은 산 하나를 넘어가는 일일 뿐이잖아요?"

이브라힘은 생각을 하더니 고개를 저으며 도나에게 입 모양으로 '미안해요'라고 말한다. 크리스는 도나를 보며 눈으로 묻는다. '산이라니 무슨 소리야?'

엘리자베스가 말한다. "좋아요. 다들 해야 할 일이 생겼네요."

이브라힘이 지적한다. "조이스는 맡은 일이 없는데요."

조이스는 미소를 지으며 말한다. "아, 나도 맡은 일 있어요. 아직은 비밀이지만요. 론, 이따가 나 좀 집에 바래다줄래요? 할 얘기가 있어요.

도나, 이따가 같이 우리 집에 가요. 여길 떠나기 전에 다이아몬드 보여 줄게요."

70장

비공개 계정

다들 듣는 데서 내가 라이언 베어드를 찾았다는 말을 하고 싶지 않았다. 특히 이브라힘 앞에서는 그럴 수가 없었다. 이브라힘은 라이언이 사라졌다는 것도 아직 모르고 있다.

퍼피가 라이언 베어드에 관한 정보를 정리해 건네준 서류철을 내가 갖고 있다. 라이언의 큼직한 사진을 비롯해 세세한 정보가 담긴 서류철이다. 나는 작은 단서라도 잡아보려고 그 자료를 속속들이 들여다봤다.

그런데 퍼피가 서류철 앞면에 포스트잇을 붙여놓았다. 가볍게 뽀뽀를 날리며 웃는 얼굴이 그려진 포스트잇이다. 과연 살인자가 그릴 만한 그림일까?

피도 눈물도 없는 살인자도 포스트잇에 웃는 얼굴쯤은 얼마든지 그릴 수 있지 않냐고? 살인자에 대해서는 잘 모른다고 대답할 뻔했는데, 생각해보니 내가 요즘 살인자들과 잘 알고 지내고 있다.

누구나 자신이 아닌 다른 사람인 척할 수 있다. 예전에 프랑스 도르도뉴에서 야영할 때 제리는 네덜란드인인 척한 적이 있었다. 네덜란드 사람처럼 그럴듯한 억양도 구사했다. 물론 누굴 죽이려는 계획 없이, 나를 웃기려고 재미로 한 것뿐이지만.

퍼피가 나무속에서 편지를 발견한 건 분명한 사실이라고 봐야 하지 않을까? 달리는 설명이 안 된다. 그리고 나는 퍼피의 엄마가 531번 보관함을 연 장본인이며, 다음 날 누군가 세인트 올번스 대로의 안가에서 사람을 총으로 쐈다는 사실도 안다. 누구라도 퍼피를 범인으로 의심할 수밖에 없을 것이다.

그런데도 포스트잇의 웃는 얼굴과 작은 뽀뽀 그림이 자꾸 마음에 걸린다.

그래, 서류철을 다시 보자.

예전에 인스타그램으로 라이언 베어드라는 이름을 검색해본 적이 있다. 열두 명이 나왔는데, 그중 켄트주에 사는 라이언 베어드는 한 명뿐이었다. 그의 인스타그램 아이디는 @BigBairdWolf2003였다. 그런데 그건 비공개 계정이고 나는 컴퓨터 해커가 아니라서 그 인스타그램을 들여다볼 수가 없었다. 따로 아는 컴퓨터 해커도 없어서 거기서 더 파지 못했다. 지난주에 우리 집 인터넷을 수리하러 온 통신회사 BT 직원에게 인스타그램 비공개 계정을 해킹할 줄 아냐고 물었지만 모른다는 대답이 돌아왔다.

나는 내 @GreatJoy69 계정의 쪽지함도 들여다볼 줄 모른다. 안타깝게도 쪽지가 천 개도 넘게 고스란히 쌓이고만 있다.

내 입으로 말하기 좀 그렇지만 꽤 괜찮은 생각이 떠올랐다. 퍼피가 준 서류철에 라이언 베어드의 친구와 가족 목록이 들어 있어서 한 명한 명 인스타그램에서 찾아보기 시작했다. 라이언은 지금 어딘가에 숨어 있을 것이다. 만약 내가 도주 중이라면 예전에 같이 일했던 샌드라 뉴젠트를 찾아갈 거다. 샌드라가 은퇴 후 살고 있는 와이트섬을 찾아가 거기서 같이 지내면 될 테니까. 샌드라 얘기로는 외떨어진 곳이라는데 테스코 마트 배달도 된다고 하니 숨어 살기에 알맞은 곳 같다. 샌드라가 사람을 좀 힘들게 할 때가 있긴 하지만 도주 중인 주제에 뭘 이것저 것 따질까.

라이언 베어드의 엄마가 리틀햄프턴시에 사는 걸로 서류철에 적혀 있는데 인스타그램에서는 찾을 수가 없다. 페이스북에서도 못 찾겠다. 아무래도 죽은 게 아닐까. 라이언에게 리앤이라는 누나가 있기는 한데 인스타그램은 있지만 다양성을 지지하는 무지개 사진 외에는 포스팅 을 하지 않았다. 좋은 일이기는 한데 나한테는 도움이 안 된다.

그 후로 사촌들을 파보기 시작했다. 그 숫자가 많아 시간이 좀 걸렸 다. 간단한 일처럼 말했지만 실은 그렇지 않았다. 확인해봐야 할 사람 의 숫자가 무지하게 많았는데 내가 팔로우하는 이들이 올리는 새 포스 팅 때문에 자꾸만 집중이 흐트러졌다. 헬스 트레이너 조 윅스가 또 새 로운 운동 루틴을 올려서 내 눈이 또 그리로 쏠리고 말았다.

퍼피의 서류철에는 스티븐 베어드라는 인물이 기록돼 있었다. 스티븐 베어드는 스코틀랜드에 위치한 페이즐리 마을에서 태어났다. 조사를 해 보니 스코틀랜드에는 베어드라는 성씨가 흔하고 스티븐이라는 이름도 많이 쓰고 있다. 그중 몇 명을 훑어보다가 @StevieBlunterRangers4Eva 라는 계정을 맞닥뜨렸다.

포스팅한 사진을 보니 눈 주변이 애처로워 보이는 게 라이언 베어드 와 생김새가 비슷했다. 조금 더 파보기로 했다. 조사는 그리 오래 걸리 지 않았다. 이틀 전 스티비 블런터는 파티에서 찍은 사진 여러 장을 올 렸다. 작고 지저분한 아파트에서 열린 파티인 모양인데 사진으로만 봐 도 시끌벅적한 분위기가 느껴졌다.

사진에서 내가 찾고 있던 걸 발견했다. 사진에는 '사촌 파블로랑 떨 피우는 중'이라는 설명이 적혀 있었다.

무슨 뜻인지는 알 수 없었다. 다만 사진 속에서 스티븐 베어드는 라이언 베어드에게 한쪽 팔을 둘렀고, 둘 다 말아 피우는 담배를 피우고 있었다. 확실히 그 녀석이었다. 녀석은 지금 스코틀랜드에 가 있었다.

목요일 살인 클럽 모임이 끝나고 도나와 론에게 우리 집에 같이 가달라고 요청했다.

집에 도착하자마자 우선 도나에게 다이아몬드를 보여주었다. 도나는 제일 큼직한 다이아몬드를 집어 약지에 올리고 모델처럼 왔다 갔다 걸어 다녔다. 그러더니 론한테도 똑같이 해보게 했다. 두 사람은 깔깔대며 웃었다. 나는 다이아몬드를 꺼내고 빈 찻주전자에 물을 담아 차 끓일 준비를 했다.

그리고 도나와 론에게 인스타그램에서 찾아낸 사진을 보여주었다. 그들은 잘했다고 칭찬해주었다. 론은 나를 포옹하기까지 했다. 나중에 이 말은 꼭 해야겠는데 론이 내 타입은 아니지만 포옹은 꽤 잘한다. 언젠가 자기한테 맞는 여자를 만나면 아주 좋은 남편이 될 거다.

쇼본이 바로 그 여자가 될 수도 있었을 텐데. 쇼본을 생각하면 참 안타깝다. 쇼본의 진짜 정체는 뭘까?

도나는 사진 옆에 적힌 문장을 해석해주었다. '사촌 파블로랑 대마초 피우는 중'이라는 뜻이라고 했다. 파블로는 라이언 베어드의 별명인 모양이었다.

도나는 스트래스클라이드주 경찰에 곧장 연락해서 라이언을 체포하게 하겠다고 말했다. 나는 도나에게 내 계획을 말해주었다. 도나와 론은 조용히 듣더니 내 계획대로 하는 게 훨씬 재미있겠다며 동의했다.

두 사람이 돌아가고 다이아몬드는 원래 있던 찻주전자 속에 다시 넣었다.

론은 내일 코니 존슨을 만나러 가기로 했다. 그 광경을 몰래 지켜보고 싶다. 론이 그 일을 수행하면서 얼마나 의기양양해 할까. 틀림없이 잘 해내리라 믿는다.

지금 나는 포스트잇을 바라보고 있다. 퍼피가 그린 웃는 얼굴 그림. 아무리 봐도 도저히 모르겠다.

월요일이면 퍼피가 페어헤이븐 부두에 나타나든지, 아니면 이미 죽은 사람이라 이 모든 게 부질없는 짓이 되든지 결론이 날 것이다.

엘리자베스의 가설 중 확실한 게 하나 있다. 우리가 관련된 사람들 모두를 부두 끄트머리에 불러 모으고 다이아몬드를 공개하면 누가 누구를 왜 쐈는지 정확히 알게 될 것이다.

71장

대형 거래

코니 존슨은 오늘 아침에 이미 옷을 세 번이나 갈아입었다. 여름 원피스는 너무 대놓고 유혹하겠다는 의지가 보이고 점프슈트는 너무 유혹을 안 하겠다는 걸로 보여서 휘슬즈 매장에서 산 바지를 입어야겠다고 생각했다. 그게 딱일 것 같았다. 그런데 다시 생각해보니 총을 편하게 숨길 수 있는 복장이 아니었다.

머리를 쥐어짠 끝에 몸에 딱 붙는 라이크라 소재 운동복을 입고 가기로 결정했다. 라이크라 운동복이면 여러 가지 메시지를 던질 수 있을 것이다. 우선 '뭐, 오늘 회의는 나한테 별거 아니야. 체육관에 운동하러 가는 길에 잠깐 짬을 내서 들렀어'라는 메시지, 그리고 좀 더 중요하게는 '잘 봐, 보그단. 내 몸매가 이 정도야'라는 메시지를 지저분하지 않고 건강한 방식으로 전달할 수 있다.

권총은 허리에 차는 작은 가방에 넣었다.

책상 위에 엑스터시가 담긴 큼직한 봉투가 놓여 있다. 코니는 봉투 주둥이를 끈으로 묶어 서랍에 넣고 손목시계를 확인한다. 곧 그들이 올 것이다. 보그단은 코니의 임대 차고 문 밑으로 편지를 슬쩍 넣어두었다. 편지라니, 미치게 낭만적이다. 보그단은 거래 조건을 논의해야 하니 빅 빈센트라는 남자를 데려올 거라고 했다. 빈센트는 런던에서 주로 활동하는 자였다.

인터넷에 '빅 빈센트'를 검색해봤지만 아무것도 나오지 않았다. 프로구나 싶어 믿음이 간다.

복사기에 기대어 세워둔 야구 방망이가 눈에 띈다. 코니는 가시철사를 칭칭 감아둔 그 방망이를 보이지 않는 곳으로 치워두고 머리 모양을 한 번 더 점검한다. 보그단이 러닝셔츠 차림으로 올까? 근사한 팔을 드러내고…….

금속 문을 쾅쾅 치는 소리가 들린다. 드디어 때가 됐다, 코니. 문을 열어주려는데 옷걸이 하나에 큼직하게 묻은 핏자국이 보인다. 닦아내기엔 너무 늦었다. 저들이 보면 뭐 어쩌겠나. 받아들여야지.

문을 열자 보그단과 빅 빈센트가 걸어 들어온다. 그들은 악수를 나눈다. 보그단은 러닝셔츠 차림은 아니지만 선글라스를 꼈다. 코니 입장에서는 그의 몸에서 벗길 부분이 많아진 셈이다. 빅 빈센트는 어딘지 모르게 익숙한데 어디서 봤는지 모르겠다. 지나가다 마주친 적 있나? 얼굴이 거친 걸로 봐서는 험한 일을 하는 티가 나기는 한다. 그런데 정장이 몸에 좀 끼어 보인다. 목에 맨 건 웨스트햄 축구팀 넥타이?

커피를 마시겠다는 사람이 없다.

보그단이 말한다. "체육관 가기 전에 커피 마시면 안 좋아."

그래, 맞는 말이다. 진즉에 생각했어야 했다. 그들은 자리에 앉는다.

빅 빈센트가 말한다. "보그단이 당신에 대해 좋게 말하더군요, 코니."

보그단한테서 좋은 얘기를 들었다고 한다. 보그단이 그녀에 대해 얘기를 한 거다.

"그렇군요. 보그단이 당신 밑에서 일을 하나요?"

빅 빈센트가 소리 내어 웃는다.

"보그단은 누구 밑에서 일하는 사람이 아닙니다. 내가 간간이 도와달라고 부탁하는 거지. 시끄럽지 않게 일 처리를 잘하니까. 아시죠?"

"압니다."

코니는 보그단을 힐끗 쳐다본다. 선글라스를 낀 그는 영화 〈오만과 편견〉의 다아시처럼 말없이 앉아 있다. 그래, 이 남자라면 시끄럽지 않게 일을 잘 처리할 거다.

빅 빈센트가 묻는다. "그쪽이 도와줬으면 하는 일이 있어서 찾아왔습니다. 다이아몬드에 관심 있어요?"

이 할아버지를 어디서 봤더라?

"딱히요. 내가 관심 있는 건 돈이라서. 이번 건과 관계있나요?"

빅 빈센트는 고개를 끄덕인다. 보그단이 방 안을 둘러본다. 엑스터시 봉투와 야구 방망이를 치워놓길 잘했다. 보그단은 딱 봐도 깔끔한 걸 좋아하게 생겼다.

빅이 묻는다. "마피아 상대해본 적 있어요?"

마피아? 점점 재미있어지는걸.

코니는 고개를 젓는다. "스카이 스포츠 유료 채널을 취소하려고 연락했을 때 그나마 제일 비슷한 부류를 상대해봤어요."

"월요일에 한 신사분이 페어헤이븐을 방문할 겁니다. 프랭크 안드라데 주니어라고. 누가 그 사람을 맞이해줬으면 하는데. 부두 끄트머리에 자리를 마련해뒀습니다. 관리자 사무실이에요."

코니는 고개를 끄덕인다. 잘 아는 방이다. 예전에 그녀는 게임장을 싹 다 불태워버리겠다고 위협한 적이 있었다. 보그단도 모임 장소에 나올까? 뭘 입고 가지? 마피아와 보그단이라.

"믿을 수 있는 사람과 일하고 싶습니다. 보그단 얘기로는 당신이 프랭크 안드라데 주니어에게 이 물건을 건네줄 적임자라더군요."

빅 빈센트는 그녀에게 파란 벨벳 주머니를 건넨다. 주둥이의 끈을 풀자 그 안에 담긴 다이아몬드가 보인다. 장난 아니네.

코니가 묻는다. "이게 얼마어치죠?"

"일을 제대로 해야 할 만큼의 값은 됩니다."

빅 빈센트의 셔츠 단추가 터져나갈 것 같다. 얼굴이 너무 익숙하다. 뭐지 이거?

"왜 직접 건네시지 않고요?"

"그럴 수 없는 사정이 있어서. 실은 내가 그 사람 형제를 죽였습니다."

코니는 고개를 끄덕인다. "이해해요. 그런데 왜 하필 부두 끄트머리에서 만나자는 건데요?"

"이 다이아몬드를 노리는 자들이 많아요. 이유는 말할 수 없지만 아무튼 그렇습니다. 오가는 사람들을 우리가 전부 볼 수 있어야 해서 거기로 정했습니다."

코니가 묻는다. "내 몫은요?"

"한 명 더 올 겁니다. 마틴 로맥스라고. 프랭크가 그자를 신뢰해요. 마틴이 런던 남부에서 코카인을 꽤 많이 팔았는데 요즘 새 도매상을 찾고 있습니다."

"전에 거래하던 도매상은 어쩌고요?"

"콘크리트 혼합기 사고로 갔어요."

"조심성이 없었네요."

"그래서 이 친구한테 당신에 대해 확인해보라고 했습니다. 5만 파운드어치 코카인을 당신한테 사서 품질을 확인해봐라, 로맥스가 찾는 도매상으로 들이댈 만한지 알아봐라, 했습니다."

코니는 고개를 끄덕인다.

"로맥스와 거래를 틀 수 있게 연결해줄 테니까, 프랭크 안드라데 주니어에게 이 다이아몬드를 건네주면 됩니다. 이 정도면 거래가 되겠습니까?"

빅 빈센트가 미소를 살짝 지어 보인다. 코니는 아는 얼굴이라고 확신한다. 분명하다. 너무 좋은 조건을 내미는 것도 의심스럽다. 혹시 크리스 허드슨이라는 그 경찰 놈이 놓는 덫인가?

코니는 허리 벨트에 차고 있던 작은 가방을 만지작거리다가 권총을 빼든다. 그리고 빅 빈센트에게 겨눈다. 그게 본명인지는 알 수 없지만. 빅과 보그단이 위로 눈썹을 살짝 치켜뜬다.

"미안하지만, 아는 얼굴이야. 전에 본 적 있어." 코니는 빅 빈센트의 미간 사이를 권총으로 겨눈다. 빅은 팔뚝의 문신을 벅벅 긁는다. '켄트릭'이라고 적힌 문신이다. 코니는 빅한테서 시선을 떼지 않고 보그단에게 말한다. "이 사람 누구야, 보그단? 말해. 당장. 그리고 둘 다 여기서 나가. 더 길게 말할 것도 없어."

빅 빈센트를 죽이고 보그단이랑 술 마시러 나갈 수 있을까? 아무래도 힘들 것 같지만 말이라도 꺼내볼까.

보그단이 말한다. "이분은 빅 빈센트이고, 몇 번 이분 일을 해준 적 있어. 말썽 난 적 한 번도 없어."

"계속해."

빅 빈센트는 태연한 표정이지만 목에 새겨진 희미한 웨스트햄 문신을 타고 땀 한 방울이 흘러내린다.

"몇 주 전에 이분이 전화로 '보그단, 믿을 만한 사람 하나 소개해 줘'라고 부탁하셨어. 그래서 당신을 추천했어. 당신을 믿으니까."

'젠장, 이러면 힘들어지는데. 그래도 집중하자'라고 코니는 생각한다.

"당신이 코카인을 취급하냐고 물으셔서 그렇다고, 여기서는 다들 하는 일이라고 말씀드렸어. 그랬더니 당신한테 코카인을 좀 사보라고 하셨어."

"그래서 요전 날에 1만 파운드어치를 산 거야?"

"빅이 준 돈으로 샀지."

코니는 웃으며 권총을 내리고 빅 빈센트를 포옹한다. 빅은 예상보다 더 땀에 젖어 있다.

"그래서 아는 얼굴로 느껴졌나 봐요! 여길 나가는 사람 누구한테든 미행을 붙이거든요. 경찰이나 경쟁자가 아닌지 확인해야 해서 사진을 찍어오게 해요. 보그단이 부두에서 당신한테 코카인 건네주는 사진을 봤어요."

코니는 서랍을 열고 뒤적거리더니, 페어헤이븐 부두에 서 있는 론과 보그단의 사진을 꺼낸다.

"배관공 차림이라. 마음에 드네요. 어쩐지 아는 얼굴 같더라니. 미안하게 됐어요, 빈센트 씨. 총을 괜히 겨눴네."

"괜찮아요." 빅 빈센트는 켄드릭 문신을 다시 벅벅 긁는다. "월요일에도 그 권총 가져와요. 혹시 모르니까."

"좋아요, 같이 할게요. 그날 가서 코카인 5만 파운드어치 팔고 다이아몬드를 건넬게요."

"월요일 오후 3시요."

코니는 보그단을 쳐다보며 묻는다. "당신도 와?"

보그단은 선글라스를 벗고 그녀를 똑바로 쳐다본다. "어. 우리가 같이 해야 하는 일이야."

맙소사. 눈빛이 어쩌면 저렇게 강렬하지.

"그런 뜻으로 같이 술이나 한잔하러 갈까?"

"체육관에 가려던 참이잖아." 보그단은 코니의 옷차림을 보고 이렇게 말하며 선글라스를 도로 낀다.

제기랄!

빅 빈센트가 말한다. "부탁 하나만 더 합시다. 코니. 괜찮다면요. 어려운 건 아닙니다."

"말해요."

"아내의 조카딸이 이 근처에 사는데 그 조카딸한테 아들 녀석이 하나 있어요. 그 녀석이 일을 좀 시켜봐 달라고 하네요. 월요일에 차를 운전해줄 사람으로 쓰면 되지 않을까 싶어요. 그 녀석한테 기회를 줄 수 있습니까?"

"나는 운전기사가 있는데요."

"내가 믿을 만한 사람을 쓰고 싶어서 그럽니다. 가족이어야 믿을 수 있으니까. 그 녀석 말이 예전에 당신 밑에서 일한 적 있다고 하던데요. 일 끝나고 우리 셋이 저녁도 먹어야 되는데 그 녀석이 운전을 해줬으면 해요. 괜찮겠어요?"

물론 괜찮다.

"이름이 뭔데요?"

"라이언 베어드라는 녀석이에요." 빅 빈센트는 코니에게 종이쪽지를 건넨다. "지금 스코틀랜드에 가 있는데 이게 그 집 주소예요. 월요일에 일에 투입해야 하니 사람을 보내 그 녀석을 이리로 데려와줄 수 있어요?"

"그러죠."

코니는 저녁을 어디 가서 먹을지 생각하며 고개를 끄덕인다.

월요일에 부두에서 무척 재미난 일이 벌어질 것 같다.

72장

웰컴 투 판보로 공항

판보로 공항은 히드로 공항, 개트윅 공항하고는 다르다고, 쇼핑할 만한 매장이 없다고 엘리자베스는 몇 번이나 조이스에게 설명했다. 판보로 공항에 도착한 조이스는 정말 그렇다는 걸 본인 눈으로 확인하고는 풀이 팍 죽은 표정이다.

"더블유에이치스미스 매장도 없는 게 말이 되냐고요." 조이스는 도착 터미널을 휘 둘러본다.

"특별히 사고 싶은 거라도 있어요?" 엘리자베스가 물어본다. 오전 11시 30분이다. 프랭크 안드라데 주니어가 얼마 안 있으면 도착 출구로 걸어 나올 것이다.

"딱히요. 그냥 공항에는 그런 게 있어야 한다는 거죠. 화장실을 쓰고 나왔는데 딱히 할 일도 없고 해서요."

"지루하게 만들었다면 미안하네요, 조이스. 마피아 두목을 만나 차에 태워 다이아몬드 거래 현장으로 데려가야 하고, 그곳에서 살인범도 잡아야 되는 상황인데 말이죠."

"말이 그렇다는 거예요." 조이스는 의자에 가 앉는다.

엘리자베스는 판보로 공항까지 차로 태워다달라고 이브라힘에게 부탁하고 설득했지만 먹히지 않았다. 결국 론의 친구인 마크가 그들을 택

시에 태워 여기까지 데리고 왔다. 이브라힘이 함께 왔으면 더 재미있었
겠지만, 론의 친구 마크도 좋은 길동무가 되어주었다. 마크가 운전 중
에 어떤 라디오 방송 채널을 들을지 몰라 걱정했는데 다행히 라디오 2
(중장년층 대상의 대중가요 및 토크 쇼를 주로 송출하는 방송) 채널이었다. 덕분에 공
항에 도착했을 때 엘리자베스는 산뜻한 기분으로 택시에서 내릴 수 있
었다.

조이스는 계속 부루퉁한 얼굴이다. 엘리자베스는 어떻게 해야 조이
스의 기분을 풀어줄 수 있는지 안다.

"참 좋은 아이디어였어요. 라이언 베어드를 운전기사로 쓰자고 한
거. 스코틀랜드에 가 있는 라이언을 찾은 것도 대단했고요."

"기분 풀어주려고 애쓸 거 없어요. 이따 부츠(영국 최대 규모의 드러그 스토
어) 매장에서 여행용 화장품이나 들여다봐야겠어요."

"그래요."

모든 게 엘리자베스의 생각대로 준비됐다. 모임이 시작되자마자 부두
출입구는 수리 명목으로 닫힐 것이다. 코니 존슨이 코카인과 권총을 갖
고 오후 3시 정각에 부두 끄트머리에 도착한다는 연락은 이미 받았다.

일본인 사업가 한 무리가 옆으로 지나간다. 운전기사 한 명이 그 무
리의 짐을 실은 짐수레를 밀면서 따라가고 있다. 엘리자베스는 이 공항
으로 들어오는 짐을 전부 열어보고 싶다. 여기는 사방에서 전용 비행기
들이 날아들어 오는 공항이다. 예전에 히드로 공항에서 수하물 취급자
로 잠시 근무하면서 무역 대표들의 여행 가방에 추적 장치를 부착하는
일을 한 적이 있었다.

수도 이따 오후에는 모임 장소에 도착할 것이다.

오후에 수를 만났다. 그러나 수와 얘기를 풀어가기가 쉽지는 않았

다. 엘리자베스는 다이아몬드를 발견했지만 지금은 가지고 있지 않다고 설명했다. 그리고 다이아몬드는 남부 해안 지역 마약상의 손에 있다고, 최선이 아닌 줄 알지만 어쩔 수 없다고 덧붙였다. 수는 다이아몬드를 어디서 찾았냐고 물었다. 엘리자베스는 그 얘기는 나중에 하겠다고 대답했다. 그런 식으로 얘기를 주고받으며 위협과 욕설도 오갔다. 수는 "우리가 서로 입장을 이해한 줄 알았는데요?"라고 말했다. 왜 사람들은 늘 이렇게 화를 낼까? 얼마 안 가 다들 죽을 텐데.

마침내 수는 화를 가라앉혔다. 이따가 약속 장소 근처에 숨어 상황을 지켜보며 귀를 쫑긋 세우고 있을 것이다.

랜스도 오기로 했다. 랜스는 마침 마틴 로맥스의 집에서 잠복근무 중이라 마틴을 차에 태우고 모임 장소로 데려오기로 했다. 이 정도면 잘 준비된 편이다.

조이스가 엘리자베스에게 묻는다. "한마디 해도 돼요?"

"왜 여기에는 쇼핑할 매장이 없냐는 얘기만 아니면요."

"짜증 좀 내지 말고요. 내 생각에는…… 퍼피가 이 모든 일의 배후는 아닌 것 같아요. 내가 퍼피를 마음에 들어 하긴 했죠. 알아요. 퍼피가 자기 엄마 전화번호까지 나한테 주고 그래서 퍼피를 보호하고 싶은 마음이 든 것도 사실이에요. 그래요, 내가 바보라 그래요."

"나도 좀 물어볼게요. 퍼피가 당신 눈을 보면서 카디건 주머니에 전화번호를 적은 쪽지를 집어넣었어요? 속눈썹을 파닥이고 불쌍한 척하면서?"

"아뇨. 집에 돌아가서 보니까 주머니 안에 있었어요. 참, 얘기 안 한 게 있는데 포스트잇에 웃는 얼굴 그림이……."

그때 도착 출구의 문이 열리면서 골프 게임이라도 하러 가는 듯한 복장을 한 남자가 걸어 나온다. 폴로셔츠에 베이지색 바지, 이마 위쪽에 걸친 선글라스. 나이는 40대 중반? 작은 서류가방을 하나 들고 혼자 왔다. 그는 렌터카 데스크를 찾으려는 것인지 주변을 둘러본다. 엘리자베스와 조이스가 남자의 양 옆으로 다가간다.

엘리자베스가 말을 건다. "안드라데 씨 맞으시죠?"

프랭크는 우뚝 서서 엘리자베스를 쳐다본다. "아뇨."

조이스가 말한다. "난 조이스라고 해요. 이쪽은 엘리자베스고요."

"그렇군요. 그럼 실례하겠습니다."

프랭크가 그 자리를 피하려 앞서 걸어가자, 엘리자베스는 바로 옆에서 따라붙고 조이스는 종종걸음으로 따라간다.

엘리자베스가 말한다. "렌터카 빌릴 필요 없어요, 안드라데 씨."

"그럴리가요." 프랭크가 답한다.

조이스가 설명한다. "로버츠브리지 택시 회사의 택시기사 마크가 우리를 태워줄 거예요. 택시 트렁크에 짐이 다 안 들어갈까 봐 걱정했는데 가방이 하나뿐이니 괜찮겠네요. 차종은 토요타 어벤시스예요."

프랭크가 멈춰 서서 말한다. "미안한데 두 분이 누구신지 모르겠고, 알고 싶지도 않습니다. 제가 어디 좀 가야 됩니다. 만날 사람이 있어서요."

엘리자베스가 말한다. "알아요. 우린 도와주려고 온 거예요. 마틴 로맥스를 만나러 왔잖아요."

프랭크는 엘리자베스를 날카롭게 쏘아본다.

조이스가 말한다. "당신 다이아몬드와 관련된 일이에요."

프랭크는 더욱 날카로운 눈빛으로 조이스를 쳐다본다. 그러자 조이스는 얼굴이 발그레해진다. 맙소사. '조이스의 눈에 빠지지 않는 사람이 있기는 한 건가?'라고 엘리자베스는 생각한다.

"알겠습니다, 내가 비행기를 오래 타고 와서요. 얼른 차 타고 가서 마틴 로맥스를 만나 받을 거 받고 여기로 곧장 돌아와서 다시 비행기 타고 집으로 가고 싶네요."

엘리자베스가 말한다. "마틴 로맥스는 당신 다이아몬드를 안 갖고 있어요. 내가 갖고 있지."

"내 다이아몬드를 갖고 있다고요?"

"그래요."

"알겠습니다. 할머니라 내가 못 죽일 줄 아나보네요?"

"아, 죽일 수 있을 거예요, 프랭크. 전혀 의심 안 해요. 다만 나도 망설임 없이 당신을 죽일 수 있다는 건 알아둬요. 이제 남들 눈길 그만 끌고 본론으로 들어갈까요?"

프랭크가 소리 내어 웃는다. "할머니가 나를 죽일 수 있다고요?"

조이스가 옆에서 확인해준다. "당연하죠. 죽이지는 않겠지만 죽일 수는 있을 거예요."

"알겠습니다. 내 다이아몬드는 어디 있습니까?"

엘리자베스가 대답한다. "페어헤이븐에 있어요. 부두 끄트머리에요."

"페어헤이븐이 어디인데요?"

"우리가 당신한테 얼마나 유용할지 벌써 감이 잡히죠?"

저 앞에서 마크가 택시를 몰고 터미널 건물 앞쪽으로 오고 있다. 마크는 그들을 향해 짧게 경적을 울린다. 마피아에게 경적을 울려서는 안 되지만 엘리자베스가 보기에 마크는 그런 것까지 다 알지는 못할 듯하다.

엘리자베스가 설명한다. "우리랑 같이 가서 마틴 로맥스랑 볼일 보세요. 그럼 우리 쪽 대리인이 다이아몬드를 갖다 줄 거예요. 그 후 늦어도 밤 9시까지는 당신을 여기로 다시 데려다줄게요."

"내 다이아몬드를 받아서 갈 수 있다고요?"

"그래요. 다이아몬드 챙겨서요." 엘리자베스는 마크의 택시 쪽을 가리킨다. "그럼 가실까요?"

"내가 왜 할머니를 믿어야 됩니까?"

"잘 판단해요. 일단 조이스의 얼굴 좀 봐요. 이런 얼굴을 가진 사람을 어떻게 안 믿을 수 있어요?"

조이스가 미소 짓는다. "원한다면 앞자리에 앉아도 돼요. 여기 오는 동안 내가 앞자리에 앉아서 왔거든요. 이제 뒷좌석에 타도 괜찮을 것 같아요. 뒤에서 잠 좀 자야겠어요."

택시에서 내려 트렁크를 연 마크가 프랭크에게 손을 내밀며 말한다. "짐이 그게 전부인가요? 저는 마크라고 합니다. 만나서 반가워요. 마피 아라고요?"

"아, 예." 프랭크는 가방을 건네며 대답한다. 그는 택시를 힐끗 보고는 함께 타고 갈 세 명을 돌아본다.

조이스가 프랭크에게 말한다. "자, 적어도 두 시간은 걸릴 테니 출발하기 전에 화장실부터 다녀올까요?"

73장

페어헤이븐 부두

도나와 크리스는 옆 골목에 주차한다. 솜사탕, 타워 브리지 모형, 국제 전화 카드를 파는 가게 앞이다. 저 앞에는 하늘처럼 칙칙한 회색으로 물든 바다가 펼쳐져 있고 왼쪽으로는 페어헤이븐 부두 입구가 훤히 보인다.

아이스크림을 먹고 있던 도나가 조금 먹어보라고 권하지만 크리스는 거절한다. 그는 해바라기 씨가 담긴 봉투를 내려다본다.

모임 장소에 제일 먼저 도착한 사람은 코니 존슨이다. 코니의 레인지 로버가 부두 앞에 널찍하게 포장된 구역으로 들어와 멈춘다. 레인지로버에서 내린 코니가 주변을 둘러본다. 손에는 큼직한 운동 가방을 들었다. 도나는 저 가방 안에 코카인 5킬로그램이 들어있길 바란다. 코카인 5킬로그램이면 오늘 오후가 끝나기 전에 코니를 체포할 수 있다.

차창에 선팅이 되어 있어 운전자가 누군지 보이질 않는다. 도나는 오늘 라이언 베어드를 다시 체포할 수 있기를 고대하고 있다. 이게 다 조이스 덕분이다.

갑자기 보그단이 차에서 내린다. 그가 갑자기 어디서 나왔는지 도나는 알 수가 없다. 경찰들은 이미 삼십 분 동안 부두를 지켜보고 있었는데 저 덩치 큰 남자는 그림자도 본 적 없었다. 진한 푸른 눈에 뚱한 표정을 한 커다란 남자. 그를 멍하니 쳐다보는 동안 손에 든 아이스크림이 빠르게 녹아버린다. 그는 코니 존슨과 함께 부두로 걸어오고 있다. 신사처럼 코니를 위해 커다란 코카인 가방을 손에 들었다.

크리스가 말한다. "좋은 남자야."

"으음." 도나도 동의한다.

검은색 로터스 스포츠카가 부두로 와 멈춰 서더니 남자 둘이 내린다. 늙은 남자와 좀 덜 늙은 남자다. 도나가 옆을 힐끗 보니 크리스가 휴대폰에 띄워놓은 사진을 내려다보고 있다.

"저 남자는 마틴 로맥스야. 그 옆에는 첩보원인가?"

"랜스 요원이요."

조이스는 도나에게 랜스가 마음에 들 거라고 말했지만 지금 보니 너무 늙었다. 게다가 저 머리는 어쩔 거냐? 나쁘지 않은 시도였어요, 조이스. 10년 전이었으면 잘될 수도 있었을 거예요.

랜스 제임스와 마틴 로맥스는 차를 그 자리에 두고 부두를 따라 걸어오고 있다. 도나는 MI5에서 일하면 아무데나 주차할 수 있으니 좋겠다고 생각한다. 도나는 스트리섬에 있는 리틀 마트에서 칼을 휘두르는 남자를 체포하느라 용을 쓴 적이 있다. 마트에 차 세울 곳이 없어서 두 구역 떨어진 곳에 세워뒀는데 나중에 가서 보니 누가 불법주차라며 차에 족쇄를 채워놓았다.

현재 시각 2시 55분. 다이아몬드와 코카인이 얽혀 있으니 사람들이 시간을 엄수하는 모양이다. 운전석 문짝에 '로버츠브리지 택시'라고 인쇄된 토요타 어벤시스가 도착해 로터스 뒤에 멈춰 선다.

운전석에서 내려 트렁크 쪽으로 걸어가는 택시기사는 도나가 모르는 얼굴이다. 조수석에서 내린 사람은 프랭크 안드라데 주니어다.

마틴 로맥스와 프랭크 안드라데 주니어는 오늘 도나와 크리스가 신경 쓸 사람들이 아니지만, 그래도 두 경찰은 그들을 흥미롭게 지켜본다. MI5가 저 두 남자를 맡고, 켄트주 경찰 크리스와 도나는 코니 존슨과 라이언 베어드를 체포하기로 되어 있다. 서로 어떤 의문도 제기하지 않기로, 엘리자베스가 중간에서 다 얘기해두었다.

호랑이도 제 말하면 온다더니 엘리자베스와 조이스가 택시 뒷좌석에서 내린다. 조이스는 자다가 깬 얼굴이다.

택시기사가 프랭크에게 서류 가방을 건네고 두 남자는 악수를 나눈다.

보그단이 고개를 돌리더니 프랭크에게 같이 가자며 손짓한다. 프랭크는 엘리자베스를 힐끗 쳐다본다. 엘리자베스는 그에게 고개를 끄덕여 보인다. 엘리자베스는 프랭크와 악수를 나누지 않는다. 조이스도 마찬가지다. 그녀들답지 않은 행동이다.

보그단은 프랭크에게 약간 웃음을 지어 보인다. 도나는 전에 보그단이 미소 짓는 모습을 본 적 있는지 기억을 더듬어본다. 없는 것 같다. 그런데 어쩐지 그 미소를 다시 보고 싶은 마음이다. '다음 산을 올라가도록 해요'라고 이브라힘은 충고했다. 프랭크와 함께 부두를 걸어가는 보그단의 모습을 바라보면서 도나는 보그단이라는 산에 오른다면 어떤 기분일까 생각해본다. 도나는 초콜릿 조각을 입에 넣고 끄트머리부터 씹어 먹기 시작한다.

크리스가 말한다. "갱들이 다 모였네. 준비됐어?"

"됐습니다."

도나는 부두의 산책로를 따라 걸어가는 엘리자베스의 모습을 바라본다. 조이스는 택시에 앉아 오느라 구겨진 치맛자락의 주름을 털어서 펴며 그 뒤를 따라간다. 그들은 로터스와 레인지로버 앞을 지나간다. 고개를 돌린 조이스는 크리스와 도나를 알아보고 손을 크게 흔들어 보인다. 조이스가 첩보원 노릇을 잘하게 만들려면 시간이 꽤 걸리겠다. 도나가 마주 손을 흔들자 조이스는 좋아서 어쩔 줄 모르는 표정이다.

조이스와 엘리자베스는 별 특징 없는 흰색 밴 쪽으로 다가간다. 그 밴은 안전 테이프로 차단선을 만들어놓은 산책로 난간 옆에 세워져 있다. 밴 측면에는 'T. H. 하그리브스 ― 종합 난간 수리'라고 적혔다.

엘리자베스가 먼저 차단선을 넘어가고 조이스가 그 뒤를 따른다. 밴에 탄 누군가가 뒷문을 열자 엘리자베스와 조이스는 그 안으로 들어간다.

74장

속임수

한 사람이 사용하기에 충분한 크기의 사무실이다. 관리자는 수상의 빛나고 아름다운 부두에 자리한 슬롯머신 게임장을 매일 관리 감독하는 일을 한다. 그런데 이 사무실이 지금은 비좁아졌다. 책상 뒤에 코니 존슨이 앉고 맞은편에는 마틴 로맥스가 자리했다. 프랭크 안드라데 주니어는 창턱에 걸터앉았다. 랜스 제임스는 벽에 기대어 섰고 보그단은 문 앞에 서 있다.

시작이 빠르게 이루어진다. 주로 "당신은 누구죠?" "댁이 알 바 아닌데요." 같은 말이 오간다. 그래도 프랭크는 마틴 로맥스와 악수를 나눴다. "오늘은 내가 당신을 죽이지 않아도 될 것 같군요, 마틴!" "그러게 말이야, 프랭크. 부인은 잘 지내고 있나? 내가 보낸 머핀은 받았대?"

어떤 식으로 용건을 꺼내야 할지 아무도 확신하지 못한다. 이 방에는 이 모임을 주최한 사람이 없기 때문이다. 이 모임을 주최한 사람은 일흔여섯 살 할머니인데, 여기서 400미터 떨어진 곳에 주차된 흰색 밴에 앉아 이 방에서 오가는 말에 귀를 기울이고 있다.

결국 이 방에서 가장 강한 사람이 모임의 시작을 알린다. 바로 보그단이다.

"좋습니다. 이제 시작하죠."

'좋습니다, 이제 시작하죠'라고 보그단이 말한다.

흰색 밴에 탄 수 리어든은 헤드폰을 쓴 채로 모니터를 들여다보고 있다. 모니터에는 그녀의 팀이 주말 동안 관리자 사무실에 설치한 카메라에서 송출한 영상이 떠 있다.

엘리자베스와 조이스는 헤드폰 하나를 같이 써야 한다. 한쪽 귀만 대고. 그놈의 예산 절감 때문이다.

수가 엘리자베스에게 묻는다. "코니가 아직 다이아몬드를 갖고 있을 거라고 확신하세요?"

"보그단한테 알아서 하라고 맡겼어요. 그러니 확실할 거예요."

"그런데 코니가 가져온 저 가방에는 뭐가 들었죠?"

엘리자베스는 어깨를 으쓱한다. 저 가방에는 크리스와 도나를 위해 준비한 코카인이 들어 있다. 그러니 수는 알 필요 없다. 엘리자베스는 다시 화면 속 비좁은 사무실을 들여다본다. 예전에 엘리자베스가 활동했던 시절보다 화질이 훨씬 좋아졌다.

창턱에 걸터앉은 프랭크가 코니 존슨에게 말을 건다.

"내 다이아몬드 가져왔습니까?"

"가져왔죠. 당신 거라는 얘기 들었어요."

"어떻게 그쪽 손에 들어간 겁니까?"

"그건 알 필요 없어요. 그런데 정말 마피아 맞아요?"

마틴이 끼어든다. "안드라데 씨는 대단히 존경받는 사업가예요."

그러자 프랭크가 말한다. "마피아 맞아요. 이제 다이아몬드를 보여주시죠."

'드디어 시작됐구나'라고 엘리자베스는 생각한다. 저들은 다음에 펼쳐질 상황이 전혀 마음에 들지 않을 것이다. 모두에게 행운이 따르기를.

코니는 운동 가방에 손을 집어넣는다. 저들은 언제쯤 코카인 얘기를 입에 올릴까? 코니는 이번에 코카인을 팔아 5만 파운드를 챙길 생각이다. 앞으로도 또 이 사람들과 거래하고 싶다. 솔직히 이번 일이 잘되지 않을까 봐 걱정되고 초조했다. 하지만 지금까지는 얘기 들은 대로 잘 진행되고 있다. 빅 빈센트가 설명한 대로였다. 마피아 남자와 늙은 상류층 남자, 그리고 언제나 그렇듯 보그단이 함께였다. 이제는 마음이 꽤 놓인다. 이들에게 좋은 인상을 줘야겠다는 생각이다. 지루해하는 표정을 한 대머리 끼가 있는 남자도 이 자리에 함께하고 있는데 경호원인 것 같다. 보그단과 아는 사이인 모양이니 그 정도면 충분하다.

코니는 책상에 파란색 벨벳 주머니를 내려놓는다.

상류층 분위기를 풍기는 늙은 남자가 말한다. "아, 할렐루야."

프랭크가 요구한다. "어디 봅시다. 책상에 다이아몬드를 쏟아 놔요. 옆으로 흘리지 말고."

'흘리지 말라고? 이상한 말을 하네'라고 코니는 생각한다. 하지만 미국인이라 그러려니 한다. 미국인들은 워낙 괴상한 말을 해대니까.

코니는 끈을 풀고 조심스럽게 주머니를 기울여 책상 위에 다이아몬드를 내려놓는다.

"자요. 한 알도 옆으로 안 흘렸어요. 다이아몬드 두 알이요. 멀쩡한 상태예요."

정적이 흐른다. 프랭크와 늙은 상류층 남자는 물론이고 경호원까지도 책상 위의 다이아몬드를 멍하니 쳐다보기만 한다. 코니는 뭔가 심상찮은 분위기를 감지한다.

프랭크가 말한다. "두 알뿐이라고?"

"맞잖아요. 다이아몬드. 뭘 기대했는데요?"

'뭘 기대했는데요?'라고 코니 존슨이 말한다.

"나머지 다이아몬드는 어디 있어요?"라고 당황한 수 리어든이 엘리자베스를 쳐다보며 묻는다.

"아, 코니한테는 두 알만 줬어요. 그 정도면 살인범을 은신처에서 이끌어내고 분위기를 잡을 수 있을 것 같아서요. 근처에 숨어 있는 퍼피를 팀원들이 아직 발견 못 했대요?"

"맙소사! 일 좀 똑바로 못 해요?"

"내 목적에 부합할 때만 그렇게 하죠. 오늘은 그렇지가 않았어요."

"다이아몬드는 어디 있어요?"

"안전한 곳에요."

나머지 다이아몬드는 지금 조이스의 집 전자레인지 안에 들어 있다. 조이스가 전자레인지를 찻주전자보다 덜 사용해서 거기 넣어둔 것이다.

화면 속에서 프랭크가 권총을 빼든다.

수가 외친다. "제기랄! 대체 무슨 짓을 한 거예요, 엘리자베스?"

프랭크 안드라데 주니어가 권총을 빼든 모습을 본 랜스도 자기 총을 빼든다. 프랭크의 총구는 코니 존슨을, 랜스의 총구는 프랭크를 겨눈다.

"내 다이아몬드 어디 있어? 전부 내놔."

침착한 목소리지만 랜스가 보기에 표정은 전혀 침착하지 않다. 프랭크를 탓할 일도 아니다. 대체 여기서 무슨 속임수가 벌어지고 있는 걸까?

"다이아몬드 여기 있잖아요. 권총 내려놔요. 오버 하지 말고."

"나머지는 어디 있는데?" 프랭크의 목소리는 이제 더 이상 침착하지 않다.

"나머지? 내가 받은 건 이게 전부인데."

"받아? 누구한테 받았는데?"

"빅 빈센트라는 늙은이요. 날 쏠 생각 말아요. 그 늙은이가 이 다이아몬드를 주면서 여기 있는 상류층 할배가 코카인 5킬로그램을 살 거라고, 그러니까 부두에서 당신을 만나라고 했어요. 그러니까 따질 거면 그 늙은이를 만나 따져요."

"무슨 코카인? 빅 빈센트는 또 누구야?"

"이 코카인이요." 코니는 이렇게 말하며 가방에 손을 넣는다. 하지만 코카인을 꺼내는 대신 권총을 꺼내 프랭크를 겨눈다.

"좁은 방에서 왜 다들 권총을 빼 들고 난리인지." 보그단은 이렇게 말하며 한숨을 쉰다.

프랭크가 말한다. "한눈에 봐도 영국제 권총이네. 빅 빈센트라는 늙은이가 어떻게 생겼지?"

"권투 선수처럼 생겼어요. 문신이 잔뜩 있던데. 웨스트햄 문신도 있고."

마틴 로맥스가 책상을 주먹으로 내려치며 말한다. "내가 아는 늙은이야."

프랭크가 로맥스에게 권총을 겨눈다. "물론 알겠죠. 대체 무슨 짓을 꾸민 겁니까?"

'음, 방금 이건 질문이 아닌데'라고 랜스는 생각한다. 코니의 권총이 프랭크를 겨누고, 프랭크의 권총은 마틴을 겨누고 있다. 랜스는 균형을 잡기 위해 코니에게 총을 겨눠야 될 것 같다. 이 판이 어떻게 흘러갈까? 누군가는 안 좋은 끝을 보고 말 것이다. 그 누군가가 나는 아니어야 한다. 그런데 다시 생각해보니 여기서 죽는 것도 나쁘지 않을 것 같다. 머리 위에서 갈매기들이 울어대고 저 아래에서는 슬롯머신들이 손님 없이 혼자 삑삑거리고 있다. 지금 총에 맞아 죽으면 아파트로 돌아가 주방 벽을 수리해야 할 일도 없겠지. 그래도 총에 맞지 않게 조심하자, 랜스.

"나도 자네만큼 당황스러워, 프랭크. 정말이야. 하지만 이건 아주 간단한……."

"됐어." 프랭크는 이렇게 말하고는 방아쇠를 당겨 마틴 로맥스의 가슴에 총을 발사한다. 마틴은 앉은 자리에서 앞으로 몸이 꺾인다. 정장에 피가 번져나간다. 프랭크는 남자들을 먼저 쏴 죽여야 된다고 배우며 자랐지만 코니 존슨에게 총구를 옮긴다. 하지만 이미 늦었다. 코니가 먼저 총을 쏴 단 한 방에 프랭크를 보내버린다. 총알이 창문을 뚫고 회색 바다로 날아간다.

마틴은 이 소란에 대해 끝까지 할 말이 있는지 고개를 든다. 무슨 말을 하려고 했는지 몰라도 끝내 말하지 못한다. 왼쪽으로 넘어지면서 바닥에 쓰러지고 만다.

창턱에서 미끄러져 떨어진 프랭크도 플라스틱 라디에이터에 새빨간 피를 잔뜩 묻히며 바닥에 쓰러진다.

프랭크의 발이 마틴의 팔꿈치 안쪽으로 떨어진다. 두 남자는 영원히 잠들었다. 총과 마약, 그리고 돈. 언제나 빼앗기만 하고 내주지는 않는 꿈을 꾸면서.

이제 어쩔 것인가? 랜스는 생각해본다. 바닥에는 시체 두 구, 책상 위에는 다이아몬드 두 알, 책상 밑에는 코카인이 잔뜩 담긴 가방이 있다. 랜스와 코니는 어떻게 해야 할지 갈피를 못 잡은 채 서로에게 총을 겨누고 있다.

보그단이 두 총구 사이로 들어와 서며 말한다.

"코니, 당신과 이 남자는 서로 엮일 일이 없어. 이 남자는 저 죽은 남자들과 다이아몬드 때문에 여기 온 거야. 그러니까 가방 챙겨서 도망쳐."

사무실 밖, 부두에는 해군특전대 대원들이 눈에 불을 켜고 퍼피를 찾고 있다. 그들은 코니 존슨을 건드리지 않을 것이다. 그들이 받은 명령은 명확하니까. 코니는 타고 온 차까지 갈 수 있을 것이다.

코니는 가방을 집어 들고 책상을 훌쩍 넘어 문으로 향한다. 보그단이 코니를 위해 문을 열어준다. 코니는 그에게 다가와 입을 맞춘다.

"전화해, 알았지?" 코니는 이 말을 남기고 빠르게 문밖으로 사라진다. 코카인이 잔뜩 담긴 운동 가방을 들고서.

랜스는 사무실 안을 둘러본다. 그의 옆에 선 덩치 큰 폴란드 남자는 얼굴이 발그레해졌다. 바닥에 쓰러진 두 구의 시체에서 흘러나온 피가 섞이기 시작한다.

두 발의 총성이 들리자마자 수는 밴 밖으로 뛰쳐나간다. 엘리자베스는 굳이 따라 나갈 필요가 없을 것 같아 자리를 지킨다. 조이스도 그 옆에 있기로 한다.

조이스의 입에서 탄식이 흘러나온다. "아이고 세상에."

엘리자베스가 말한다. "피할 수만 있다면 누가 죽는 상황은 안 만들고 싶었어요. 그래도 오늘 여기서 큰 인명 손실은 없었네요."

조이스는 이 상황을 곰곰이 생각해본다. 엘리자베스가 코니 존슨에게 다이아몬드를 두 알만 주기로 결정한 순간부터 이런 사태는 일어날 수밖에 없었다. 가만 보면 엘리자베스는 잔인할 때가 있다. 적으로 두면 몹시 곤란한 사람이다.

물론 세상은 프랭크 안드라데 주니어 같은 사람이 없는 편이 낫다. 로버츠브리지 택시 회사 소속의 마크는 여기까지 택시를 몰고 오는 동안 프랭크와 야구에 관한 얘기를 하고 싶어 했는데 '주둥이 닥치고 운전이나 하라'는 말을 들었다. 물론 '주둥이'까지는 아니고 그냥 닥치라고 말하기는 했지만. 마피아든 아니든 프랭크 안드라데 주니어는 참으로 삭막하고 돼먹지 않은 인간이었다.

이제 프랭크는 세상에서 사라졌다.

마틴 로맥스는 어떤가? 대저택과 어마어마한 돈, 일. 그가 자금을 대온 것들. 무기, 갱단, 군벌들. 집의 악취를 뒤덮은 인동덩굴 냄새. 조이스는 마틴이 치매와 함께 살기 단체에 기부하라며 준 수표를 떠올린다. 겨우 5파운드 수표였다. 화면 속 마틴의 시체를 바라보면서 조이스는 아무런 감정도 들지 않는다.

지금까지 조이스는 선하고 무고한 사람들이 그저 운이 나빠 죽어가는 모습을 숱하게 봐왔다. 그런 일이 생기면 조이스는 집에 가 울었고 제리는 어떤 위로의 말도 소용없음을 알기에 그저 조용히 조이스를 안아주었다.

지금 저 두 사람의 죽음을 보고도 조이스는 눈물 한 방울 나지 않는다. 제리가 옆에 있었으면 '속 시원하다'고 말했을 것이다. 조이스도 딱 그런 심정이다. 그래도 엘리자베스가 만든 이 상황을 시원하다고 할 수 있을까? 더 나쁜 짓일까? 아니면 그저 좀 더 솔직한 결정이었을까? 누군가 좀 더 똑똑한 사람이 대답해줬으면 좋겠다. 나중에 이브라힘에게 물어봐야겠다.

화면을 보고 있는데 랜스가 여러 대의 카메라로 다가가 하나씩 꺼버린다. 각 화면에 마지막으로 뜬 것은 조이스가 만든 우정 팔찌다. 마지막 화면이 까맣게 사라진다.

조이스는 엘리자베스에게 묻는다.

"이제 어떻게 할 거예요. 저들이 퍼피를 못 찾은 모양인데요?"

"아, 퍼피는 죽었어요, 조이스. 여기로 오는 길에 차에서 알게 됐어요. 라디오에서 〈제레미 바인 쇼〉가 방송되는 동안 머릿속에서 정리가 됐어요."

"아, 이제 어쩌죠?"

"음." 엘리자베스는 손목시계를 확인한다. "검시관 밴을 타고 고덜밍 시까지 가는데 30분쯤 걸리겠네요. 우리는 더글러스와 퍼피를 죽인 사람과 함께 그 밴을 타고 갈 거예요."

코니는 부두를 따라 죽어라 달려간다. 코니는 마피아 두목을 쐈고 보그단에게 키스를 했다. 그리고 아직 코카인을 갖고 있다. 어떻게 된 일인지 도무지 판단이 안 선다. 사무실로 돌아가 봐야겠다. 생각을 가다듬자. 어쨌든 깔끔하게 빠져나온 것 같다. 코니는 보그단을 믿는다. 그 옆에 있던 다른 남자는 코니에게 관심도 없어 보였다.

레인지로버가 저 앞에 있다. 운전기사로 데려온 라이언 베어드는 그냥 평범한 녀석이다. 전에 그 녀석에게 몇 번 일거리를 준 기억이 있긴 한데 별로 잘 해내지 못했다. 녀석은 대마초 냄새를 풍기는 데다 자동차의 보온 시트 작동 방법도 알지 못했다. 그런 주제에 자꾸 말을 시키려고 해서 용서가 안 될 지경이었다. 빅 빈센트를 다시 만나면 가족이고 나발이고 댁의 조카 손자가 어떤 놈인지 똑똑히 알라고 전해줘야겠다.

뒤를 힐끗 돌아봤는데 쫓아오는 사람이 없다. 코니 쪽을 쳐다보는 사람도 없다. 이상하다. 정장을 입은 금발 여자가 운동 가방을 들고 부두를 달려가는데? 분명 누구든 이쪽으로 고개를 돌려야 되지 않나? 부두는 조용하기만 하다. 진한 색 옷을 입은 몇몇 커플이 팔짱을 끼고 산책을 하고 있을 뿐이다.

레인지로버 앞에 도착한 코니는 문을 열어젖히고 차 안으로 뛰어든다. 안에서 기다리고 있던 크리스 허드슨 경감의 품으로. 코니는 입을 열기도 전에 손에 수갑이 채워진다.

"어이, 코니. 당신을 체포합니다. 굳이 무슨 말을 안 해도 됩니다."

앞자리에는 라이언 베어드가 수갑을 차고 조수석에 앉아 있다. 운전석에 앉은 사람은 도나 드 프레이타스다. 도나가 코니를 돌아보며 말한다.

"레인지로버를 몰아본 적이 없어서 운전이 좀 거칠어도 이해해요, 코니. 내비게이션 목적지를 페어헤이븐 경찰서로 맞췄으니까 길을 헤매진 않을 거예요. 몸에서 풍기는 그 향기 뭐예요? 끝내주네."

"말과 관련된 또 다른 단어를 넣어야 돼."

이브라힘은 노트북으로 십자말풀이를 하며 말한다.

"망아지?" 켄드릭이 대답한다. 켄드릭은 페이스타임 화면에 계속 들락날락하고 있다.

"글자 수가 너무 많아."

"그거 말고는 없을 것 같은데요. 다른 단어를 넣어야 되는 거 아니에요?"

이브라힘은 고개를 끄덕인다. "그럴 수도 있겠네."

이브라힘은 오늘 함께 갔어야 했다. 조이스와 엘리자베스를 차에 태워 공항까지 운전해 가고, 거기서 다시 부두로 갔어야 했다. 그 자리에 있어야 했다. 론이 문자를 보냈다. 두 명이 죽었는데 죽어 마땅한 놈들이 죽었다고, 그래서 다들 기분이 좋아 보인다고.

택시기사인 마크가 론을 택시에 싣고 집으로 오고 있다. 론은 피시 앤 칩스를 사서 오고 있다고 한다. 엘리자베스와 조이스는 아직 할 일이 더 남아 있는 것 같다고 했다.

"아직도 아프세요?" 켄드릭이 묻는다.

"응. 그래도 너희 할아버지와 얘기를 할 때는 안 아파. 너랑 얘기할 때도 안 아프고."

도나는 레인지로버 앞 유리 너머를 내다본다. 흰색 밴 뒤쪽에서 내리는 엘리자베스와 조이스의 모습이 보인다. 레인지로버 운전석에 앉은 도나를 바라보는 엘리자베스는 기대에 찬 표정이다. 도나가 양손의 엄지를 세워 보이자 엘리자베스는 고개를 끄덕이고는 입 모양으로 '잘했어요'라고 말한다.

열린 운전석 차창 앞으로 론이 다가온다.

도나가 말한다. "아, 오늘 이 자리에 다 오셨네요. 연금 수령자들 소풍 나오는 날인가요?"

그러자 코니가 수갑 찬 손을 최대로 당기며 앞으로 몸을 뻗는다. "저 사람이 빅 빈센트예요. 이건 저 사람 코카인이고요. 저 사람을 체포해요."

론이 코니를 바라보며 말한다. "그런 이름은 들어본 적도 없는데. 사람을 잘못 봤어요." 론은 크리스를 보며 묻는다. "이 여자는 무슨 짓을 했는데 체포됐습니까?"

"살인이요. 카메라에 다 찍혔습니다. 코카인을 대량으로 소지한 죄목도 있고요."

"그런 짓을 했단 말입니까?" 론은 라이언 베어드를 건너다보며 묻는다. "너 괜찮냐, 라이언?"

라이언은 소리 죽여 울고 있다.

"그래, 반성의 눈물을 흘려야지. 그리고 내 얘기 잘 들어. 2주일 전에 네놈이 어떤 사람의 휴대폰을 훔쳤어. 그 사람은 내 동년배인데 훨씬 늙어 보이기는 해. 머리도 빠지고 해서. 어쨌든 네놈이 그 사람의 뒤통수를 발로 찬 건 기억나지? 왜 그 따위 짓을 했는지 나는 도저히 이해가 안 가더라. 난 네놈이 한 짓 때문에 그 사람이 우는 걸 봤어. 마음이 너무 안 좋았어, 라이언. 넌 상관 안 하겠지만 그 사람은 내 절친이거든. 그 사람 이름을 꼭 기억해라. 알았어? 그 사람 이름은 이브라힘 아리프다. 교도소에서 지내는 동안 밤마다 그 이름을 잘 기억해. 어느 누구도 이브라힘 아리프를 건드리면 안 된다는 걸 명심하란 말이다."

코니는 론 쪽으로 몸을 바짝 당기며 날카롭게 내뱉었다.

"내가 출소하면 당신은 죽은 목숨이야."

론은 코니를 돌아본다. "그러게. 내 나이가 일흔다섯이고, 당신은 감옥에서 30년은 썩을 것 같으니 마음대로 하셔."

그때 이쪽으로 걸어오는 보그단의 모습이 도나의 눈에 들어온다. 어머나. 보그단은 론 뒤에 와 서더니 론을 잡아 당겨 차창에서 떼어낸다.

"그만 가셔야죠."

보그단의 말에 론은 고개를 끄덕인다. 론은 울고 있는 라이언 베어드를 한 번 더 쏘아보며 말한다. "이브라힘 아리프. 그 이름 잊지 마, 라이언."

보그단이 도나에게 말을 건다. "도나 순경님이시죠?"

"예."

"저는 보그단이라고 합니다."

"알아요."

보그단은 고개를 끄덕인다. "예." 그는 뒷좌석을 건너다보며 말한다.

"안녕, 코니."

코니는 씩씩대며 말한다. "너희들 다 죽었어. 싹 다 죽을 줄 알아."

보그단이 대꾸한다. "어차피 사람은 때가 되면 다 죽어."

도나는 보그단이 론을 한 팔로 감싸고 걸어가는 모습을 바라본다.

75장

진실

엘리자베스는 바보처럼 속고 말았다. 적어도 어쩌다 그렇게 됐는지 이유는 알고 있다.

마커스 카마이클 때문이었다.

처음부터 그랬다. 오래전 엘리자베스의 팀원들은 런던 어느 병원에서 가져온 신원미상의 시신을 마커스 카마이클이라는 인물로 꾸며 템스강변에서 발견되게 만들었다. 마커스 카마이클은 엘리자베스가 하는 일이 거대한 허상을 만들어내는 일임을 일깨워주는 역할을 했다. 사람들로 하여금 믿고 싶은 대로 믿게 만드는 일, 공들여 일을 복잡하게 만들어서 진실을 덮어 가려버리는 일.

엘리자베스는 그 방면으로 대가였다. 더글러스도 마찬가지였다. 서랍 안 어딘가에 엘리자베스와 더글러스의 결혼식 날 사진이 있다. 사진 속에서 엘리자베스와 더글러스는 태어나 가장 행복한 날이라는 듯 환하게 웃는 모습이다.

삶에서 겉으로 보이는 것과 실상은 늘 어긋났다.

그런데 겉으로 보이는 그대로가 진실일 때도 있음을 엘리자베스는 이제야 깨달았다. 적어도 너무 늦지 않게 깨닫기는 했다.

지금 엘리자베스는 검시관 밴 뒤쪽 칸에 앉아 있다. 그들은 지금 고덜밍시의 시체 안치소로 가는 중이다. 더글러스와 퍼피의 시신을 확인을 했던 곳이다.

엘리자베스 옆자리에는 조이스가 앉아 있다. 조이스는 휴대폰으로 단어 찾기 게임을 하고 있다. 엘리자베스는 조이스의 말에 좀 더 자주 귀를 기울여야 할 필요가 있음을 깨닫는다. 조이스의 말처럼 퍼피가 한 짓이 아니었다. 퍼피는 더글러스를 죽이지 않았다. 자기와 비슷한 나이의 젊은 여자를 죽여 그 시신을 자신으로 꾸미는 짓도 하지 않았다.

자기 엄마가 다이아몬드를 훔치도록 일을 꾸미지도 않았다. 쇼본이 왜 그런 행동을 했는지에 대해서는 나중에 따로 설명하겠다.

퍼피가 다이아몬드 때문에 살인을 했다고 대체 누가 믿을까? 어리석기 짝이 없는 사람이거나 지나치게 똑똑한 사람이다.

때로는 진실이 눈에 보이는 그대로일 때도 있음을 엘리자베스는 깨달았다. 론이 포옹을 해줄 때, 조이스가 케이크를 만들어줄 때, 이브라힘이 서류를 코팅해줄 때, 그들은 엘리자베스를 두고 게임을 하는 게 아니다. 엘리자베스의 행복을 빌고 그녀와의 우정을 소중히 여기는 것 외에 그들은 달리 바라는 게 없다. 그들은 그저 엘리자베스를 좋아할 뿐이다. 그 진실을 받아들이기까지 엘리자베스는 꽤 오랜 시간이 걸렸다.

맞은편 의자에는 수 리어든이 앉아 있다. 수는 생각하는 게 엘리자베스를 쏙 빼닮았다. 두 사람은 그 얘기를 하며 웃기도 했다. 그들은 쌍둥이처럼 닮았다. 하지만 엘리자베스는 수에 대해 제대로 알지 못했다.

양 측면에 놓인 긴 의자 사이에 마틴 로맥스의 시신이 길게 누워 있다. 프랭크 안드라데 주니어의 시신은 MI6가 처리를 맡아, 다른 밴에 싣고 다른 고속도로를 따라 이동 중이다.

퍼피와 더글러스는 둘 다 총에 맞아 죽었다. 가짜 시신도 아니었고 대단한 은폐 공작이 있었던 것도 아니었다. 그 둘을 쏘아 죽인 사람은 바로 수 리어든이었다. 이유는 명확했다. 그리고 수 리어든은 엘리자베스를 옴짝달싹 못 하게 만들려 농간을 부렸다.

수 리어든이 한 짓임을 어떻게 증명해야 할까?

엘리자베스는 조이스를 바라본다. 조이스는 혀까지 빼물고 휴대폰 화면에 손가락으로 원을 그리며 단어 찾기 게임을 하는 척 시치미를 떼고 있다. 실제로는 엘리자베스에게 지시받은 대로, 휴대폰을 이용해 밴 안에서 벌어지는 모든 상황을 녹화하고 있는 중이다.

이 여정의 앞부분에서 수 리어든은 예상대로 다이아몬드에 대한 질문을 연달아 해댔다. 그 외에 코니 존슨이 누구인지, 왜 그 여자가 코카인이 잔뜩 담긴 가방을 들고 왔는지도 물었다. 엘리자베스는 최대한 정중하게 질문에 답을 해주었다. 이제는 엘리자베스가 질문을 할 차례다.

엘리자베스는 천을 덮고 길게 누운 마틴 로맥스의 시신 너머로 수 리어든에게 몸을 기울이며, 미소 띤 얼굴로 묻는다.

"우린 결국 퍼피를 찾지 못하는 거죠?"

"못 찾았어요. 어디에도 보이질 않아요."

"재미있네요. 어쩌면 진짜 죽었을지도 모른다는 생각 안 들어요, 수?"

"그럴 수도 있겠죠. 퍼피의 엄마가 다이아몬드를 찾으러 간 이유도 아직 밝혀내지 못했어요."

"수, 당신은 나를 거의 속여 넘길 뻔했어요."

"무슨 소리를 하는지 모르겠네요." 수가 발뺌한다.

"당신이 더글러스와 퍼피를 죽였잖아요. 그들이 어디 머무는지 알고 있었으니 그 집에 들어가 총으로 쏴 죽이고 나온 거죠."

"너무 간단하게 들리는데요."

"실제로 간단한 일이었으니까요. 하지만 당신은 그렇게 간단한 건 내 흥미를 끌지 못할 거라고 생각했어요. 그래서 그럴듯한 가설을 늘어놓고 나를 이리저리 끌고 다녔죠. 내가 그러고 있는 동안 당신은 다이아몬드를 찾을 시간을 벌려고 했을 거예요. 아니면 나를 이용해서 다이아몬드를 찾아내려고 했든지요. 그런 부분은 재미있긴 했어요."

"괴상한 추리를 하시네요. 상상력이 대단하세요, 엘리자베스."

엘리자베스는 고개를 젓는다.

"상상력이 과도해서 실수를 했죠. 조이스의 카디건 주머니에 쇼본의 전화번호가 적힌 쪽지를 몰래 넣은 사람이 당신인 걸 깨달은 순간, 엉켜 있던 단서들이 딱딱 맞아떨어졌어요."

그러자 조이스가 말한다. "아, 난 당신이 카디건 얘기를 왜 묻나 했어요."

수 리어든의 휴대폰이 진동음을 낸다. 문자 메시지를 확인한 수가 미소 짓는다.

"호랑이도 제 말하면 온다더니. 퍼피의 엄마가 문자를 보냈어요. 좋은 소식을 전해왔군요."

"말해요." 엘리자베스가 요구한다.

"다이아몬드를 찾았대요. 조이스의 집 전자레인지 안에 있다네요. 너무 시시한 장소예요. 찾았다고 하니 가봐야겠죠."

수 리어든은 인터콤 버튼을 누르고 운전사에게 말한다.

"계획이 바뀌었어. 쿠퍼스 체이스 실버타운으로 가. 여기서 안 멀어."

전자음처럼 울리는 목소리가 묻는다. "우편번호는요?"

수는 잠시 생각을 하더니 가방에서 권총을 꺼내 조이스에게 겨누며 묻는다.

"조이스, 집 우편번호를 대요."

76장

신문

크리스 허드슨은 길쭉하게 자른 당근을 우적우적 씹는다. 맛에 익숙해지니 그리 나쁘지도 않다. 어쨌든 지금은 당근 맛이 문제가 아니다. 그는 코니 존슨을 유치장에 집어넣었고 신문을 빠르게 진행했다. 코니는 크리스와 도나, 보그단, 그리고 론의 이름이라 생각하는 빅 빈센트라는 사람까지 죽이겠다고 협박했다. 보그단에 대해서도 현란한 욕을 퍼부었다. 하지만 패트리스에 대한 언급은 없었다. 예전에 패트리스를 해치겠다고 위협한 일은 잊어버린 모양이다. 그 일에 대해 크리스는 패트리스나 도나에게 굳이 말하지 않을 생각이다. 론이나 보그단도 말하지 않을 것 같다.

라이언 베어드 관련 신문은 좀 더 조용하게 진행됐다. 라이언이 8분 정도 어깨를 들썩이며 소리 없이 울기만 해서 그의 변호사가 내일 아침에 신문을 재개하자고 제안했다. 잘됐다. 덕분에 오늘 저녁은 시간이 빈다.

라이언 베어드의 변호사가 요즘 차림이 점점 멀끔해지고 있다. 머리도 새로 하고 살도 빼기 시작한 것 같다. 하지만 여전히 링스 아프리카 데오도란트를 뿌리고 다니는 걸 보면 취향을 단번에 바꿀 수는 없는 모양이다. 신문을 중단하고 나온 변호사는 도나를 따로 부르더니 같이 나가서 술 한잔하자고 청했다. 결혼반지는 슬쩍 빼서 주머니에 넣고 말이다. 도나는 자기도 그렇게 하고 싶지만 진행 중인 사건 조사를 마무리해야 하니 나중으로 미루자고 말하며 에둘러 거절한다. 긴 하루를 보내고 지쳤을 텐데도 도나는 머리가 잘 돌아간다.

크리스는 메이드스톤 형사 법원 바깥의 콘크리트 테이블에서 나눈 대화를 떠올린다. 그곳에서 론과 보그단은 크리스와 패트리스를 안전하게 지켜줄 거라고 약속했다. 고맙게도 그들은 약속을 지켰다. 패트리스는 다음 주 일요일에 페어헤이븐에 다시 내려오기로 했다. 이번에는 그녀에게 사랑한다는 말을 해야겠다. 우주의 흐름에 자연스럽게 따라야 할 때가 있다. 엘리자베스와 조이스도 오늘 그들이 원하는 바를 이루었기를.

길게 자른 당근을 자발적으로 먹는 남자. 크리스는 기어이 그런 남자가 되고 만 것이다.

77장

유용한 바보

엘리자베스는 수 리어든의 권총 총신을 조용히 바라본다. 이런 일을 하면서 몇 번이나 총구를 마주보았을까? 스무 번? 서른 번? 그들 중 어느 누구도 엘리자베스를 죽이지 못했다.

총을 겨누기만 하고 당장 죽이지 않는다면 죽일 생각이 없다고 봐야 한다. 예외도 있긴 하지만, 예외까지 생각하며 미리 걱정할 필요는 없다.

그들이 탄 밴은 지금 쿠퍼스 체이스로 가고 있다. 쇼본이 어떻게 조이스의 집에서 다이아몬드를 찾아냈을까? 누군가 정확한 장소를 알려줬겠지. 이브라힘일까? 아니면 스티븐일까? 위협을 당해 억지로 말해야 했을까? 제발 그런 일은 없었어야 될 텐데. 엘리자베스는 침착하려 애쓰며 묻는다.

"시간을 때울 겸, 내가 추리했던 내용을 말해줄까요? 아니면 '제임스 본드'가 나오는 영화에서처럼 쥐 죽은 듯 있을까요?"

"하고 싶은 말 있으면 해요. 당신을 속여 넘길 수 있어서 난 기분이 무지하게 좋으니까."

"조이스의 말처럼 퍼피가 편지를 발견했어요. 하지만 퍼피는 곧장 다이아몬드를 찾으러 가지 않았고 자기 엄마한테 편지 내용을 알리지도 않았어요. 당신한테 보고를 했죠. 그래야 한다고 생각했을 테니까. 퍼피는 자기 일을 충실히 한 거예요. 당신은 편지에 담긴 더글러스의 고백을 읽었어요. 새삼스러운 내용은 아니었을 거예요. 이미 알고 있었을 테니까요. 당신이 더글러스와 함께 모든 일을 계획했잖아요. 그렇죠?"

"은퇴 계획이죠." 수가 동의한다.

"어쩌면 더글러스와 퍼피가 연인 사이였을 수도 있다는 생각을 잠깐 했었어요. 하지만 잘못 생각한 거예요. 그렇죠? 더글러스의 연인은 당신이었으니까요."

그러자 조이스가 말한다. "아아, 그랬구나. 이제 알겠네요."

엘리자베스가 수에게 묻는다. "여기까지 맞게 추측했나요?"

"맞아요."

조이스는 두 사람을 번갈아 쳐다보며 말한다. "더글러스는 취향이 참 한결같네요."

엘리자베스가 말한다. "수, 당신은 나와 비슷한 매력을 갖고 있어요. 내가 더글러스보다 거의 열 살 연상이고, 당신은 열 살 연하지만. 그 사람은 세대를 아울렀네요, 그렇죠?"

조이스가 말한다. "더글러스가 무척 잘생기기는 했어요. 내 타입은 아니지만. 두 사람 다 기분 나쁘게 듣진 말아요. 엄청 잘생기기는 했다고요."

엘리자베스는 수의 눈을 똑바로 바라보며 말한다. "당신은 편지를 읽었고 열쇠도 봤고 보관함 번호도 확인했어요. 당신이 따로 파악한 단서도 있었을 거예요. 다만 더글러스는 다이아몬드를 숨긴 장소를 당신한테 말해주지는 않았죠."

"안전하게 보관해뒀다고만 했어요."

엘리자베스는 고개를 끄덕인다. "당신은 구미가 당겼을 거예요. 금액 자체가 어마어마하니까요. 그런데 편지를 읽어 내려갈수록 더 충격적인 내용이 있었죠. 더글러스는 여전히 나를 사랑한다고 편지에 적었어요. 필요하다면 내가 자기한테 올 때까지 기다리겠다고 했고요. 그걸 보고 당신은 더글러스와 더 이상 함께 일을 진행할 수 없다고 판단했을 거예요. 더글러스가 2,000만 파운드를 들고 해질녘에 함께 떠나고 싶어 한 사람은 당신이 아니었으니까요. 그 순간 당신은 더글러스를 죽여야겠다고 마음먹었겠죠."

수는 어깨를 으쓱한다. 총신도 덩달아 들썩인다.

"더글러스는 혼자 다 먹을 생각이었을 거예요. 아니면 당신이 아닌 나랑 나눠 가지려 했든가요. 당신은 똑똑하니 그런 일이 일어나지 못하게 막으려 한 거죠. 처음에 당신과 더글러스는 다이아몬드 도난 사건을 조사하는 척만 하다가 뭉개버리고 다이아몬드를 현금화하려고 했을 거예요. 그러다 일이 틀어진 바람에 계획을 변경해야 했던 거고요."

"지금까지 추리는 완벽하게 맞았네요. 너무 늦긴 했지만요."

"당신은 다이아몬드를 독차지하기로 결정했어요."

그러자 조이스가 말한다. "수를 탓할 수만도 없는 일이죠 뭐."

조이스는 여전히 단어 찾기 게임을 하는 척하고 있다. 이럴 땐 정말이지 조이스를 인정해줘야 한다. 절친이 총으로 위협당하고 있는데 조이스는 친구가 이런 상황에서도 잘 빠져나갈 수 있을 거라 굳게 믿고 있다. 엘리자베스는 그 정도로 자신을 믿고 있을까? 좋은 질문이다. 쿠퍼스 체이스에 돌아가면 어떤 일이 그들을 기다리고 있을까? 스티븐은 안전할까? 이브라힘은?

엘리자베스는 계속 머리를 굴리며 말을 이어간다.

"더글러스를 어떤 방법으로 죽이려고 했는지 말해볼까요? 처음에 당신은 마틴 로맥스에게 더글러스가 숨어 있는 곳을 알려줬어요. 더글러스를 확실하게 죽일 수 있는 방법이라고 생각했겠죠. 비열하긴 했지만, 혼자 다이아몬드를 독차지하고 빠져나가려면 더글러스를 제거할 수밖에 없었을 거예요. 무엇보다 더글러스에게 화가 나기도 했을 테고요. 마틴 로맥스는 더글러스를 죽이려고 앤드류 헤이스팅스를 보냈지만, 퍼피가 끼어들어 헤이스팅스를 쏴 죽인 바람에 일이 틀어졌어요. 더글러스는 여전히 살아서 계속 일에 방해가 되고 있었지만 당신은 개의치 않았죠. 당신의 결심은 확고했으니까. 이해할 만은 해요. 배신을 당하면 누구나 정나미가 떨어지게 마련이잖아요?"

수가 대답한다. "거의 그렇죠."

조이스는 동의하지 않는다. "난 안 그래요."

"웃기지 말아요, 조이스. 당신은 매달 새로운 사랑에 빠졌다가 정신 차리기를 되풀이하잖아요." 엘리자베스는 다시 수 리어든의 권총을 똑바로 쳐다보며 말을 잇는다. "수, 당신은 더글러스를 작전에서 치워버려야 했어요. 이번에는 직접 그 일을 해야겠다고 마음먹었죠. 그래서 더글러스와 퍼피를 호브시에 있는 안가로 옮기기로 한 거예요. 당신이 전에 사용해본 집이라 쉽게 드나들 수 있었을 거예요. 더글러스를 직접 죽이는 건 쉬운 일인데, 어떻게 들키지 않고 빠져나갈까가 문제였겠네요."

"맞아요. 시간이 오래 필요하진 않았어요. 다이아몬드를 찾을 때까지만 발각되지 않으면 되니까."

"내가 진실을 알아낼까 봐 걱정됐겠네요?"

"그랬죠. 내가 살인범인 걸 당신이 알아내기 전에 다이아몬드를 찾게끔 만들어야 했어요. 당신은 날 실망시키지 않더군요."

조이스가 말한다. "맞아요, 엘리자베스가 결국 찾아냈어요."

수가 말을 이어간다. "이제 다이아몬드를 손에 넣을 거예요. 다이아몬드를 확보하면 바로 떠야죠. 알다시피 난 쉽게 사라질 수 있고 그렇게 할 겁니다. 내가 한 짓에 대해 떠벌리고 싶으면 얼마든지 해요. 어차피 아무도 날 못 찾아요."

조이스가 수에게 묻는다. "우릴 쏘지는 않을 거죠?"

"두 분이 말만 잘 들으면요."

"남의 말을 잘 듣는 건 우리가 잘 못하는데."

"당신은 교묘하고 소소한 수수께끼를 꼭 풀어야만 속이 시원한 사람이에요, 엘리자베스. 난 그 점을 잘 알고 있었고, 덕분에 당신을 아무 소득 없이 바쁘게 돌아다니도록 만들 수 있었어요. 당신은 살인범이랑 점심도 같이 먹고 전략 토론도 했어요. 내가 살인범인 줄은 까맣게 모르고요. 웃기지 않아요?"

엘리자베스는 고개를 끄덕인다. "당신은 계획을 세우면서 남의 손을 빌려야 된다는 걸 깨달았어요. 그래서 쇼본에게 전화를 했겠죠. 그런데 내가 이해가 잘 안 되는 게 바로 이 부분이에요. 쇼본의 정체가 뭐예요? 당신의 오랜 친구인가요? 아니면 당신한테 빚을 진 옛 동료?"

"다시 추측해 봐요."

"어느 쪽이든 상관없어요. 결국 쇼본은 당신이 제시한 조건에 동의한 거니까. 내가 두 사람을 죽여야 하니 도와줘라. 그 대가로…… 뭘 해주겠다고 했어요?"

"100만 파운드를 주겠다고 했죠."

"그 정도면 통했겠네요. 당신은 앤드류 헤이스팅스의 시신을 가져가려고 쿠퍼스 체이스에 왔고 떠나는 길에 조이스의 카디건에 종이쪽지를 슬쩍 넣어놨어요. 쇼본의 전화번호와 함께 '저희 엄마한테 전화해주세요'라고 적힌 쪽지요."

조이스가 묻는다. "잠깐만요, 혹시 쇼본이 퍼피의 엄마가 아닌 건가요?"

그러자 수가 말한다. "계속 열심히 해봐요, 조이스."

엘리자베스가 경고한다. "조이스한테 그런 식으로 말하지 말아요."

조이스가 말한다. "아, 난 괜찮아요."

엘리자베스는 밴이 급하게 좌회전을 한 후 속도를 줄이는 걸 느낀다. 캐틀 그리드(자동차는 지나가도 가축은 못 지나가게끔 도로에 설치된 격자판)를 넘어가는 모양이다. 그들은 이제 쿠퍼스 체이스 실버타운으로 들어왔다.

"당신은 쇼본에게 보관함에 다이아몬드가 있는지 확인해보라고 했어요. 아마 당신은 보안 카메라가 있는지 확인하려고 수하물 보관소에 그 전에 갔다 왔을 거예요."

"그랬죠."

"내가 보안 카메라 영상을 확인할 줄 알고 일부러 쇼본을 노출시켰군요. 그럼 내가 당신이 원하는 방향으로 추리를 할 거라고 생각하면서요. 맞죠?"

"맞아요. 당신은 내 생각대로 움직여줬어요. 난 당신이 그 수수께끼를 풀지 않고는 못 배길 걸 알았다니까요! 퍼피가 모든 일을 계획했을 거라고 가정했잖아요. 그건 정말 있을 법도 하지 않은 일인데. 그래도 당신은 그런 가설을 세울 정도로 똑똑하긴 했어요."

요란한 사이렌 소리가 그들이 탄 밴 옆을 지나간다. 수는 멈칫했다가 곧 긴장을 푼다. 경찰차가 아니라 구급차 소리라서다. 엘리자베스는 두려워진다. 쿠퍼스 체이스에서 속도를 내 달려 나가는 구급차. 그 안에 누가 타고 있을까? 혹시 스티븐일까?

수가 웃으며 깐족거린다. "처음엔 더글러스가 다 계획해서 죽은 걸로 꾸몄다고 생각했죠? 웃기기도 하고 놀랍기도 했어요. 그것까지 계획한 건 아니었는데, 당신이랑 며칠 지내면서 재미있었어요. 당신은 나한테 유용한 바보였어요, 엘리자베스. 이렇게 말해도 되죠?"

엘리자베스는 구급차에 신경을 끊으려고 애쓴다. 사이렌 소리가 한참 멀어졌다. 엘리자베스가 다시 입을 연다. "쇼본은 빈손으로 당신한테 돌아왔어요. 다음 날 당신은 세인트 올번스 대로에 있는 안가로 들어갔죠. 아마 퍼피를 먼저 죽였을 거예요. 맞나요?"

"정확히 맞아요. 유감스런 일이지만 때로는 하기 싫어도 해야 하는 일이 있잖아요. 퍼피가 편지를 봤기 때문에 어쩔 수 없었어요."

"다이아몬드를 숨겨둔 곳을 대라고 더글러스를 협박할 때도 도움이 됐겠어요. 더글러스가 뭐라고 하던가요? 당신 총에 맞기 전에요. 순순히 불지는 않았을 텐데."

"이렇게 말하더라고요. '엘리자베스 옆에 딱 붙어 있어. 엘리자베스가 찾아낼 거야.' 사실인 것 같았어요. 내가 가질 수 있는 최선의 패이기도 했고. 거기까지 듣고 더글러스를 죽였어요."

"당신이 나한테 잘 붙어 있었던 건 인정해줄게요."

"그러게요. 당신이 결국 다이아몬드를 찾아냈으니 고맙게 생각해요. 아까도 말했지만 당신은 유용한 바보라니까요. 곧 당신 삶에서 빠져줄게요. 약속해요."

밴이 멈춰 선다. 수는 권총을 쥔 손을 핸드백에 집어넣는다. 총구는 여전히 엘리자베스를 겨누고 있다. 운전사가 뒷문을 열어준다.

"먼저들 내리시죠."

수가 말한다. 운전사가 엘리자베스와 조이스를 부축해 바닥에 내려서게 해준다. 수는 자기 혼자 힘으로 뒤따라 내린다.

수가 운전사에게 말한다. "오래 안 걸려. 화장실 좀 쓰고 나올게."

오후 5시다. 하늘이 점점 어두워지면서 쿠퍼스 체이스 실버타운에는 집집마다 불이 켜지고 있다. 다들 여느 때처럼 평범한 일상을 살고 있다. 텔레비전 퀴즈 쇼를 보고, 책을 읽고, 손자들과 전화 통화를 하고. 늘장 부리던 새 몇 마리는 보금자리로 날아간다. 엘리자베스는 콜린 클레멘스가 테라스에 내놨던 정원용 의자를 집으로 가지고 들어가는 모습을 바라본다. 워즈워스 코트에 사는 미란다 스콧은 우체통에 편지를 넣고 있다. 미란다는 꾸준히 이런저런 대회에 참석하고 있는데 작년에는 그중 어떤 대회에서 우승해 세탁용 가루 세제 평생 제공권을 받았다. 세제 회사는 우승자가 아흔두 살 할머니인 걸 알고 기뻐서 어쩔 줄 몰랐을 것이다.

이 행복한 마을은 온통 고요하다. 가족 모두 무탈하게 또 하루가 저물었다. 사람들은 커튼을 닫고 난방을 켠다. 뉴스에나 나올 법한 일은 그들에게 일어나지 않았다. 좀 더 주의를 기울여 들어보면 만족스럽게 흥얼거리는 노랫소리를 들을 수 있다.

창밖을 내다봐도 저녁 산책을 나온 두 할머니 말고는 아무것도 볼 수 없다. 저기 조이스와 엘리자베스 맞지? 저 둘은 짝짜꿍이 잘 맞잖아. 몇 걸음 뒤에서 걸어가는 좀 덜 늙은 여자도 보인다. 방향을 보니 조이스네 집으로 가는 모양이다.

수가 말한다. "부두에서 총성 두 발이 울리자마자 나는 전화를 했어요. 마틴 로맥스가 얼마 전에 연결해 준 세 남자한테요. 기록을 남기지 않고 일을 처리해줄 사람들이죠. 완전무장을 하고 일하는 특수부대 출신들이에요. 나는 대기 중이던 그 세 남자에게 쇼본을 데리고 곧장 이 마을로 가라고 지시했어요. 누구든 다이아몬드가 있는 곳을 찾아낼 줄 알았거든요. 갈비뼈가 부러진 당신 친구 아니면 당신 남편 말이에요, 엘리자베스. 그런데 그동안 당신을 관찰해보니 당신 남편은 뭘 알고 있어도 기억을 못 하는 상태겠던데요. 가엾게도 말이에요."

수는 앞서 가던 엘리자베스의 몸이 굳어지는 걸 보며 미소 띤 얼굴로 말을 잇는다.

"더글러스가 얘기한 '완전 범죄'라는 게 생각보다 어렵긴 하네요. 희생자도 내지 말았어야 했는데. 지금까지 몇 명 죽었죠? 다섯 명인가? 조금 전 구급차 소리가 들렸는데 누가 알겠어요? 두 명이 더 죽었을지."

엘리자베스의 휴대폰이 가방 안에서 울려댄다.

수가 경고한다. "받을 생각 말아요."

엘리자베스는 하라는 대로 한다. 하지만 굳이 휴대폰을 확인할 필요도 없다. 개인별 벨소리를 지정해놔서 누구 전화인지 이미 알고 있다.

그들은 조이스의 집 건물의 공동 현관 앞에 선다. 엘리자베스는 조이스의 집 창문을 올려다본다. 창문에 커튼이 닫혀 있다. 오늘 아침에 조이스를 차에 태울 때는 커튼이 닫혀 있지 않았다. 조이스는 비밀번호를 입력해 공동 현관문을 연다. 세 여자는 건물로 들어간다.

바로 앞에 승강기 문이 있다. 엘리자베스가 버튼을 누르자 문이 열린다. 수 리어든이 미소 짓는다.

"승강기 안에서 뭘 할 생각이면 포기해요. 위층에 무장을 한 세 남자가 대기 중이니까."

엘리자베스가 말한다. "우린 포기했어요, 수. 알잖아요? 다이아몬드 챙겨서 떠나기나 해요."

문이 닫히고 승강기가 위로 올라가기 시작한다. 수는 조이스와 엘리자베스 뒤에 서서 그들 등에 총을 겨누고 있다. 2층에서 승강기 문이 열리지만 어두워서 앞이 잘 보이지 않는다.

엘리자베스가 소리친다. "조이스, 엎드려요!"

엘리자베스와 조이스는 보그단이 완벽하게 조준할 수 있도록 곧장 바닥에 엎드린다. 보그단은 정확히 조준해 총을 발사한다. 총알이 수의 어깨를 뚫고 지나간다. 가방과 함께 총을 떨어뜨린 수는 놀라서 눈이 휘둥그레진다.

보그단은 수의 권총을 저 멀리 걷어차고 조이스와 엘리자베스를 부축해 일으켰다.

"어서 오세요. 가스레인지에 찻주전자 올려놨어요."

78장

다이아몬드의 행방

조이스네 집 소파에 앉은 스티븐이 말한다.

"그런 장면은 본 적도 없을 거야. 의자에 앉아 깜박 잠이 들었는데 소리가 들리더라고. 눈을 떴지. 세 놈이 내 머리에 총을 겨누고 있더라고. 내가 말했어. '흥분들 하지 마시고, 무슨 일인지 말해 봐요. 보아하니 엘리자베스를 찾으러 온 것 같은데.' 그 사람들은 전부 검은 옷을 입었고 손에는 총을 들고 있었어. 가운데 남자가 말하더라고. '됐고, 다이아몬드가 어디 있는지나 말해.'"

나지막한 신음 소리에 스티븐은 하던 얘기를 멈춘다. 조이스가 주방 의자에 앉은 수 리어든의 어깨 상처를 돌봐주고 있는 중이다. 조이스는 붕대를 단단히 묶으며 수에게 말한다.

"앓는 소리 좀 그만 내요. 애도 아니고."

스티븐이 하던 얘기를 계속한다.

"그래서 난 순진한 프랑스인 행세를 하기로 했어. '무슨 다이아몬드요?' 그들은 내 대답이 마음에 안 드는 눈치더라고. 그때 이 여자분이⋯⋯." 스티븐은 두 손을 등 뒤로 결박당한 채 주방 의자에 앉아 있는 여자에게 고갯짓을 한다. 쇼본이다. "⋯⋯들어오더라고. 그리고 다정하게 말하는 거야. '말해줘요, 스티븐. 그것만 말해주면 우린 떠날 거예요.' 당신이 어디 갔는지 기억이 나지 않아서 나도 모르게 시간을 끌게 됐어, 엘리자베스. 그래도 당신이 곧 돌아올 걸 알고 있어서 이렇게 말했지. '아, 다이아몬드가 어디 있는지는 모르겠어요. 내 일이 아니라서. 우리 집 대장이 와야 알 텐데. 곧 올 겁니다.' 그랬더니 이 여자분이……, 미안한데 그쪽 이름을 잊어버렸네요."

쇼본이 대답한다. "쇼본이요."

"아름다운 이름이에요. 아무튼 이 여자분이 말했어. '엘리자베스는 금방 오지는 못할 거예요. 우리가 다이아몬드를 입수하지 못하면 아예 집에 못 돌아올 수도 있어요.' 그때 나는 이렇게 생각했어. 이 여자는 엘리자베스를 나만큼 잘 알지는 못하는구나. 엘리자베스에 관해 한 가지 확실한 점을 얘기하자면 언제나 내 곁으로 돌아온다는 거지. 지금까지 한 번도 실망시킨 적이 없어."

"맞아요, 여보." 엘리자베스가 맞장구친다.

"방 안에 긴장감이 감돌기 시작했어. '다이아몬드 어디 있어?' '무슨 다이아몬드요?' 남자들이 집 안을 박살내기 시작했어. 요즘 아주 주기적으로 그런 일이 벌어지네, 여보?"

엘리자베스가 맞장구를 친다. "그래서 요즘은 서랍 안을 굳이 정리할 필요도 없다니까요."

스티븐이 하던 얘기를 이어간다. "어쨌든 그때 자물쇠에 열쇠 꽂는 소리가 들려서 생각을 했지. 엘리자베스가 왔구나. 그런데 문을 여니까 이 친구가 서 있는 거야." 스티븐은 방 한쪽 구석에 있는 남자를 가리킨다. 보그단이다.

보그단이 설명한다. "론이 텔레비전으로 스누커 당구를 보러 집에 가셔서요. 스티븐이 부두에서 벌어진 총격에 대해 듣고 싶어 할 것 같아서 왔죠."

스티븐이 말한다. "자네가 무슨 일인지 파악하기도 전에 집 안에 있던 세 남자가 자네한테 총을 겨눴잖아. 난 일단 이 상황에서 벗어나자고 생각했어."

보그단이 이어서 말한다. "스티븐은 그 남자들이 다이아몬드를 찾고 있다고 했어요. 그래서 내가 말했죠. '사람을 잘 찾아오셨네요. 따라들 오세요. 다이아몬드는 조이스네 집에 있어요. 안내해줄 테니까 나한테 한 알만 줄 수 있어요?' 그랬더니 남자들이 쇼본을 쳐다보더라고요. 쇼본이 알겠다고 대답했죠. 내가 말했어요. '그럼 따라요. 현관문 나서기 전에 총은 다 숨기고요. 동네 노인네들 겁줄 필요 없잖아요.' 남자들은 투덜거렸지만 내 말에 따랐고 우린 집 밖으로 나갔어요."

스티븐이 말한다. "잠시 후에 세상에서 제일 끔찍한 소리가 들리더라고. 20초 정도 지났나? 보그단이 집으로 들어와서는 정리를 해야 하니 도와달라고 했어."

엘리자베스가 말한다. "그래서 구급차를 불렀어요?"

보그단이 대답한다. "예. 세 놈 때문에요." 그리고 쇼본에게 물었어요. 이 일의 배후가 누구냐고. 쇼본은 총을 든 남자들이 바닥에 쓰러진 걸 보더니 사실대로 말하는 게 낫겠다고 판단한 모양이에요. 수와 한패라고 털어놓더라고요. 어떻게 된 건지 파악이 됐죠. 그래서 수에게 문자 메시지를 보내라고, 지금 다이아몬드를 갖고 있다고 적어서 보내라고 했어요. 쇼본이 물었어요. '다이아몬드가 어디 있다고 적어요?' 어떻게 해야 좋을지 모르겠어서 스티븐을 쳐다봤죠."

스티븐이 말한다. "내가 말했어. '사실대로 말해.' 거짓말을 할 이유도 없었으니까. '조이스의 집 전자레인지 안에 있잖아.'"

엘리자베스는 수를 쳐다보며 말한다. "어깨에 총 맞은 자리가 많이 아프면 좋겠네요."

스티븐이 말한다. "그것 때문에 우리가 웃으면서 얘길 했었잖아, 엘리자베스. 조이스가 물을 끓일 때마다 자꾸 잊어버리고 찻주전자에 물을 받아서 다이아몬드를 결국 전자레인지 안으로 옮겨야 했다고."

조이스가 웃으며 말한다. "아, 나를 놀리면서 웃었던 거예요?"

스티븐이 말한다. "구급차가 왔는데 이런저런 질문을 잔뜩 하더라고. 그럴 만도 했지."

보그단이 설명한다. "구급대원들한테는 크리스 허드슨 경감님이랑 얘기하라고 했습니다. 경감님이 저한테 갚을 게 있어요."

엘리자베스가 묻는다. "아, 그런가요?"

스티븐이 말한다. "그리고 우린 조이스의 집으로 건너가서 당신을 기다렸어."

보그단이 설명한다. "커튼 틈새로 두 분이 오시는 걸 봤어요. 제가 여기 있다는 걸 알리려고 전화를 드렸죠. 그리고 승강기 문이 열리자마자 수를 쐈어요."

스티븐이 정리한다. "지금까지 이렇게 된 거야."

엘리자베스는 조이스의 전자레인지 앞으로 걸어가 그 안에 들어 있던 초록색 펠트 주머니를 꺼낸다. 평소 스크래블(철자가 적힌 플라스틱 조각들로 글자 만들기를 하는 보드게임) 조각을 넣어두던 주머니인데 지금은 다이아몬드가 잔뜩 들었다. 엘리자베스는 수 리어든 앞에 놓인 주방 식탁 위에 다이아몬드를 쏟아 놓는다.

"자, 봐요, 수. 이것 때문에 이 사단이 일어난 거니까. 퍼피, 더글러스, 앤드류 헤이스팅스, 마틴 로맥스, 프랭크 안드라데 주니어까지 이것 때문에 다 죽었어요. 당신이 이 다이아몬드에 접근할 수 있는 건 여기까지예요."

소파에 앉은 조이스가 말한다. "공정하게 말하면 마틴 로맥스와 프랭크 안드라데 주니어는 수 때문에 죽은 게 아니라 엘리자베스 당신 때문에 죽은 거잖아요."

엘리자베스는 인정한다는 뜻으로 고개를 끄덕인다. 그리고 쇼본을 돌아보며 묻는다.

"어쩌다 이 일에 엮이게 됐어요, 쇼본? 대체 어떻게 된 거예요?"

"내가 원래 쉽게 엮여요. 전에도 늘 그랬어요. 내 진짜 이름은 쇼본이 아니라 샐리예요. 샐리 몬태규. 아는 이름일걸요?"

더글러스의 세 여자가 이렇게 한자리에 모였다.

수 리어든이 또다시 끙끙대며 소리 지른다. "제발, 나 병원에 가야 돼요."

엘리자베스가 말한다. "보그단이 구급차를 다 보내버려서 어쩔 수가 없네요."

조이스가 부연 설명을 한다. "몇 시간은 더 기다려야 될 거예요. 죽지 않게 내가 잘 돌봐줄게요. 당신을 죽게 두는 것보다 감옥에 갇힌 모습을 보는 게 훨씬 재미있을 것 같아서 말이죠. 진통제 필요해요?"

"예, 제발요." 수는 통증으로 얼굴이 일그러진다.

"어쩌죠. 집에 진통제가 다 떨어졌네요."

79장

한밤의 고백

패트리스는 시계를 쳐다보다가 한숨을 푹 쉬며 잔에 와인을 더 따른다. 밤 9시 반이라 바깥은 이미 어두워졌다. 패트리스는 제인 오스틴 숙제 채점을 절반밖에 못 했다. 크리스 생각이 난다. 요즘 크리스 생각을 점점 더 많이 하고 있다. 전에도 사랑에 빠져본 적이 있어서 이 느낌이 뭔지 안다. 어쩌면 와인과 제인 오스틴 때문일지도 모르겠다.

패트리스는 도나가 하는 일이 늘 걱정스러웠다. 지금은 크리스 걱정까지 더해서 하고 있다. 이런 걱정을 극복할 수 있을까? 그래도 둘이 같이 페어헤이븐에서 일하고 있으니 그나마 마음이 놓인다. 페어헤이븐은 런던보다는 확실히 안전한 곳 같다. 페어헤이븐에서 말썽이 나 봤자지.

페어헤이븐에도 학교가 있을까? 당연히 있지, 패트리스. 멍청하기는. 학교는 어디에나 있잖아. 그런데 그런 생각은 왜 했어? 그리로 이사 갈 것도 아닌데.

페어헤이븐에서 학기 중 방학을 보내는 동안 패트리스는 안전하고 행복한 느낌을 받았다. 크리스와 함께 지내면서 안전하고 행복한 기분을 느꼈고 도나도 가까이에 사니 좋았다. 지금 이 집에 혼자 앉아 있자니 크리스, 도나와 너무나 멀어진 기분이다. 그래도 주말이 있잖아? 주말에는 그 두 사람을 만나러 페어헤이븐으로 가야지.

크리스에게 전화를 해볼까 말까 고민한다. 그를 얼마나 생각하고 있는지 전화에 대고 말할까? 아니면 그냥 내일 통화할까? 술에 덜 취했을 때 통화하는 게 좋겠지? 그래. 인생을 살면서 쉽게 되돌릴 수 없는 순간들이 있다. 그런 순간은 신중하게 맞아들여야 한다. 안 그랬다가는 괜히 망신이나 당하고 만다.

패트리스의 얼굴에 미소가 퍼져나간다. 크리스 앞에서 망신당할 일이 있을까? 그에게 전화를 걸어야겠다. 과제물 세 개만 더 채점하고 상 받는 기분으로 크리스에게 전화를 걸자. 술기운에 혀가 좀 꼬이지만 그 남자 앞에서는 어떤 말이든 할 수 있는데 혀가 좀 꼬이면 어때. 전화해서 제인 오스틴 얘기를 하고 대화가 어떤 방향으로 흘러가는지 볼까? 그의 목소리를 들으면 정말 좋겠다. 월요일에 텔레비전에서 다트 방송을 하나? 그렇다면 크리스는 지금쯤 다트 방송을 보고 있을 것 같다.

집 밖 거리에서 시끌벅적한 소리가 들려온다. 젊은 여자들이 지나가는 모양이다.

패트리스는 다음 과제물을 집어 든다. 벤 애덤스가 제출한 과제물이다. 아무래도 벤은 『이성과 감성』을 한 글자도 안 읽은 것 같다. 제인 오스틴의 이 작품을 책 대신 영화로 본 티가 난다. 엘리너 대시우드를 '엠마 톰슨'이라고 잘못 쓴 부분만 봐도 그렇다. 시도는 좋았다, 꼬마야. 아, 채점 시간이 점점 길어진다.

패트리스는 채점하는 일이 지겹고 짜증 난다는 말을 이미 수차례 내뱉었다.

다음으로 채점할 과제물을 집어드는데 현관문 두드리는 소리가 들린다. 시계를 힐끗 돌아본다. 밤늦은 시간이다.

대답하지 말고 무시해야 한다는 걸 알고 있다. 하지만 이웃 사람이 필요한 게 있어서 찾아왔을지도 모른다는 생각도 든다. 무엇보다 잠시라도 채점을 쉴 수 있으면 뭐든 하고 싶은 심정이다.

손에 와인 잔을 든 채로 현관 복도로 걸어간다. 도나는 현관문에 보조 잠금장치를 달고 문에도 엿보기 구멍을 설치하라고 백번도 넘게 말했다. "낯선 사람이 노크하면 대답도 하지 말아요, 엄마." 도나는 패트리스의 나이가 몇이라고 생각하는 걸까? 좀 더 나이가 들면 문에 엿보기 구멍도 내고 보조 잠금장치도 설치할 거다. 패트리스는 아직 쉰 살도 안 됐다. 내 집에서 두려움에 떨며 살고 싶진 않다. 도나가 신경 써주는 건 고맙지만 혼자 알아서 챙기며 살 수 있다. 이따가 도나한테도 전화를 해야겠다. 도나가 좀 우울해 보이긴 했다. 크리스에게 전화하고 나서 도나한테도 전화해야지. 아니면 도나한테 먼저 전화할까?

패트리스는 현관 앞 탁자에 와인 잔을 내려놓고 머리 모양이 괜찮은지 빠르게 점검한다. 괜찮은 것 같아 고개를 끄덕인다. 누가 찾아왔든 언제나 최상의 모습을 보여야 한다.

문밖에서 또다시 노크 소리가 들린다. 좀 집요한 것 같다. 그래, 알았어. 알았다고. 패트리스는 현관문의 걸쇠를 올리고 문을 당겨 연다.

그녀의 입이 딱 벌어진다. 채점도 잊고, 와인도 잊고, 머리 모양이 어떤지도 잊어버린다.

이웃사람이 아니다. 어떻게 된 일인지 생각을 해보려는데 크리스가 말한다. 꽃을 들고 문 앞에 선 그의 뺨에 눈물이 흐르고 있다.

"알아요. 늦은 시간인 거. 아는데 더는 참을 수가 없었어요. 당신한테 이 말을 하지 않으면 견딜 수가 없어서. 사랑합니다. 바보같이 들렸다면 미안해요."

패트리스는 어떤 말을 할지 생각하려 애쓴다. 기분이 너무 좋아서 일단 머리 상태부터 쭉 살펴본다. 이럴 때 제인 오스틴 같으면 무슨 말을 할까?

"들어가도 돼요?" 크리스가 묻는다.

"그럼요. 당연하죠."

패트리스는 현관 앞 복도 탁자에 놓아두었던 와인 잔을 집어 들고 손을 뻗어 크리스를 집 안으로 들인다.

그것으로 됐다.

80장

영리한 전략

"안 그래도 이 집에 와서 분위기 좀 바꿔 주려고 했어요. 진공청소기도 한번 돌려주고 광택제도 뿌려서 닦아주고요. 당신이 아끼는 잡동사니에는 가까이 안 갈게요."

"고마워요, 조이스." 이브라힘은 차를 한 모금 마시며 말한다. "어제 재미있었다는데 그 자리에 못 가서 아쉽네요."

"자세히 들려줄 테니 걱정 말아요."

"론은 못 보고 놓쳐서 속이 많이 상한가 봐요. 쇼본이 그 자리에 있었는데 못 갔다면서."

"론은 당분간 연애를 안 해도 몸에 크게 해롭지 않을 거예요." 조이스는 사이드보드의 먼지를 털며 묻는다. "오늘은 몸 상태가 좀 어때요? 기분은요?"

안락의자 등받이에 몸을 기댄 이브라힘은 살짝 웃으며 어깨를 으쓱한다.

조이스는 고개를 끄덕이며 먼지를 마저 턴다. "오늘 나 좀 도와줘요."

"미안해요, 조이스. 못 해요. 오늘은 안 돼요."

"내가 뭘 부탁할지도 모르면서."

이브라힘이 소리 내어 웃는다. "당연히 알죠. 오늘은 우리가 수 주일

만에 맞이하는 평화로운 날이잖습니까, 조이스. 나더러 차를 운전해서 동물 구조 센터까지 태워다 달라는 얘길 하려는 거잖아요? 거기서 개를 데려오려고 말이죠."

"그래요, 맞아요. 내가 원하는 게 그거예요. 그러니까 차 다 마시고 같이 출발할까요? 재미있게 드라이브 삼아서?"

"미안하지만 안 되겠어요."

"내가 거절을 순순히 받아들이는 사람인 줄 아나 봐요? 나랑 안 지 꽤 오래됐잖아요?"

앞으로 몸을 기울인 이브라힘은 낮은 탁자에 찻잔을 내려놓는다.

"조이스, 나 좀 봐요."

조이스는 먼지떨이를 내려놓고 이브라힘을 바라본다.

"애쓰는 거 알아요. 고맙게 생각해요. 내가 겁이 나서 집 밖에 안 나가고 싶어 하는 거 당신도 알잖아요. 사실 실버타운 밖으로 나가고 싶지가 않아요. 그러는 게 건강에 안 좋으니까 당신은 나를 돌봐주고 싶을 거예요. 하지만 당신은 워낙 영리한 사람이라 대놓고 나더러 정신 바짝 차리고 살라는 말은 안 하겠죠. 내 정신이 지금 산산조각이 났다는 것도 잘 아니까. 그래서 당신은 다른 전략을 쓰기로 했어요. 좀 더 영리한 전략이죠. '이브라힘, 나 좀 도와줘요' '이브라힘, 당신이 필요해요'라고 하는 게 당신 전략이잖아요. 하지만 조이스, 오늘 꼭 동물 구조 센터에 안 가도 되잖아요. 앨런은 아무데도 안 갈 거예요. 내가 앨런 사진을 봤는데 이 세상에서 그 개를 집에 데려가고 싶어 하는 사람은 당신밖에 없을 거예요. 그리고 굳이 동물 구조 센터에 가야 되는 거면 내가 운전 안 해줘도 괜찮잖아요. 택시를 타든지 다른 사람한테 차로 데려다 달라고 하면 될 겁니다. 고든 플레이페어가 갖고 있는 랜드로버야

말로 개를 데려오기에 좋은 차예요. 난 이 마을 밖으로는 안 나갈 생각이에요. 그렇게 정하고 나니까 마음이 편안해졌어요."

조이스는 고개를 끄덕인다. 이브라힘이 계속해서 말한다.

"당신은 사람들 마음을 잘 간파해요, 조이스. 내가 못 알아챘을 거라고는 생각하지 말아요. 당신은 다정한 말로 상대를 설득해 원하는 방향으로 끌고 가는 재주가 있어요. 그래도 이건 이해해줘요. 뒤에 있는 저 서류철에는 내가 미처 돕지 못한 사람들, 내가 도울 수 있는 범위를 넘어선 사람들, 아무리 애써도 고칠 수 없던 문제들에 대한 기록이 담겨 있어요. 당신은 뭐든 고치는 걸 좋아하죠, 조이스. 뭐든 망가진 꼴을 못 보는 사람이에요. 그래서 지금도 이 집에 들어와 미소를 지으면서 나를 돌봐주려 하는 거고요. 나에 대한 애정이 진심인 거 알아요. 당신은 나더러 동물 구조 센터까지 차로 데려다 달라고 부탁도 했어요. 내가 어떻게 거절할 수 있겠어요? 나는 어느새 운전석에 앉아 차를 몰고 실버타운을 나가겠죠. 그리고 유기견들한테 둘러싸일 거예요. 내가 개를 좋아하지는 않지만, 오히려 싫어하는 편이지만, 버려져서 혼자가 된 동물들에게 아마 연대감을 느낄 겁니다. 길 잃고 외롭고 조이스의 손길을 기다리는 존재라는 점에서 마찬가지일 테니까요. 당신은 똑똑하고 착한 사람이라 그렇게 멋진 계획을 세웠어요. 하지만 나를 좀 이해해주면 좋겠어요. 내가 방금 말한 것 같은 상황은 절대 일어나지 않을 거예요. 일단 나는 너무 무서워서 여길 나갈 수가 없어요. 현명한 사람이 패배를 인정할 때가 있죠. 당신도 내가 현명하다는 건 인정할 겁니다. 자격증도 수두룩하게 갖고 있으니까. 배려해주는 건 진심으로 고맙게 생각해요. 하지만 다시 한번 말하는데요, 조이스. 이건 당신이 고칠 수 있는 문제가 아닙니다."

이브라힘은 의자 등받이에 등을 기댄다.

"알겠어요." 조이스는 고개를 끄덕이며 먼지떨이를 어깨에 걸친다. "그런데 이런 말을 해도 될지 모르겠지만……."

45분 뒤 동물 구조 센터의 위치를 알리는 첫 번째 도로 표지판이 조이스의 눈에 들어온다. 이브라힘은 그쪽 진출로로 차를 몰고 나간다.

조이스가 말한다. "이런 들판에서 말을 보고 싶어요. 여기서라면 말들도 행복할 것 같아요. 행복이 삶의 전부 아닐까요?"

이브라힘은 고개를 젓는다. "내 생각은 다릅니다. 삶의 비밀은 죽음이죠. 삶의 모든 요소는 죽음으로 통합니다."

"요즘 같아선 그렇게 볼 수도 있겠네요. 그래도 모든 게 다 죽음으로 통하는 건 아니지 않나요? 너무 과한데?"

"본질적으로 우리는 죽음이 있기에 비로소 의미를 갖습니다. 죽음은 우리 삶의 이야기에 의미를 부여하죠. 우리의 여정은 결국 죽음으로 향하는 길입니다. 죽음을 두려워하기 때문에, 죽음을 부정하고 싶어서 어떤 행동을 하는 것이고요. 우리는 일 년에 한 번씩 꼬박꼬박 죽음의 지점을 지나갑니다. 들판의 말도 그렇고 우리도 젊어질 수는 없으니까요. 결국 모든 것은 죽음으로 통하죠."

"그건 너무 삶의 한쪽 면만 보는 시각인 것 같아요."

"그 면밖에 없어요. 동물 구조 센터에 화장실이 있을까요?"

"있을 거예요. 없으면 직원용 화장실을 써도 될걸요."

"아, 나는 직원용 화장실은 못 쓰겠더라고요. 정당하게 들어가는 기분이 아니어서." 이브라힘이 말한다.

"삶의 모든 요소가 죽음이라면, 삶의 어떤 요소도 죽음이 아니지 않을까요?" 조이스는 조수석 쪽 거울을 들여다보며 입술에 립스틱을 바른다.

"어째서요?"

"그냥, 세상 모든 게 파랑이라고 가정하면요. 당신도 나도 앨런도 모든 게 다 파랑다고 가정해볼게요."

"예."

"모든 게 다 파랑이면 우린 '파랑'이라는 단어조차 필요 없게 되잖아요."

"그렇기는 하죠."

"파랑을 표현하는 단어가 없으면 아무것도 파란 게 아닌 거예요. 안 그래요?"

"죽음은 누구든 피할 수 없으니까……." 왼편에 동물 구조 센터 입구가 보이자 이브라힘은 하던 얘기를 멈춘다. "다 왔네요!"

이브라힘은 다행이라고 생각한다. 조이스가 일리 있는 주장을 펼쳤기 때문이다.

어쩌면 삶은 온통 죽음이 아닐 수도 있다. 대단한 발견이다.

81장

내가 기다려온 사람

보그단은 체스판을 가만히 들여다보지만 이해가 되지 않는다. 치명적인 실수를 저질렀다. 하지만 그는 원래 치명적인 실수 따위는 저지르지 않는 사람이다.

스티븐이 입술을 오므린다. 상대의 실수를 포착한 그가 보그단을 바라본다.

"이런, 어쩌다가. 자네답지가 않아."

스티븐은 보그단의 실수를 기회 삼아 비숍을 옮긴다. 보그단의 패색이 짙다. 보그단은 다시 체스판을 내려다본다. 말들이 제대로 움직이지 않고 춤추듯 날뛰기 시작한다. 환영을 떨치려 눈을 감았다 떠본다. 모든 걸 제자리로 돌려놔야 한다. 질서정연하게.

스티븐이 묻는다. "고민 있나?"

"아뇨." 평소 같으면 사실이겠지만 오늘은 아니다.

"자네가 그렇게 말하면 난 누구한테 물어봐야 하지? 자네 또 누굴 죽였나?"

보그단은 체스판을 내려다볼 뿐이다. 말들을 살펴보지만 빠져나갈 길이 보이지 않는다. 이번 판은 스티븐이 이길 것 같다.

"엘리자베스를 사랑하시죠?"

"사랑이라는 말로는 모자라지만 맞아. 사랑해. 지금 엘리자베스는 어디 있어? 말 안 하고 나갔거든."

"앤트워프에요."

"그 사람답네. 하고 싶은 얘기해."

"엘리자베스를 사랑하는 걸 언제 아셨어요? 오랜 세월에 걸쳐 깨달으신 겁니까?"

"깨닫는데 20초 정도 걸렸지. 보자마자 알았어. 아, 내가 기다려온 사람이 바로 이 사람이구나."

보그단은 고개를 끄덕인다.

"마음이 확 끌리는 사람이 생겼나? 그런 거야? 원한다면 이번 판은 이쯤에서 포기해. 어차피 되돌릴 방법은 없어."

보그단은 체스판을 들여다본다. 되돌릴 방법은 정말 없는 걸까? 아직 포기할 수는 없다.

"누가 저를 좋아하는지 어떻게 알 수 있을까요?"

"다들 자네를 좋아해, 보그단. 하지만 지금 자네는 연애 상대를 의미한 거겠지?"

보그단은 고개를 끄덕이며 다시 체스판을 내려다본다. 빠져나갈 길을 필사적으로 찾아보고 있다.

"남자야, 여자야? 아직 그것도 안 물어봤네."

"여자요."

"엘리자베스랑 20파운드 내기를 했는데 내가 졌구만. 직접 물어보는게 제일 좋은 방법이야. 술 한잔하자고 물어보지 그래? 여자가 좋다고 하면 그게 답인 거지."

"싫다고 하면요?"

"그럼 아닌 거니까 마음을 정리해야지 별수 있나. 털고 일어나 다른 사람을 찾아봐야지."

보그단은 어린 시절 뛰어내린 다리의 난간을 떠올린다. 바위와 강물. 어머니가 떠준 노란 스웨터. 체스판을 내려다보던 그는 고개를 흔든다. 말들이 있어야 할 자리에 없을 때도 있는 거다. 마음을 제어할 수 없을 때도 있다. 그래도 괜찮은 거 아닌가? 그녀에게 술 한잔 같이 하자고 물어보자. 싫다고 하면 그녀는 아닌 거다.

보그단은 스티븐에게 손을 내민다.

"이번 판은 포기합니다."

"좋아. 어떤 여자인데?"

"이름은 도나예요. 순경이고요."

"곧장 그 여자한테 가서 술 한잔하자고 말해."

현관문이 열리는 소리가 보그단의 귀에 들려온다. 엘리자베스가 돌아왔다. 그녀는 서류가 잔뜩 들어 있는 가방을 들고 거실로 들어온다.

스티븐이 말한다.

"어서와, 여보. 어디 갔었어?"

"앤트워프예요." 엘리자베스는 남편의 정수리에 입을 맞춘다.

"당신답네."

"둘이 재미있었어요?"

"이 친구가 나더러 언제 당신을 사랑하게 됐느냐고 묻더라고."

"아, 그렇군요. 그게 언제였어요?"

"'그건 확실하지 않아'라고 말해줬지. 당신이 알아서 믿고 판단할 일이니까."

"어쩌다 사랑 얘기를 하게 됐어요?"

"여보, 보그단이랑 나도 비밀 좀 가지면 안 될까?"

"알았어요."

보그단은 엘리자베스의 가방에서 삐져나온 서류를 보며 묻는다. "앤트워프에 가신 일은 어떻게 됐어요? 잘 처리됐어요?"

"다 잘되었어요."

82장

우리만의 비밀

다음 주에는 앨런을 데려올 수 있다!

그 전에 동물 구조 센터 측에서 내가 개를 키우기에 적합한 사람인지 확인하러 우리 집에 올 거다. 난 적합한 사람이라고 확신하지만 남에게 확인받는 것도 괜찮을 것 같다.

동물 구조 센터 사람들이 지난주에 오지 않아서 다행이었다. 지난주에 우리 집 주방 바닥에는 수의 피가 온통 묻어 있었고 주방 식탁 위에는 수천만 파운드어치의 다이아몬드가 널려 있었다. 보그단은 우리 집 손님방 이불 밑에 총 세 자루를 넣어두었다. '적합한 사람'의 기준이 뭔지 모르지만 한두 항목쯤은 총 때문에 그 기준을 통과를 못 하지 싶다.

어쨌든 개 이름은 러스티가 아니라 원래대로 앨런으로 부르기로 했다. 센터 사람들이 우리더러 앨런을 데리고 센터 안에서 산책을 시켜보라고 했다. 이브라힘도 개 이름을 바꿔 부르지 말라고 엄중히 타일렀다. 직접 만나 보니 앨런이라는 이름이 꽤 잘 어울렸다.

우리는 빠르게 친해졌다. 이브라힘은 앨런에게 '앉아'를 가르치려 했지만 앨런은 귓등으로도 듣지 않고 제 꼬리만 쫓아다니기 바빴다. 그것만 봐도 내 마음에 쏙 드는 개임이 분명했다.

그곳에 있는 동안 앨런 사진을 찍어서 엘리자베스와 론에게 보내주었다. 그들은 앨런 사진을 보더니 말썽쟁이처럼 생겼다고 말했다. 그 정도면 칭찬인 거다.

그 사진을 @GreatJoy69 인스타그램 프로필에 올렸다. 이제 다른 사람들도 앨런을 보고 판단할 수 있을 거다. 여담이지만 조애나가 내 인스타그램 쪽지함 관련 문제를 해결해주었다. 내 계정에 들어가 필요한 걸 찾아준 것이다. 조애나는 앞으로 쪽지함에 남자 성기 사진을 끝도 없이 받아 놓고 싶지 않으면 이상한 상상을 자극하는 내 계정 이름부터 바꾸라고 조언했다.

하지만 바꿀 생각 없다.

난 주변에 무슨 일이든 일어나길 바랐다. 앞에서 내가 했던 얘기 기억하는지? 이번 사건은 두루 재미있었다.

퍼피의 일만 빼고.

어제 우리는 퍼피의 진짜 엄마를 만났다. 그 사람이 바로 진짜 쇼본이었다. 우리에게 퍼피의 진짜 엄마에 대해 숨긴 것도 수의 계획 중 일부였을 것이다. 엘리자베스와 나는 쇼본과 한자리에 앉아 퍼피 얘기를 나눴다. 쇼본도 울고 나도 울었다. 쇼본은 이미 신원 확인을 거친 퍼피의 시신을 또다시 확인해야 했다. 퍼피의 다리 뒤쪽 상처는 어렸을 때 자동차 사고를 당해 생긴 거라고 했다. 쇼본은 퍼피 사진을 많이 갖고 있어서 우리는 사진을 함께 들여다봤다.

엘리자베스는 쇼본에게 호브시의 안가에서 가져온 시집을 건넸다. 퍼피가 쓰던 방의 침대 옆 탁자 위에 있던 시집이었다. 필립 라킨의 '아룬델 무덤'이라는 시에 책갈피가 끼워져 있었다.

아룬델 성은 브라이턴시에서 그리 멀지 않은 곳에 있다. 전에 제리와 함께 골동품을 사러 아룬델 성에 간 적이 있다. 그때는 스타벅스가 들어오기 전이었다. 우리는 근처의 멋진 찻집에서 차를 마셨다.

다음 주에는 퍼피의 장례식이 있다. 우리 모두 참석할 예정이다. 론은 진짜 쇼본을 위해 꽃을 준비할 것이다. 대단한 낙천주의자 아닌가. 이브라힘이 우리를 차에 태우고 장례식장까지 데려다주기로 했다.

엘리자베스는 더글러스가 수에게 다이아몬드를 찾고 싶으면 엘리자베스 옆에 딱 붙어 있으라는 말을 한 것 때문에 기분 나빠했다. 그런 말을 한 게 대수는 아니지만 배신감이 느껴진다고 했다. 나는 웃으면서, 사건이 잘 해결됐지 않느냐고 물었다. 내가 보기에 더글러스가 수에게 엘리자베스 옆에 딱 붙어 있으라고 한 이유는 결국 엘리자베스가 수가 범인임을 알아낼 것이기 때문이었다. 그 얘기를 들은 엘리자베스는 기분이 좀 풀리는 모양이었다.

이제 약간은 평안하고 조용한 생활을 즐겨도 되겠지. 잠시라도 말이다. 조애나가 주말에 놀러 오기로 했는데, 축구 클럽 회장도 데려온다고 했다. 나는 직접 점심을 만들어 내놓을 생각이다. 축구에 대해 잘 아는 론도 그 자리에 초대했다.

론에게 축구 클럽 회장들은 주로 뭘 먹냐고 물어보니 햄, 계란, 감자 칩이란다. 론의 속셈을 간파한 터라 나는 그날 구이 요리를 내놓을 생각이다.

그들에게 여기서 일어난 일에 대해 들려줘야지. 물론 다이아몬드의 행방에 대해서는 말하지 않을 거다. 그건 엘리자베스와 이브라힘, 론, 나의 비밀이니까. 우리는 그렇게 우리만의 비밀을 간직하기로 했다. 누구나 비밀은 필요한 법이니까. 안 그런가?

비밀 얘기가 나왔으니 말인데 나는 비밀이 하나 더 있다. 여러분도 다른 사람한테 말하지 말기 바란다. 나는 엘리자베스한테도 말하지 않왔다. 지난주 수요일에 페어헤이븐에 갔을 때 부두 근처에서 자그마한 문신 가게를 봤다. 부두에서 사람들이 서로에게 총을 쏴대던 장소 근처였다. 나는 그 가게에 예약을 해두었다. 평일인 수요일인데 굳이 예약이 필요했는지는 모르겠지만.

작업을 해주는 여자가 몇 시간이나 들여 문신을 새겨주었다. 아직도 문신한 자리가 좀 아프기는 한데 고생한 보람이 있었다. 나는 원래 팔이 드러나는 민소매 원피스를 안 입으니 남들이 이 문신을 볼 일은 없을 거다. 물론 내게 운도 따라줘야겠지만 말이다. 왼팔 위쪽에 예쁘게 새겨 넣은 것은 바로,

자그마한 양귀비 문신이다.

83장

소심한 보상

랜스 제임스는 조이스가 보내준 전단지를 잘 보관해두었다. 비용이 너무 비쌌지만, 남자로서 꿈은 꿔볼 수 있는 거니까. 그렇지 않나? 기쁜 마음으로 전단지를 갖고 있던 그는 다이아몬드를 처분한 돈을 받자마자 곧장 예약을 잡았다.

방 안을 둘러본다. 그의 아파트보다 훨씬 크다. 오크나무 패널, 진짜 카펫이 깔린 바닥, 더블린만이 내다보이는 거대한 전망창 두 개.

부두 끄트머리에서 벌어진 일은 혼란스럽기 그지없었다. 그는 꽤 오랜 시간을 들여 보고서를 써야 했다. 누가 누구를 왜 쐈는지 상세히 적어야 했다. 다만 몇 가지 사항은 일부러 빼고 두어 가지는 지어내서 집어넣었다. 카메라에 찍힌 영상도 없어졌으니 위에서는 랜스와 보그단, 코니의 증언에 의존할 수밖에 없었다. 랜스와 보그단은 같이 맥주를 마시면서 미리 말을 맞춰두었다. 그렇게 작성된 보고서는 진실을 적절히 담고 있었다. 혼자 알아서 썼으면 잘못 썼을 수도 있었다.

랜스가 빼놓은 주된 사항은 바로 다이아몬드 두 알에 관한 내용이었다. 책상 위에 놓여 있던 다이아몬드. 분수 안의 동전들처럼 영롱하게 빛나는 그 다이아몬드 두 알을 랜스는 주머니에 슬쩍 집어넣었다. 달리 어떻게 할 수 있었을까? 그가 슬쩍하지 않았다면 그것들은 어떻게 되었을까?

그는 처음이자 마지막으로 불법적인 일을 했다. 물론 아주 처음은 아니다. 엄밀히 따지면 그는 예전에 루스와 휴가를 보내면서 보험도 안 든 상태로 렌터카를 운전했었다. 그 정도가 다였다.

평생 살면서 큼직한 범죄를 한번 저질러야 한다면 마피아한테서 다이아몬드를 훔치는 정도는 해줘야 하지 않나 싶다. 부두 총격 사건 이후 위에서는 그에게 며칠 쉬고 오라며 휴가를 줬다. 쉬라고? 그의 소유도 아닌 좁아터진 아파트에서? 주방 벽이 반쯤 무너져 있는데? 주방 벽을 고쳐주기로 했던 건축업자는 작업을 마무리하러 다시 돌아오지 않았다. 놀랍지도 않다.

그래서 랜스는 페리호를 타고 제브뤼헤(벨기에 서북부의 항구 도시)로 갔다가 거기서 기차를 타고 앤트워프로 넘어갔다. 그리고 택시를 타고 보석 거리로 향했다. 전에 그에게 신세를 진 적 있는 무기 거래상이 이런 거래를 할 수 있는 보석 가게 주소를 알려주었다.

랜스가 알기로 마피아의 다이아몬드 총액은 2,000만 파운드 정도였다. 그러니 그가 주머니에 슬쩍 집어넣은 다이아몬드 두 알은 가격이 얼마나 될까? 100만 파운드? 200만이나 300만 파운드까지 생각해도 될까? 그는 보석 가게로 가는 길에 줄곧 라이트무브 부동산 앱을 들여다보았다.

이번 사건 조사를 시작할 무렵 수 리어든은 랜스에게 엘리자베스 베스트에 대한 얘기를 해주었다. 엘리자베스는 대단한 명성과 용기, 교묘한 솜씨를 가진 전설적인 요원이었다. 그런 만큼 이번 사건이 끝날 때쯤 랜스는 엘리자베스도 나이가 들어 한물갔다고 느꼈다. 수도 마찬가지로 예상했을 것이다. 그러니 엘리자베스를 쉽게 속여 넘길 수 있는 대상으로 여겼겠지.

하지만 이제 수는 엘리자베스를 잘못 판단한 걸 두고두고 후회하게 생겼다.

부동산 앱으로 값비싼 집들을 구경하며 기차로 이동하는 동안 랜스도 엘리자베스가 우습게 볼 사람이 아님을 미리 깨달았어야만 했다.

보석상은 랜스가 내민 다이아몬드 두 알을 확인하고는 고개를 끄덕이며 미소 지었다.

"품질이 좋네요. 아주 좋아요."

어디서 났냐고 물어서 랜스는 친척이 죽으면서 남겨줬다고 둘러댔다.

"서류 있습니까?"

"없는데요."

보석상은 어깨를 으쓱한다. 별문제 아니라는 듯. 그리고 쓰고 있던 안경을 내려놓으며 말했다.

"품질이 좋네요. 3만 파운드 쳐드리죠."

랜스가 크게 실망한 표정을 지었는지 보석상은 얼른 가격을 고쳐 말한다.

"알겠습니다. 3만 5,000파운드까지 해드릴게요."

그래, 이렇게 될 줄 알았어야 했다. 엘리자베스가 100만이나 200만 파운드 정도의 다이아몬드를 코니 존슨에게 내줬을 리 없지. 혼란스런 와중에 누가 그 다이아몬드를 차지하게 될지도 모르는데. 엘리자베스는 코니에게 제일 작은 알 두 개를 내주었다. 전체 2,000만 파운드어치의 다이아몬드 중에 3만 파운드 정도 되는 작은 다이아몬드를 미끼로 쓴 것이다. 랜스는 웃음이 터져 나왔다. 생각해보면 그는 100만 파운드를 쓸 수도 없는 입장이다. MI5는 이례적인 소비나 사치를 하는 요원을 찾아내기 위해 매년 감사를 실시한다. 러시아나 사우디 쪽에 매수되지 않았는지, 아니면 마피아한테서 다이아몬드 몇 개를 훔친 것은 아닌지 확인하기 위해서다. 그러니 애초에 300만 파운드를 쓰는 건 불가능했다.

하지만 액수가 3만 5,000파운드라면? 크게 문제될 게 없다. 랜스는 그중 일부를 써서 루스에게 세를 바치던 아파트를 사버렸다. 루스는 어디서 그런 돈이 났냐고 묻지 않았다. 루스에게 2만 5,000파운드는 껌값이니까.

나머지 1만 파운드는? 그가 지금 오크나무로 벽을 장식하고 아름다운 전망창이 있는 더블린시의 이 커다란 방에 와 있는 이유가 바로 그 돈을 쓰기 위해서다. 커피 테이블 위에 읽지도 않는 잡지들이 쌓여 있다. 그는 그 앞에서 호명을 기다리고 있다.

2,000만 파운드 중 그가 차지한 3만 5,000파운드를 뺀 나머지 돈은 어떻게 됐을까. 엘리자베스는 그 돈을 어떻게 처리했을까? 본인이 차지했을까? 수가 결국 엘리자베스를 매수했을까? 그럴 가능성은 별로 없을 것이다. 언젠가 기회가 되면 엘리자베스에게 물어보고 싶다. 다시 엘리자베스를 만나고 싶다.

랜스는 「선데이 텔레그래프」지를 집어 든다. 표지에 익숙한 풍경이 담겨 있다. '숨겨진 보물 ─ 여기가 영국에서 제일 아름다운 정원일까?'라는 제목이 보인다. 숨겨진 보물이라. 마틴 로맥스의 대저택을 사들인 새 주인이 그 집 곳곳에서 무엇을 파내게 될지 궁금해진다.

페이지를 휘릭휘릭 넘겨 관련 기사를 읽어보려는데 구석 자리의 안내 데스크 뒤에 앉아 있던 잘 차려입은 남자가 그를 부른다.

"모리스 박사님이 들어오시랍니다."

의자에서 일어선 랜스는 손가락으로 굳이 머리카락을 쓸어 넘긴다.
모발 이식을 받기 전 지금의 머리 상태를 기억하고 싶어서다.

"예, 고맙습니다."

84장

치매와 함께 살기

실비아 핀치는 스웨이드 구두를 벗어 놓는다. 물웅덩이를 밟았더니 시커멓게 젖었다. 빈 책상 앞으로 가 의자를 당겨 앉는다.

실비아는 일주일에 이틀 여기 와서 일을 한다. 은퇴 후 10년째 그렇게 하고 있다.

지난주에는 자식과 손자들이 놀러 와서 일주일 휴가를 내고 쉬었다. 이곳에 실비아의 전용 책상은 없다. 아무데나 빈자리에 가서 앉으면 된다. 여기는 공간도 협소하고 돈도 넉넉하지 않은 곳이다. 그래도 힘을 보탤 수 있어 실비아는 기쁜 마음으로 다니고 있다. 그녀가 힘들 때 도와준 사람들을 돕는 일이니 그저 기쁘기만 하다.

어느 자리에 앉든 실비아는 늘 데니스의 사진을 컴퓨터 옆에 놓아둔다. 왜 여기 와서 일하고 있는지를 자신에게 일깨우기 위해서다.

온라인 뱅킹 시스템에 로그인을 한다. 오늘은 계좌들을 교차 점검하는 일을 할 것이다. 들어오기로 한 돈이 잘 들어왔는지, 허가 받지 않고 나간 돈은 없는지 확인해야 한다. 늘 조금씩 맞지 않는 부분이 있다. 돈을 보내기로 해놓고 아직 안 보내거나, 직원이 엉뚱한 신용 카드로 점심 식대를 결제할 때가 있어서다. 난리날 일은 아니지만 늘 확인하는 게 최선이다.

그런데 오늘, 주요 계좌를 클릭해 들여다보던 실비아는 뭔가 크게 잘 못됐음을 알아챈다. 말도 안 되게 엄청난 실수가 벌어진 모양이다. 예전 같으면 집에 가서 데니스에게 이런 일도 다 있다고 수다를 떨었을 것이다.

실비아는 은행에 전화를 걸어 신분을 밝히고 방금 포착한 실수에 대해 설명한다. 그런데 은행 직원은 그게 실수가 아니라고 한다. 말도 안 된다. 실비아는 리사라는 이름의 그 여직원에게 상냥하게 부탁한다. 한 번 더 확인해달라고. 여전히 실수로 입금된 돈이 아니라고 하자 실비아는 어떻게 된 일인지 좀 더 자세한 설명을 요청한다.

잠시 후 실비아는 리사에게 고맙다고 인사하고 전화를 끊는다.

윗사람들은 전부 회의 중이다. 회의실의 자그마한 테이블을 여덟 명이 둘러싸고 앉아 있다. 회의실 한쪽 벽은 유리로 되어 있는데 중간 아래는 부옇게 처리돼 있고 그 윗부분은 맑은 유리라 참석자들의 머리 위쪽이 들여다보인다. 대표는 플립 차트를 옆에 두고 구석 자리에 서서 숫자를 손으로 가리키고 있다.

실비아는 지금까지 회의를 방해한 적이 없다. 꿈도 못 꿀 일이다. 실비아는 남들의 시선이 쏠리는 걸 좋아하지 않는다. 회계 일을 보는 사람은 회의를 방해하러 회의실에 들어갈 일이 별로 없어서 다행이라고 늘 생각하고 있다. 하지만 이번만은 어쩔 수가 없다.

화면을 확인 또 확인한다. 그리고 메모지에 적어놓은 정보를 몇 번 더 살펴본다. 마지막으로 데니스의 사진을 돌아본다. 사랑하는 남편 데니스는 치매에 걸려 고생하다가 영원히 떠나버렸다. 그는 두 번 죽은 거나 다름없었다. 용기를 내, 실비아. 데니스가 함께해주고 있잖아.

실비아는 회의실 문 앞으로 걸어간다. 안에서 회의하는 소리를 들으며 서 있자니 어색해진다. 문 앞에 서서 생각해본다. 안으로 들어가면 다들 어떤 눈으로 쳐다볼까? 비쩍 마르고 바보 같은 할머니라고? 출근 해서 아침 인사를 하고 남편 사진을 책상 위에 올려놓은 뒤 일을 시작 하면 저녁에 퇴근 인사를 할 때까지 입 한 번 안 떼는 직원? 누가 차를 달라고 하면 그 사람의 보온병을 집어 들고 보온병에 담긴 거나 마시 라고 하는 사람? 어떤 치마에 어떤 점퍼가 어울리는지도 모르는 실비 아? 자신이 어떤 사람인지는 이제 와서 바꿀 수 없다. 그리고 이건 중 요한 일이니 꼭 해야 한다. 실비아는 회의실 문을 두드린다.

안에서 잠시 침묵이 흐르다가 소리가 들린다.

"예, 들어와요."

실비아는 문을 열고 들어간다. 테이블을 둘러싸고 앉은 얼굴들, 플립 차트 옆에 선 얼굴이 일제히 그녀를 돌아본다. 어지럽다. 플립 차트에 는 자선 단체 로고가 박혀 있다. '치매와 함께 살기 ─ 사랑하는 마음으 로' 이 단체는 실비아와 데니스를 위해 최선을 다해주었다. 그래서 실 비아도 최선을 다해 보답을 하고 있다. 가진 돈이 없으니 시간을 들여 여기 나와서 일하고 있는 중이다. 다들 실비아의 말을 기다리고 있다. 이제 정말 말해야 한다.

"회의를 방해해서 죄송합니다. 앤트워프에서 2,000만 파운드의 기부 금이 들어왔는데 아직 다들 모르시는 것 같아서요."

감사의 말

드디어 『두 번 죽은 남자』를 세상에 내놓게 됐습니다.

엔딩이 마음에 드셨나요? 30년 전에 어떤 책을 읽었는데 전체 줄거리의 핵심이 마지막 페이지의 마지막 줄에 적혀 있었습니다. 참 좋은 아이디어라고 생각했어요.

그 책에서는 이야기가 전개되는 내내 악당이 들고 다닌 보따리에 들어 있던 것이 극저온으로 냉동시킨 아돌프 히틀러의 뇌였다는 사실이 마지막 줄에 가서 밝혀집니다. 저도 이 작품에서 그런 방법을 써봤는데 효과적으로 잘 썼는지 모르겠습니다.

『목요일 살인 클럽』에서는 마지막 줄에 조이스의 구스베리 크럼블 얘기로 끝맺음을 했었죠. 2권에서는 저도 작가로서 어느 정도 성장한 기분입니다.

그럼 이제부터 감사한 분들을 언급하겠습니다. 다시 한번 말씀드리지만 고마운 분들이 많습니다. 출판사 관계자분들에게 몇 번이나 요청을 드렸지만 그분들이 이 일에 얼마나 도움을 주셨는지를 도저히 점수로 환산할 수가 없어서 그냥 쭉 열거하겠습니다.

우선 지혜와 열정으로 이끌어준 훌륭한 편집장 케이티 로프터스에게 감사드립니다. 특히 '론이 정말 그런 말을 해요?'라고 수시로 물어봐줘서 고마웠습니다. 훌륭한 편집자가 되려면 재능이 있어야 하는데 내가 보기에 케이티는 대단한 재능을 가진 사람입니다. 바이킹 출판사의 뛰어난 팀과 함께 작업할 수 있어서 저로서는 큰 행운이었습니다.『목요일 살인 클럽』이 출간되고 나서 우리는 다 함께 즐거운 시간을 보냈죠. 그래서 이번『두 번 죽은 남자』작업을 진행하면서 다시 그 팀과 함께할 수 있어서 좋았습니다. 올리비아 미드, 클로이 데이비스, 조지아 테일러, 엘리 허드슨, 아멜리아 페어니, 비키 모인스. 여러분이 바로 '목요일 살인 클럽' 그 자체입니다.

샘 페너컨이 이끄는 훌륭한 영업 팀에도 감사의 말씀을 드립니다. 샘은 매번 가파르게 상승 곡선을 그리는 매출 그래프를 가지고 와서 우리 눈이 휘둥그레지게 만들었죠. 리처드 브레이버리와 조엘 홀랜드는 완벽한 앞표지를 만들어줬습니다. 특히 내가 특수부대 관련 스릴러를 쓰겠다고 하자 잘 어울리는 필명을 지어준 리처드 브레이버리에게 특별히 고맙다는 말을 전하고 싶습니다. 데드굿(DeadGood) 팀과 페이지터너스(PageTurners) 팀, 훌륭한 오디오 팀, 펭귄 UK 웹사이트의 샘 파커, 그리고 대단한 기세를 지닌 애니 언더우드에게도 감사 인사를 전합니다.

나탈리 월 그리고 교열 담당자 트레버 호우드에게도 감사드립니다. 호우드, 내가 여기서 '그리고'라는 단어를 썼는데 괜찮은가요? 알려줘요.

그건 그렇고, 버락 오바마 전대통령도 이 출판사에서 책을 냈지만 여러분은 축하 연회장에서 그분을 볼 수 없을 겁니다.

고맙게도 뛰어난 에이전트 줄리엣 무센스와 인연을 맺었습니다. 줄리엣처럼 프로답고 열정이 넘치는 사람과 일해본 적이 별로 없어요. 지금까지 해준 모든 일에 감사합니다, 줄리엣, 당신 없이는 해내지 못했을 겁니다. 그리고 줄리엣의 일을 돕다가 지금은 점점 직급이 높아져서, 조만간 나랑은 말도 안 섞을 자리까지 올라갈 것 같은 뛰어난 능력자 리자 디블록에게도 고마움을 전합니다.

파멜라 도어맨, 제러미 오튼, 제니 벤트, 크리스티나 파자라로, 노라 앨리스 드믹, 마리 미셸스 같은 미국 친구들에게도 이번에 큰 신세를 졌습니다. 원래 이 책 제목을 『그다음 목요일』로 지으려고 했는데 파멜라 덕분에 제목을 바꿨습니다. 그 외에도 파멜라는 몇 번이나 옳은 판단을 내려줬죠. 파멜라와 그녀의 팀은 대단히 영리하게 일 처리를 해서 내게 큰 힘이 되어줬습니다. 조만간 코로나가 끝나고 미국으로 갈 수 있는 상황이 되면, 바로 미국으로 건너가 이분들에게 직접 고맙다는 인사를 하고 싶습니다.

그밖에도 뛰어난 해외 편집자들과 함께 일할 수 있어서 저는 운이 좋았습니다. 여러분 덕분에 다분히 영국적인 이 소설은 전 세계에 팔릴 수 있었고 조이스는 중국에서도 유명해졌습니다. 정말 기분이 좋네요. 조이스가 들으면 어떻게 생각할까요?

마크 빌링엄, 루시 프레블, 케이티 쇼 교수, 캐롤라인 케프네스, 앤디 오쇼, 새라 핀보로, 애너벨 존스에게도 깊은 감사를 전합니다. 이분들은 늘 도움과 조언을 아끼지 않았습니다. 아무리 소소하고 바보 같은 질문이라도 항상 대답을 해주셨죠. 작가로서, 인간으로서, 이런 분들의 능력에 의지할 수 있었던 건 대단한 행운이라고밖에 말할 수 없을 것 같습니다.

줄거리의 여러 부분에서 앤젤라 래퍼티 변호사, 레코더 오브 런던의 마크 러크래프트 변호사에게 신세를 졌습니다. '이런 일이 일어날 수 있을까요?'라는 질문에 '그럼요. 일어날 수 있죠'라고 답을 해주셨죠. 덕분에 마음이 놓였습니다.

사인회를 하러 갈 때마다 차와 비스킷을 신속하게 준비해주고 도움을 주신 전국의 훌륭한 서점 주인분들에게도 감사드립니다. 호브시의 시티 북스 서점은 이 작품에도 등장합니다. 작품에 쓸 만한 곳들이 많아서 다음 이야기에서 써볼까 생각 중입니다. 동네 서점을 많이 이용해주세요. '당신의 동네 서점 — 사용하지 않으면 잃게 됩니다'라는 말이 있잖아요.

코로나 봉쇄 기간 중에 최전방에서 우리를 위해 애써주신 분들에게도 감사드립니다. 여러분이 해주신 일을 영원히 잊지 않겠습니다.

우리 모두에게 힘들었던 한 해였죠. 그 기간 동안 저를 안전하고 멀쩡하게 지켜준 멋진 친구 라미타 나바이에게도 고맙다는 말을 하고 싶습니다. 아마 우리는 나중에 은퇴해서 실버타운에 가서 살아도 여전히 절친으로 지낼 것 같습니다. 라야, 라민, 파올라를 비롯한 나바이 가족에게도 감사드립니다. 여러분은 최고의 이란·콜롬비아 사람들이에요. 그리고 2020년에 세상을 떠난 코우로시 나바이에게 특별히 감사 인사를 드립니다. 위트와 매력, 다정함, 힘, 장난기와 충성심을 가진 코우로시. 당신은 목요일 살인 클럽의 영구 명예 회원입니다.

마지막으로, 언제나 그렇듯 가족들에게 고마움을 전합니다. 늘 사랑해주시고 지지해주시며 끝없이 물자를 조달해주신 어머니, 감사드립니다. 매트와 애니사, 잔 라이트에게도 고마운 마음입니다. 이런 말을 자주 하진 않지만 여러분 모두 제게 큰 의미가 있습니다. 돌아가신 외조부모님 프레드, 제시에게도 감사드립니다. 지난번에도 감사 인사를 드렸는데 앞으로도 그럴 것 같습니다. 아마 제가 글을 쓰는 동안은 계속 그렇겠죠.

그리고 제 아이들에게도 고맙다는 말을 하고 싶습니다. 이 책 맨 앞에서도 너희에 대해 언급했지만 너희는 내 인생에서 일어난 최고의 일이야. 너희를 생각하면 풀럼이 유벤투스를 4대1로 이겼을 때보다 기분이 좋아. 사랑한다, 얘들아.

두 번 죽은 남자
목요일 살인 클럽 2

펴낸날	초판 1쇄 2022년 6월 17일

지은이	리처드 오스먼
옮긴이	공보경
펴낸이	심만수
펴낸곳	(주)살림출판사
출판등록	1989년 11월 1일 제9-210호

주소	경기도 파주시 광인사길 30
전화	031-955-1350
팩스	031-624-1356
홈페이지	http://www.sallimbooks.com
이메일	book@sallimbooks.com

ISBN	978-89-522-4396-6 03840